Agatha Christie

Der Gutenacht-Krimi mit Hercule Poirot

Scherz Krimi
Spannung mit Niveau

Agatha Christie

Der Gutenacht Krimi mit Hercule Poirot

Die spektakulärsten Fälle
des Meisterdetektivs mit den
kleinen grauen Zellen

Scherz
Bern – München – Wien

Die Erstausgabe dieses Werkes
erschien 1990 unter dem Titel:
«Die besten Hercule Poirot Geschichten»

Inhalt

Der Prügelknabe

Lily Margrave spielte nervös mit ihren Handschuhen und warf dem Mann, der ihr gegenüber in einem tiefen Sessel saß, schnell einen Blick zu.

Sie hatte zwar von Monsieur Hercule Poirot, dem berühmten Detektiv, schon gehört, ihn aber noch nie von Angesicht zu Angesicht gesehen.

Sie fand ihn reichlich komisch, nahezu lächerlich. Er entsprach so ganz und gar nicht der Vorstellung, die sie sich von ihm gemacht hatte. Konnte dieser ulkige kleine Mann mit dem eiförmigen Kopf und dem enormen Schnurrbart wirklich alle die Glanzleistungen vollbringen, die man ihm zuschrieb? Seine gegenwärtige Beschäftigung erschien ihr besonders kindisch. Er war eifrig dabei, kleine bunte Holzblöcke aufeinanderzutürmen, und dieses Spiel schien ihn mehr zu fesseln als die Geschichte, die sie ihm erzählte.

Doch als sie plötzlich schwieg, blickte er scharf zu ihr hinüber. «Mademoiselle, fahren Sie bitte fort. Sie denken wohl, ich passe nicht auf, wie? Sie können unbesorgt sein, mir entgeht kein Wort.»

Und von neuem begann er das Spiel mit den Holzklötzen, während das junge Mädchen den Faden der Erzählung wieder aufnahm. Es war eine grausige, eine tragische Geschichte! Aber ihrer knappen Darstellung, die sie mit kühler, ruhiger Stimme vortrug, schien eine gewisse menschliche Note zu fehlen.

Endlich kam sie zum Schluß.

«Ich hoffe», sagte sie ängstlich, «daß ich mich klar genug ausgedrückt habe.»

Poirot nickte mehrere Male heftig mit dem Kopf. Dann fegte er mit einer schwungvollen Handbewegung die Holzpyramide beiseite, so daß die Blöcke über den ganzen Tisch flogen, und lehnte sich in den Sessel zurück. Er preßte die Fingerspitzen zusammen, ließ seinen Blick zur Decke schweifen und begann zu rekapitulieren:

«Sir Reuben Astwell wurde vor zehn Tagen ermordet. Vorgestern wurde sein Neffe, Mr. Charles Leverson, von der Polizei verhaftet. Soweit Ihnen bekannt ist – bitte, verbessern Sie mich, falls ich Sie nicht richtig verstanden habe –, sprechen folgende Tatsachen gegen ihn:

In der Mordnacht saß Sir Reuben bis tief in die Nacht hinein im Turmzimmer, seinem ganz besonderen Heiligtum, und schrieb. Mr. Leverson kam spät nach Hause, und der Butler, dessen Raum direkt unter dem Turmzimmer liegt, hörte einen heftigen Wortwechsel zwischen ihm und seinem Onkel. Der Streit endete mit einem dumpfen Geräusch, als sei ein Sessel umgefallen, und einem halberstickten Schrei.

Der Butler war voller Unruhe und stand auf, um nachzusehen, was da eigentlich los sei. Da er jedoch nach ein paar Sekunden hörte, wie Mr. Leverson sorglos pfeifend das Turmzimmer verließ, machte er sich weiter keine Gedanken mehr darüber. Aber am folgenden Morgen entdeckte ein Hausmädchen, daß Sir Reuben tot neben seinem Schreibtisch lag. Er war mit einem schweren Gegenstand niedergeschlagen worden. Wenn ich nicht irre, hat der Butler der Polizei nicht sofort mitgeteilt, was er in der Nacht gehört hatte. Ganz natürlich, nicht wahr, Mademoiselle?»

Die plötzliche Frage ließ Lily Margrave zusammenschrekken.

«Wie bitte?» fragte sie.

«Man sucht in solchen Angelegenheiten doch nach menschlichen Zügen», sagte der kleine Mann. «Sie haben mir die Geschichte ja wunderbar sachlich dargelegt, aber aus den Personen des Dramas haben Sie leblose Marionetten gemacht. Ich aber gehe der menschlichen Natur nach. Ich sage mir, dieser Butler, dieser – wie war doch sein Name?»

«Parsons.»

«Also dieser Parsons hat sicher, wie alle Leute seines Standes, eine tiefe Abneigung gegen die Polizei und wird ihr daher so wenig wie möglich sagen. Vor allen Dingen wird er nichts erwähnen, was ein Familienmitglied belasten könnte. Ein Einbrecher, ein Dieb – ja, an *die* Idee wird er sich mit seiner ganzen Hartnäckigkeit klammern. Jaja, die Treue und Anhänglichkeit der Dienstboten ist ein interessantes Kapitel.»

Er lehnte sich lächelnd zurück.

«Inzwischen», fuhr er fort, «hat jeder im Hause seine Version von der Angelegenheit erzählt, auch Mr. Leverson. Nach seiner Schilderung ist er spät heimgekommen und sofort zu Bett gegangen, ohne seinen Onkel gesehen zu haben.»

«Ja, das hat er behauptet.»

«Und niemand sah sich veranlaßt, daran zu zweifeln», sagte Poirot nachdenklich. «Mit Ausnahme von Parsons natürlich. Dann kommt ein Inspektor von Scotland Yard. Mr. Miller, sagten Sie doch, nicht wahr? Ich kenne ihn, habe früher ein paarmal mit ihm zu tun gehabt. Er ist flink wie ein Wiesel, schlau wie ein Frettchen und hat eine ausgezeichnete Spürnase. Ja, ich kenne ihn! Und der wachsame Inspektor Miller sieht, was dem Ortsinspektor nicht aufgefallen ist, nämlich, daß es Parsons nicht ganz behaglich zumute ist, daß er etwas weiß und dieses bislang verschwiegen hat. *Eh bien!* Er knöpft sich Parsons vor, und eins, zwei, drei ist die Katze aus dem Sack! Denn mittlerweile hat sich einwandfrei herausgestellt, daß in jener Nacht kein Einbrecher für die Tat verantwortlich gewesen sein kann und daß der Mörder im Hause zu suchen ist. Parsons ist unglücklich und ängstlich, aber gleichzeitig erleichtert, daß man das Geheimnis aus ihm herausgelockt hat.

Er hat sein möglichstes getan, um einen Skandal zu vermeiden. Aber alles hat schließlich seine Grenzen. Inspektor Miller hört sich also Parsons' Schilderung an, richtet ein paar Fragen an ihn und stellt dann selbst Nachforschungen an. Das Beweismaterial gegen Mr. Leverson, das er schließlich sammelt, ist sehr belastend – ungeheuer belastend.

Es stellt sich heraus, daß blutige Fingerabdrücke, die man am Rande einer Truhe im Turmzimmer entdeckt, von Charles Leverson stammen. Von einem Hausmädchen erfährt der Inspektor, daß sie am Morgen nach dem Verbrechen ein mit blutigem Wasser gefülltes Waschbecken in Mr. Leversons Zimmer gefunden hat. Mr. Leverson erklärt, er habe sich in den Finger geschnitten, und er hat auch tatsächlich eine kleine Schnittwunde, o ja, aber sie ist so winzig! Seine Manschette ist ausgewaschen, aber man findet Blutflecke an seinem Rockärmel. Er steckt in Geldschwierigkeiten, und durch Sir Reubens Tod erbt er eine ansehnliche Summe. O ja, es sieht sehr schlecht für ihn aus. Mademoiselle.»

Nach einer kleinen Pause fuhr er fort:

«Und doch kommen Sie heute zu mir.»

Lily Margrave zuckte ihre zarten Schultern.

«Aber ich sagte Ihnen doch schon, Monsieur Poirot, Lady Astwell hat mich geschickt.»

«Von selbst wären Sie also nicht gekommen, wie?»

Der kleine Mann blickte sie prüfend an. Das junge Mädchen schwieg.

«Sie haben meine Frage nicht beantwortet.»

Lily Margrave begann wieder, mit ihren Handschuhen zu spielen.

«Es ist ziemlich schwierig für mich, Monsieur Poirot. Ich habe Lady Astwell gegenüber Verpflichtungen. Strenggenommen, bin ich nur ihre bezahlte Gesellschafterin und Sekretärin, aber sie hat mich mehr wie eine Tochter oder Nichte behandelt. Sie war außerordentlich freundlich zu mir. Und was für Fehler sie auch haben mag, ich möchte nicht den Anschein erwecken, als wolle ich ihre Handlungen kritisieren oder Sie in irgendeiner Weise beeinflussen.»

«Hercule Poirot läßt sich nicht beeinflussen, *cela ne se fait pas*», erklärte der kleine Mann mit heiterer Miene. «Wie ich sehe, glauben Sie, daß Lady Astwell Rosinen im Kopf hat. Geben Sie es nur zu.»

«Wenn ich mich unbedingt dazu äußern soll –»

«Heraus mit der Sprache, Mademoiselle.»

«Ich finde es einfach töricht von ihr.»

«So, den Eindruck haben Sie also?»

«Ich möchte nichts gegen Lady Astwell sagen –»

«Ich verstehe, Mademoiselle, verstehe das vollkommen», murmelte Poirot sanft, aber seine Augen forderten sie auf, weiterzusprechen.

«Sie ist wirklich sehr anständig und äußerst gutmütig, aber sie ist nicht – wie soll ich mich nur ausdrücken? Sie ist eben keine gebildete Frau. Sie war ja Schauspielerin, ehe Sir Reuben sie heiratete, und hat alle möglichen Vorurteile und abergläubischen Ideen. Wenn sie sagt, etwas ist so und so, dann muß es so sein, und sie nimmt einfach keine Vernunft an. Der Inspektor war ihr gegenüber nicht sehr taktvoll, und das hat sie auf die Palme gebracht. Sie behauptet, es sei ein Blödsinn, Mr. Leverson zu verdächtigen. Solch einen dämlichen, halsstarrigen Fehler könne nur die Polizei machen. Natürlich sei der gute Charles unschuldig.»

«Aber sie hat keine Gründe für ihre Behauptung, wie?»

«Überhaupt keine.»

«Na, so etwas!»

«Ich habe ihr gleich gesagt», erklärte Lily, «daß es keinen Zweck habe, Ihnen mit leeren Behauptungen zu kommen.»

«Wirklich? Das ist ja interessant.»

Er betrachtete sich Lily Margrave etwas genauer, und seinen scharfen Augen entging nichts. Er sah ihre Eleganz: das geschmackvolle schwarze Schneiderkostüm, die kostbare Crêpe-de-Chine-Bluse mit den feinen Fältchen, den schikken schwarzen Filzhut. Er sah das hübsche Gesicht mit dem etwas spitzen Kinn und die dunkelblauen Augen mit den langen Wimpern. Unmerklich änderte sich seine Einstellung. Er war jetzt interessiert, nicht so sehr an dem Fall wie an dem Mädchen, das ihm gegenübersaß.

«Lady Astwell ist wohl etwas unausgeglichen und neigt vielleicht ein wenig zu Hysterie, nicht wahr, Mademoiselle?»

Lily Margrave nickte eifrig.

«Ja, das ist wahr. Sie ist ja, wie gesagt, eine herzensgute Frau, aber es ist unmöglich, sie von etwas zu überzeugen oder ihr Logik beizubringen.»

«Vielleicht hat sie selbst jemanden in Verdacht», meinte Poirot, «irgend jemanden, der wahrscheinlich nicht in Frage kommt.»

«Das ist es ja gerade», rief Lily. «Sie hat plötzlich eine tiefe Abneigung gegen Sir Reubens Sekretär. Der arme Mann! Sie behauptet einfach, sie *wisse*, daß er es getan hat. Dabei hat es sich ziemlich einwandfrei erwiesen, daß er es überhaupt nicht gewesen sein *konnte.*»

«Und sie hat wirklich keine Anhaltspunkte für diese Behauptung?»

«Selbstverständlich nicht. Bei ihr ist alles ‹Intuition›.»

Lily Margraves Stimme klang sehr höhnisch.

«Sie, Mademoiselle», sagte Poirot lächelnd, «glauben anscheinend nicht an Intuition?»

«Purer Unsinn!» erklärte Lily kategorisch.

Poirot lehnte sich in seinen Sessel zurück.

«Die Frauen», murmelte er, «bilden sich ein, daß es eine besondere Waffe ist, die ihnen der liebe Gott gegeben hat. Mal möchten sie mit ihrer Eingebung recht haben, aber in neun von zehn Fällen irren sie sich.»

«Ich weiß», sagte Lily, «aber ich habe Ihnen Lady Astwell doch beschrieben. Sie läßt sich einfach nicht davon abbringen.»

«Und so kamen Sie, Mademoiselle, weise und diskret zu mir, wie man es Ihnen aufgetragen hatte, und brachten es fertig, mich in die Situation einzuweihen.»

Etwas im Ton seiner Stimme veranlaßte das Mädchen, wachsam aufzublicken.

«Ich weiß natürlich», sagte Lily in verständnisvollem Ton, «wie kostbar Ihre Zeit ist.»

«Sie schmeicheln mir zu sehr, Mademoiselle», sagte Poirot «aber es stimmt. Im Augenblick habe ich viele wichtige Fälle vorliegen.»

«Das hatte ich mir bereits gedacht», sagte Lily und erhob sich.

«Ich werde Lady Astwell sagen –»

Aber Poirot stand nicht auf. Er lehnte sich in den Sessel zurück und sah das Mädchen fest an.

«Sie scheinen es sehr eilig zu haben, Mademoiselle. Nehmen Sie, bitte, doch noch einen Moment Platz.»

Er sah sie erröten und dann erblassen. Langsam und unwillig setzte sie sich wieder hin.

«Sie sind rasch und entschieden, Mademoiselle», sagte Poirot. «Sie müssen Rücksicht nehmen auf einen alten Mann, der langsam zu einem Entschluß kommt. Sie haben mich falsch verstanden, Mademoiselle, ich habe nicht gesagt, daß ich mich weigere, Lady Astwell aufzusuchen.»

«Dann wollen Sie also kommen?»

Ihre Stimme klang nicht gerade begeistert. Sie vermied es, Poirot anzusehen, und blickte zu Boden. Auf diese Weise merkte sie nicht, wie scharf und forschend er sie betrachtete.

«Bestellen Sie Lady Astwell, Mademoiselle, daß ich ihr ganz zur Verfügung stehe. Ich werde heute nachmittag in ihrem Hause ‹Mon Repos› sein.»

Er erhob sich, und das Mädchen stand ebenfalls auf.

«Ich – ich werde es ihr sagen. Es ist ja sehr freundlich von Ihnen, daß Sie kommen wollen, Monsieur Poirot, aber ich fürchte nur, Sie werden finden, daß Sie sich vergeblich bemüht haben.»

«Sehr wahrscheinlich – aber wer weiß?»

Mit ausgesuchter Höflichkeit begleitete er sie zur Tür und kehrte dann mit gefurchter Stirn und tief in Gedanken versunken in sein Wohnzimmer zurück. Er nickte ein paarmal vor sich hin. Dann öffnete er die Tür und rief seinen Diener.

«Mein guter George, packen Sie mir doch, bitte, den kleinen Koffer. Ich fahre heute nachmittag aufs Land.»

«Sehr wohl, Sir», sagte George, ein ausgesprochen englischer Typ: groß, bleich und besonnen.

«Ein junges Mädchen ist ein sehr interessantes Phänomen, George», sagte Poirot, während er sich noch einmal in den Sessel fallen ließ und eine winzige Zigarette anzündete. «Besonders, wenn sie Verstand hat. Jemanden um etwas zu bitten und ihn gleichzeitig von der Erfüllung der Bitte abzuhalten ist eine delikate Operation, die viel Fingerspitzengefühl voraussetzt. Sie war geschickt, die Kleine, o ja, sehr geschickt, aber Hercule Poirot, mein guter George, ist eben von ganz ungewöhnlicher Klugheit.»

«Das haben Sie, glaube ich, schon einmal erwähnt», sagte George ziemlich trocken.

«Es ist nicht der Sekretär, den sie im Auge hat», murmelte Poirot nachdenklich. «Lady Astwells Anschuldigung gegen ihn erweckt nur ihre Verachtung. Trotz alledem ist sie sehr darauf bedacht, schlafende Hunde ruhen zu lassen. Ich aber, mein guter George, werde sie im Schlafe stören. Ich werde sie aufeinanderhetzen. Ein Drama spielt sich ab in ‹Mon Repos›. Ein menschliches Drama, das mich erregt. Oh, sie war geschickt, die Kleine, aber nicht geschickt genug. Was werde ich dort vorfinden? Das möchte ich wirklich wissen.»

Diesen Worten folgte eine dramatische Pause, die George mit der diskreten Frage beendete:

«Soll ich Ihren Abendanzug einpacken, Sir?»

Poirot sah ihn traurig an.

«Immer diese Konzentration! Von Ihrer Arbeit lassen Sie sich wohl durch nichts ablenken. Aber ich glaube, Sie sind wie für mich geschaffen, George.»

Als der 5-Uhr-Zug in Abbots Cross einlief, stieg ein etwas stutzerhaft gekleideter Hercule Poirot mit gezwirbeltem Schnurrbart aus. Kaum hatte er seine Fahrkarte an der Sperre abgegeben, als er von einem großen Chauffeur in Empfang genommen wurde, der ihn in einer eleganten Rolls-Royce-Limousine verstaute. Nach kaum drei Minuten hielt der Wagen schon vor dem Hause. Der Chauffeur öffnete den Schlag, und Poirot stieg aus. Der Butler hatte bereits die Haustür geöffnet. Bevor Poirot eintrat, ließ er schnell einen abschätzenden Blick über das Haus gleiten. Es war ein großes, solide gebautes Herrenhaus aus rotem Backstein, das zwar keinen Anspruch auf Schönheit erhob, dafür aber sehr behaglich zu sein schien.

Poirot trat in die Halle. Der Butler nahm ihm zuvorkommend Hut und Mantel ab und sagte leise, mit jener ehrerbietigen Nuance, die nur von den besten Dienern getroffen wird:

«Ihre Ladyship erwartet Sie, Sir.»

Poirot folgte dem Butler die mit weichen Läufern belegten Treppen hinauf. Er dachte im stillen: Dies ist sicher Parsons, ein guttrainierter Diener, dessen Benehmen keinerlei Gefühle verrät. Sie kamen in ein kleines Vorzimmer mit zwei Türen. Die linke davon öffnete der Butler und meldete:

«Monsieur Poirot, Mylady.»

Das Zimmer war verhältnismäßig klein und vollgestopft mit Möbeln und Krimskrams aller Art. Eine schwarzgekleidete Frau erhob sich von einem Sofa und kam rasch auf ihn zu.

«Monsieur Poirot», sagte sie mit ausgestreckter Hand, wobei ihr Blick schnell über die geckenhafte Figur glitt. Sie schwieg einen Augenblick, ohne Poirots Verbeugung und sein gemurmeltes «Mylady» zu beachten. Dann drückte sie ihm plötzlich kräftig die Hand und rief aus:

‹Ich halte viel von kleinen Männern! Das sind die Klugen.»

«Inspektor Miller», sagte Poirot leise, «ist wohl ein großer Mann, wie?»

«Er ist ein aufgeblasener Idiot!» sagte Lady Astwell. «Kommen Sie, Monsieur Poirot, und setzen Sie sich zu mir.»

Sie deutete auf ein Sofa und fuhr fort:

«Lily hat alles versucht, um mich von dem Gedanken abzubringen, Sie kommen zu lassen. Aber ich bin schließlich alt genug, um zu wissen, was ich will.»

«Eine seltene Gabe», sagte Poirot und folgte ihr behende zum Sofa.

Lady Astwell machte es sich in den Kissen bequem und wandte sich Poirot zu.

«Lily ist ja ein nettes Mädchen», sagte Lady Astwell, «aber sie meint, sie wisse alles. Nach meiner Erfahrung haben solche Leute meistens unrecht. Ich bin nicht klug, Monsieur Poirot, bin's auch noch nie gewesen, aber ich habe oft recht, wo eine klügere Person unrecht hat. Ich glaube an eine unsichtbare Hand. Wollen Sie nun von mir hören, wer der Mörder ist, oder nicht? Eine Frau weiß das, Monsieur Poirot.»

«Weiß es Miss Margrave ebenfalls?»

«Was hat sie Ihnen gesagt?» fragte Lady Astwell in scharfem Ton.

«Sie hat mich mit den Tatsachen vertraut gemacht.»

«Tatsachen? Die sprechen natürlich ganz gegen Charles. Ich sage Ihnen aber, Monsieur Poirot, er hat es nicht getan. Das *weiß* ich bestimmt!»

Sie sagte das mit einem fast beunruhigenden Ernst.

«Sie sind anscheinend Ihrer Sache ganz sicher, Lady Astwell.»

«Trefusis hat meinen Mann getötet, Monsieur Poirot. Davon bin ich felsenfest überzeugt.»

«Warum?»

«Meinen Sie, warum er ihn getötet hat, oder warum ich davon überzeugt bin? Ich sage Ihnen, ich *weiß* es! Ich bin darin etwas komisch. Ich habe sofort die Idee gehabt und lasse mich auch nicht davon abbringen.»

«Hat Mr. Trefusis durch Sir Reubens Tod irgendwelche Vorteile?»

«Keinen Pfennig hat er ihm vermacht», erwiderte Lady Astwell prompt. «Der deutlichste Beweis, daß der gute Reuben nicht viel für ihn übriggehabt und kein großes Vertrauen in ihn gesetzt hat.»

«Hat er denn schon lange für Sir Reuben gearbeitet?»

«Fast neun Jahre.»

«Das ist eine lange Zeit», sagte Poirot leise, «eine sehr lange Zeit! Ja, da muß Mr. Trefusis seinen Herrn gut gekannt haben.»

Lady Astwell starrte ihn an.

«Was wollen Sie damit sagen? Ich verstehe nicht, was das damit zu tun hat.»

«Ich habe nur eine kleine Idee verfolgt», sagte Poirot, «eine kleine, vielleicht nicht sehr interessante, aber originelle Idee über die Auswirkungen einer langen Dienstzeit.»

Lady Astwell starrte ihn immer noch verständnislos an.

«Sie sind doch wirklich sehr klug, nicht wahr?» fragte sie in etwas zweifelndem Ton. «Alle sagen es ja.»

Hercule Poirot mußte lachen.

«Vielleicht werden auch Sie, Madame, mir eines Tages dieses Kompliment machen. Befassen wir uns jedoch ein wenig mit dem Motiv für die Tat. Erzählen Sie mir zunächst einmal etwas über Ihren Haushalt. Wer war zum Beispiel an jenem tragischen Tage im Hause?»

«Charles natürlich.»

«Wenn ich nicht irre, ist er nicht Ihr Neffe, sondern der Neffe Ihres Gatten, nicht wahr?»

«Ja, Charles ist der einzige Sohn von Sir Reubens Schwester. Sie heiratete einen verhältnismäßig reichen Mann. Aber dann kam einer jener Börsenkräche – wie sie ja nun mal in der City passieren –, und ihr Vermögen war weg. Die Eltern starben, und Charles kam zu uns. Er war damals dreiundzwanzig und wollte Rechtsanwalt werden. Aber Reuben nahm ihn zu sich ins Büro.»

«War Monsieur Charles sehr fleißig?»

«Sie haben den Nagel auf den Kopf getroffen! Sie sind aber schnell von Begriff, das macht mir Spaß», sagte Lady Astwell und nickte wohlgefällig mit dem Kof. «Nein,

Charles war *nicht* fleißig. Das war ja gerade der Kummer. Er hatte ständig Krach mit seinem Onkel wegen irgendeines Kuddelmuddels, den er im Geschäft angerichtet hatte. Es war allerdings auch nicht leicht, mit Sir Reuben auszukommen. Wie oft habe ich ihn daran erinnern müssen, daß er auch mal jung war. In seiner Jugend war er nämlich anders, Monsieur Poirot.»

Lady Astwell seufzte in seliger Erinnerung.

«Die Menschen ändern sich, Mylady», sagte Poirot. «Das ist nun mal der Lauf der Dinge.»

«Immerhin», sagte Lady Astwell, «war er mir gegenüber eigentlich nie richtig grob. Oder wenn es mal vorkam, hat es ihm hinterher stets leid getan. Armer alter Reuben!»

«Er war also etwas schwierig, wie?» fragte Poirot.

«Ich konnte immer mit ihm fertig werden», erwiderte Lady Astwell mit der Miene eines erfolgreichen Löwenbändigers. «Aber ziemlich unangenehm war's manchmal, wenn er mit den Dienstboten aneinandergeriet. Man muß sie zu nehmen wissen. Reuben verstand das nicht.»

«Wem hat Sir Reuben sein Vermögen hinterlassen, Lady Astwell?»

«Charles und mir zu gleichen Teilen», erwiderte Lady Astwell prompt. «Die Rechtsanwälte drücken sich zwar nicht so einfach aus, aber das ist der Sinn der Sache.»

Poirot nickte.

«So, so», murmelte er. «Nun, Lady Astwell, möchte ich, daß Sie mir den Haushalt beschreiben. Sie selbst waren also da, Sir Reubens Neffe Charles Leverson, der Sekretär Mr. Owen Trefusis und Miss Lily Margrave. Vielleicht können Sie mir etwas über diese junge Dame sagen.»

«Über Lily wollen Sie etwas hören?»

«Ja, ist sie schon lange bei Ihnen?»

«Ungefähr ein Jahr. Wissen Sie, ich habe ja eine ganze Reihe von Gesellschafterinnen gehabt, aber irgendwie sind sie mir alle auf die Nerven gefallen. Lily ist anders. Taktvoll und vernünftig. Außerdem sieht sie sehr nett aus. Ich habe gern hübsche Menschen um mich herum, Monsieur Poirot. Ich bin eine komische Person. Bei mir ist es Abneigung oder Zuneigung auf den ersten Blick. Sobald ich das Mädchen sah, sagte ich: Die gefällt mir.»

«Haben Sie sie durch Vermittlung von Freunden bekommen?»

«Ich glaube, auf eine Anzeige hin. Ja, das stimmt.»

«Ist Ihnen etwas über ihre Familie bekannt? Wissen Sie, woher sie kommt?»

«Soviel ich weiß, sind ihre Eltern in Indien. Viel weiß ich allerdings nicht von ihnen. Aber man kann auf den ersten Blick sehen, daß sie eine Dame ist, nicht wahr, Monsieur Poirot?»

«O ja, durchaus.»

«Ich selbst bin keine Dame», fuhr Lady Astwell fort. «Das weiß ich, und die Diener wissen es. Aber ich bin nicht mißgünstig, sondern habe die größte Achtung vor einer wirklichen Dame, wenn sie mir begegnet. Und niemand hätte netter zu mir sein können als Lily. Ich betrachte das Mädchen wirklich fast wie eine Tochter, Monsieur Poirot.»

«Hat Sir Reuben dieses Gefühl geteilt?» fragte er.

Obwohl Poirot eingehend die Nippsachen vor sich auf dem Tisch zu betrachten schien, entging ihm nicht die kleine Pause vor Lady Astwells Antwort.

«Bei einem Mann ist das wieder anders. Natürlich sind sie – ganz gut miteinander ausgekommen.»

Poirot lächelte vor sich hin. »Und waren das die einzigen Leute außer der Dienerschaft, die in jener Nacht im Hause waren?»

«O nein, Victor war auch noch da.»

«Wer ist Victor?»

«Der Bruder meines Mannes und gleichzeitig sein Partner.»

«Wohnte er hier bei Ihnen?»

«Nein, er war gerade zu Besuch gekommen. Während der letzten Jahre hielt er sich in Westafrika auf.»

«Westafrika», sagte Poirot vor sich hin.

Er hatte bereits erkannt, daß Lady Astwell mit Sicherheit von sich aus ein Thema weiterentwickeln würde, wenn man sie nur gewähren ließ.

«Es heißt ja, es sei ein wunderbares Land. Aber meiner Meinung nach hat es einen schlechten Einfluß auf einen Mann. Sie trinken dort zuviel und werden infolgedessen zügellos. Keiner der Astwells hat eine sanfte Natur, aber Victor ist seit seiner Rückkehr aus Afrika geradezu unbeherrscht – einfach schrecklich! Ein paarmal hat er mir richtig Angst eingejagt.»

«Hat er wohl Miss Margrave auch in Angst versetzt?»

«Lily? Ach, ich glaube nicht, daß er oft mit ihr zusammengekommen ist.»

Poirot machte sich in einem winzigen Büchlein ein paar Notizen. Dann schob er den Bleistift sorgfältig wieder in die dafür bestimmte Öse und das Notizbuch in die Tasche.

«Verbindlichsten Dank, Lady Astwell. Wenn Sie gestatten, möchte ich nun mit Parsons sprechen.»

«Soll er zu uns heraufkommen?» Lady Astwells Hand bewegte sich schon nach der Klingel. Doch Poirot winkte schnell ab.

«Nein, nein und abermals nein! Ich werde zu ihm hinabsteigen.»

«Wenn Sie es für richtiger halten –»

«Es muß so sein», sagte er mit mysteriöser Miene und machte damit den gewünschten Eindruck auf Lady Astwell.

Poirot fand Parsons in der Anrichte, wo dieser das Silber putzte, und verbeugte sich in seiner komischen Art.

«Damit Sie wissen, mit wem Sie es zu tun haben – ich bin Detektiv.»

«Ja, Sir», sagte Parsons, «das haben wir uns schon gedacht.»

Sein Ton war respektvoll, aber ablehnend.

«Lady Astwell hat mich kommen lassen», fuhr Poirot fort. «Sie ist nicht davon überzeugt, daß Mr. Leverson der Täter ist. Ganz im Gegenteil.»

«Ihre Ladyship hat das bereits öfters zum Ausdruck gebracht», bemerkte Parsons.

«Anscheinend unterhalten wir uns nur über Dinge, die Ihnen bereits bekannt sind, nicht wahr? Also wollen wir keine Zeit mehr mit Bagatellen verschwenden. Nehmen Sie mich mit in Ihr Schlafzimmer, wenn Sie so gut sein wollen, und erzählen Sie mir genau, was Sie dort in der Mordnacht gehört haben.»

Das Zimmer des Butlers lag zu ebener Erde, neben dem Dienstbotenzimmer. Die Fenster waren vergittert, und in einer Ecke stand ein Stahlschrank. Parsons lud Poirot ein, sich auf das schmale Bett zu setzen.

«Ich hatte mich um elf Uhr schlafen gelegt. Miss Margrave war ebenfalls zu Bett gegangen, und Lady Astwell war mit Sir Reuben im Turmzimmer.»

«So, Lady Astwell war also bei Sir Reuben im Turmzimmer? Fahren Sie bitte fort.»

«Das Turmzimmer, Sir, liegt direkt über diesem Raum. Wird dort gesprochen, so kann man wohl ein Stimmengemurmel hören, aber natürlich nicht, was gesagt wird. Ich muß ungefähr um halb zwölf eingeschlafen sein. Es war gerade zwölf, als ich durch das Zuschlagen der Haustür geweckt wurde, und ich wußte, daß Mr. Leverson nach Hause gekommen war. Kurz darauf hörte ich Schritte über mir und ein paar Minuten später Mr. Leversons Stimme im Gespräch mit Sir Reuben.

Ich hatte damals den Eindruck, daß Mr. Leverson nicht gerade betrunken, aber – sagen wir mal – etwas arrogant und laut war. Er schrie seinen Onkel aus voller Kehle an. Ich konnte wohl gelegentlich ein paar Worte verstehen, aber nicht genug, um zu wissen, worum es ging. Zuletzt hörte ich einen scharfen Schrei und einen schweren Aufprall.»

Nach einer kurzen Pause wiederholte Parsons die letzten Worte: «Einen schweren Aufprall», sagte er nachdenklich.

«Wenn ich nicht irre, so ist es in den meisten Romanen ein *dumpfer* Aufprall», murmelte Poirot.

«Mag sein, Sir», sagte Parsons mit strenger Miene. «Dies war aber ein *schwerer* Aufprall.»

«Ich bitte Sie tausendmal um Verzeihung», sagte Poirot.

«Keine Ursache, Sir. In der Stille nach dem Aufprall hörte ich Mr. Leversons Stimme ganz deutlich. ‹Mein Gott›, sagte er mit erschrockener Stimme. ‹Mein Gott›, genau in diesem Tonfall, Sir.»

Parsons, der erst gar nicht mit der Sprache herauswollte, bekam nun richtig Geschmack am Reden. Er kam sich in seiner Rolle als Erzähler ganz wichtig vor, und Poirot half tüchtig nach.

«Mon Dieu», murmelte er, «wie muß Ihnen bloß dabei zumute gewesen sein!»

«Das kann man wohl sagen, Sir. Erst dachte ich mir ja nicht viel dabei. Dann aber schien mir die Sache nicht ganz geheuer, und ich dachte, es sei doch wohl besser, ich stehe auf und sehe nach. Ich knipste das Licht an und stieß leider dabei einen Stuhl um.

Dann ging ich durch das Dienstbotenzimmer auf den Flur, von dem die Hintertreppe nach oben führt. Als ich einen Augenblick zögernd am Fuße der Treppe stand, hörte ich Mr. Leversons Stimme von oben. ‹Zum Glück noch mal gutgegangen! Gute Nacht!› sagte er, und es klang ganz heiter und herzlich. Dann ging er pfeifend den Korridor entlang zu seinem Zimmer. Ich ging natürlich sofort wieder zu Bett. Etwas ist umgefallen, dachte ich, das ist alles. Nun frage ich Sie, Sir, wie konnte ich denn ahnen, daß Sir Reuben ermordet worden war, wo Mr. Leverson doch noch gute Nacht gesagt hatte?»

«Sind Sie sicher, daß es Mr. Leversons Stimme war, die Sie gehört hatten?»

Parsons sah den kleinen Belgier mitleidsvoll an, und Poirot erkannte deutlich, daß Parsons darauf bestehen würde, komme, was wolle.

«Möchten Sie sonst noch etwas von mir wissen, Sir?»

«Ja, ich habe noch eine Frage: Ist Ihnen Mr. Leverson sympathisch?»

«Wie meinen Sie das, Sir?»

«Es ist eine einfache Frage. Ist Ihnen Mr. Leverson sympathisch?»

Parsons, den die Frage zuerst stutzig gemacht hatte, schien nun etwas verlegen.

«Im Dienstbotenzimmer herrscht die Meinung...», begann er und hörte gleich wieder auf.

«Ganz recht, drücken Sie es nur so aus, wenn Ihnen das lieber ist», sagte Poirot.

«Wie gesagt, dort ist man der Ansicht, daß Mr. Leverson ein freigebiger junger Mann ist, aber nicht – wenn ich mich so ausdrücken darf – besonders intelligent, Sir.»

«Aha», sagte Poirot, «wissen Sie was, Parsons, genau so schätze ich Mr. Leverson ein, obwohl ich ihn noch gar nicht gesehen habe.»

«Wirklich, Sir?»

«Was halten Sie – Verzeihung – was hält das Dienstbotenzimmer von dem Sekretär?»

«Er ist sehr ruhig und geduldig, Sir, immer darauf bedacht, keine Mühe zu verursachen.»

«Vraiment», sagte Poirot.

Der Butler räusperte sich.

«Ihre Ladyship, Sir», murmelte er, «ist oft etwas hastig in ihrem Urteil.»

«Dann hat also nach Ansicht des Dienstbotenzimmers Mr. Leverson das Verbrechen begangen?»

«Keiner von uns möchte Mr. Leverson für den Täter halten», sagte Parsons. «Wir haben ihm – offen gestanden – gar nicht zugetraut, daß er so etwas überhaupt fertigbrächte, Sir.»

«Er hat aber doch ein ziemlich hitziges Temperament, nicht wahr?» fragte Poirot.

Parsons kam etwas näher.

«Wenn Sie mich fragen, wer das hitzigste Temperament im Hause hatte –»

Poirot hob die Hand.

«Ah! Aber diese Frage würde ich nicht stellen», sagte er

leise. «Meine Frage würde lauten: Wer hat das sanfteste Temperament?»

Parsons starrte ihn mit offenem Munde an.

Poirot verschwendete keine Zeit mehr mit ihm. Mit einer kleinen liebenswürdigen Verbeugung – er war stets liebenswürdig – verließ er das Zimmer und wanderte in die große viereckige Halle von «Mon Repos». Hier stand er ein paar Minuten in Gedanken versunken. Dann vernahm er ein leises Geräusch und reckte den Hals wie ein keckes Rotkehlchen. Schließlich ging er auf leisen Sohlen auf eine der vielen Türen zu.

Er stand im Türrahmen und sah in ein kleines Zimmer, das wie eine Bibliothek ausgestattet war. An einem großen Schreibtisch im Hintergrund des Zimmers saß ein dünner, blasser junger Mann mit fliehendem Kinn, der einen Kneifer auf der Nase trug und eifrig am Schreiben war.

Poirot beobachtete ihn eine Weile. Dann räusperte er sich etwas theatralisch, um sich bemerkbar zu machen.

Der junge Mann am Tisch hörte auf zu schreiben und drehte sich um. Er schien nicht übermäßig erschrocken zu sein, aber er blickte etwas bestürzt drein, als er Poirot in der Tür sah.

Dieser trat nun mit einer kleinen Verbeugung ins Zimmer.

«Ich habe wohl die Ehre, mit Mr. Trefusis zu sprechen, ja? Mein Name ist Poirot, Hercule Poirot. Vielleicht haben Sie schon von mir gehört.»

«O ja – hm, ja gewiß», sagte der junge Mann.

Poirot sah ihn aufmerksam an.

Owen Trefusis war ungefähr dreiunddreißig Jahre alt, und der Detektiv sah auf den ersten Blick, warum niemand geneigt war, Lady Astwells Anschuldigung ernst zu nehmen. Mr. Owen Trefusis war ein sittsamer, pedantischer junger Mann, übertrieben sanftmütig – der Typ, der systematisch drangsaliert werden kann und auch wird. Man konnte ganz sicher sein, daß er seinen Groll immer hinunterschlucken würde.

«Lady Astwell hat Sie natürlich kommen lassen», sagte der Sekretär. «Sie hat jedenfalls von dieser Absicht gesprochen. Kann ich Ihnen irgendwie behilflich sein?»

Er war höflich, ohne überschwenglich zu sein. Poirot nahm Platz und fragte mit sanfter Stimme:

«Hat Lady Astwell mit Ihnen über ihre Ansichten und Verdächtigungen gesprochen?»

Owen Trefusis lächelte ein wenig.

«Was das angeht, so glaube ich, sie verdächtigt mich. Lächerlich natürlich, aber es läßt sich nicht ändern. Seit jenem Abend hat sie kein freundliches Wort mit mir gesprochen, und wenn wir uns irgendwo im Hause begegnen, weicht sie ängstlich vor mir zurück.»

Sein Benehmen war ganz natürlich. Er schien mehr amüsiert als zornig zu sein. Poirot nickte mit gewinnender Offenheit.

«Unter uns gesagt», erklärte er, «hat sie mir das auch erzählt. Ich habe nicht mit ihr darüber diskutiert – habe es mir längst zur Regel gemacht, mich niemals mit sehr rechthaberischen Damen in eine Diskussion einzulassen. Das ist Zeitverschwendung, nicht wahr?»

«Oh, ganz und gar.»

«Ich sage: ‹Ja, Mylady – selbstverständlich, Mylady – *précisément*, Mylady.› Belanglose Worte, aber sie wirken kolossal beruhigend. Dann gehe ich vorurteilsfrei an den Fall heran. Es scheint zwar fast unmöglich, daß jemand anders als Mr. Leverson als Täter in Frage kommen könnte. Doch – nun ja, das Unmögliche ist halt manchmal doch schon eingetreten.»

«Ich habe volles Verständnis für Ihre Position und stehe Ihnen ganz zur Verfügung.»

«Bon», sagte Poirot, «wir verstehen einander. Nun schildern Sie mir die Ereignisse jener Nacht. Am besten fangen Sie mit dem Abendessen an.»

«Wie Ihnen zweifellos bekannt, ist, war Leverson nicht da zum Essen. Er hatte eine ernsthafte Auseinandersetzung mit seinem Onkel gehabt und das Haus verlassen, um im Golfklub zu speisen. Sir Reuben war infolgedessen in sehr schlechter Stimmung.»

«Nicht allzu liebenswürdig, *ce Monsieur,* was?» warf Poirot als leisen Wink dazwischen.

Trefusis lachte.

«Ein Brausekopf, kann ich Ihnen nur sagen! Nicht umsonst habe ich neun Jahre für ihn gearbeitet. Ich kenne ihn von innen und von außen. Es war außerordentlich schlecht mit ihm umzugehen, Monsieur Poirot. Er bekam oft kindische Wutanfälle und beschimpfte jeden, der ihm in die Quere kam. Ich hatte mich mittlerweile ja daran gewöhnt und machte mir schon gar nichts mehr daraus, wenn er mich abkanzelte. Im Grunde genommen war er kein schlechter Mensch, aber er führte sich manchmal höchst lächerlich auf und konnte einen zur Verzweiflung bringen. Das beste war, ihm nie zu widersprechen.»

«Waren die anderen in dieser Hinsicht auch so weise wie Sie?»

Trefusis zuckte die Achseln.

«Lady Astwell hat sich ganz gern mal mit Sir Reuben gezankt. Sie hat sich auch nichts gefallen lassen und ist ihm keine Antwort schuldig geblieben. Hinterher haben sie sich immer schnell wieder ausgesöhnt. Sir Reuben hat sie wirklich sehr gern gehabt.»

«Haben die beiden sich am letzten Abend gestritten?»

Der Sektretär sah ihn von der Seite an und sagte nach kurzem Zaudern:

«Ich glaube, ja. Weshalb fragen Sie?»

«Nur so ein Gedanke – weiter nichts.»

«Ich kann es natürlich nicht mit Bestimmtheit sagen», erklärte der Sektetär, «aber es sah so aus, als ob ein Gewitter aufziehe.»

Poirot verfolgte das Thema nicht weiter.

«Wer war sonst noch beim Essen?»

«Miss Margrave, Mr. Victor Astwell und ich.»

«Und nachher?»

«Nachher gingen wir in den Salon. Sir Reuben begleitete uns nicht. Etwa zehn Minuten später erschien er auf der Bildfläche und kanzelte mich gehörig ab. Eine Bagatelle wegen eines Briefes. Ich ging mit ihm ins Turmzimmer und brachte die Sache in Ordnung. Mr. Victor Astwell kam dann hinzu und sagte, er habe etwas mit seinem Bruder zu besprechen. Also ging ich wieder hinunter zu den beiden Damen.

Etwa eine Viertelstunde später hörte ich Sir Reubens Schelle heftig klingeln, und Parsons richtete mir aus, ich möchte sofort zu Sir Reuben kommen. Als ich ins Zimmer trat, kam Victor Astwell gerade heraus und hat mich beinahe noch umgerannt. Offenbar war etwas Aufregendes passiert. Er ist auch ein ziemlicher Hitzkopf. Ich glaube, er hat mich gar nicht mal gesehen.»

«Hat Sir Reuben etwas darüber verlauten lassen?»

«Ja, er sagte zu mir: ‹Victor ist wahnsinnig. Er wird noch mal jemanden umbringen, wenn er einen seiner Wutanfälle bekommt.›»

«Aha», sagte Poirot. «Haben Sie eine Ahnung, worum es sich handelte?»

«Darüber ist mir nichts bekannt.»

Poirot wandte sich sehr langsam um und blickte den Sekretär an. Die letzten Worte waren etwas zu hastig geäußert. Er kam zu der Überzeugung, daß Trefusis mehr sagen könnte, wenn er wollte. Aber wiederum ging Poirot darüber hinweg.

«Und dann? Fahren Sie bitte fort.»

«Ich habe etwa eine halbe Stunmde mit Sir Reuben gearbeitet. Um elf Uhr kam Lady Astwell herein, und Sir Reuben sagte, ich könne zu Bett gehen.»

«Sind Sie zu Bett gegangen?»

«Ja.»

«Wissen Sie, wie lange Lady Astwell bei Sir Reuben geblieben ist?»

«Keine Ahnung. Ihr Zimmer befindet sich im ersten Stock und meines im zweiten. Ich konnte also nicht hören, wann sie zu Bett ging.»

«Allerdings.»

Poirot nickte mit dem Kopf und sprang auf.

«Und nun, Monsieur, führen Sie mich bitte ins Turmzimmer.»

Er folgte dem Sekretär über die breite Treppe bis zum ersten Stock, dann den Korridor entlang, durch eine Polstertür, die zu den Dienstbotenzimmern und zu einem kurzen Gang führte, der in einer Tür endete. Durch diese Tür betraten sie den Tatort.

Es war ein hoher Raum – ungefähr doppelt so hoch wie alle anderen und etwa zehn Meter im Quadrat. Speere und Schwerter schmückten die Wände, und viele afrikanische Raritäten lagen und standen auf Tischen herum. Weiter hinten, in der Fensternische, stand ein großer Schreibtisch. Poirot ging direkt darauf zu.

«Hier hat man also Sir Reuben gefunden?»

Trefusis nickte zustimmend.

«Wenn ich recht verstanden habe, wurde er von hinten erschlagen, nicht wahr?»

Wieder nickte der Sekretär.

«Das Verbrechen ist mit einer dieser Eingeborenenkeulen begangen worden», erklärte er. «Ein ungeheuer schweres Ding! Der Tod muß praktisch sofort eingetreten sein.»

«Das spricht dafür, daß das Verbrechen nicht geplant war. Ein heftiger Wortwechsel, und impulsiv griff man zur ersten besten Waffe.»

«Ja, es sieht für den armen Leverson nicht gerade rosig aus.»

«Und wie lag die Leiche? War sie vornüber auf den Schreibtisch gefallen?»

«Nein, sie war seitwärts zu Boden geglitten.»

«Oh«, sagte Poirot, «das ist aber merkwürdig.»

«Warum merkwürdig?« fragte der Sekretär.

«Darum», sagte Poirot und wies auf einen runden, unregelmäßigen Fleck auf der polierten Schreibtischplatte. «Das ist ein Blutfleck, *mon ami*.»

«Es mag dorthin gespritzt sein», meinte Trefusis, «oder der Fleck kann später entstanden sein, als man die Leiche aufhob.»

«Möglich, sehr gut möglich», murmelte der kleine Mann. «Hat dieses Zimmer nur eine Tür?»

«Hier ist noch eine Treppe.»

Trefusis zog in der Ecke unmittelbar neben der Tür einen Samtvorhang zur Seite, hinter dem eine kleine Wendeltreppe nach oben führte.

«Dieses Haus ist von einem Astronomen gebaut worden, und diese Treppe führte zum Turm, wo das Teleskop aufgestellt war. Sir Reuben hatte sich da oben ein Schlafzimmer eingerichtet, wo er manchmal schlief, wenn er bis spät in die Nacht hinein arbeitete.»

Poirot sprang behende die Stufen empor. Das runde Zimmer oben war einfach eingerichtet. Es enthielt nur ein Feldbett, einen Stuhl und einen Ankleidetisch. Poirot überzeugte sich, daß kein anderer Ausgang vorhanden war, und stieg dann wieder hinab zu dem unten wartenden Trefusis.

«Haben Sie Mr. Leverson zurückkommen hören?»

Trefusis schüttelte den Kopf.

«Ich war bereits eingeschlafen.»

Poirot nickte und blickte im Zimmer umher.

«Eh bien!» sagte er schließlich. «Hier ist wohl weiter nichts. Halt, einen Augenblick noch! Würden Sie so gut sein und die Vorhänge zuziehen?»

Gehorsam zog Trefusis die schweren schwarzen Vorhänge vor das Fenster am anderen Ende des Zimmers. Poirot schaltete das Licht ein, und eine große, von der Decke herabhängende Alabasterschale flammte auf.

«Es war doch wohl auch eine Tischlampe da, nicht wahr?»

Als Antwort knipste der Sekretär eine Leselampe mit grünem Schirm und starker Birne auf dem Schreibtisch an.

Poirot schaltete die Deckenbeleuchtung aus, nochmals an und dann wieder aus.

«*C'est bien!* Ich bin fertig.»

«Gegessen wird um halb acht», murmelte der Sekretär.

«Ich danke Ihnen, Mr. Trefusis, für Ihre vielen Gefälligkeiten.»

«Keine Ursache.»

Poirot ging nachdenklich den Korridor entlang zu dem ihm angewiesenen Zimmer, wo der unerschütterliche George bereits Poirots Abendanzug zurechtgelegt hatte.

«Mein guter George», sagte Poirot kurz darauf, «beim Essen treffe ich hoffentlich einen Herrn, der meine Neugierde in hohem Maße reizt. Es ist ein Mann, der aus den Tropen heimgekehrt ist, George. Mit einem Tropenkoller – wie man zu sagen pflegt. Ein Mann, über den Parsons gern mit mir sprechen möchte, den Lily Margrave aber nicht erwähnt. Der verstorbene Sir Reuben hatte seinen eigenen Koller. Wenn zwei solche Bollerköpfe aneinandergeraten, dann müßte doch – wie sagt man hierzulande? – das Fell fliegen, was?»

«‹Die Fetzen fliegen› ist der korrekte Ausdruck, Sir, und das ist auch nicht immer der Fall. Keineswegs.»

«Nein?»

«Nein, Sir. Ich denke dabei an meine Tante Jemima. Eine böse Kneifzange war das! Hackte dauernd auf ihrer Schwester herum – ganz fürchterlich! Hat sie beinahe zu Tode gequält mit ihrem ewigen Gezeter. Lief ihr aber jemand über den Weg, der ihr mit gleicher Münze heimzahlte, dann war sie auf einmal ganz anders. Nur sanfte Menschen konnte sie nicht um sich haben.»

«Ha», rief Poirot aus, «das bringt mich auf eine Idee.»

George räusperte sich diskret.

«Kann ich irgend etwas tun», fragte er mit großem Taktgefühl, «um Ihnen behilflich zu sein?»

«Ja, gewiß», erwiderte Poirot prompt. «Sie können für mich ausfindig machen, welche Farbe das Abendkleid hatte, das Lily Margrave an jenem Abend trug, und welches Hausmädchen sie bedient.»

George nahm diese Aufträge mit seiner gewohnten Seelenruhe entgegen.

«Sehr wohl, Sir. Morgen früh werde ich Sie darüber informieren.»

Poirot erhob sich aus seinem Sessel und starrte in die Glut des Kaminfeuers.

«Sie leisten mir gute Dienste, George», murmelte er. «Wissen Sie was? Ich werde Ihre Tante Jemima nicht vergessen.»

Poirots Erwartung, Victor Astwell am Abend zu treffen, erfüllte sich letzten Endes doch nicht. Er teilte telefonisch mit, er sei gezwungen, in London zu bleiben.

«Er kümmert sich wohl um die Angelegenheiten Ihres verstorbenen Gatten, nicht wahr?» fragte Poirot Lady Astwell.

«Victor ist Teilhaber. Er ging nur nach Afrika, um einige Minenkonzessionen für die Firma zu prüfen. Es handelte sich doch um Minen, nicht wahr Lily?»

«Ja, Lady Astwell.»

«Goldminen, glaube ich, oder waren es Kupfer- oder Zinnminen? Sie sollten das eigentlich wissen, Lily. Sie haben Sir Reuben doch dauernd darüber ausgefragt. Oh, vorsichtig! Beinahe hätten Sie die Vase umgestoßen!»

«Schrecklich heiß hier drinnen mit dem Feuer», sagte Lily. «Darf ich – darf ich das Fenster ein wenig öffnen?»

«Wenn Sie wollen, liebe Lily», sagte Lady Astwell ruhig.

Poirot beobachtete das junge Mädchen, als es zum Fenster ging und es öffnete. Sie blieb ein paar Minuten am offenen Fenster stehen und atmete in tiefen Zügen die kühle Nachtluft ein. Nachdem sie ihren Platz wieder eingenommen hatte, sagte er höflich zu ihr:

«Mademoiselle interessiert sich also für Minen?»

«Oh, nicht besonders», sagte sie gleichgültig. «Ich habe zugehört, wenn Sir Reuben davon sprach. Aber ich kenne mich nicht darin aus.»

«Dann haben Sie es aber gut verstanden, Interesse vorzutäuschen», sagte Lady Astwell. «Sir Reuben glaubte doch tatsächlich, Sie verfolgten einen bestimmten Zweck mit all den Fragen.»

Der kleine Detektiv hatte nicht vom Feuer aufgesehen, in das er unverwandt starrte, und doch entging ihm nicht, daß Lily Margraves Gesicht vor Ärger ganz rot wurde. Taktvoll wechselte er das Thema. Als es Zeit wurde, gute Nacht zu sagen, fragte Poirot seine Gastgeberin:

«Kann ich mit Ihnen unter vier Augen sprechen, Madame?»

Lily Margrave zog sich diskret zurück, und Lady Astwell sah den Detektiv fragend an.

«Sie waren wohl die letzte Person, die Sir Reuben an jenem Abend lebend gesehen hat?»

Sie nickte, und ihre Augen füllten sich mit Tränen, die sie hastig mit einem schwarzumrandeten Taschentuch abwischte.

«Seien Sie doch nicht traurig, ich bitte Sie, Madame, regen Sie sich nicht auf.»

«Es ist alles ganz gut und schön, Monsieur Poirot, aber ich kann nun mal nichts dafür.»

«Es ist unverzeihlich von mir, Sie so zu quälen.»

«Nein, nein, fahren Sie nur fort. Was wollten Sie sagen?»

«Es war wohl ungefähr elf Uhr, als Sie ins Turmzimmer kamen und Sir Reuben den Sekretär entließ. Stimmt's?»

«Es muß um die Zeit gewesen sein.»

«Wie lange waren Sie bei ihm?»

«Es war gerade ein Viertel vor zwölf, als ich in mein Zimmer kam. Ich erinnere mich, daß ich auf die Uhr sah.»

«Lady Astwell, wollen Sie mir sagen, worüber Sie sich mit Ihrem Gatten unterhalten haben?»

Lady Astwell sank aufs Sofa und brach völlig zusammen. Sie fing heftig an zu schluchzen.

«Wir haben uns ge-gezankt», stöhnte sie.

«Worüber denn?» drängte Poirot sie mit sanfter Stimme.

«Ü-über vieles. M-m-mit L-Lily fing es an. Reuben hatte plötzlich eine Abneigung gegen sie gefaßt – ohne jeden Grund – und behauptete, er habe sie dabei ertappt, wie sie in seinen Papieren herumschnüffelte. Er wollte sie sofort entlassen. Ich sagte ihm aber, sie sei ein nettes Mädchen, und so etwas käme gar nicht in Frage. Dann b-brüllte er mich an. Das ließ ich mir natürlich nicht bieten und sagte ihm gründlich die Meinung.

Ich habe das natürlich nicht so gemeint, Monsieur Poirot, und dann sagte er noch, er habe mich aus der Gosse gezogen, um mich zu heiraten, und ich sagte – ach, was nützt das jetzt alles noch? Ich werde mir ewig Vorwürfe machen. Sie wissen ja, wie es ist, Monsieur Poirot, ich habe zwar immer gesagt, ein guter Streit reinigt die Luft, aber wie konnte ich ahnen, daß jemand ihn noch in derselben Nacht ermorden würde? Armer alter Reuben!»

Poirot hatte sich den ganzen Ausbruch teilnahmsvoll angehört.

«Ich habe Ihnen Qual verursacht», sagte er, «das tut mir leid. Aber nun wollen wir einmal ganz sachlich und praktisch sein. Halten Sie immer noch an Ihrer Idee fest, daß Mr. Trefusis Ihren Gatten ermordet hat?»

Lady Astwell richtete sich kerzengerade auf.

«Der Instinkt einer Frau, Monsieur Poirot», sagte sie in feierlichem Ton, «irrt sich niemals.»

«Ganz recht, ganz recht», erwiderte Poirot. «Wann hat er es aber getan?»

«Wann? Nachdem ich meinen Gatten verlassen hatte, natürlich.»

«Sie haben Sir Reuben um Viertel vor zwölf verlassen. Fünf Minuten vor zwölf kam Mr. Leverson nach Hause. In den zehn Minuten soll also der Sekretär aus seinem Schlafzimmer ins Turmzimmer gegangen sein und ihn ermordet haben?»

«Das ist sehr gut möglich.»

«So vieles ist möglich», sagte Poirot. «Es kann natürlich in zehn Minuten erledigt werden. O ja! Ist es aber so gewesen?»

«Er behauptet natürlich, er sei im Bett gewesen und habe fest geschlafen», sagte Lady Astwell. «Aber wer weiß denn, ob das wahr ist?»

«Niemand hat gesehen, daß er auf war», erinnerte sie Poirot.

«Natürlich nicht; denn jeder lag in tiefem Schlaf», sagte Lady Astwell triumphierend.

«Wer weiß?» murmelte Poirot vor sich hin.

Kurze Pause.

«Eh bien, Lady Astwell, ich wünsche Ihnen eine gute Nacht.»

George brachte seinem Herrn den Morgenkaffee ans Bett.

«Miss Margrave, Sir, trug in der fraglichen Nacht ein Abendkleid aus hellgrünem Chiffon.»

«Danke, George, Sie sind äußerst zuverlässig.»

«Das dritte Hausmädchen sorgt für Miss Margrave, Sir. Sie heißt Gladys.»

«Danke, George, Sie sind nicht mit Gold zu bezahlen.»

«Keine Ursache, Sir.»

«Ein schöner Tag heute», meinte Poirot und blickte zum Fenster hinaus. «Wahrscheinlich wird niemand sehr früh aufstehen. Ich denke, mein guter George, wir werden das Turmzimmer ganz für uns haben, wenn wir uns dorthin begeben, um ein kleines Experiment zu machen.»

«Brauchen Sie mich dazu, Sir?»

«Das Experiment», sagte Poirot, «wird nicht schmerzhaft sein.»

Als sie im Turmzimmer ankamen, waren die Vorhänge noch zugezogen. George wollte sie gerade zurückschlagen, aber Poirot winkte ab.

«Wir wollen das Zimmer so lassen, wie es ist. Schalten Sie bitte die Schreibtischlampe ein.» Der Diener gehorchte.

«Nun, setzen Sie sich mal auf den Stuhl dort, mein guter George. Tun Sie so, als ob Sie schrieben. *Très bien.* Ich werde nun eine Keule ergreifen, mich von hinten an Sie heranpirschen und Ihnen einen Schlag auf den Hinterkopf versetzen.»

«Jawohl, Sir», sagte George unerschütterlich.

«Ah», sagte Poirot, «wenn ich zuschlage, müssen Sie aufhören zu schreiben. Ich kann natürlich nicht dieselbe Kraft anwenden wie Sir Reubens Mörder. Das verstehen Sie ja wohl. Wenn der kritische Moment kommt, müssen wir so tun als ob. Ich schlage Sie auf den Kopf, und Sie brechen zusammen, die Arme ganz entspannt, den Körper ganz locker. Gestatten Sie mal, so ... aber nein, nicht die Muskeln so verkrampfen!»

Er stieß einen Seufzer der Verzweiflung aus.

«Hosen bügeln Sie ausgezeichnet, George, aber Phantasie besitzen Sie nicht. Stehen Sie auf. Ich übernehme Ihre Rolle.»

Poirot setzte sich selbst an den Schreibtisch.

«Ich schreibe», erklärte er, «ich schreibe sehr eifrig. Sie schleichen sich von hinten an mich heran und schlagen mir mit der Keule auf den Kopf. Bums! Die Feder fällt mir aus der Hand. Ich falle vornüber, aber nicht sehr weit; denn der Stuhl ist niedrig und der Tisch hoch. Außerdem stützen mich meine Arme. Seien Sie so gut, George, und gehen Sie zurück zur Tür. Bleiben Sie dort stehen und sagen Sie mir, was Sie sehen.»

«Ahem!»

«Ja, George?» rief Poirot aufmunternd.

«Ich sehe Sie am Tisch sitzen. Sir.»

«Am Tisch *sitzen*?»

«Es ist nicht ganz einfach, Sie deutlich zu sehen, Sir», erklärte George. «Die Entfernung ist sehr groß, und die Lampe hat einen so dunklen Schirm. Wenn ich vielleicht das Oberlicht andrehen dürfte, Sir?»

Seine Hand tastete nach dem Schalter.

«Auf keinen Fall», sagte Poirot scharf. «Wir kommen auch so ganz gut zurecht. Ich hier über den Tisch gebeugt und Sie dort an der Tür. Kommen Sie jetzt auf mich zu, George, und legen Sie mir die Hand auf die Schulter.»

George gehorchte.

«Lehnen Sie sich ein wenig auf mich, George, als wären Sie nicht ganz sicher auf den Füßen. Ah, *voilà*.»

Hercule Poirot ließ seinen schlaffen Körper kunstgerecht zur Seite gleiten.

«Ich falle – so!» bemerkte er. «Ja, das habe ich fein ausgetüftelt. Jetzt aber steht eine hochwichtige Sache auf dem Programm!»

«Wirklich, Sir?»

«Ja, ich muß mir unbedingt ein gutes Frühstück einverleiben.»

Der kleine Mann lachte herzhaft über seinen eigenen Scherz.

«Der Magen, George, darf niemals ignoriert werden.»

George bewahrte ein mißbilligendes Schweigen. Poirot lachte glücklich vor sich hin, als er die Treppe hinunterstieg. Er war ganz zufrieden mit der Entwicklung der Dinge. Nach dem Frühstück suchte er Gladys, das dritte Hausmädchen, auf und machte sich mit ihr bekannt. Alles, was sie ihm über das Verbrechen erzählen konnte, interessierte ihn sehr. Für Charles hatte sie sehr viel übrig, obwohl sie an seiner Schuld nicht zweifelte.

«Der arme junge Herr, Sir, es ist wirklich hart für ihn, besonders, wo er doch in jener Nacht nicht recht bei Sinnen war.»

«Er und Miss Margrave hätten sich als die einzigen beiden jungen Leute im Haus doch eigentlich gut vertragen müssen.»

Gladys schüttelte den Kopf.

«Sehr zurückhaltend war Miss Lily ihm gegenüber. Sie wünschte keine Annäherungsversuche. Das hat sie ihm ganz klar und deutlich zu verstehen gegeben.»

«Er mochte sie wohl ganz gern, wie?»

«Och, nur so nebenbei. Nichts Ernsthaftes, Sir. Aber Mr. Victor Astwell, der ist richtig in Miss Lily verschossen.»

Sie kicherte.

«Vraiment?»

Gladys kicherte wieder.

«Gleich von Anfang an hat es ihn gepackt. Miss Lily ist ja auch wirklich wie eine Lilie, nicht wahr? So groß und schlank und solch eine entzückende Haarfarbe!»

«Sie müßte eigentlich ein grünes Abendkleid tragen», sagte Poirot sinnend. «Es gibt da ein ganz bestimmtes Grün –»

«Sie hat eins, Sir», sagte Gladys. «Natürlich kann sie es jetzt nicht tragen, wo wir in Trauer sind, aber sie trug es an dem Abend, als Sir Reuben starb.»

«Es müßte ein Hellgrün sein, kein Dunkelgrün», fuhr Poirot unbeirrt fort.

«Es ist auch hellgrün, Sir. Wenn Sie eine Minute Zeit haben, will ich es Ihnen zeigen. Miss Lily ist gerade mit den Hunden ausgegangen.»

Poirot nickte. Er wußte das genausogut wie Gladys. Hatte er sich doch erst von Lilys Abwesenheit vergewissert, bevor er sich auf die Suche nach dem Hausmädchen machte. Gladys eilte fort und kehrte wenige Minuten später mit dem grünen Abendkleid auf einem Bügel zurück.

«Ausgezeichnet», murmelte Poirot und schlug vor Bewunderung die Hände zusammen. «Gestatten Sie, daß ich es einen Augenblick bei Licht betrachte?»

Er nahm Gladys das Kleid ab, drehte ihr den Rücken zu und eilte damit ans Fenster. Dort beugte er sich kurz über das Kleid und hielt es dann in Armeslänge von sich.

«Es ist einfach vollkommen», erklärte er, «direkt bezaubernd! Tausend Dank, daß Sie es mir gezeigt haben.»

«Es war mir ein Vergnügen, Sir. Wir wissen ja alle, daß Franzosen sich sehr für Damenkleider interessieren.»

«Zu liebenswürdig von Ihnen», murmelte Poirot.

Seine Augen folgten ihr, als sie mit dem Kleid wieder davoneilte. Dann blickte er lächelnd auf seine Hände hinab. In der Rechten hielt er eine winzige Nagelschere und in der Linken ein säuberlich abgeschnittenes Stück grünen Chiffon.

«Und jetzt», murmelte er, «muß ich heroisch sein.»

Er kehrte in sein Zimmer zurück und ließ George zu sich kommen.

«Auf meinem Ankleidetisch, mein guter George, finden Sie eine goldene Krawattennadel.»

«Ja, Sir.»

«Auf dem Waschtisch steht eine Flasche mit Karbolsäure. Tauchen Sie, bitte, die Nadelspitze dort hinein.»

George tat, wie ihm befohlen. Schon seit langem wunderte er sich nicht mehr über die närrischen Einfälle seines Herrn.

«Das habe ich gemacht, Sir.»

«*Très bien!* Nun kommen Sie her. Ich reiche Ihnen meinen Zeigefinger, und Sie applizieren die Nadelspitze.»

«Entschuldigen Sie, Sir, soll ich Sie etwa in den Finger stechen?»

«Sie haben es erfaßt, George, Sie müssen mir Blut abzapfen, aber, wohlgemerkt, nicht zuviel.»

George ergriff den Finger seines Herrn. Poirot schloß die Augen und lehnte sich in den Sessel zurück. Der Diener stach mit der Krawattennadel zu, und Poirot stieß einen gellenden Schrei aus.

«*Je vous remercie,* George», sagte er, «Sie haben es reichlich gut gemeint.»

Er nahm den grünen Chiffonfetzen aus der Tsche und tupfte damit seinen Finger sehr behutsam ab.

«Die Operation ist fabelhaft geglückt», bemerkte er, als er das Ergebnis betrachtete. «Sind Sie gar nicht neugierig, George? Na, das ist ja bewundernswert.»

Der Diener hatte gerade einen diskreten Blick aus dem Fenster geworfen.

«Verzeihung, Sir», sagte er leise, «soeben ist ein Herr in einem großen Wagen vorgefahren.»

«Aha», sagte Poirot und erhob sich schnell. «Der schwer zu fassende Mr. Victor Astwell. Schnell nach unten. Ich muß seine Bekanntschaft machen.»

Poirot hörte Mr. Victor Astwell, bevor er ihn sah. Eine laute Stimme ertönte aus der Halle.

«Passen Sie doch auf, Sie verdammter Idiot! In der Kiste ist Glas! Verflucht noch mal, Parsons, stehen Sie nicht im Wege! Setzen Sie die Kiste doch ab, Sie Esel!»

Poirot hüpfte behende die Treppe hinunter und verbeugte

sich höflich vor Victor Astwell, der ihn um Haupteslänge überragte.

«Zum Kuckuck noch mal, wer sind Sie denn?» brüllte der gewaltige Mann.

Poirot machte noch eine Verbeugung.

«Mein Name ist Hercule Poirot.»

«Mein Gott!» sagte Victor Astwell. «Nancy hat Sie also doch kommen lassen.»

Er nahm Poirot bei der Schulter und steuerte ihn in die Bibliothek.

«Sie sind also der Mann, um den so viel Geschrei gemacht wird?» sagte er und blickte ihn von oben bis unten an. «Entschuldigen Sie die harten Ausdrücke, die Sie soeben gehört haben. Aber mein Chauffeur ist ein verdammter Esel, und Parsons geht mir auf die Nerven, der schwatzhafte alte Idiot. Ich kann Dummköpfe nun mal nicht ausstehen. Aber nach allem, was man so hört, sind Sie kein Dummkopf, was?»

Er lachte jovial.

«Alle, die das angenommen haben, haben sich tüchtig in die Nesseln gesetzt», sagte Poirot seelenruhig.

«Wirklich? Nancy hat Sie also hergeschleift – sie hat nämlich Rosinen im Kopf wegen des Sekretärs. Das ist natürlich glatter Unsinn. Trefusis ist so sanft wie eine Kuh – trinkt auch, glaube ich, Kuhmilch. Der Bursche ist tatsächlich Abstinenzler. Eigentlich eine Zeitvergeudung für Sie, nicht wahr?»

«Man vergeudet nie Zeit, wenn man Gelegenheit hat, die menschliche Natur zu studieren», sagte Poirot ruhig.

«Die menschliche Natur, was?»

Victor Astwell starrte ihn verdutzt an. Dann warf er sich in einen Sessel.

«Kann ich irgend etwas für Sie tun?»

«Ja, Sie können mir sagen, worüber Sie sich mit Ihrem Bruder an dem fraglichen Abend gestritten haben.»

Victor Astwell schüttelte den Kopf.

«Hat nichts mit dem Fall zu tun», sagte er mit Bestimmtheit.

«Das kann man nie wissen.»

«Es hat nichts mit Charles zu tun.»

«Lady Astwell ist der Ansicht, daß Charles nichts mit dem Mord zu tun hat.»

«Ach, Nancy!»

«Parsons nimmt an, daß es Mr. Charles Leverson war, der spätnachts nach Hause gekommen ist, hat ihn aber nicht gesehen. Sie müssen bedenken, niemand hat ihn gesehen.»

«Da sind Sie aber auf dem Holzweg», sagte Astwell. «Ich habe ihn gesehen.»

«Sie?»

«Die Sache war ganz einfach. Reuben hatte zuerst Jung-Charles tüchtig angepfiffen – und ich muß sagen, nicht ohne Grund. Später versuchte er dann, mich abzukanzeln. Ich habe ihm aber heimgeleuchtet. Und nur um ihn zu ärgern, hatte ich den Entschluß gefaßt, mich auf Charles' Seite zu stellen. Ich wollte ihn am Abend noch sehen, um ihm zu sagen, wie die Aktien standen. Ich ging wohl in mein Zimmer, aber nicht zu Bett. Statt dessen ließ ich die Tür offen, setzte mich in einen Sessel und rauchte meine Pfeife. Mein Zimmer ist im zweiten Stock, Monsieur Poirot. Direkt nebenan schläft Charles.»

«Verzeihen Sie die Unterbrechung – schläft Mr. Trefusis auch im selben Stock?»

Astwell nickte.

«Ja, sein Zimmer liegt nicht weit von meinem.»

«Näher zur Treppe?»

«Nein, entgegengesetzt.»

In Poirots Augen leuchtete es auf, aber der andere merkte nichts davon und fuhr fort:

«Wie gesagt, ich wartete auf Charles. Ungefähr um Viertel vor zwölf hörte ich die Haustür zuklappen, aber von Charles war in den nächsten zehn Minuten nichts zu sehen. Als er dann schließlich die Treppe heraufkam, sah ich sofort, daß es keinen Zweck hatte, die Sache an dem Abend zur Sprache zu bringen.»

Er machte eine vielsagende Geste.

«Ich verstehe», murmelte Poirot.

«Der arme Teufel hatte schwer geladen, konnte nicht mehr geradeaus gehen», sagte Astwell. «Er war auch totenblaß im Gesicht. Damals habe ich es seiner Verfassung zugeschrieben. Heute ist mir natürlich klar, daß er unmittelbar vorher den Mord begangen hat.»

Poirot warf schnell eine Frage ein:

«Haben Sie denn keinerlei Geräusche aus dem Turmzimmer gehört?»

«Nein, aber Sie müssen bedenken, daß ich mich genau am anderen Ende des Hauses befand. Die Wände sind sehr dick, und ich glaube, man würde nicht einmal einen Pistolenschuß von dort hören.»

Poirot nickte.

»Ich fragte Charles, ob ich ihm ins Bett helfen solle», fuhr Astwell fort. «Er sagte aber, er könne allein fertig werden, ging in sein Zimmer und schlug die Tür zu. Ich habe mich dann auch ausgezogen und bin zu Bett gegangen.»

Poirot starrte nachdenklich auf den Teppich.

«Sind Sie sich dessen bewußt, Mr. Astwell», sagte er schließlich, «daß Ihre Aussage von größter Wichtigkeit ist?»

«Das mag wohl sein – he, was wollen Sie damit sagen?»

«Nach Ihrer Aussage sind zehn Minuten verstrichen zwischen dem Zuklappen der Haustür und Leversons Erscheinen auf der Treppe. Er selbst sagt – soweit ich unterrichtet bin –, er sei ins Haus gekommen und sofort nach oben zu Bett gegangen. Aber da ist noch etwas anderes. Lady Astwells Anschuldigung gegen den Sekretär ist phantastisch, das gebe ich zu. Aber bisher hat sie sich nicht als unmöglich erwiesen. Doch Ihre Aussage verschafft ihm ein Alibi.»

«Wieso?»

«Lady Astwell behauptet, sie habe ihren Gatten um Viertel vor zwölf verlassen. Da der Sekretär um elf Uhr zu Bett gegangen ist, hätte er das Verbrechen nur zwischen Viertel vor zwölf und Charles Leversons Rückkehr begehen können.

Wenn Sie nun sagen, Sie haben bei offener Tür gesessen, so konnte er nicht aus seinem Zimmer kommen, ohne von Ihnen gesehen zu werden.»

«Da haben Sie recht», gab der andere zu.

«Und eine andere Treppe existiert nicht, was?»

«Nein. Um ins Turmzimmer zu gelangen, hätte er meine Tür passieren müssen, aber er ist nicht vorbeigekommen. Das steht ganz fest. Und überhaupt, Monsieur Poirot, wie ich Ihnen schon sagte, der Mann ist so sanft wie ein Pastor. Das können Sie mir ruhig glauben.»

«Ja, ja», sagte Poirot besänftigend, «ich verstehe das alles.» Nach einer kleinen Pause hob er wieder an: «Und Sie wollen mir wirklich nicht sagen, worüber Sie sich mit Sir Reuben gezankt haben?»

Astwell wurde dunkelrot im Gesicht.

«Sie werden nichts aus mir herausbekommen.»

Poirot blickte zur Decke. «Ich bin immer diskret», murmelte er, «wenn es sich um eine Dame handelt.»

Victor Astwell sprang auf.

«Verdammt noch mal, woher wissen Sie – was wollen Sie damit sagen?»

«Ich dachte an Miss Lily Margrave.»

Victor Astwell stand einen Augenblick unschlüssig da. Dann wurde er ruhiger und setzte sich wieder hin.

«Sie sind mir zu klug, Monsieur Poirot. Es stimmt schon. Lily war der Stein des Anstoßes. Reuben haßte sie wie die Pest. Er hatte irgend etwas über sie ausspioniert – gefälschte Referenzen oder dergleichen. Ich selbst glaube ja kein Wort davon.

Ferner behauptete er, sie schleiche sich nachts heimlich aus dem Hause und treffe sich draußen mit einem Mann. Das ging natürlich zu weit! Mein Gott, ich hab's ihm vielleicht gegeben! Habe ihm glatt erklärt, daß manch besserer Mann schon aus geringerem Anlaß getötet worden sei. Da hielt er endlich den Mund. Reuben hatte nämlich Angst vor mir, wenn ich richtig loslegte.»

«Das sollte mich nicht wundern», murmelte Poirot höflich.

«Ich halte große Stücke auf Lily Margrave», fuhr Astwell in einem anderen Ton fort. «Ein durch und durch anständiges Mädchen.»

Poirot antwortete nichts darauf. Er starrte, anscheinend ganz in Gedanken versunken, vor sich hin. Plötzlich fuhr er aus seiner Grübelei auf.

«Ich glaube, ich muß eine kleine *promenade* machen. Gibt's hier in der Nähe ein Hotel?»

«Zwei», sagte Victor Astwell, «das Golfhotel oben am Golfplatz und das Hotel Mitra unten am Bahnhof.»

«Vielen Dank», sagte Poirot. «Ja, ich muß ein wenig an die frische Luft – ganz entschieden.»

Das Golfhotel machte seinem Namen alle Ehre. Es stand wirklich am Golfplatz, fast unmittelbar neben dem Klubhaus. Dorthin begab sich Poirot zuerst auf seiner so laut angekündigten «Promenade». Der kleine Mann hatte eine besondere Art, mit den Leuten umzugehen. Drei Minuten nachdem er das Golfhotel betreten hatte, steckte er bereits tief in einer höchst eifrigen Unterredung mit der Hotelleiterin, Miss Langdon.

«Es tut mir leid, Sie belästigen zu müssen, Mademoiselle, aber ich bin nun mal Detektiv.» Poirot ging am liebsten immer direkt aufs Ziel los, und in diesem Falle hatte diese Methode auch sofort die gewünschte Wirkung.

«Ein Detektiv!» rief Miss Langdon und sah ihn dabei etwas zweifelnd an.

«Nicht von Scotland Yard», versicherte ihr Poirot. «Ich bin überhaupt kein Engländer, wie Ihnen vielleicht schon aufgefallen ist. Nein, ich stelle Privatuntersuchungen in der Mordsache Sir Reuben Astwell an.»

«Was Sie nicht sagen!» Miss Langdon glotzte ihn erwartungsvoll an.

«Es stimmt aber!» sagte Poirot strahlend. «Nur einer so

verschwiegenen Seele wie Ihnen vertraue ich dies Geheimnis an. Ich glaube, Mademoiselle, Sie können mir behilflich sein. Können Sie mir wohl sagen, ob einer der Herren, die in der Mordnacht hier wohnten, an jenem Abend abwesend war und erst gegen zwölf oder halb eins zurückkehrte?»

Miss Langdon riß die Augen noch weiter auf als vorher.

«Denken Sie etwa –», hauchte sie.

«Daß Sie den Mörder hier hatten? Nein, aber ich habe Grund, anzunehmen, daß einer Ihrer Gäste einen kleinen Spaziergang in Richtung ‹Mon Repos› unternommen hat, und bei der Gelegenheit könnte er vielleicht etwas gesehen haben, das ihm zwar belanglos erscheinen, für mich aber von großem Nutzen sein mag.»

Die Leiterin nickte weise mit dem Kopf und setzte dabei eine Miene auf, als sei sie mit den Annalen der Kriminalistik gründlich vertraut.

«Ich verstehe das vollkommen. Wollen mal nachschauen, wer damals denn eigentlich bei uns wohnte.»

Sie zog die Stirn in tiefe Falten, während sie sich offenbar die Namen durch den Kopf gehen ließ und ihrem Gedächtnis hin und wieder mit den Fingern nachhalf.

«Captain Swann, Mr. Elkins, Major Blunt, der alte Mr. Benson. Nein, Sir, ich glaube wirklich nicht, daß jemand an dem Abend ausgegangen ist.»

«Hätten Sie das denn gemerkt?»

«O ja, Sir, es ist nämlich ganz ungewöhnlich. Ich meine, die Herren gehen wohl zum Essen aus, aber nicht nach dem Essen, weil – nun, weil man hier ja nirgendwo hingehen kann, nicht wahr?»

Die Attraktionen von Abbots Cross waren Golf, nochmals Golf und abermals Golf.

«Da haben Sie recht», stimmte ihr Poirot zu. «Dann ist also – soweit Sie sich erinnern können – keiner von Ihren Gästen an dem fraglichen Abend ausgegangen?»

«Captain England und seine Frau waren zum Essen eingeladen.»

Poirot schüttelte den Kopf.

«Das hilft mir nicht. Ich will mein Heil mal beim anderen Hotel versuchen, dem ‹Mitra› – so heißt es doch, nicht wahr?»

«Ach, das ‹Mitra›», sagte Miss Langdon. «Von dort aus mögen viele spazierengegangen sein.»

Die Verachtung in ihrem Ton war unverkennbar, und Poirot machte sich taktvoll aus dem Staube.

Zehn Minuten später wiederholte sich die Szene, diesmal mit Miss Cole, der etwas brüsken Leiterin des «Mitra». Dies war ein weniger anspruchsvolles Hotel mit niedrigeren Preisen, dicht am Bahnhof.

«Einer der Herren war an jenem Abend noch spät draußen und kam erst gegen halb eins herein, soweit ich mich erinnere», sagte Miss Cole. «Es war anscheinend eine Gewohnheit von ihm, um die Zeit auszugehen. Vorher war es auch schon ein paarmal vorgekommen. Wie hieß er doch gleich? Im Augenblick kann ich nicht darauf kommen.»

Sie zog einen dicken Wälzer zu sich heran und blätterte darin.

«Der Neunzehnte, Zwanzigste, Einundzwanzigste, Zweiundzwanzigste ... aha, hier haben wir's. Naylor, Captain Humphrey Naylor.»

«Hat er schon öfter hier gewohnt? Kennen Sie ihn gut?»

«Einmal vorher», sagte Miss Cole, «ungefähr vierzehn Tage früher, und ich kann mich deutlich entsinnen, daß er damals abends auch ausging.»

«Er kam wohl hierher, um Golf zu spielen?»

«Wahrscheinlich», sagte Miss Cole. «Das tun ja die meisten Herren hier.»

«Stimmt», sagte Poirot. «Nun, Mademoiselle, ich danke Ihnen verbindlichst und wünsche Ihnen einen guten Tag.»

Auf dem Rückweg nach «Mon Repos» war er sehr nachdenklich. Ein paarmal zog er etwas aus der Tasche und schaute es sich an.

«Es muß sein», murmelte er vor sich hin, «und zwar bald. Bei der allernächsten Gelegenheit.»

Sofort nach seiner Rückkehr erkundigte er sich bei Parsons, wo Miss Margrave wohl zu finden sei, und erfuhr, daß sie Lady Astwells Korrespondenz im kleinen Studierzimmer erledige. Diese Auskunft schien bei ihm eine tiefe Befriedigung auszulösen.

Er fand das kleine Studierzimmer ohne Schwierigkeiten. Lily Margrave saß an einem Schreibtisch beim Fenster und schrieb. Außer ihr war niemand im Zimmer. Poirot schloß sorgfältig die Tür hinter sich und ging auf das Mädchen zu.

«Wollen Sie mir ein paar Minuten Ihrer kostbaren Zeit widmen, Mademoiselle?»

«Aber gern.» Lily Margrave schob ihre Papiere zur Seite und wandte sich Poirot zu.

«Was kann ich für Sie tun?»

«Soweit ich unterrichtet bin, Mademoiselle, sind Sie an jenem tragischen Abend, als Lady Astwell ihren Gatten aufsuchte, sofort zu Bett gegangen. Stimmt das?«

Lily Margrave nickte.

«Und Sie sind nicht aus irgendeinem Grunde wieder heruntergekommen?»

Das Mädchen schüttelte den Kopf.

«Ich glaube, Sie sagten mir einmal, Sie seien an jenem Abend überhaupt nicht im Turmzimmer gewesen. Ist das richtig?»

«Ich erinnere mich zwar nicht, das gesagt zu haben, aber ich bin tatsächlich an dem Abend nicht im Turmzimmer gewesen.»

Poirot zog die Augenbrauen hoch.

«Merkwürdig», murmelte er.

«Was soll das heißen?»

«Sehr merkwürdig», murmelte Poirot wieder. «Wie erklären Sie sich denn das?»

Damit zog er einen kleinen verfärbten grünen Chiffonfetzen aus der Tasche und hielt ihn dem Mädchen hin.

Sie verzog keine Miene, aber er spürte, daß sie den Atem scharf einzog.

«Ich verstehe Sie nicht. Monsieur Poirot.»

«Sie haben doch an dem Abend ein grünes Chiffonkleid getragen, Mademoiselle. Dieses Stück», er tippte auf den Schnippel in seiner Hand, «war davon abgerissen.»

«Und Sie fanden es im Turmzimmer?» fragte das Mädchen vorsichtig. «Wo denn da?»

Hercule Poirot blickte zur Decke.

«Für den Augenblick sagen wir einfach – im Turmzimmer.»

Zum ersten Male trat etwas wie Furcht in ihre Augen. Sie begann zu sprechen, hörte aber sofort wieder auf. Poirot beobachtete, wie sich ihre kleinen weißen Hände auf der Tischkante zusammenballten.

«Vielleicht bin ich an dem Abend doch im Turmzimmer gewesen», sagte sie grübelnd. «Vor dem Essen, meine ich. Ich glaube es zwar nicht. Ich möchte beinahe mit Bestimmtheit sagen: nein. Außerdem ist es ja sehr merkwürdig, daß die Polizei den Fetzen nicht sofort gefunden hat, wenn er die ganze Zeit über im Turmzimmer war.»

«Die Polizei», sagte der kleine Mann, «hat nicht dieselben Ideen wie Hercule Poirot.»

«Es kann sein, daß ich gerade vor dem Essen auf einen Sprung hineingegangen bin», sagte Lily Margrave nachdenklich, «oder vielleicht am Abend vorher. Ich habe da dasselbe Kleid getragen. Ja, es muß bestimmt am Abend vorher gewesen sein.»

«Ich glaube nicht», sagte Poirot gelassen.

«Warum?»

Er schüttelte nur ganz langsam den Kopf.

«Was wollen Sie damit sagen?» flüsterte das Mädchen.

Sie beugte sich vor und starrte ihn an, wobei alle Farbe aus ihrem Gesicht wich.

«Sehen Sie denn nicht, Mademoiselle, daß dieses Stückchen verfärbt ist? Ganz zweifellos ist das menschliches Blut.»

«Sie wollen sagen –?»

«Ich will damit sagen, Mademoiselle, daß Sie im Turmzimmer waren, nachdem das Verbrechen begangen worden war, nicht vorher. Ich glaube, Sie sagen mir am besten die volle Wahrheit. Sonst könnte die Sache noch heikler für Sie werden.»

Er stand auf, nahm plötzlich eine strenge Miene an und erhob den Zeigefinger warnend gegen das Mädchen.

«Wie haben Sie das nur herausbekommen?» stieß Lily hervor.

«Das spielt keine Rolle, Mademoiselle. Ich kann Ihnen nur sagen, Hercule Poirot *weiß* es. Ich weiß auch Bescheid über Captain Humphrey Naylor, und daß Sie ihn an dem fraglichen Abend getroffen haben.»

Lily legte plötzlich den Kopf auf die Arme und brach in Tränen aus. Sofort gab Poirot die anklagende Haltung auf.

«Na, na, meine Kleine», sagte er und klopfte ihr väterlich auf die Schulter. «Regen Sie sich nicht auf. Es ist unmöglich, Hercule Poirot zu täuschen. Sobald Sie sich das einmal klargemacht haben, sind alle Ihre Sorgen vorbei. Und nun werden Sie mir die ganze Geschichte erzählen, nicht wahr? Schütten Sie dem alten Papa Poirot nur ruhig Ihr Herz aus.»

«Es ist nicht so, wie Sie denken, bestimmt nicht. Humphrey – mein Bruder – hat nicht ein Haar auf Reuben Astwells Haupt angerührt.»

«Ihr Bruder, wie?» sagte Poirot. «So läuft der Hase also. Na, wenn Sie ihn vom Verdacht befreien wollen, müssen Sie mir jetzt die ganze Geschichte rückhaltlos erzählen.»

Lily richtete sich wieder auf und strich sich das Haar aus der Stirn. Nach einer kleinen Weile begann sie mit leiser, klarer Stimme:

«Ich will Ihnen die Wahrheit sagen, Monsieur Poirot. Ich sehe ein, daß alles andere lächerlich ist. Mein richtiger Name ist Lily Naylor, und Humphrey ist mein einziger Bruder. Vor einigen Jahren, als er drüben in Afrika war, entdeckte er eine Goldmine oder, besser gesagt, das Vorhandensein von Gold.

Genaueres kann ich Ihnen darüber nicht sagen, weil ich die technischen Einzelheiten nicht verstehe. Aber die Quintessenz ist die:

Der Fund schien sehr vielversprechend zu sein, und Humphrey kam heim mit Briefen für Sir Reuben Astwell, den er dafür zu interessieren hoffte. Ich verstehe auch heute noch nicht, wie das alles über die Bühne ging. Ich weiß nur, daß Sir Reuben einen Experten hingeschickt hat, der ihm Bericht erstatten sollte. Später hat er dann meinem Bruder gesagt, der Bericht sei ungünstig und er, Humphrey, habe sich geirrt. Mein Bruder ging nach Afrika zurück, organisierte eine Expedition ins Innere und blieb dann verschollen. Man nahm an, daß er und die ganze Equipe umgekommen seien.

Ganz kurz danach wurde eine Gesellschaft gegründet zwecks Ausbeutung der Goldfelder von Mpala. Als mein Bruder dann doch wieder nach England zurückkam, zog er gleich den Schluß, daß dies die Goldfelder seien, die er entdeckt hatte. Allem Anschein nach hatte Sir Reuben mit dieser Gesellschaft nichts zu tun. Es machte den Eindruck, als hätten sie die Stelle von sich aus entdeckt. Aber mein Bruder war nicht davon überzeugt. Er war der festen Ansicht, daß Sir Reuben ihn beschwindelt habe.

Er regte sich immer mehr darüber auf und wurde von Tag zu Tag unglücklicher. Wir beide stehen ganz allein in der Welt, Monsieur Poirot, und da ich damals gezwungen war, mir meinen Lebensunterhalt zu verdienen, kam mir die Idee, einen Posten in diesem Haushalt anzunehmen und ausfindig zu machen, ob Sir Reuben etwas mit den Goldfeldern von Mpala zu tun habe. Aus begreiflichen Gründen vertuschte ich meinen richtigen Namen, und ich gebe offen zu, daß ich Referenzen gefälscht habe.

Es haben sich viele um diesen Posten beworben. Die meisten davon besaßen bessere Qualifikationen als ich, Monsieur Poirot. Na, da habe ich mir halt eine wunderschöne Empfehlung von der Herzogin von Perthshire geschrieben. Ich wußte nämlich, daß sie gerade nach Amerika gereist war.

Ich nahm an, daß eine Herzogin einen nachhaltigen Eindruck auf Lady Astwell machen würde, und darin hatte ich nicht unrecht. Sie hat mich auf der Stelle engagiert.

Seither habe ich die verhaßte Rolle einer Spionin gespielt, allerdings bis vor kurzem ohne Erfolg. Sir Reuben gehört nicht zu denen, die ihre Geschäftsgeheimnisse auf der Zunge tragen. Aber als Victor Astwell aus Afrika zurückkam, war er nicht mehr ganz so vorsichtig in seinen Gesprächen, und es dämmerte mir, daß Humphrey sich doch wohl nicht geirrt hatte. Mein Bruder kam etwa vierzehn Tage vor dem Mord hierher, und ich schlich mich aus dem Hause und traf mich heimlich in der Nacht mit ihm. Als ich erwähnte, was Victor Astwell gesagt hatte, wurde er ganz aufgeregt und versicherte mir, ich sei entschieden auf der richtigen Spur.

Aber danach schien alles schiefzugehen. Jemand muß mich gesehen haben, als ich mich aus dem Hause schlich, und Sir Reuben darüber Bericht erstattet haben. Er wurde mißtrauisch und überprüfte meine Referenzen. Natürlich entdeckte er sehr bald, daß sie gefälscht waren. Gerade am Mordtag kam die Sache heraus. Wahrscheinlich dachte er, ich hätte es auf die Juwelen seiner Frau abgesehen. Was auch immer seine Verdachtsgründe sein mochten, eines stand fest: er wollte mich nicht länger in ‹Mon Repos› bleiben lassen, obschon er von einer Klage wegen der gefälschten Referenzen abzusehen beabsichtigte. Lady Astwell hat während der ganzen Zeit treu zu mir gehalten und sich tapfer gegen Sir Reuben behauptet.»

Sie hielt inne. Poirot machte ein sehr ernstes Gesicht.

«Und nun, Mademoiselle, kommen wir zur Mordnacht.»

Lily schluckte ein paarmal krampfhaft und nickte.

«Zuerst, Monsieur Poirot, muß ich Ihnen sagen, daß mein Bruder nochmals hergekommen war und ich wieder ein heimliches Treffen mit ihm verabredet hatte. Ich ging, wie ich Ihnen schon sagte, nach oben auf mein Zimmer, ging aber nicht zu Bett. Statt dessen wartete ich, bis ich alle in tiefem Schlaf wähnte. Dann stahl ich mich die Treppe hinunter und zur Seitentür hinaus. Ich traf Humphrey und klärte ihn mit ein paar hastigen Worten über die Geschehnisse auf. Ich sagte ihm ebenfalls, daß nach meiner Ansicht die von ihm gewünschten Papiere in Sir Reubens Safe im Turmzimmer seien. Wir kamen überein, daß wir versuchen wollten, sie noch in derselben Nacht an uns zu bringen.

Ich sollte erst ins Haus gehen und nachsehen, ob die Luft rein sei. Als ich durch die Seitentür ging, hörte ich die Kirchturmuhr zwölf schlagen. Kaum war ich halbwegs die Treppe hinauf, die zum Turmzimmer führt, da hörte ich ein dumpfes Geräusch, als sei etwas hingefallen. Im selben Moment rief eine Stimme ‹Mein Gott!› Ein paar Minuten darauf öffnete sich die Tür des Turmzimmers, und Charles Leverson kam heraus. Ich konnte sein Gesicht ganz deutlich im Mondlicht erkennen. Aber er sah mich nicht, da ich mich etwas weiter unten auf der Treppe, wo es dunkel war, zusammenkauerte.

Schwankend, mit totenbleichem Gesicht, stand er einen Augenblick da und schien zu lauschen. Dann riß er sich mit großer Anstrengung zusammen, öffnete die Tür zum Turmzimmer wieder und rief: ‹Es ist ja noch mal gutgegangen› oder so etwas Ähnliches. Seine Stimme klang ganz munter und heiter. Aber sein Gesicht strafte ihn Lügen. Er wartete noch eine Minute und ging dann langsam nach unten, und ich konnte ihn nicht mehr sehen.

Als er fort war, wartete ich noch ein Weilchen und schlich dann selbst zum Turmzimmer hinauf. Ich hatte das Gefühl, als sei etwas Tragisches passiert. Das Oberlicht war aus, aber die Schreibtischlampe brannte, und in ihrem Schein sah ich Sir Reuben neben dem Tisch am Boden liegen. Wie ich es fertiggebracht habe, weiß ich nicht mehr, aber ich nahm zuletzt meine ganze Kraft zusammen, ging hin und kniete bei ihm nieder. Ich sah sofort, daß er tot war – von hinten niedergeschlagen. – Auch, daß er noch nicht lange tot sein konnte; denn ich berührte seine Hand, und sie war noch ganz warm. Es war gräßlich, Monsieur Poirot, einfach grauenhaft.»

Sie schauderte wieder bei der Erinnerung.

«Und dann?» fragte Poirot und sah sie scharf an.

Lily Margrave nickte.

«Ja, Monsieur Poirot, ich weiß, was Sie denken. Warum habe ich nicht das ganze Haus alarmiert? Das hätte ich tun sollen, ich weiß. Aber als ich dort kniete, schoß mir blitzartig ein Gedanke durch den Kopf: meine Auseinandersetzung mit Sir Reuben, meine heimlichen Zusammenkünfte mit Humphrey, die Tatsache, daß ich am nächsten Tage das Haus verlassen mußte – das alles bildete ja eine verhängnisvolle Kette! Man würde sicher sagen, ich hätte Humphrey hereingelassen, und er habe Sir Reuben aus Rache getötet. Hätte ich gesagt, daß ich Charles Leverson aus dem Zimmer kommen sah, hätte es mir niemand geglaubt.

Es war schrecklich, Monsieur Poirot. Da kniete ich nun und dachte und dachte, und je mehr ich dachte, desto tiefer sank mein Mut. Dann sah ich Sir Reubens Schlüssel, die ihm beim Fall aus der Tasche gerutscht waren. Der Schlüssel zum Safe war auch dabei. Die Kombination kannte ich bereits, da Lady Astwell sie einmal in meiner Gegenwart erwähnt hatte. Ich ging also hinüber zum Safe, Monsieur Poirot, schloß ihn auf und stöberte in seinen Papieren herum.

Zuletzt fand ich, was ich suchte. Humphrey hatte völlig recht gehabt. Sir Reuben steckte tatsächlich hinter den Goldfunden von Mpala, und er hatte Humphrey mit Vorbedacht betrogen. Das machte die Sache noch schlimmer. Es gab Humphrey ein ganz bestimmtes Motiv für das Verbrechen. Ich stopfte die Papiere wieder in den Safe, ließ den Schlüssel in der Tür stecken und ging schnurstracks auf mein Zimmer. Am nächsten Morgen, als das Hausmädchen die Leiche entdeckte, tat ich, als sei ich ebenso überrascht und entsetzt wie alle anderen.»

Sie schwieg und blickte jämmerlich zu Poirot hinüber.

«Sie glauben mir doch, Monsieur Poirot? O sagen Sie mir doch, bitte, daß Sie mir glauben!»

«Ja, ich glaube Ihnen, Mademoiselle. Sie haben mir manches erklärt, was mir bisher rätselhaft war. Einmal Ihre absolute Gewißheit, daß Charles Leverson der Täter war, zum anderen Ihre hartnäckigen Bemühungen, mich von hier fernzuhalten.»

«Ich hatte Angst vor Ihnen», gab sie unumwunden zu. «Lady Astwell konnte ja nicht so bestimmt wissen wie ich, daß Charles schuldig war, und ich durfte nichts sagen. Daher hegte ich die verzweifelte Hoffnung, daß Sie den Fall ablehnen würden.»

«Wenn Sie das nicht so offensichtlich angestrebt hätten, hätte ich es vielleicht auch getan», bemerkte er trocken.

Lily warf ihm rasch einen Blick zu; ihre Lippen zitterten ein wenig.

«Und nun, Monsieur Poirot – was wollen Sie nun tun?»

«Was Sie angeht, Mademoiselle, nichts. Ich glaube Ihnen und akzeptiere Ihre Geschichte. Als nächstes werde ich nach London fahren und Inspektor Miller aufsuchen.»

«Und dann?» fragte Lily.

«Und dann», sagte Poirot, «werden wir mal sehen.»

Draußen vor der Tür des Studierzimmers sah er sich noch einmal das kleine Stückchen Chiffon in seiner Hand an.

«Erstaunlich», murmelte er selbstgefällig vor sich hin, «diese Findigkeit, diese Geistesblitze von Hercule Poirot!»

Inspektor Miller hatte Monsieur Poirot nicht gerade besonders in sein Herz geschlossen. Er gehörte am Yard nicht zu der kleinen Gruppe von Inspektoren, die Poirot als Mitarbeiter willkommen hießen. Er pflegte zu sagen, Hercule Poirot werde stark überschätzt. In diesem Falle war er seiner Sache ziemlich sicher. Infolgedessen begrüßte er Poirot in guter Laune.

«Sie vertreten Lady Astwell, nicht wahr? Da haben Sie sich aber in die Tinte gesetzt.»

«Es besteht also gar kein Zweifel in diesem Falle?»

Miller kniff ein Auge zu. »Niemals einen klareren Fall gehabt. Man müßte denn schon den Mörder direkt mit bluttriefenden Händen bei der Tat ertappen.»

«Soviel ich weiß, hat Leverson eine Erklärung abgegeben, nicht wahr?»

«Er hätte besser daran getan, seinen Mund zu halten», sagte der Inspektor. «Er wiederholt immer wieder, daß er sofort nach oben auf sein Zimmer gegangen und überhaupt nicht mehr in der Nähe seines Onkels gewesen sei. Das ist eine törichte Geschichte angesichts der Tatsachen.»

«Das ganze Beweismaterial spricht gewiß stark dagegen», murmelte Poirot. «Was für einen Eindruck haben Sie denn von diesem jungen Mr. Leverson?»

«Verdammt blöder Kerl!»

«Ein schwacher Charakter, wie?»

Der Inspektor nickte.

«Man sollte es kaum für möglich halten, daß so ein Typ den Mumm hat, ein derartiges Verbrechen zu begehen.»

«Auf den ersten Blick nicht», gab der Inspektor zu. «Aber du meine Güte, wie oft habe ich das in meiner Praxis schon erlebt: Treiben Sie einen schwachen, vergnügungssüchtigen jungen Mann in die Enge, füllen Sie ihn mit zuviel Alkohol, und für eine kurze Zeit haben Sie ihn in einen Eisenfresser verwandelt. Ein Schwacher, in die Enge getriebener Mann ist gefährlicher als ein Kraftmensch.»

«Das stimmt allerdings, da haben Sie ganz recht.»

Miller wurde etwas leutseliger.

«Für Sie ist es natürlich einerlei, Monsieur Poirot», sagte er. «Sie bekommen Ihr Honorar so oder so. Sie müssen selbstverständlich so tun, als ob Sie das Beweismaterial prüften, um Ihre Ladyship zufriedenzustellen. Das kann ich alles gut verstehen.»

«Was Sie nicht alles verstehen», murmelte Poirot und verabschiedete sich.

Sein nächster Besuch galt dem Rechtsanwalt, der Charles Leverson vertrat. Mr. Mayhew war ein dünner, trockener, vorsichtiger Mann. Er empfing Poirot mit großer Reserviertheit. Doch bereits nach zehn Minuten unterhielten sich die beiden in liebenswürdigster Weise.

«Sie verstehen mich doch recht», sagte Poirot. «Ich vertrete einzig und allein Mr. Leverson. Das ist Lady Astwells Wunsch. Sie ist überzeugt, daß er unschuldig ist.»

«Ja, ja, ganz recht», sagte Mr. Mayhew ohne besondere Begeisterung.

Poirot zwinkerte mit den Augen. «Sie halten wohl nicht viel von Lady Astwells Überzeugungen, wie?»

«Morgen mag sie ebensosehr von seiner Schuld überzeugt sein», antwortete der Anwalt trocken.

«Ihre Intuitionen sind natürlich kein Beweis», gab Poirot zu, «und auf den ersten Blick steht die Sache sehr schlimm für diesen armen jungen Mann.»

«Es ist schade, daß er der Polizei diesen Unsinn erzählt hat», sagte der Anwalt. «Es ist ganz zwecklos für ihn, bei der Geschichte zu bleiben.»

«Beharrt er Ihnen gegenüber auch auf seiner Aussage?»

Mayhew nickte. «Er ändert sie auch nicht um ein Jota. Er wiederholt sie wie ein Papagei.»

«Und das hat Ihren Glauben an ihn zerstört», sagte Poirot sinnend. «Leugnen Sie es nicht ab», fügte er schnell hinzu und hob abwehrend die Hand. «Ich sehe es nur zu deutlich. In Ihrem Herzen halten Sie ihn für schuldig. Aber hören Sie einmal auf mich, Hercule Poirot. Ich will Ihnen einen Fall vortragen:

Dieser junge Mann kommt nach Hause; er hat einen Cocktail, noch einen Cocktail und abermals einen Cocktail getrunken, zweifellos auch viele englische Whiskys mit Soda. Er ist von einem sogenannten Säufermut erfüllt. In dieser Stimmung schließt er die Haustür auf und steigt mit wankenden Schritten zum Turmzimmer hinauf. Er schaut zur Tür hinein und sieht in dem gedämpften Licht seinen Onkel, anscheinend über den Schreibtisch gebeugt.

Wie bereits erwähnt, hat Mr. Leverson sich Mut angetrunken. Er nimmt kein Blatt vor den Mund und sagt seinem Onkel klipp und klar, was er von ihm denkt. Er ist herausfordernd und beleidigend. Sein Onkel aber erwidert nichts, und das macht ihn immer mutiger; er redet mehr und mehr, sagt immer wieder dasselbe und jedesmal lauter. Aber schließlich macht ihn das anhaltende Schweigen seines Onkels doch beklommen. Er geht zu ihm hin und legt ihm die Hand auf die Schulter. Unter dieser Berührung sinkt die Gestalt seines Onkels zu Boden.

Nun ist er plötzlich nüchtern, dieser Mr. Leverson. Der Stuhl fällt krachend um, und Leverson beugt sich über Sir Reuben. Es wird ihm klar, was geschehen ist. Er blickt auf seine Hand, die mit etwas Warmem, Rotem bedeckt ist. Er gerät nun in Panik und gäbe alles in der Welt darum, wenn er doch nur den Schrei, der sich soeben seinen Lippen entrungen hat und durchs Haus hallt, zurückrufen könnte. Mechanisch hebt er den Stuhl auf. Dann eilt er zur Tür hinaus und horcht. Er bildet sich ein, er höre ein Geräusch. Automatisch tut er sofort, als spräche er mit seinem Onkel durch die offene Tür.

Das Geräusch wiederholt sich nicht. Er ist nun überzeugt, daß er sich verhört hat. Es herrscht völliges Schweigen, und er schleicht sich nach oben auf sein Zimmer. Dort kommt ihm der Gedanke, daß es vielleicht viel besser ist, wenn er so tut, als habe er seinen Onkel in der Nacht gar nicht aufgesucht. So erzählt er dann seine Geschichte. Man muß bedenken, daß Parsons damals noch nichts von dem erwähnt hatte, was er hörte. Als Parsons dann darüber spricht, ist es zu spät für Leverson, die Geschichte zu ändern. In seiner Dummheit, in seinem Eigensinn, bleibt er dabei. Nun sagen Sie mir, Monsieur, hätte es nicht so sein können?»

«Ja», sagte der Anwalt, «so wie Sie es hinstellen, halte ich es auch für möglich.»

Poirot erhob sich.

«Sie haben das Privileg, Mr. Leverson zu sehen. Wiederholen Sie ihm, was ich gesagt habe, und fragen Sie ihn, ob es sich nicht so verhält.»

Draußen vor dem Büro des Anwalts winkte Poirot ein Taxi herbei:

«Harley Street 348», sagte er zum Chauffeur.

Poirots Abreise nach London war für Lady Astwell völlig überraschend gekommen, denn der kleine Mann hatte nichts von seinen Plänen erwähnt. Als er vierundzwanzig Stunden später zurückkehrte, meldete ihm Parsons, daß Lady Astwell ihn so bald wie möglich zu sprechen wünsche. Poirot fand die Dame in ihrem Zimmer. Sie lag inmitten vieler Kissen auf einem Diwan und sah auffallend schlecht und hager aus, viel schlechter als an dem Tage, an dem Poirot angekommen war.

«Sie sind also wieder zurück, Monsieur Poirot?»

«Jawohl, Mylady.»

«Sie waren in London?»

Poirot nickte.

«Warum haben Sie mir vorher nichts davon gesagt?» fragte sie scharf.

«Ich bitte tausendmal um Verzeihung, Mylady. Es war nicht richtig von mir. Ich hätte es Ihnen sagen sollen. Das nächste Mal –»

«Werden Sie genauso handeln», unterbrach sie ihn mit etwas boshaftem Humor. «Erst handeln, dann reden, das ist schon Ihr Motto.«

«Ist es nicht vielleicht auch Myladys Motto?» fragte er und zwinkerte belustigt mit den Augen.

«Hin und wieder, vielleicht», gab sie zu. «Was haben Sie in London gemacht, Monsieur Poirot? Das können Sie mir ja wohl erzählen, nicht wahr?»

«Ich hatte eine Unterredung mit dem guten Inspektor Miller. Ebenfalls mit dem ausgezeichneten Mr. Mayhew.»

Lady Astwell blickte ihn forschend an.

«Und Sie glauben jetzt –?» sagte sie langsam.

«Daß Charles Leverson unschuldig sein mag. Es besteht jedenfalls die Möglichkeit», sagte er ernst.

«Aha!» Lady Astwell richtete sich halb auf und warf dabei zwei Kissen auf den Boden. «Ich hatte also doch recht!»

«Ich habe nur von einer Möglichkeit gesprochen, Madame, weiter nichts.»

Etwas in seinem Ton schien sie zu beeindrucken. Sie stützte sich auf einen Ellbogen und blickte ihn durchdringend an.

«Kann ich Ihnen behilflich sein?» fragte sie.

«Ja.» Er nickte. «Sie können mir sagen, Lady Astwell, warum Sie Owen Trefusis verdächtigen.»

«Das habe ich Ihnen schon gesagt. Ich *weiß* es – das ist alles.»

«Leider genügt das nicht», sagte Poirot trocken. «Denken Sie einmal zurück an den verhängnisvollen Abend, Mylady. Versuchen Sie, sich alle Einzelheiten, jedes kleinste Geschehen, ins Gedächtnis zurückzurufen. Was haben Sie an dem Sekretär beobachtet? Ich, Hercule Poirot, sage Ihnen, es muß Ihnen etwas aufgefallen sein.»

Lady Astwell schüttelte den Kopf.

«Ich habe ihn den ganzen Abend kaum bemerkt und bestimmt nicht an ihn gedacht.»

«Ihre Gedanken waren anderweitig beschäftigt?»

«Ja.»

«Mit dem Groll Ihres Gatten gegen Miss Lily Margrave?»

«Das stimmt», sie nickte mit dem Kopf. «Sie sind anscheinend völlig im Bilde, Monsieur Poirot.»

«Ich weiß alles», erklärte der kleine Mann mit einer komisch grandiosen Miene.

«Ich mag Lily gern, das werden Sie ja schon gemerkt haben, Monsieur Poirot. Reuben machte einen Mordsspektakel wegen ihrer Referenzen. Wohlgemerkt, sie hatte tatsächlich geschwindelt. Das gebe ich ohne weiteres zu. Aber du meine Güte, ich habe in meiner Jugend noch ganz andere Sachen gemacht. Man muß mit allen Hunden gehetzt sein, um Theaterleiter herumzukriegen. Es gibt wohl nichts, was ich zu meiner Zeit nicht geschrieben, gesagt oder getan hätte.

Lily wollte diesen Posten eben einfach haben, und sie hat dabei Schliche angewandt, die nicht ganz – sagen wir mal –

comme il faut waren. Männer sind in der Hinsicht ja etwas komisch. Nach dem Theater zu urteilen, das mein Mann wegen dieser Sache anstellte, hätte man annehmen können, Lily sei eine Bankangestellte, die mit Millionen durchgebrannt war. Ich war den ganzen Abend in schrecklicher Unruhe; denn wenn ich meinen Mann letzten Endes ja auch meistens um den Finger wickeln konnte, so war er doch zuweilen furchtbar dickköpfig, der arme Reuben. So kam es, daß ich nicht viel Zeit und Aufmerksamkeit auf den Sekretär zu verschwenden hatte, und Mr. Trefusis fällt einem sowieso nicht besonders auf. Er ist einfach da, und damit hat sich das.»

«Das habe ich auch schon bemerkt», sagte Poirot. «Mr. Trefusis ist bestimmt keine aus dem Rahmen fallende Persönlichkeit.»

«Nein», sagte Lady Astwell, «er ist das genaue Gegenteil von Victor.»

«Mr. Victor Astwell ist – wenn ich mich so ausdrücken darf – sehr explosiv.»

«Das ist ein herrlicher Ausdruck für ihn», sagte Lady Astwell. «Er explodiert durchs ganze Haus wie ein Knallfrosch oder wie die Dinger heißen.»

«Ein etwas hitziges Temperament, nicht wahr?» meinte Poirot.

«Oh, ein richtiger Teufel, wenn er aufgebracht ist», sagte Lady Astwell. «Aber du lieber Himmel, *ich* habe keine Angst vor ihm. Sie wissen ja, Hunde, die bellen, beißen nicht.»

Poirot blickte zur Decke.

«Und Sie können mir wirklich nichts über den Sekretär sagen?» murmelte er sanft.

«Ich sage Ihnen, Monsieur Poirot, ich *weiß*, daß er es war. Es ist Intuition. Die Intuition einer Frau –»

«... bringt keinen Mann an den Galgen», ergänzte Poirot, «und, was mehr für unseren Fall paßt, rettet keinen vor dem Galgen. Lady Astwell, wenn Sie aufrichtig von Mr. Leversons Unschuld überzeugt sind und Ihr Verdacht gegen den Sekretär wohlbegründet ist, wollen Sie sich auf ein kleines Experiment einlassen?»

«Was für ein Experiment?» fragte Lady Astwell mißtrauisch.

«Sind Sie bereit, sich in einen Zustand der Hypnose versetzen zu lassen?»

«Wozu denn das?»

Poirot beugte sich zu ihr hinüber.

«Wenn ich Ihnen sagen würde, Madame, daß Ihre Intuition sich auf Tatsachen gründet, die im Unterbewußtsein haftengeblieben sind, würden Sie skeptisch sein. Ich will daher nur sagen, daß dieses von mir vorgeschlagene Experiment für den unglücklichen jungen Mann, Charles Leverson, von größter Wichtigkeit sein mag. Da schlagen Sie es mir doch wohl nicht ab, wie?»

«Wer soll denn hypnotisieren?» fragte Lady Astwell mißtrauisch. «Sie?»

«Ein Freund von mir, Lady Astwell. Wenn ich mich nicht täusche, fährt er gerade vor. Ich höre die Räder seines Wagens draußen auf dem Kies.»

«Wer ist es?»

«Ein Dr. Cazalet aus der Harley Street.»

«Ist er – in Ordnung?» fragte Lady Astwell ängstlich.

«Er ist kein Quacksalber, Madame, wenn Sie das meinen sollten. Sie können sich ihm ohne Bedenken anvertrauen.»

«Na», sagte Lady Astwell mit einem Seufzer, «ich glaube ja zwar, es ist alles Hokuspokus, aber Sie können es versuchen, wenn Sie wollen. Niemand soll sagen, daß ich Ihnen einen Stein in den Weg gelegt habe.»

«Tausend Dank, Mylady.»

Poirot eilte aus dem Zimmer. Nach wenigen Minuten kam er zurück und machte Lady Astwell mit einem heiteren, pausbäckigen kleinen Mann bekannt, der eine Brille trug und ihre Vorstellungen von einem Hypnotiseur völlig über den Haufen warf.

«Na», sagte Lady Astwell gutmütig, «wie soll denn dieser Unsinn vor sich gehen?»

«Ganz einfach, Lady Astwell, ganz einfach», sagte der kleine Doktor. «Lehnen Sie sich entspannt zurück – so – ganz recht, ganz recht. Nur keine Aufregung.»

«Ich bin durchaus nicht aufgeregt», sagte Lady Astwell. «Ich möchte bloß den mal sehen, der mich gegen meinen Willen hypnotisieren wollte.»

«Ja, aber wenn Sie eingewilligt haben, ist es ja nicht gegen Ihren Willen, nicht wahr?» sagte er heiter. «Schalten Sie bitte das andere Licht aus, Monsieur Poirot. Nun lassen Sie sich einfach einschläfern, Lady Astwell.»

Er änderte seine Stellung ein wenig.

»Es ist schon spät. Sie sind müde – sehr müde. Ihre Lider werden schwer, sie fallen zu – fallen zu – fallen zu. Bald werden Sie schlafen ...»

Er sprach weiter mit monotoner Stimme, besänftigend, immer im gleichen Tonfall. Plötzlich beugte er sich vor und hob Lady Astwells rechtes Augenlid sanft empor. Dann wandte er sich Poirot zu und nickte zufrieden.

«Es ist soweit», sagte er leise. «Soll ich fortfahren?»

«Ja, bitte.»

Der Doktor sprach in scharfem, gebieterischem Ton: «Sie schlafen jetzt, Lady Astwell, aber Sie hören mich, und Sie können meine Fragen beantworten.»

Ohne sich zu rühren oder die Augen aufzuschlagen, antwortete die regungslose Gestalt auf dem Sofa mit leiser, monotoner Stimme:

«Ich höre Sie. Ich kann Ihre Fragen beantworten.»

«Lady Astwell, besinnen Sie sich bitte auf den Abend, an dem Ihr Gatte ermordet wurde. Erinnern Sie sich an den Abend?»

«Ja.»

«Sie saßen am Eßtisch. Beschreiben Sie mir, was Sie sahen und fühlten.»

Die ausgestreckte Figur bewegte sich etwas unruhig.

«Ich bin sehr unglücklich. Ich mache mir Sorgen um Lily.»

«Das wissen wir. Sagen Sie uns, was Sie gesehen haben.»

«Victor ißt alle Salzmandeln auf; er ist ungezogen. Morgen werde ich Parsons sagen, er soll die Schale nicht in seine Nähe stellen.»

«Weiter, Lady Astwell.»

«Reuben ist heute abend schlechter Laune. Nicht nur Lilys wegen, glaube ich. Es sind wohl geschäftliche Angelegenheiten. Victor wirft ihm merkwürdige Blicke zu.»

«Erzählen Sie uns etwas über Mr. Trefusis, Lady Astwell.»

«Seine linke Manschette ist ausgefranst. Er schmiert sich viel Pomade aufs Haar. Ich wollte, die Männer ließen das sein; es ruiniert die Bezüge im Salon.»

Cazalet blickte Poirot an. Der machte eine leichte Bewegung mit dem Kopf.

«Es ist nach dem Essen, Lady Astwell, Sie trinken Kaffee. Beschreiben Sie mir die Szene.»

«Der Kaffee ist gut. Er ist immer verschieden. In bezug auf Kaffee ist kein Verlaß auf die Köchin. Lily schaut dauernd zum Fenster hinaus. Ich weiß nicht, warum. Nun kommt Reuben ins Zimmer. Er ist heute abend denkbar schlechter Laune und überschüttet den armen Trefusis geradezu mit einer Flut von Schmähungen. Mr. Trefusis hat einen Brieföffner in der Hand, den großen, der so scharf ist wie ein Messer. Wie fest er ihn umgreift. Seine Knöchel sind ganz weiß. Sehen Sie nur, er hat ihn so heftig in den Tisch gestoßen, daß die Spitze abgebrochen ist. Er hält ihn so, als wolle er jemanden erdolchen. Da, nun sind sie zusammen hinausgegangen. Lily hat ihr grünes Abendkleid an. Sie sieht so hübsch aus in Grün, wie eine Lilie. Nächste Woche muß ich die Bezüge reinigen lassen.»

«Einen Augenblick mal, Lady Astwell.»

Der Arzt lehnte sich zu Poirot hinüber.

«Wir haben es, glaube ich», murmelte er. «Die Angelegenheit mit dem Brieföffner hat sie wohl überzeugt, daß der Sekretär es getan hat.»

«Lassen Sie uns jetzt zu der Szene im Turmzimmer übergehen», sagte Poirot.

Der Arzt nickte, und mit seiner hellen, energischen Stimme stellte er von neuem Fragen an Lady Astwell.

«Es ist noch später Abend. Sie sind mit Ihrem Gatten im Turmzimmer. Sie haben einen entsetzlichen Auftritt mit ihm gehabt, nicht wahr?»

Wiederum machte sie eine unruhige Bewegung.

«Ja, schrecklich – schrecklich! Wir haben uns furchtbare Dinge an den Kopf geworfen – alle beide.»

«Vergessen Sie das bitte für den Augenblick. Sie können den Raum deutlich sehen. Die Vorhänge sind zugezogen, das Licht brennt.»

«Nicht die Deckenbeleuchtung, nur die Schreibtischlampe.»

«Jetzt verlassen Sie Ihren Gatten, Sie sagen ihm gute Nacht.»

«Nein, ich war zu wütend.»

«Es ist das letzte Mal, daß Sie ihn lebend sehen. Kurz darauf wird er ermordet werden. Wissen Sie, wer ihn ermordet hat, Lady Astwell?»

«Ja, Mr. Trefusis.»

«Warum behaupten Sie das?»

«Wegen der Ausbuchtung – der Ausbuchtung im Vorhang.»

«War da eine Ausbuchtung im Vorhang?»

«Ja.»

«Das haben Sie deutlich gesehen?»

«Ja, ich habe sie fast berührt.»

«War ein Mann dahinter versteckt – etwa Mr. Trefusis?»

«Ja.»

«Woher wissen Sie das?»

Zum ersten Male zögerte die monotone Stimme mit ihrer Antwort und verlor ihre Sicherheit.

«Ich – ich – wegen des Brieföffners.»

Poirot und der Arzt wechselten schnell wieder einen Blick.

«Ich verstehe nicht recht, Lady Astwell. Sprachen Sie nicht von einer Ausbuchtung im Vorhang? Und von einem Mann, der dort versteckt war? Haben Sie die Person nicht gesehen?»

«Nein.»

«Sie glaubten, es sei Mr. Trefusis, weil er den Brieföffner so merkwürdig angefaßt hat?»

«Ja.»

«Aber Mr. Trefusis war doch bereits aus dem Zimmer gegangen, nicht wahr?»

«Ja – ja, das ist richtig. Er war aus dem Zimmer gegangen.»

«Also konnte nicht er es gewesen sein, der in der Fensternische hinter dem Vorhang stand?»

«Nein – nein, natürlich nicht. Er war nicht da.»

«Er hatte Ihrem Gatten schon früher gute Nacht gesagt, nicht wahr?»

«Ja.»

«Und Sie haben ihn nicht wiedergesehen?»

«Nein.»

Sie rührte sich nun, warf sich hin und her und stöhnte leise.

«Sie kommt wieder zu sich», sagte der Arzt. «Na, ich denke, wir haben genug aus ihr herausbekommen, was?»

Poirot nickte, und der Arzt beugte sich über Lady Astwell.

«Sie wachen auf», murmelte er leise. «Sie erwachen jetzt. In der nächsten Minute werden Sie die Augen öffnen.»

Die beiden Männer warteten, und bald darauf richtete sich Lady Astwell auf und starrte sie beide an.

«Habe ich ein Nickerchen gemacht?»

«Ganz recht, Lady Astwell. Sie haben etwas geschlummert», sagte der Doktor.

Sie sah ihn an.

«Das war wohl Ihr Hokuspokus, wie?»

«Es hat Sie doch hoffentlich nicht mitgenommen?» fragte er.

Lady Astwell gähnte.

«Ich bin ziemlich müde und abgespannt.»

Der Arzt stand auf.

«Ich werde Ihnen eine Tasse Kaffee bringen lassen», sagte er, «und dann wollen wir Sie für einen Augenblick in Ruhe lassen.»

«Habe ich – etwas gesagt?» rief Lady Astwell hinter den beiden her, als sie schon an der Tür waren.

Poirot lächelte ihr zu.

«Nichts von Bedeutung, Madame. Sie teilten uns mit, daß die Bezüge im Salon gereinigt werden müßten.»

«Das stimmt auch», sagte Lady Astwell. «Aber um das aus mir herauszubekommen, hätten Sie mich nicht zu hypnotisieren brauchen.» Sie lachte gutmütig. «Sonst noch etwas?»

«Können Sie sich daran erinnern, daß Mr. Trefusis im Salon einen Brieföffner in die Hand nahm?» fragte Poirot.

«Das weiß ich wirklich nicht», sagte Lady Astwell. «Es mag sein.»

«Sagt Ihnen eine Ausbuchtung im Vorhang etwas?»

«Mir schwebt etwas vor», sagte sie langsam. «Nein, es ist schon wieder fort, und doch –»

«Quälen Sie sich nicht, Lady Astwell», sagte Poirot schnell. «Es ist belanglos – völlig belanglos.»

Der Arzt ging mit Poirot auf dessen Zimmer.

«Na, ich glaube», sagte Cazalet, «das hat ziemlich viel Licht in die Angelegenheit gebracht. Es besteht kein Zweifel, daß der Sekretär den Brieföffner fest umklammerte, als er von Sir Reuben abgekanzelt wurde, und starke Selbstkontrolle ausüben mußte, um einen Zornesausbruch zu unterdrücken. In ihrem Bewußtsein beschäftigte sich Lady Astwell ganz und gar mit Lily Margraves Problem, aber im Unterbewußtsein hat sie die Handlung wahrgenommen und ihr eine falsche Bedeutung beigelegt.

Sie gewann dadurch die feste Überzeugung, daß Sir Reuben von Trefusis ermordet wurde. Nun kommen wir zu der Ausbuchtung im Vorhang. Das ist interessant. Ihrer Beschreibung des Turmzimmers entnehme ich, daß der Schreibtisch in der Fensternische steht. Das Fenster hat natürlich Vorhänge, nicht wahr?»

«Ja, *mon ami*, schwarze Samtvorhänge.»

«Und ist genug Platz vorhanden, daß sich jemand hinter den Vorhängen verbergen kann?»

«Ja, gerade genug, glaube ich.»

«Dann scheint wenigstens die Möglichkeit zu bestehen», sagte der Doktor langsam, «daß jemand sich im Zimmer versteckt hielt. Aber dann konnte es nicht der Sekretär sein, da sie beide gesehen haben, wie er das Zimmer verließ. Victor Astwell konnte es auch nicht sein; denn Trefusis stieß mit ihm zusammen, als Victor aus dem Zimmer kam, und Lily Margrave kommt auch nicht in Frage. Wer es auch gewesen sein mag, er mußte sich dort versteckt haben, bevor Sir Reuben an dem Abend das Zimmer betrat. Sie haben mir die Situation ja ziemlich gut beschrieben. Wie steht es denn mit Captain Naylor? Hätte der sich dort verstecken können?»

«Das wäre schon möglich», gab Poirot zu. «Es steht fest, daß er im Hotel gegessen hat. Wann er aber nach dem Essen ausgegangen ist, ist schwer zu sagen. Zurückgekehrt ist er um halb eins.»

«Dann mag er es gewesen sein», sagte der Arzt, «und wenn das der Fall ist, hat er auch das Verbrechen begangen. Er hatte ein Motiv und eine Waffe gleich zur Hand. Aber wie mir scheint, findet die Idee keinen rechten Anklang bei Ihnen.»

«Ich habe andere Ideen», gestand Poirot. «Nun sagen Sie mir eins, *Monsieur le docteur* – nehmen wir für eine Sekunde an, Lady Astwell selbst habe das Verbrechen begangen. Würde sie in der Hynpose diese Tatsache ohne weiteres verraten?»

Der Arzt pfiff leise vor sich hin.

«So, also daher weht der Wind. Lady Astwell ist die Täterin, wie? Möglich ist das natürlich. Bis zu diesem Augenblick habe ich allerdings nicht daran gedacht. Sie war zuletzt bei ihm, und niemand hat ihn danach lebend gesehen. Ihre Frage möchte ich jedoch mit einem ‹Nein› beantworten. Lady Astwell würde sich der Hypnose unterziehen mit dem starken inneren Vorbehalt, nichts über ihre Rolle bei dem Verbrechen zu sagen. Sie würde meine Fragen wahrheitsgetreu beantworten, aber über diesen einen Punkt würde sie schweigen. Allerdings hätte ich dann kaum erwartet, daß sie so sehr auf Mr. Trefusis' Schuld bestehen würde.»

«Ich verstehe», sagte Poirot. «Aber ich habe nicht behauptet, daß Lady Astwell die Täterin sei. Es ist nur eine Idee, weiter nichts.»

«Es ist ein interessanter Fall», sagte der Doktor nach einer Weile. «Selbst wenn Mr. Leverson unschuldig ist, gibt es noch so viele Möglichkeiten: Humphrey Naylor, Lady Astwell und selbst Lily Margrave.»

«Da ist noch jemand, den Sie nicht erwähnt haben», sagte Poirot ruhig. «Victor Astwell. Wie er selbst zugab, saß er in seinem Zimmer bei offener Tür, um auf Charles Leversons Rückkehr zu warten. Aber wir haben nur sein Wort dafür, verstehen Sie?»

«Das ist der Mann mit dem aufbrausenden Temperament, nicht wahr?» fragte der Arzt.

«Das stimmt», erwiderte Poirot.

Der Doktor erhob sich.

«Ich muß jetzt zurück in die Stadt. Sie werden mich aber hoffentlich auf dem laufenden halten, nicht wahr?»

Sobald der Doktor gegangen war, klingelte Poirot nach George. «Bitte eine Tasse *Kräutertee*, George. Meine Nerven haben ziemlich gelitten.»

«Gewiß, Sir», sagte George, «ich will ihn sofort zubereiten.»

Zehn Minuten später brachte er seinem Herrn eine dampfende Tasse. Poirot atmete den bitteren Duft mit Behagen ein. Während er seinen Trunk schlürfte, redete er laut vor sich hin:

«Die Jagd ist doch immer wieder anders. Um den Fuchs zu fangen, galoppiert man in Begleitung von Hunden hinter ihm her. Man schreit, man rennt, alles ist Eile und Bewegung. Die Hirschjagd ist wieder so ganz anders. Hier kriecht man endlose Stunden auf dem Bauch umher. Wir, mein guter George, dürfen keine dieser beiden Methoden anwenden. Wir müssen uns ein Beispiel an der Hauskatze nehmen. Stundenlang wacht sie vor einem Mauseloch. Regungslos, untätig liegt sie auf der Lauer – aber sie geht nicht fort.»

Seufzend stellte er die leere Tasse weg.

«Damals bat ich Sie, so zu packen, daß es für ein paar Tage reichen würde. Morgen, mein guter George, müssen Sie nach London fahren und so viele Sachen holen, daß wir für vierzehn Tage genug haben.»

«Sehr wohl, Sir», sagte George, der sich durch nichts aus dem Gleichgewicht bringen ließ.

Die anscheinend dauernde Anwesenheit von Hercule Poirot ging vielen Leuten in Lady Astwells Haushalt auf die Nerven. Victor Astwell beklagte sich deswegen bei seiner Schwägerin.

«Es ist alles ganz gut und schön, Nancy. Aber du kennst diese Burschen nicht. Er hat hier ein recht bequemes Quartier gefunden und will sich offenbar für einen Monat häuslich niederlassen. Während der ganzen Zeit wird er dir außerdem noch zwei Guineas pro Tag berechnen.»

Worauf Lady Astwell prompt erwiderte, das sei ihre Sache, und sie brauche keine fremde Einmischung.

Lily Margrave versuchte krampfhaft, ihre Unruhe zu verbergen. Erst war sie überzeugt gewesen, daß Poirot ihrer Darstellung Glauben geschenkt hatte. Jetzt aber war sie dessen nicht mehr so sicher.

Poirot spielte indessen nicht nur eine abwartende Rolle. Am fünften Tage seines Aufenthaltes brachte er ein kleines Sammleralbum für Fingerabdrücke mit hinunter zum Essen. Es schien eine ziemlich plumpe Methode, um die Fingerabdrücke der einzelnen Haushaltsmitglieder zu bekommen. Aber vielleicht war sie doch nicht so plump, wie es den Anschein hatte, denn niemand konnte einem Sammler seine Fingerabdrücke verweigern. Erst nachdem der kleine Mann zu Bett gegangen war, machte Victor Astwell seinem Herzen Luft.

«Du siehst ja wohl nun, was es bedeutet, Nancy. Er hat es auf einen von uns abgesehen.»

«Mach dich doch nicht lächerlich, Victor.»

«Was bezweckte er denn sonst mit seinem verflixten kleinen Buch?»

«Monsieur Poirot weiß, was er tut», sagte Lady Astwell selbstzufrieden und blickte dabei Owen Trefusis bedeutungsvoll an.

Bei einer anderen Gelegenheit führte Poirot ein neues Spiel ein: Er nahm von allen Hausbewohnern Fußabdrücke. Am nächsten Morgen schlich er sich wie eine Katze in die Bibliothek und erschreckte Owen Trefusis, der, wie von einer Tarantel gestochen, aufsprang.

«Sie müssen schon entschuldigen, Monsieur Poirot», sagte er etwas pikiert, «aber Sie machen uns alle ganz nervös.»

«Aber wieso denn?» fragte der kleine Mann unschuldig.

«Ich muß gestehen», sagte der Sekretär, «daß ich das Beweismaterial gegen Charles Leverson völlig erdrückend fand. Sie sind aber anscheinend anderer Meinung.»

Poirot, der bis dahin zum Fenster hinausgeschaut hatte, wandte sich plötzlich dem Sekretär zu.

«Ich will Ihnen mal etwas sagen, Mr. Trefusis – im tiefsten Vertrauen.»

«Ja?»

Poirot schien es jedoch nicht eilig zu haben. Er zögerte eine Weile. Als er endlich zu sprechen begann, fielen seine ersten Worte mit dem Öffnen und Schließen der Haustür zusammen. Für einen Mann, der eine vertrauliche Mitteilung zu machen hatte, sprach er recht laut. Seine Stimme übertönte die Schritte draußen in der Halle.

«Ich sage Ihnen dies im Vertrauen, Mr. Trefusis. Ich habe neue Beweise gesammelt. Danach war Sir Reuben bereits tot, als Charles Leverson das Turmzimmer an jenem Abend betrat.»

Der Sekretär starrte ihn an.

«Aber was für Beweise? Warum haben wir noch nichts davon gehört?»

«Sie werden schon noch davon hören», sagte der kleine Mann geheimnisvoll. «Inzwischen bleibt das Geheimnis unter uns.»

Mit diesen Worten sprang er behende aus dem Zimmer und prallte in der Halle fast mit Victor Astwell zusammen.

«Sie sind wohl gerade erst hereingekommen, Monsieur?»

Astwell nickte.

«Garstig draußen», sagte er, schwer atmend, «kalt und windig.»

«Ah», sagte Poirot, «ich werde also keine *promenade* machen – ich bin wie eine Katze, ich sitze lieber am Feuer und wärme mich.»

«*Ça marche,* George, wir machen Fortschritte», sagte er am Abend zu seinem getreuen Diener und rieb sich vergnügt die Hände. «Sie sind alle nervös, sitzen wie auf Kohlen! Es ist nicht leicht, George, wie eine Katze auf der Lauer zu liegen, aber es macht sich bezahlt, ja, es macht sich sehr bezahlt. Morgen werden wir noch mehr Eindruck machen.»

Am nächsten Tage sah Trefusis sich gezwungen, nach London zu fahren. Er nahm denselben Zug wie Victor Astwell. Kaum hatten sie das Haus verlassen, als Poirot sich, wie elektrisiert, in eine fieberhafte Tätigkeit stürzte.

«Kommen Sie, George, schnell an die Arbeit. Wenn das Hausmädchen in das Zimmer will, müssen Sie sie daran hindern. Flüstern Sie ihr ein paar süße, nichtssagende Worte ins Ohr, und sehen Sie zu, daß sie auf jeden Fall auf dem Flur bleibt.»

Er ging zunächst in das Zimmer des Sekretärs, das er gründlich untersuchte. Keine Schublade, kein Regal blieb verschont. Er räumte alles in großer Hast wieder ein und erklärte seine Inspektion für beendet. George, der an der Tür Wache hielt, räusperte sich diskret.

«Verzeihung, Sir.»

«Was haben Sie, mein guter George?»

«Die Schuhe, Sir. Die zwei Paar braunen Schuhe standen auf dem zweiten Regal und die Lackschuhe auf dem unteren. Sie haben es beim Aufräumen gerade umgekehrt gemacht.»

«Fabelhaft!» sagte Poirot mit einer bewundernden Geste. «Aber das soll uns nicht weiter beunruhigen. Es ist völlig belanglos, George. Mr. Trefusis wird solchen Kleinigkeiten überhaupt keine Beachtung schenken.»

«Wie Sie meinen, Sir», sagte George.

«Es ist natürlich Ihre Pflicht, auf so etwas zu achten», sagte Poirot und klopfte ihm ermunternd auf die Schulter. «Es macht Ihnen alle Ehre.»

Der Diener erwiderte nichts. Auch machte er später keine Bemerkung, als sich der Vorgang in Victor Astwells Zimmer wiederholte und Mr. Astwells Unterwäsche nicht ganz ordnungsgemäß in die Schubladen zurückgelegt wurde. Doch stellte es sich heraus, daß im letzteren Falle wenigstens der Diener recht und Poirot unrecht hatte; denn Victor Astwell stürmte abends wutschnaubend in den Salon.

«Hören Sie mal zu, Sie verdammter kleiner belgischer Fatzke, was fällt Ihnen eigentlich ein, mein Zimmer zu durchwühlen? Was hoffen Sie denn dort zu finden, zum Kuckuck noch mal? Ich wünsche so etwas nicht, verstehen Sie? Das kommt davon, wenn man einen herumschnüffelnden kleinen Spion im Hause hat.»

Poirot spreizte beredt die Finger, während die Worte nur so aus ihm heraussprudelten. Er bat hundertmal, tausendmal, millionenmal um Verzeihung. Er sei ungeschickt, übereifrig gewesen. Es sei ihm furchtbar peinlich. Er schäme sich. Er habe sich eine unverzeihliche Freiheit herausgenommen. Diesem Redeschwall konnte der aufgebrachte Victor schließlich nicht mehr widerstehen. Seine Wut legte sich, obwohl er immer noch etwas knurrte.

Und wiederum murmelte Poirot, als er am Abend seinen Kräutertee trank:

«Die Sache macht sich, mein guter George, sie macht sich entschieden.»

«Freitag», sagte Poirot gedankenvoll, «ist mein Glückstag.»

«Wirklich, Sir?»

«Sie sind doch nicht abergläubisch, mein guter George?»

«Ich ziehe es vor, nicht der dreizehnte bei Tisch zu sein. Auch gehe ich nicht gern unter einer Leiter durch. Aber in bezug auf Freitag bin ich nicht aberläubisch, Sir.»

«Das ist gut», sagte Poirot, «denn heute werden wir unsere Schlacht bei Waterloo schlagen.»

«Ja, Sir!»

«Sie sind so begeistert, mein guter George. Sie fragen nicht einmal, was ich vorhabe.»

«Und was ist das?»

«Heute unterziehe ich das Turmzimmer einer endgültigen, gründlichen Inspektion.»

Nach dem Frühstück begab sich Poirot tatsächlich mit Lady Astwells Erlaubnis zum Schauplatz des Verbrechens. Zu verschiedenen Zeiten während des Vormittags konnten die Haushaltsmitglieder beobachten, wie er dort auf allen vieren herumkroch, eingehend die schwarzen Samtvorhänge untersuchte und auf hohen Stühlen stand, um die Bilderrahmen an der Wand zu prüfen. Zum ersten Male spürte auch Lady Astwell ein unbehagliches Gefühl.

«Ich muß gestehen», sagte sie, «er geht mir endlich auch auf die Nerven. Er hat etwas in petto, und ich weiß nicht, was. Und wie er da oben auf dem Fußboden herumkriecht. Wie ein Hund! Ich bekomme direkt eine Gänsehaut, wenn ich das sehe. Was sucht er eigentlich? Das möchte ich endlich wissen. Lily, meine Liebe, gehen Sie doch mal nach oben und schauen Sie nach, was er jetzt wieder treibt. Ach nein, bleiben Sie doch lieber bei mir.»

«Soll ich hingehen, Lady Astwell?» fragte der Sekretär und stand von seinem Tisch auf.

«Das wäre sehr nett, Mr. Trefusis.»

Owen Trefusis verließ das Zimmer und stieg die Treppen zum Turmzimmer hinauf. Auf den ersten Blick schien das Zimmer leer zu sein. Jedenfalls war von Hercule Poirot nichts zu sehen. Mr. Trefusis wollte gerade wieder umkehren, da drang ein Geräusch an sein Ohr, und er entdeckte den kleinen Mann mitten auf der Wendeltreppe, die zum oberen Schlafzimmer führte.

Poirot kroch auf Händen und Knien umher. In der linken Hand hielt er ein Vergrößerungsglas, durch das er eingehend etwas betrachtete, das neben dem Treppenläufer lag.

Während der Sekretär ihn beobachtete, gab er plötzlich einen Grunzlaut von sich und steckte das Vergrößerungsglas in die Tasche. Dann stand er auf und hielt etwas zwischen Zeigefinger und Daumen. Im selben Augenblick wurde er sich anscheinend der Gegenwart des Sekretärs bewußt.

«Aha, Mr. Trefusis, ich habe Sie gar nicht kommen hören.»

In diesem Augenblick schien er wie umgewandelt. Ein triumphierendes Frohlocken strahlte ihm aus den Augen. Trefusis starrte ihn überrascht an.

«Was ist denn los, Monsieur Poirot? Sie sehen sehr zufrieden aus.»

Der kleine Mann warf sich in die Brust.

«Das bin ich auch! Endlich habe ich das gefunden, was ich von Anfang an gesucht habe. Hier zwischen Zeigefinger und Daumen halte ich das zur Überführung des Verbrechers allein notwendige Etwas.»

Der Sekretär zog die Augenbrauen hoch: »Dann war es also nicht Charles Leverson?»

«Es war nicht Charles Leverson», sagte Poirot. «Bis zur Minute wußte ich noch nicht, wer es war. Aber endlich ist alles klar.»

Er stieg die Treppe hinunter und klopfte dem Sekretär auf die Schulter.

«Ich muß sofort nach London fahren. Richten Sie das bitte Lady Astwell von mir aus. Ferner bitte ich darum, daß heute abend um neun Uhr sich alle hier im Turmzimmer versammeln. Ich werde dann zurück sein und die Wahrheit verkünden. O ja, ich habe allen Grund, zufrieden zu sein.»

Er führte einen phantastischen kleinen Tanz auf und verschwand aus dem Turmzimmer. Trefusis starrte hinter ihm her. Etwas später erschien Poirot in der Bibliothek und erkundigte sich, ob jemand ihm eine kleine Pappschachtel geben könne.

«Leider habe ich so etwas nicht bei mir», erklärte er, «und ich brauche sie, um etwas sehr Wertvolles hineinzutun.»

Trefusis fand schließlich eine kleine Schachtel in einer der Schubladen, und Poirot schien hocherfreut darüber.

Er eilte mit seinem Schatzkästlein nach oben. Auf dem Treppenabsatz traf er George, dem er die Schachtel aushändigte.

«Es ist etwas Hochwichtiges darin, mein guter George. Legen Sie es in die zweite Schublade meiner Kommode neben die Juwelenschachtel, die meine Manschettenknöpfe enthält.»

«Sehr wohl, Sir», sagte George.

«Und gehen Sie äußerst vorsichtig damit um, George. In der Schachtel steckt etwas, das einen Mörder an den Galgen bringt.»

«Was Sie nicht sagen, Sir.»

Poirot eilte wieder nach unten, nahm seinen Hut und raste aus dem Haus.

Seine Rückkehr war nicht so dramatisch. Der treue George ließ ihn auf ausdrücklichen Befehl zur Seitentür herein.

«Sind sie alle im Turmzimmer?» fragte Poirot.

«Ja, Sir.»

Es folgte eine kurze Unterhaltung im Flüsterton. Dann stieg Poirot mit dem triumphierenden Schritt eines Siegers die Treppe hinauf und betrat das Zimmer, in dem vor kaum vier Wochen der Mord stattgefunden hatte. Er ließ seine Blicke umherschweifen. Ja, sie waren alle da: Lady Astwell, Victor Astwell, Lily Margrave, der Sekretär und Parsons, der Butler, der sich unschlüssig an der Tür herumdrückte.

«George hat gesagt, Sir, man braucht mich hier», sagte Parsons, als Poirot erschien. «Ich weiß nicht, ob das richtig ist, Sir.»

«Ganz in Ordnung», sagte Poirot. «Bleiben Sie, bitte.»

Er ging mitten ins Zimmer.

«Dieser Fall ist von großem Interesse gewesen», sagte er mit langsamer, bedächtiger Stimme. «Er ist so interessant, weil jeder der Anwesenden Sir Reuben ermordet haben könnte. Wer beerbt ihn? Charles Leverson und Lady Astwell. Wer war zuletzt an jenem Abend bei ihm? Lady Astwell. Wer hatte einen heftigen Streit mit ihm? Wiederum Lady Astwell.»

«Was reden Sie da bloß für einen Unsinn?» rief Lady Astwell dazwischen. «Ich verstehe das nicht, ich –»

«Aber noch jemand hat sich mit Sir Reuben gezankt», fuhr Poirot nachdenklich fort. «Noch jemand hat ihn in rasender Wut verlassen. Nehmen wir an, Lady Astwell hat ihren Gatten um Viertel vor zwölf lebend im Turmzimmer zurückgelassen, da blieben noch zehn Minuten, bis Charles Leverson ins Haus kam, zehn Minuten, in denen jemand aus dem zweiten Stock sich hinunterschleichen, die Tat begehen und wieder in sein Zimmer zurückkehren konnte.»

Victor Astwell sprang mit einem Schrei auf.

«Zum Teufel noch mal, was soll –» Er erstickte förmlich vor Wut.

«In einem Wutanfall, Mr. Astwell, haben Sie schon einmal einen Mann getötet, und zwar in Westafrika.»

«Das glaube ich einfach nicht», rief Lily Margrave.

Sie trat einen Schritt vor, die Hände geballt und zwei hellrote Flecken auf den Wangen.

«Das glaube ich nicht», wiederholte sie und stellte sich direkt an Victor Astwells Seite.

«Es ist schon wahr, Lily», sagte Astwell. «Aber es lagen Umstände vor, von denen dieser Mann nichts weiß. Der Bursche, den ich getötet habe, war ein Medizinmann, der gerade fünfzehn Kinder umgebracht hatte. Ich bin der Ansicht, daß meine Handlung gerechtfertigt war.»

Lily ging zu Poirot hinüber.

«Monsieur Poirot», sagte sie ernsthaft, «Sie sind auf einer falschen Spur. Wenn ein Mann etwas hitzig ist und alles mögliche sagt in seinem Zorn, so ist das noch lange kein Grund, ihn des Mordes zu verdächtigen. Ich weiß – ich *weiß*, sage ich Ihnen, daß Mr. Astwell einer solchen Tat nicht fähig ist.»

Poirot blickte sie mit einem sehr seltsamen Lächeln an. Dann nahm er ihre Hand und streichelte sie sanft.

«Sehen Sie, Mademoiselle», sagte er leise, «Sie haben also auch Ihre Intuitionen. Sie glauben an Mr. Astwell, nicht wahr?»

«Mr. Astwell ist ein guter Mensch, und er ist grundehrlich. Er hat nichts mit der Sache zu tun, die mit den Mpala-Goldfeldern zusammenhängt. Er ist durch und durch anständig, und – ich habe ihm versprochen, ihn zu heiraten.»

Victor Astwell trat an ihre Seite und nahm ihre andere Hand.

«Ich schwöre vor Gott, Monsieur Poirot», sagte er, «ich habe meinen Bruder nicht ermordet.»

«Das weiß ich», sagte Poirot.

Seine Blicke schweiften im Zimmer umher.

«Hören Sie zu, liebe Freunde. Im Zustand der Hypnose hat Lady Astwell erwähnt, daß sie an jenem Abend eine Ausbuchtung im Vorhang bemerkt habe.»

Aller Augen richteten sich aufs Fenster.

«Wollen Sie damit sagen, daß sich ein Einbrecher dort versteckt hatte?» rief Victor Astwell. «Was für eine wunderbare Lösung!»

«Ah!» sagte Poirot sanft. «Es war aber nicht *der* Vorhang.»

Er fuhr herum und zeigte auf den Vorhang, der die kleine Wendeltreppe verdeckte.

«Sir Reuben hat das Schlafzimmer da oben in der Nacht vor dem Verbrechen benutzt. Er frühstückte im Bett und ließ Trefusis zu sich kommen, um ihm Instruktionen zu erteilen. Mr. Trefusis muß etwas im Schlafzimmer vergessen haben.

Ich weiß nicht, was. Jedenfalls fiel es ihm ein, als er Sir Reuben und Lady Astwell gute Nacht sagte, und er rannte nach oben, um es zu holen. Ich glaube nicht, daß Sir Reuben oder Lady Astwell das gemerkt haben, denn sie hatten bereits eine heftige Diskussion begonnen. Sie waren mitten in diesem Streit, als Mr. Trefusis die Treppe wieder herunterkam.

Was die beiden sich gegenseitig an den Kopf warfen, war so intimer und persönlicher Natur, daß Mr. Trefusis sich in einer peinlichen Lage befand. Es war ihm klar, daß sie sich einbildeten, er habe das Zimmer vor einiger Zeit verlassen. Er fürchtete, Sir Reubens Zorn gegen sich zu entfachen, und beschloß, an Ort und Stelle zu bleiben und später hinauszuschlüpfen. Er blieb also hinter dem Vorhang stehen, und als Lady Astwell das Zimmer verließ, bemerkte sie im Unterbewußtsein den Umriß einer Gestalt hinter dem Vorhang.

Nachdem Lady Astwell gegangen war, versuchte Mr. Trefusis, unbemerkt hinauszuschleichen, aber Sir Reuben drehte sich zufällig um und entdeckte die Gegenwart des Sekretärs. Er war bereits in einer fürchterlichen Laune, und dies brachte ihn vollends in Rage. Er beschimpfte den Sekretär nach Strich und Faden und beschuldigte ihn, absichtlich gelauscht und spioniert zu haben.

Meine Damen und Herren, ich befasse mich mit Psychologie. In dem ganzen Fall habe ich keine Ausschau gehalten nach einer Person mit hitzigem Temperament; denn ein hitziges Temperament ist sein eigenes Sicherheitsventil. Wer bellen kann, beißt nicht. Nein, ich habe den Mann mit dem milden Temperament gesucht, den geduldigen und beherrschten Mann, den Mann, der neun Jahre lang die Rolle des Prügelknaben gespielt hat. Es ist keine Spannung so groß wie die, die jahrelang anhält, kein Groll so tief wie der, der sich langsam ansammelt.

Neun Jahre lang hat Sir Reuben seinen Sekretär gepiesackt und gequält, und neun Jahre lang hat es der Mann schweigend ertragen. Aber es kommt ein Tag, an dem die Spannung zuletzt ihren Höhepunkt erreicht. Dann *knallt's*! Das geschah in jener Nacht. Sir Reuben setzte sich wieder an seinen Schreibtisch. Der Sekretär aber, anstatt wie sonst demütig und bescheiden zur Tür zu gehen, greift nach der schweren Holzkeule und läßt sie auf den Kopf des Mannes niedersausen, der ihn einmal zu oft herausgefordert hatte.»

Er wandte sich an Trefusis, der ihn wie versteinert anstarrte.

«Es war so einfach, Ihr Alibi. Mr. Astwell wähnte Sie in Ihrem Zimmer, *aber niemand sah Sie dort hingehen.* Sie wollten sich gerade hinausschleichen, nachdem Sie Sir Reuben niedergeschlagen hatten. Da hörten Sie ein Geräusch, und Sie versteckten sich eilig wieder hinter dem Vorhang. Dort standen Sie, als Charles Leverson ins Zimmer trat. Dort standen Sie, als Lily Margrave kam. Viel später erst krochen Sie durch ein schweigendes Haus in Ihr Zimmer. Wollen Sie das ableugnen?»

Trefusis begann zu stottern.

«Ich – ich bin niemals –»

«Ach! Lassen Sie uns endlich zum Schluß kommen. Zwei Wochen habe ich nun schon Komödie gespielt. Ich habe Ihnen gezeigt, wie sich das Netz langsam um Sie zusammenzog. Die Fingerabdrücke, die Fußabdrücke, die Durchsuchung Ihres Zimmers mit den schlecht weggeräumten Sachen – mit all diesen Dingen habe ich Ihnen Schrecken eingejagt. Sie haben nachts vor Angst und Grübeln wach gelegen. Sie haben sich gefragt, ob Sie wohl einen Fingerabdruck im Zimmer oder einen Fußabdruck sonstwo hinterlassen haben.

Immer wieder haben Sie die Ereignisse jener Nacht vor Ihren Augen abrollen lassen und sich hundertmal gefragt, was Sie getan und was Sie unterlassen haben. So habe ich Sie allmählich dazu gebracht, einen Fehler zu begehen. Ich habe gesehen, wie die Furcht Ihnen heute in die Augen sprang, als ich etwas von der Treppe aufhob, wo Sie in jener Nacht verborgen gestanden hatten. Dann machte ich ein großes Getue mit der kleinen Schachtel, der Aushändigung an George, und ging aus.»

Poirot wandte sich zur Tür. «George.»

«Hier bin ich, Sir.»

Der Diener trat vor.

«Wollen Sie bitte diesen Damen und Herren sagen, welche Instruktionen Sie von mir hatten?»

«Ich sollte mich im Kleiderschrank Ihres Zimmers versteckt halten, Sir, nachdem ich die Pappschachtel an die bewußte Stelle gelegt hatte. Heute nachmittag um halb vier betrat Mr. Trefusis das Zimmer, ging an die Schublade und nahm die betreffende Schachtel heraus.»

«Und in der Schachtel», fuhr Poirot fort, «war eine gewöhnliche englische Stecknadel. Ich spreche immer die Wahrheit. Ich habe heute morgen tatsächlich etwas von der Treppe aufgehoben. Es gibt doch ein Sprichwort, nicht wahr? ‹Nach einer Nadel schnell dich bück', dann hast den ganzen Tag du Glück!› Und ich? Ich habe wirklich Glück gehabt; ich habe den Mörder gefunden!»

Er wandte sich an den Sekretär.

«Sehen Sie», sagte er sanft. *«Sie haben sich selbst verraten.»*

Trefusis brach plötzlich zusammen. Er sank schluchzend in einen Sessel und vergrub das Gesicht in den Händen.

«Ich war von Sinnen», stöhnte er. «Ich war verrückt. Aber mein Gott, er hat mich bis zur Weißglut getrieben! Neun Jahre lang habe ich ihn gehaßt und verabscheut.»

«Ich hab's ja gewußt!» rief Lady Astwell.

Sie sprang auf, und ihre Augen funkelten in wildem Triumph.

«Ich wußte, daß der Mann es getan hatte!»

«Und Sie hatten recht», sagte Poirot. «Man mag es nennen, wie man will. Die Tatsache bleibt: Ihre ‹Intuition› hat Sie nicht betrogen. Ich gratuliere.»

Urlaub auf Rhodos

Hercule Poirot saß im weißen Sand und sah auf das glitzernde blaue Meer hinaus. Er wirkte sehr gepflegt in seinem dandyhaften Anzug aus weißem Flanell und mit dem breiten Panamahut. Er gehörte zu jener altmodischen Generation, die glaubte, sich sorgfältig vor der Sonne schützen zu müssen. Miss Pamela Lyall, die neben ihm saß und ununterbrochen redete, verkörperte den modernen Typ, denn sie trug nur ein äußerstes Minimum an Kleidung auf ihrer sonnengebräunten Haut.

Ab und zu versiegte ihr Redestrom, wenn sie sich mit dem öligen Inhalt einer Flasche eincremte, die neben ihr stand.

Auf der anderen Seite von Miss Pamela Lyall lag mit dem Gesicht nach unten ihre Busenfreundin Miss Sarah Blake, auf einem kühn gestreiften Tuch. Miss Blakes Bräune war absolut perfekt, und ihre Freundin warf ihr mehr als einmal einen neidischen Blick zu.

«Ich bin immer noch so fleckig», murmelte sie bedauernd. «Monsieur Poirot – wenn es Ihnen nichts ausmacht? Nur unter dem rechten Schulterblatt – ich kann mich dort nicht richtig einreiben.»

Monsieur Poirot kam der Bitte nach und wischte sich anschließend die ölige Hand sorgfältig am Taschentuch ab. Miss Lyall, deren Hauptinteresse im Leben der Beobachtung ihrer Mitmenschen und dem Klang der eigenen Stimme galt, fuhr zu reden fort.

«Ich hatte recht mit der Frau – der in dem Chanel-Kostüm. Es ist tatsächlich Valentine Dacres – vielmehr Chantry. Sie ist wirklich wunderschön, nicht wahr? Ich kann verstehen, daß die Männer verrückt nach ihr sind. Sie erwartet das einfach und hat damit schon die halbe Schlacht gewonnen. Die anderen Leute, die gestern ankamen, heißen Gold. Er sieht schrecklich gut aus.»

«Auf Hochzeitsreise?» murmelte Sarah dumpf.

Miss Lyall schüttelte wissend den Kopf.

«O nein – ihre Kleider sind dafür nicht neu genug. Daran kann man eine Braut sofort erkennen! Finden Sie nicht auch, Monsieur Poirot, daß es das Faszinierendste von der Welt ist, Menschen zu beobachten und etwas über sie in Erfahrung zu bringen?»

«Du beobachtest sie nicht nur, Liebste», sagte Sarah süß. «Du fragst sie auch ganz schön aus.»

«Ich habe mit den Golds noch gar nicht gesprochen», sagte Miss Lyall indigniert. «Auf jeden Fall sehe ich nicht ein, warum man an seinen Mitmenschen nicht interessiert sein soll. Der menschliche Charakter ist so faszinierend. Finden Sie nicht auch, Monsieur Poirot?»

Diesmal schwieg sie so lange, daß ihr Nachbar antworten konnte.

Ohne seinen Blick vom blauen Wasser zu wenden, antwortete Monsieur Poirot:

«Ça dépend.»

Pamela war entsetzt.

«O Monsieur Poirot! Ich finde, nichts ist interessanter – und so unberechenbar wie der Mensch!»

«Unberechenbar? Nein.»

«Ich finde doch. Gerade dann, wenn man meint, man kennt ihn, tut er etwas völlig Unerwartetes.»

Hercule Poirot schüttelte den Kopf.

«Nein, nein, das ist nicht wahr. Es ist sehr selten, daß jemand etwas tut, das nicht *dans son caractère* liegt. Mit der Zeit ist es langweilig.»

«Ich bin da gar nicht mit Ihnen einverstanden!» erklärte Miss Pamela Lyall.

Sie schwieg beinahe anderthalb Minuten lang, bevor sie zur nächsten Attacke ansetzte.

«Sobald ich Menschen sehe, frage ich mich, wie sie wohl sind – in welcher Beziehung sie zueinander stehen, was sie denken und fühlen. Oh, es ist so aufregend.»

«Selten», entgegnete Hercule Poirot. «Der Mensch wiederholt sich öfter, als man glaubt. Das Meer hat unendlich viel mehr Variationen», fügte er nachdenklich hinzu.

«Glauben Sie, daß die Menschen dazu neigen, gewisse Verhaltensmuster zu wiederholen? Immer wieder die gleichen?»

«Précisément», sagte Poirot und zeichnete mit dem Finger eine Figur in den Sand.

«Was zeichnen Sie da?» fragte Pamela neugierig.

«Ein Dreieck.»

Aber Pamelas Interesse war schon wieder erloschen.

«Da sind die Chantrys.»

Eine Frau kam zum Strand herunter – groß und sehr selbstbewußt. Sie nickte kurz, wobei sie lächelte, und setzte sich etwas abseits. Das rot-goldene Seidentuch glitt ihr von den Schultern. Sie trug einen weißen Badeanzug.

Pamela seufzte.

«Hat sie nicht eine schöne Figur?»

Aber Poirot betrachtete ihr Gesicht – das Gesicht einer Frau von neununddreißig, die sich seit ihrem sechzehnten Lebensjahr ihrer Schönheit bewußt war.

Wie alle Welt wußte auch er über Valentine Chantry Bescheid. Sie war für vieles berühmt – für ihre Launen, ihren Reichtum, ihre riesigen saphirblauen Augen, ihre Abenteuer. Sie hatte eine Menge Ehemänner und zahllose Liebhaber gehabt. Sie war mit einem italienischen Grafen, einem amerikanischen Stahlmagnaten, einem Tennislehrer und einem Rennfahrer verheiratet gewesen. Von diesen vieren war der Amerikaner gestorben, die anderen hatte sie irgendwann beim Scheidungsrichter abgelegt. Vor sechs Monaten hatte sie zum fünftenmal geheiratet, einen Marinekapitän.

Er kam hinter ihr zum Strand herunter. Schweigend, düster – mit sehr energischem Kinn und mürrischem Gesicht. Er hatte etwas von einem Urweltaffen an sich.

Sie sagte:

«Tony, Liebster – mein Zigarettenetui . . .»

Er hielt es ihr hin – gab ihr Feuer – half ihr, die Träger ihres weißen Badeanzugs von den Schultern zu streifen. Mit ausgebreiteten Armen lag sie in der Sonne. Er saß neben ihr wie ein wildes Tier, das seine Beute bewacht.

Pamela sagte etwas leiser:

«Wissen Sie, die beiden interessieren mich schrecklich . . . Er ist so ein Primitiver! So schweigsam und – irgendwie lauernd. Wahrscheinlich hat eine Frau wie sie das gern. Es muß wie Tigerbändigen sein. Ich frage mich, wie lange das hält. Sie hat sie immer bald satt, vor allem neuerdings. Wenn sie versucht, ihn loszuwerden, könnte er gefährlich werden.»

Ein weiteres Paar kam zum Strand herunter – ziemlich schüchtern. Es waren die Neuankömmlinge vom Vorabend, Mr. Douglas Gold und seine Frau, wie Miss Lyall bei ihrer Inspektion des Hotelregisters herausgefunden hatte. Sie wußte auch – weil die italienischen Gesetze das verlangten – Vornamen und Alter, wie man sie vom Paß ins Register eingetragen hatte. Mr. Douglas Cameron Gold war einunddreißig, Mrs. Marjorie Emma Gold fünfunddreißig.

Miss Lyalls Hobby war, wie gesagt, das Studium der Menschen. Im Gegensatz zu den meisten Engländern war sie fähig, Fremde sofort anzusprechen, und wartete nicht vier Tage bis eine Woche, um den ersten zaghaften Vorstoß zu wagen, wie es in England üblich ist. Als sie daher das leichte Zögern und Mrs. Golds Schüchternheit bemerkte, rief sie:

«Guten Morgen. Ein herrlicher Tag, nicht wahr?»

Mrs. Gold war eine kleine Frau – unscheinbar wie eine Maus. Sie sah nicht schlecht aus, ihre Züge waren regelmäßig und ihre Gesichtsfarbe rosig. Aber sie hatte etwas Mißtrauisches und Unauffälliges, so daß man sie leicht übersah. Ihr Mann dagegen sah auffallend gut aus, auf fast theatralische Art; sehr blond, mit dichtem Lockenhaar, blaue Augen, breite Schultern, schmale Hüften. Er wirkte eher wie ein jugendlicher Liebhaber auf der Bühne als wie einer im wirklichen Leben, aber sobald er den Mund aufmachte, verschwand dieser Eindruck. Er war ganz natürlich und nicht eingebildet, ja, vielleicht sogar ein wenig dumm.

Mrs. Gold sah Pamela dankbar an und setzte sich neben sie. «Sie sind schön braun! Ich fühle mich dagegen ganz minderwertig!»

«Man muß sich schrecklich viel Mühe geben, um gleichmäßig braun zu werden», seufzte Miss Lyall.

Sie schwieg ein Weilchen und fuhr dann fort:

«Sie sind erst angekommen, nicht wahr?»

«Ja, gestern abend. Wir kamen mit dem Dampfer aus Italien.»

«Waren Sie früher schon mal auf Rhodos?»

«Nein. Es ist hübsch hier, nicht?»

«Schade, daß es so weit weg ist», bemerkte ihr Mann.

«Ja, wenn es doch näher bei England wäre –»

«Wie schrecklich», bemerkte Sarah dumpf von ihrer Decke her. «Dann lägen die Leute Mensch an Mensch, so eng wie die Fische in der Dose.»

«Das stimmt natürlich», gab Douglas Gold zu. «Wie unangenehm, daß der Kurs der Lira im Augenblick so hoch ist.»

«Es macht viel aus, nicht wahr?»

Die Unterhaltung folgte genau dem konventionellen Muster. Man hätte sie wirklich nicht als brillant bezeichnen können. Etwas entfernt von ihnen setzte Valentine Chantry sich auf. Mit der einen Hand hielt sie den Badeanzug über der Brust zusammen. Sie gähnte, ein breites und doch zartes, katzenhaftes Gähnen, und dann sah sie gleichgültig den Strand entlang. Ihre Augen glitten über Marjorie Gold hinweg – und blieben nachdenklich an Douglas Golds blondem Lockenkopf hängen. Sie bewegte geschmeidig die Schultern und sagte, etwas lauter als nötig:

«Tony, Liebster, ist sie nicht herrlich – die Sonne? Ich bin früher sicher einmal eine Sonnenanbeterin gewesen, glaubst du nicht auch?»

Ihr Mann brummte eine Antwort, die die anderen nicht verstehen konnten. Valentine Chantry fuhr mit ihrer hohen, schleppenden Stimme fort:

«Bitte, zieh doch das Handtuch gerader, ja, Liebster?»

Sie gab sich unendlich viel Mühe, ihren schönen Körper wieder in die richtige Lage zu bringen. Douglas Gold sah jetzt zu ihr hin. Sein Blick war höchst interessiert.

«Was für eine schöne Frau!» zwitscherte Mrs. Gold heiter, zu Miss Lyall gewandt.

Pamela war ebenso froh, Informationen weitergeben zu können wie zu erhalten, und antwortete daher, ziemlich leise:

«Das ist Valentine Chantry, Sie wissen schon, die ehemalige Dacres. Sie ist wirklich wunderschön. Er ist ganz verrückt nach ihr – läßt sie keinen Moment aus den Augen.»

Mrs. Gold sah wieder den Strand entlang. «Das Meer ist herrlich, so blau!» sagte sie. «Ich glaube, wir sollten jetzt hineingehen, meinst du nicht auch, Douglas?»

Er sah immer noch zu Valentine Chantry hinüber und brauchte eine Weile für seine Antwort.

«Hineingehen? Ja, schon, gleich», erwiderte er dann ziemlich geistesabwesend.

Marjorie Gold stand auf und lief zum Wasser.

Valentine Chantry drehte sich ein wenig zur Seite und sah Douglas Gold an. Ihr roter Mund verzog sich zu einem kleinen Lächeln.

Douglas Golds Nacken lief etwas rot an.

«Tony, Lieber», sagte Valentine, «macht es dir etwas aus? Ich hätte gern den kleinen Topf Gesichtscreme, er steht auf meinem Frisiertisch. Ich wollte ihn mitnehmen. Bitte, hol ihn doch – sei ein Engel!»

Der Kapitän erhob sich gehorsam und stapfte zum Hotel.

Marjorie Gold tauchte ins Wasser und rief: «Es ist wunderbar, Douglas. So warm! Komm doch!»

«Gehen Sie nicht rein?» fragte Pamela Lyall.

«Ich heize mich lieber erst noch etwas auf», antwortete Mr. Gold vage.

Valentine bewegte sich. Sie hob den Kopf, als wolle sie ihrem Mann etwas nachrufen, doch er verschwand gerade hinter der Mauer des Hotelgartens.

«Am liebsten gehe ich erst zum Schluß ins Wasser», erklärte Gold.

Mrs. Chantry setzte sich wieder auf und ergriff eine Flasche Sonnenöl. Sie hatte etwas Mühe mit dem Öffnen – der Deckel schien sich all ihren Anstrengungen zu widersetzen. «Mein Gott, ich krieg's nicht auf!» sagte sie laut. Dann sah sie zu der Gruppe hinüber. «Könnte vielleicht . . .»

Galant wie immer erhob sich Poirot, doch Douglas Gold hatte den Vorteil auf seiner Seite, jünger und beweglicher zu sein. Im Handumdrehen war er bei ihr.

«Darf ich Ihnen helfen?»

«O danke . . .» Wieder dieses süße, träge Schleppen der Stimme. «Sie sind wirklich sehr freundlich! Ich bin so ungeschickt in solchen Dingen. Ich schraube sie immer verkehrt zu. Oh, Sie haben es geschafft? Vielen Dank . . .»

Hercule Poirot lächelte in sich hinein.

Er stand auf und wanderte in der entgegengesetzten Richtung am Meer entlang. Er ging nicht weit und sehr gemächlich. Als er umdrehte, kam Mrs. Gold aus dem Wasser und gesellte sich zu ihm. Sie war geschwommen. Ihr Gesicht, eingerahmt von einer besonders unvorteilhaften Badekappe, strahlte.

«Ich liebe das Meer!» rief sie atemlos. «Es ist so warm und schön hier!»

Sie war eine begeisterte Schwimmerin, wie Poirot feststellte. «Douglas und ich sind völlig verrückt aufs Schwimmen. Er kann stundenlang im Wasser bleiben.»

Während ihrer letzten Worte glitt Poirots Blick über ihre Schulter hinweg zu jenem Punkt am Strand, wo der begeisterte Schwimmer, Mr. Douglas Gold, saß und sich mit Valentine unterhielt.

«Ich verstehe gar nicht, warum er nicht mitgekommen ist . . .», sagte seine Frau. In ihrer Stimme klang eine Art kindliches Staunen mit.

Poirots Augen ruhten nachdenklich auf Valentine Chantry. Ihm fiel ein, daß schon andere Frauen die gleiche Bemerkung gemacht hatten.

Er hörte, wie Mrs. Gold neben ihm scharf den Atem einzog. «Sie gilt ja wohl als sehr attraktiv», sagte sie kühl. «Aber Douglas macht sich nichts aus diesem Typ Frau.»

Poirot antwortete nicht.

Mrs. Gold stürzte sich wieder ins Wasser und schwamm in langen, ruhigen Zügen vom Strand weg. Man konnte sehen, daß sie das Wasser liebte.

Poirot kehrte zu der Gruppe im Sand zurück.

Sie hatte sich jetzt vergrößert durch das Erscheinen von General Barnes, einem Veteranen, der gern mit jungen Menschen zusammen war. Er saß zwischen Pamela und Sarah. Mit sichtlichem Vergnügen waren Pamela und er damit beschäftigt, sich Skandalgeschichten zu erzählen und sie in allen Einzelheiten auszuschmücken.

Kapitän Chantry war zurückgekehrt und saß wieder neben seiner Frau. Auf ihrer anderen Seite saß Gold.

Valentine saß sehr gerade zwischen den beiden Männern und redete. Sie sprach schnell und lebhaft und wandte sich mit ihrer süßen Stimme bald an den einen, bald an den anderen. Sie war gerade beim Ende einer Geschichte.

«. . . und was, glaubt ihr, sagte der verrückte Mann? ‹Es war vielleicht nur eine Minute, aber ich würde mich überall an Sie erinnern, Madam!› Nicht wahr, Tony, es stimmt doch? Ich fand ihn süß! Ich finde, die Welt ist so freundlich . . . ich meine, alle Leute sind immer schrecklich nett zu mir, ich weiß nicht, warum . . . sie sind einfach so. Aber, wie ich zu

Tony sagte – erinnerst du dich, Liebster? ‹Tony, wenn du nur ein winziges bißchen eifersüchtig sein könntest, dann auf diesen Träger.› Denn er war wirklich reizend!»

Es entstand eine Pause.

«Unter den Trägern gibt es gute Typen», sagte Douglas Gold dann.

«Ja. Er gab sich solche Mühe, wirklich, enorm viel Mühe... und es schien ihm direkt Spaß zu machen, mir zu helfen...»

«Das ist nichts Ungewöhnliches», meinte Gold. «Jeder würde Ihnen helfen, da bin ich sicher.»

«Wie nett von Ihnen, das zu sagen!» rief sie erfreut. «Tony, hast du das gehört?»

Kapitän Chantry brummte nur etwas Unverständliches.

Seine Frau seufzte.

«Tony macht mir nie Komplimente... nicht wahr, mein Schäfchen?»

Ihre weiße Hand mit den langen roten Nägeln fuhr ihm durch das dunkle Haar.

Chantry warf ihr plötzlich einen Seitenblick zu. Sie murmelte: «Ich weiß wirklich nicht, wie er es mit mir aushält. Er ist einfach schrecklich klug... hat soviel Verstand! Und ich rede immer nur Unsinn, aber es scheint ihm nichts auszumachen. Niemand nimmt mir übel, was ich tue oder sage... alle Leute verwöhnen mich. Manchmal denke ich, so was bekommt mir nicht.»

Kapitän Chantry sagte über den Kopf seiner Frau hinweg zu Gold: «Ist das dort draußen im Meer nicht Ihre Frau?»

«Ja. Es wird wohl Zeit, daß ich mich um sie kümmere.»

«Aber es ist so hübsch hier in der Sonne», sagte Valentine leise. «Sie brauchen noch nicht ins Wasser zu gehen. Tony, Liebling, ich glaube nicht, daß ich heute schon bade – nicht am ersten Tag. Ich könnte mich erkälten oder so. Aber warum gehst du nicht hinein, Liebling? Mr. – Mr. Gold wird hierbleiben und mir Gesellschaft leisten, nicht wahr, Mr. Gold?»

«Nein, danke!» antwortete Chantry etwas wütend. «Noch nicht. Ihre Frau scheint Ihnen zu winken, Gold.»

«Wie gut Ihre Frau schwimmen kann», sagte Valentine. «Sicher gehört sie zu diesen schrecklich tüchtigen Wesen, die immer alles können. Sie schüchtern mich so ein, weil ich spüre, daß sie mich verachten. Ich bin so schrecklich ungeschickt in allem – eine absolute Null, nicht wahr, Tony?

Wieder brummte der Kapitän nur etwas Unverständliches.

«Du bist zu liebenswürdig, um es zuzugeben», fuhr seine Frau zärtlich fort. «Männer sind so wunderbar loyal - das mag ich an ihnen. Ich finde wirklich, daß Männer viel loyaler sind als Frauen, sie sagen nie häßliche Sachen. Frauen sind so kleinlich!»

Sarah Blake rollte sich zur Seite und zischte Poirot zwischen den Zähnen zu:

«Anscheinend ist es ein Zeichen von Kleinlichkeit, sich vorzustellen, daß die liebe Mrs. Chantry nicht in jeder Hinsicht absolut vollkommen ist! Was für ein Dummkopf diese Frau ist! Ich glaube, Valentine Chantry ist die dümmste Frau, die mir je begegnet ist. Sie kann nur immer sagen ‹Tony, Liebling› und die Augen rollen. Die hat nur Watte im Kopf.»

Poirot hob seine ausdrucksvollen Augen. *«Un peu sévère!»*

«Ja, ja. Legen Sie es nur als Neid aus, wenn Sie wollen. Natürlich macht sie es sehr geschickt. Aber kann sie *keinen* Mann in Ruhe lassen? Ihr eigener sieht aus wie ein Gewitter.»

«Mrs. Gold schwimmt gut», sagte Poirot, aufs Meer hinausblickend.

«Ja, sie ist nicht wie wir, die es lästig finden, naß zu werden. Ich frage mich, ob Mrs. Chantry je ins Wasser geht, solange wir hier sind.»

«Sicherlich nicht», bemerkte General Barnes rauh. «Sie wird es nicht riskieren, daß sich ihr Make-up verwischt. Aber sie ist trotzdem eine sehr schöne Frau, wenn auch nicht mehr ganz neu.»

«Sie sieht zu Ihnen her, General», sagte Sarah schelmisch. «Und was das Make-up betrifft, da täuschen Sie sich.»

«Mrs. Gold kommt heraus», verkündete Pamela.

«Fuchs, du hast die Gans gestohlen, gib sie wieder her –», summte Sarah.

Mrs. Gold kam direkt den Strand herauf. Sie hatte eine hübsche Figur, aber ihre glatte, wasserdichte Badekappe sah wirklich nur praktisch und unvorteilhaft aus.

«Warum kommst du nicht, Douglas?» fragte sie ungeduldig. «Das Meer ist herrlich und warm.»

«Sicher.»

Douglas Gold erhob sich hastig. Er hielt einen Augenblick inne, und Valentine Chantry sah mit einem süßen Lächeln zu ihm auf.

«Au revoir», sagte sie.

Gold und seine Frau gingen ins Wasser.

Sobald sie außer Hörweite waren, bemerkte Pamela kritisch: «Ich glaube nicht, daß das klug war. Einer Frau den Ehemann wegzunehmen ist immer schlechte Politik. Es wirkt so besitzergreifend. Und Ehemänner hassen das.»

«Sie scheinen ja von Ehemännern viel zu verstehen, Miss Pamela», sagte General Barnes.

«Von denen anderer Leute – nicht von meinem eigenen!»

«Aha! Das ist ein Unterschied.»

«Allerdings General.»

«Nun», bemerkte Sarah, «ich würde schon mal auf keinen Fall so eine Badekappe tragen ...»

«Die ist doch sehr vernünftig», sagte der General. «Scheint überhaupt eine nette, vernünftige kleine Frau zu sein.»

«Das ist sie bestimmt, General», antwortete Sarah. «Aber sie wissen, daß selbst die Vernunft einer vernünftigen Frau ihre Grenzen hat. Ich habe das Gefühl, sie wird nicht so vernünftig sein, wenn es sich um Valentine Chantry handelt.»

Sie wandte den Kopf und fügte leise hinzu:

«Seht ihn euch an! Ist der wütend! Er macht den Eindruck, als hätte er ein gefährliches Temperament ...»

Kapitän Chantry sah tatsächlich grollend hinter dem Ehepaar her, auf eine höchst unangenehme Weise.

Pamela sah zu Poirot auf. «Nun? Welchen Vers machen Sie sich drauf?»

Hercule Poirot antwortete nicht, sondern zeichnete nur eine Figur in den Sand. Wieder das Dreieck.

«Das ewige Dreieck!» sagte Pamela nachdenklich. «Vielleicht haben Sie recht. Falls es stimmt, werden die nächsten Wochen ganz schön aufregend sein.»

Hercule Poirot war von Rhodos enttäuscht. Er war zum Urlaubmachen hergekommen und um sich zu erholen. Vor allem vom Verbrechen. Im späten Oktober, hatte man ihm versichert, sei Rhodos fast menschenleer, ein friedliches, abgeschiedenes Fleckchen Erde.

Das stimmte eigentlich auch. Die Chantrys, die Golds, Pamela und Sarah, der General, er selbst und zwei italienische Ehepaare waren die einzigen Gäste. Aber innerhalb dieses kleinen Kreises glaubte sein kluger Verstand bereits die ersten Schatten zu sehen, die ein unvermeidliches Drama vorauswarf.

«Ich denke nur noch an Verbrechen», schimpfte er sich aus. «Ich habe eine schlechte Verdauung und bilde mir schon die seltsamsten Dinge ein.»

Trotzdem – er machte sich Sorgen.

Eines Morgens kam er auf die Terrasse herunter und stieß dort auf Mrs. Gold, die stickte. Während er auf sie zuschritt, glaubte er ein Batisttaschentuch aufblitzen zu sehen, das Mrs. Gold hastig wegsteckte.

Mrs. Golds Augen waren trocken, glänzten aber verdächtig. Ihr Benehmen kam ihm etwas zu fröhlich vor. Die Heiterkeit wirkte eine Spur übertrieben.

«Guten Morgen, Monsieur Poirot!» rief sie so gezwungen munter, daß ihm Zweifel kamen.

Er merkte, daß sie keineswegs so erfreut über sein Erscheinen war, wie sie tat. Schließlich kannte sie ihn nicht besonders gut. Und obwohl Hercule Poirot ein eingebildeter kleiner Mann war, wenn es um seinen Beruf ging, so war er sehr bescheiden, was die Einschätzung seiner privaten Vorzüge anbetraf.

«Guten Morgen, Madame», antwortete er. «Wieder ein herrlicher Tag.»

«Ja, wie schön. Aber Douglas und ich haben mit dem Wetter immer Glück.»

«Ach, tatsächlich?»

«Ja. Wir haben überhaupt viel Glück. Wissen Sie, Monsieur Poirot, wenn man soviel Sorgen und Unglück sieht, so viele Ehepaare, die sich scheiden lassen und so, nun, dann ist man dankbar, daß man selbst so glücklich ist.»

«Was für eine Freude, das zu hören, Madame.»

«Ja, Douglas und ich sind so schrecklich glücklich zusammen. Wir sind jetzt seit fünf Jahren verheiratet, wissen Sie, und das ist heute eine lange Zeit ...»

«Zweifellos kann das manchmal eine Ewigkeit sein, Madame», erwiderte Poirot trocken.

«Doch eigentlich glaube ich, daß wir heute glücklicher sind als am Anfang unserer Ehe. Wir passen so gut zusammen, in jeder Beziehung.»

«Das ist natürlich die Hauptsache.»

«Darum tun mir die Leute leid, die nicht glücklich sind.»

«Sie meinen ...»

«Ich spreche ganz allgemein, Monsieur Poirot.»

Mrs. Gold nahm einen Strang Seide, hielt ihn ins Licht, nickte und sagte: «Zum Beispiel Mrs. Chantry ...»

«Ja?»

«Ich glaube, sie ist keine nette Frau.»

«Nun, vielleicht nicht.»

«Eigentlich bin ich mir sogar sehr sicher. Aber auf gewisse Weise kann sie einem leid tun. Trotz ihres Geldes, ihres guten Aussehens und so weiter ...» Mrs. Golds Finger zitterten so, daß sie nicht einfädeln konnte, «... gehört sie nicht zu den Frauen, bei denen die Männer auf die Dauer bleiben. Sie ist der Typ, den Männer schnell satt bekommen. Glauben Sie nicht auch?»

«Mich persönlich würde ihre Unterhaltung über kurz oder lang ermüden», erwiderte Poirot vorsichtig.

«Ja, eben das meine ich! Natürlich hat sie so etwas Gewisses ...» Mrs. Gold zögerte, sie fuhr mit der Nadel unsicher durch die Luft. Auch ein nicht so genauer Beobachter wie Hercule Poirot hätte jetzt ihren Kummer bemerken müssen.

«Männer sind solche Kinder!» rief sie übergangslos. «Sie glauben immer *alles* ...»

Sie beugte sich über ihre Arbeit. Ein kleiner Zipfel des Batisttaschentuchs blitzte dabei wieder auf.

Es war wohl besser, das Thema zu wechseln, überlegte Poirot. Deshalb fragte er:

«Schwimmen Sie heute vormittag nicht? Und Ihr Mann, ist er unten am Strand?»

Mrs. Gold sah auf, blinzelte, nahm sich zusammen und sagte in beinahe trotzig heiterem Ton:

«Nein, heute morgen nicht. Wir wollten die alte Stadtmauer besichtigen gehen. Aber irgendwie scheinen wir uns verpaßt zu haben. Sie sind weg ohne mich.»

Das «Sie» war bedeutsam, doch ehe Poirot antworten konnte, kam General Barnes vom Strand herauf und ließ sich in einen Sessel fallen.

«Guten Morgen, Mrs. Gold. Guten Morgen, Poirot. Sie sind desertiert, Sie beide. Es fehlen eine Menge – Sie beide und Ihr Mann, Mrs. Gold – und Mrs. Chantry.»

«Und Kapitän Chantry?» fragte Poirot harmlos.

«Nein, nein, der ist unten am Strand. Miss Pamela hat ihn mit Beschlag belegt.» Der General kicherte. «Sie findet, daß er etwas schwierig ist. Einer von den starken, schweigsamen Typen, von denen man immer in Romanen liest.»

«Er macht mir angst, dieser Mann», sagte Marjorie Gold und erschauerte leicht. «Er – er sieht manchmal so düster aus. Als – als ob er zu allem fähig wäre.»

«Nur Verdauungsbeschwerden, nehme ich an», meinte der General munter. «Die sind häufig die Ursache für romantische melancholische Anfälle oder Wutausbrüche.»

Marjorie Gold lächelte ein höfliches kleines Lächeln.

«Und wo ist Ihr lieber Mann?» fragte der General.

Sie antwortete, ohne zu zögern – mit natürlicher, fröhlicher Stimme.

«Douglas? Ach, er ist mit Mrs. Chantry in die Stadt gegangen. Ich glaube, sie wollten die alte Stadtmauer besichtigen.»

«Ha, ja, sehr interessant. Die Zeit der edlen Ritter und so weiter. Sie hätten mitgehen sollen, meine kleine Dame.»

«Ich fürchte, ich war etwas zu spät dran.»

Plötzlich stand Mrs. Gold mit einer gemurmelten Entschuldigung auf und lief ins Hotel.

General Barnes sah ihr mit besorgtem Gesicht nach und schüttelte leicht den Kopf.

«So eine nette kleine Frau. Zehnmal mehr wert als die bemalten Puppen. Doch wir wollen keine Namen nennen. Ha! Ihr Mann ist ein Dummkopf! Er weiß gar nicht, wie gut er es hat.» Er schüttelte wieder den Kopf. Dann stand er auf und verschwand im Innern des Hauses.

Sarah Blake, die vom Strand heraufkam, hatte die letzten Worte des Generals gehört. Während sie dem Rücken des abmarschierenden alten Kriegers eine Grimasse schnitt, ließ sie sich in einen Sessel fallen.

«Nette kleine Frau ... nette kleine Frau!» rief sie. «Die Männer mögen unscheinbare Frauen – aber wenn es um die Hauptsache geht, gewinnen immer die aufgedonnerten Puppen, ohne auch nur einen Finger zu rühren. Traurig, aber wahr!»

«Mademoiselle», sagte Poirot. Seine Stimme klang brüsk. «So was schätze ich nicht.»

«Nein? Ich auch nicht. Ach, seien wir ehrlich, wahrscheinlich gefällt mir so was doch. Man hat auch eine schlechte Seite, die sich freut, wenn Freunde Unfälle oder Pech haben oder ihnen was Unangenehmes zustößt.»

«Wo steckt denn Kapitän Chantry?» fragte Poirot.

«Am Strand, wo ihn Pamela auseinandernimmt. Und es genießt, falls Sie es wissen wollen. Seine Laune wird dadurch nicht besser. Er sah wieder aus wie ein Gewitter. Da gibt's noch Krach, das können Sie mir glauben.»

«Etwas verstehe ich einfach nicht . . .», brummte Poirot.

«Zu verstehen ist es ganz leicht», sagte Sarah. «Aber was passiert – das ist die Frage.»

Poirot schüttelte den Kopf.

«Wie Sie sagen, Mademoiselle, es ist die Zukunft, die mich beunruhigt.»

«Das haben Sie hübsch gesagt», meinte Sarah und ging hinein.

In der Tür stieß sie mit Gold zusammen. Der junge Mann sah sehr zufrieden mit sich aus, wirkte aber gleichzeitig leicht schuldbewußt.

«Hallo, Monsieur Poirot», sagte er und fügte selbstsicher hinzu: «Ich habe Mrs. Chantry die Mauern aus der Ritterzeit gezeigt. Marjorie hatte keine Lust, mitzukommen.»

Poirots Brauen hoben sich etwas, aber selbst wenn er gewollt hätte, wäre ihm keine Zeit für eine Antwort geblieben. Valentine Chantry fegte auf die Terrasse und rief mit ihrer hellen Stimme:

«Douglas, einen Pink Gin! Wirklich, ich brauche dringend einen Pink Gin!»

Douglas Gold verschwand, um den Cocktail zu bestellen. Valentine sank neben Poirot in einen Sessel. An diesem Vormittag wirkte sie besonders strahlend.

Als sie sah, daß ihr Mann und Pamela vom Strand heraufkamen, winkte sie ihnen zu und rief:

«Bist du schön geschwommen, Tony, Liebster? Ist der Morgen nicht herrlich?»

Kapitän Chantry antwortete nicht. Er eilte die Stufen hinauf, ging schweigend, ohne sie eines Blickes zu würdigen, vorbei und verschwand in der Bar. Seine Hände waren geballt, was seine leichte Ähnlichkeit mit einem Gorilla noch verstärkte. Valentine Chantrys vollkommener, doch etwas dümmlich wirkender Mund klappte auf. «Oh!» sagte sie ziemlich geistlos.

Pamela Lyalls Gesicht verriet, daß sie die Situation sehr genoß. Sie verstellte sich, so gut ihr das bei ihrer Einfallslosigkeit möglich war, setzte sich zu Valentine Chantry und fragte:

«Haben Sie einen schönen Vormittag verbracht?»

Während Valentine antwortete: «Einfach herrlich. Wir ...», stand Poirot auf und schlenderte seinerseits langsam auf die Bar zu. Der junge Gold stand mit gerötetem Gesicht an der Theke und wartete auf seinen Pink Gin. Er wirkte beunruhigt und wütend.

«Der Mann ist ein Rohling!» sagte er zu Poirot und wies mit dem Kopf in die Richtung, in der Kapitän Chantry gerade verschwand.

«Möglich», sagte Poirot. «Ja, das ist gut möglich. Aber die Frauen, *les femmes,* ihnen gefallen die Rohlinge, denken Sie immer daran.»

«Es würde mich nicht wundern, wenn er sie mißhandelte», brummte Gold.

«Vielleicht gefällt ihr das auch.»

Gold starrte ihn verblüfft an, nahm das Glas mit dem Pink Gin und ging hinaus.

Hercule Poirot schob sich auf einen Barhocker und bestellte einen *sirop de cassis.* Während er ihn mit begeisterten Seufzern schlürfte, kam Chantry herein und trank rasch hintereinander mehrere Pink Gin.

Plötzlich rief er wütend, mehr ins Leere als an Hercule Poirots Adresse:

«Wenn Valentine glaubt, sie kann mich loswerden wie die vielen anderen Idioten, dann täuscht sie sich. Sie gehört mir, und ich werde sie behalten. Ein anderer bekommt sie nicht – nur über meine Leiche.»

Er warf ein paar Geldstücke auf die Theke, machte auf dem Absatz kehrt und lief hinaus.

Drei Tage später fuhr Hercule Poirot auf den Berg des Propheten. Es war eine kühle, angenehme Fahrt durch goldgrüne

Fichten, höher und immer höher hinauf, weit über das kleinliche Gewimmel der Menschen hinaus. Der Wagen hielt vor dem Restaurant. Poirot stieg aus und wanderte durch den Wald. Schließlich erreichte er eine Stelle, die tatsächlich der höchste Punkt der Erde zu sein schien. Tief unter ihm schimmerte das Meer in gleißendem Blau.

Hier hatte er endlich Ruhe – fern von allen Sorgen, hoch über der Welt. Er faltete seinen Mantel ordentlich zusammen, legte ihn auf einen Baumstumpf und setzte sich.

«Zweifellos weiß *le bon Dieu*, was er tut. Aber es ist komisch, daß er es sich gestattet hat, gewisse menschliche Wesen zu erschaffen. *Eh bien,* hier bin ich wenigstens für eine Weile weg von allen quälenden Fragen.» So oder ähnlich überlegte er.

Plötzlich fuhr er herum. Eine kleine Frau in braunem Mantel und Rock kam auf ihn zugelaufen. Es war Marjorie Gold, und diesmal verstellte sie sich nicht mehr. Ihr Gesicht war naß von Tränen.

Für Poirot gab es kein Entkommen. Schon stand sie vor ihm. «Sie müssen mir helfen, Monsieur Poirot! Mir ist so elend zumute, und ich weiß nicht, was ich tun soll. Ach, was mache ich nur? Was mache ich nur?»

Sie sah ihn mit gequältem Gesicht an und klammerte sich an seinen Ärmel. Dann, als sie seine abweisende Miene sah, wich sie betroffen ein wenig zurück.

«Was – was haben Sie?» stammelte sie.

«Wollen Sie meinen Rat, Madame? Fragen Sie mich um Rat?»

«Ja . . .ja . . .»

«*Eh bien* – ich gebe Ihnen einen.» Seine Stimme war schneidend. «Verlassen Sie die Insel – *ehe es zu spät ist.*»

«Wie bitte?» Sie starrte ihn verblüfft an.

«Sie haben es gehört. Verlassen Sie die Insel.»

«Die Insel verlassen?» echote sie.

«Genau das sagte ich.»

«Aber warum – warum?»

«Das ist mein Rat – *wenn Ihnen Ihr Leben lieb ist.*»

Sie seufzte. «Was meinen Sie damit?» rief sie. «Sie jagen mir Angst ein – ja, Sie machen mir angst.»

«Genau das ist meine Absicht.»

Sie sank zu Boden und vergrub das Gesicht in den Händen. «Aber das ist unmöglich! Er kommt nicht mit! Douglas würde nicht mitkommen. Sie würde es nicht zulassen. Sie hat zuviel Macht über ihn – über seinen Körper und seine Seele. Er duldet nicht, daß man etwas gegen sie sagt. Er glaubt ihr jedes Wort – alles! Daß ihr Mann sie schlecht behandelt ... daß er sie nicht versteht, daß sie wehrlos ist ... daß kein Mensch sie versteht. Er denkt schon gar nicht mehr an mich ... ich zähle nicht ... ich existiere für ihn nicht mehr. Ich soll ihm seine Freiheit wiedergeben, mich scheiden lassen. Er bildet sich ein, daß sie sich scheiden läßt und ihn dann heiratet. Aber ich glaube ... Chantry wird sie nie hergeben. Er ist nicht der Typ. Gestern abend zeigte sie Douglas die Druckstellen auf ihrem Arm ... angeblich hat ihr Mann es getan. Douglas war außer sich. Er ist so ritterlich ... ach, ich habe solche Angst! Was soll bloß werden? Sagen Sie mir, was ich tun soll!»

Hercule Poirot stand da und blickte über das Wasser bis zu der blauen Linie der Hügel des asiatischen Festlands.

«Noch einmal: Verlassen Sie die Insel, *ehe es zu spät ist.*»

«Ich kann nicht – ich kann nicht ... nur wegen Douglas ...»

Poirot seufzte und zuckte mit den Schultern.

«Das Dreieck wird immer deutlicher», sagte Pamela Lyall nicht ohne eine gewisse Befriedigung. Sie und Hercule Poirot saßen am Strand. «Gestern abend, als die drei zusammen waren, belauerten sich die Männer ständig. Chantry hatte zuviel getrunken. Er hat Gold richtig beleidigt. Gold benahm sich sehr ordentlich und verlor nicht die Beherrschung. Diese Valentine genoß die Stiuation, klar. Schnurrte wie eine menschenfressende Tigerin, und das ist sie ja auch. Was glauben Sie, Monsieur Poirot – was passiert nun weiter?»

«Ich fürchte, ich fürchte ...» Poirot schüttelte den Kopf.

«Ja, ja, wir alle machen uns Sorgen», antwortete Miss Lyall scheinheilig. Und fügte hinzu: «Aber die Sache fällt mehr in *Ihr* Fach. Oder vielmehr *wird* in Ihr Fach fallen. Können Sie denn nichts unternehmen?»

«Ich habe getan, was in meiner Macht steht.»

Miss Lyall beugte sich eifrig vor. «Was haben Sie denn unternommen?» fragte sie mit einem angenehmen Schauder.

«Ich riet Mrs. Gold abzufahren, ehe es zu spät sei.»

«Hm – aha – Sie glauben also ...» Sie schwieg.

«Nun, Mademoiselle?»

«Also, Sie glauben, daß *das* passieren wird!» sagte Pamela zögernd. «Aber er kann doch nicht ... so was würde er nie ... Er ist so reizend, wirklich. Daran ist nur diese Chantry schuld. Er würde nie ... niemals –»

Sie schwieg. Und dann meinte sie leise:

«*Mord?* Ist das - wirklich, denken Sie tatsächlich an so was?»

«Jemand denkt dran, Mademoiselle. Das kann ich Ihnen versichern.»

Pamela fröstelte plötzlich. «Ich glaube es nicht», erklärte sie.

Die Reihenfolge der Ereignisse in der Nacht des neunundzwanzigsten Oktober war völlig klar.

Es fing an mit einem Streit zwischen den beiden Männern – Gold und Chantry. Chantrys Stimme wurde lauter und lauter. Seine letzten Worte wurden von vier Personen gehört – dem Mann am Empfang, dem Direktor, General Barnes und Pamela Lyall.

«Sie verdammtes Schwein! Wenn Sie und meine Frau glauben, Sie können mich reinlegen, dann irren Sie sich! *Solange ich lebe,* bleibt Valentine meine Frau!»

Dann war er mit wutverzerrtem Gesicht aus dem Hotel gestürzt.

Die Auseinandersetzung fand vor dem Abendessen statt. Danach versöhnte man sich wieder. Wie das arrangiert wurde, wußte kein Mensch. Valentine bat Marjorie Gold, eine Mondscheinfahrt im Auto mit ihr zu machen. Pamela und Sarah kamen mit. Gold und Chantry spielten Billard. Danach gesellten sie sich zu Hercule Poirot und General Barnes, die in der Halle saßen.

Chantrys Gesicht verzog sich – eigentlich zum erstenmal – zu einem Lächeln. Er schien guter Laune zu sein.

«War es ein spannendes Spiel?» fragte der General.

«Der Bursche ist viel zu gut», sagte der Kapitän. «Er gewann haushoch.»

Douglas Gold spielte den Bescheidenen.

«Reine Glückssache. Glauben Sie mir. Was möchten Sie trinken? Ich geh mal den Kellner suchen.»

«Für mich Pink Gin, vielen Dank.»

«Gut. Und Sie, General?»

«Danke. Whisky mit Soda.»

«Für mich das gleiche. Und Sie, Monsieur Poirot?»

«Sie sind sehr freundlich. Ich möchte einen *sirop de cassis.*»

«Einen Sirup aus was?»

«*Sirop de cassis.* Saft aus schwarzen Johannisbeeren.»

«Ach, einen Likör! Ich verstehe. Haben die den hier überhaupt? Ich habe nie davon gehört.»

«Sie haben ihn, ja. Aber es ist kein Likör.»

«Klingt merkwürdig», sagte Gold und lachte. «Aber jedem sein eigenes Gift! Ich werde mal bestellen.»

Chantry setzte sich. Obwohl er von Natur aus kein gesprächiger oder umgänglicher Mensch war, gab er sich eindeutig die größte Mühe, freundlich zu sein.»

«Seltsam, wie man sich daran gewöhnen kann, ohne die neuesten Nachrichten auszukommen», stellte er fest.

«Ich kann nicht behaupten, daß eine vier Tage alte *Continental Daily Mail* mich sehr interessiert!» brummte der General.»

«Natürlich lasse ich mir die *Times* nachschicken. Und den *Punch* bekomme ich jede Woche. Aber es dauert verteufelt lange, bis sie eintreffen.»

«Ich frage mich, ob wir wegen der Palästinafrage allgemeine Wahlen bekommen?»

«Die ganze Angelegenheit ist ziemlich verfahren», erklärte der General. Da tauchte Douglas Gold wieder auf, gefolgt von einem Kellner mit den bestellten Drinks.

Der General erzählte eine Geschichte aus seiner militärischen Karriere in Indien, aus dem Jahr 1905. Die beiden Engländer hörten ihm höflich zu, wenn auch ohne großes Interesse. Hercule Poirot schlürfte seinen *sirop de cassis.*

Der General kam zur Pointe seiner Geschichte, und man lachte pflichtschuldig.

Da tauchten die Damen im Hoteleingang auf. Alle vier schienen bester Stimmung zu sein. Sie redeten und lachten.

«Tony, Liebling, es war herrlich», rief Valentine, während sie sich neben ihn in einen Sessel fallen ließ. «Eine glänzende Idee von Mrs. Gold! Ihr hättet alle mitkommen sollen!»

«Was möchtest du trinken?» fragte ihr Mann. Dann sah er fragend in die Runde.

«Für mich Pink Gin, Liebling», sagte Valentine.

«Ich möchte Gin mit Ingwerbier», erklärte Pamela.

«Einen Sidecar», bestellte Sarah.

«In Ordnung.» Chantry erhob sich und schob seinen unberührten Pink Gin seiner Frau zu. «Trink ihn. Ich bestell für mich einen neuen. Was möchten Sie, Mrs. Gold?»

Mrs. Gold ließ sich gerade von ihrem Mann aus dem Mantel helfen. Sie wandte sich um und sagte: «Könnte ich bitte eine Orangeade haben?»

«Kommt sofort. Eine Orangeade.»

Er ging zur Tür. Mrs. Gold lächelte zu ihrem Mann empor.

«Es war so schön. Ich wünschte, du wärst mitgekommen.»

«Ich auch. Wir werden es nachholen, ja?»

Valentine Chantry nahm ihr Glas und trank es aus. «Hm! Den habe ich gebraucht», sagte sie und seufzte.

Douglas Gold nahm Marjories Mantel und legte ihn auf einen Sessel. Während er zu den andern zurückging, fragte er scharf:

«He, was ist denn?»

Valentine Chantry hatte sich in ihren Sessel zurückgelehnt. Ihre Lippen waren blau. Sie griff sich mit der Hand an die Brust. «Ich fühle mich so – so komisch ...» Sie keuchte und rang nach Luft.

Chantry betrat wieder die Halle. Mit eiligen Schritten lief er auf die Gruppe zu. «Hallo, Val, was ist mit dir?»

«Ich – ich weiß nicht ... der Pink Gin – er schmeckte so komisch ...»

«Der Pink Gin?»

Chantry wirbelte herum, sein Gesicht war wutverzerrt. Er packte Douglas Gold bei den Schultern und schüttelte ihn.

«Das war *mein* Drink! Was zum Teufel haben Sie hineingeschüttet?»

Douglas Gold starrte entgeistert auf das zuckende Gesicht der Frau im Sessel. Er war totenbleich geworden. «Ich habe – ich habe doch nicht ...»

Valentine Chantry sank in sich zusammen.

«Wir müssen einen Arzt holen – schnell ...», rief General Barnes.

Fünf Minuten später war Valentine Chantry tot.

Am nächsten Vormittag badete niemand.

Pamela Lyall, deren Gesicht immer noch blaß war, lauerte Hercule Poirot in der Halle auf und zog ihn in das kleine Schreibzimmer. Sie trug ein einfaches schwarzes Kleid.

«Es ist entsetzlich!» rief sie. «Entsetzlich! Sie haben es vorausgesagt! Sie sahen es kommen! Mord!»

Poirot senkte ernst den Kopf.

«Ja!» sagte sie und stampfte mit dem Fuß auf. «Sie hätten es verhindern müssen! Irgendwie. Sie hätten etwas unternehmen müssen!»

«Was?» fragte Poirot.

Einen Augenblick war sie um eine Antwort verlegen. «Hätte man nicht die Polizei ...», begann sie dann.

«Und weiter? Was hätte man sagen können – *bevor* es passierte? Daß jemand Mord in seinem Herzen trug. Ich verrate Ihnen etwas, *mon enfant*, wenn ein Mensch entschlossen ist, einen anderen umzubringen –»

«Sie hätten das Opfer warnen können», erklärte Pamela dickköpfig.

«Manchmal sind solche Warnungen völlig nutzlos.»

«Oder Sie hätten den Mörder warnen können – andeuten, daß Sie von seinem Plan wußten.»

Poirot nickte beifällig. «Ja, das ist schon besser. Aber auch dann muß man noch mit der größten Schwäche des Verbrechers rechnen.»

«Mit was denn?»

«Mit seiner Eitelkeit! Ein Verbrecher ist immer überzeugt, daß er seinen Plan erfolgreich durchführen kann.»

«Aber das ist absurd – das ist dumm!» rief Pamela. «Das ganze Verbrechen war kindisch. Gestern abend hat die Polizei Douglas Gold sofort verhaftet.»

«Ja», sagte Poirot nachdenklich. «Douglas Gold benahm sich reichlich dumm.»

«Unglaublich dumm! Angeblich wurde der Rest des Gifts bei ihm gefunden. Was war es noch gleich?»

«Etwas Ähnliches wie Strophanthin. Ein Herzmittel.»

«Hat man es tatsächlich in seiner Smokingjacke gefunden?»

«Ja.»

«Unglaublich dumm!» wiederholte Pamela. «Vielleicht hatte er es loswerden wollen, aber der Schock, daß es die falsche Person erwischt hatte, lähmte ihn. Wirklich, eine bühnenreife Szene: Der Liebhaber schüttet Strophanthin in das Glas des Ehemanns, und dann trinkt es die Ehefrau, weil der Liebhaber nicht aufgepaßt hat. Wenn ich nur an den entsetzlichen Anblick denke, als Douglas Gold sich umwandte und feststellen mußte, daß er die Frau, die er liebte, getötet hatte ...»

Sie erschauerte.

«Das Dreieck! Die ewige Dreiecksgeschichte! Wer konnte ahnen, daß es so enden würde!»

«Ich hatte es befürchtet», murmelte Poirot.

Pamela ging wieder auf ihn los. «Sie warnten *sie* – Mrs. Gold. Warum warnten Sie ihn nicht auch?»

«Sie meinen Douglas Gold?»

«Nein, Kapitän Chantry. Sie hätten ihm sagen können, daß er in Gefahr sei – schließlich galt der Anschlag eigentlich ihm. Ich bin überzeugt, daß Douglas Gold glaubte, er könne seine Frau so bearbeiten, daß sie in die Scheidung einwilligen würde. Sie ist sanft und schüchtern und hat ihn schrecklich gern. Aber Chantry ist ein dickköpfiger Teufel. Er war fest entschlossen, Valentine nicht freizugeben.»

Poirot zuckte mit den Schultern.

«Es hätte nichts genützt, wenn ich mit ihm gesprochen hätte.»

«Vielleicht nicht», gab Pamela zu. «Vermutlich hätte er nur erklärt, er könne auf sich selbst aufpassen und Sie sollten sich zum Teufel scheren. Aber ich kann mich einfach des Eindrucks nicht erwehren, daß man etwas hätte tun können.»

«Ich dachte daran», sagte Poirot langsam, «Valentine Chantry zu überreden, die Insel zu verlassen, aber sie hätte meine Argumente nicht akzeptiert. Sie war so dumm und hätte nichts begriffen. *Pauvre femme* – ihre Dummheit brachte sie um.»

«Ich bin der Meinung, daß das auch nichts genützt hätte. Er wäre einfach hinterhergereist.»

«Wer?»

«Douglas Gold.»

«Sie glauben, Douglas Gold wäre ihr gefolgt? O nein, Mademoiselle, da täuschen Sie sich – Sie täuschen sich sehr! Sie haben den Kern der Sache nicht erkannt. Wenn Valentine Chantry abgereist wäre, hätte ihr Mann sie begleitet.»

Pamela war verblüfft. «Stimmt», sagte sie. «Natürlich!»

«Und dann, verstehen Sie, hätte das Verbrechen einfach an einem anderen Ort stattgefunden.»

«Ich begreife gar nichts mehr.»

«Ich möchte damit sagen, daß es sich bei dem Verbrechen

um die Ermordung von Valentine Chantry durch ihren Mann handelt.»

Pamela starrte ihn entgeistert an.

«Wollen Sie mir einreden, daß Kapitän Chantry – Tony Chantry – der Täter ist?»

«Ja. Sie sahen ihm sogar dabei zu! Douglas Gold brachte ihm sein Glas und stellte es vor ihm ab. Als die Frauen auftauchten, sahen wir alle zu ihnen hin. Chantry hatte das Strophanthin griffbereit und schüttete es in den Pink Gin. Dann schob er das Glas höflich seiner Frau hin, und sie trank.»

«Aber der Rest des Strophanthins wurde in Golds Jackentasche gefunden!»

«Die einfachste Geschichte von der Welt! Chantry steckte es ihm hinein, als wir uns alle um die Sterbende scharten.»

Es dauerte fast zwei Minuten, bis Pamela die Sprache wiederfand.

«Ich begreife es nicht. Das Dreieck – Sie sagten doch selber...»

Hercule Poirot nickte heftig.

«Ich sprach von einem Dreieck – das stimmt. Aber Sie – Sie dachten an das falsche. Sie fielen auf ein sehr geschicktes Täuschungsmanöver herein. Sie nahmen an – und das sollten Sie auch –, daß sowohl Tony Chantry als auch Douglas Gold Valentine liebten. Sie glaubten, und auch das sollten Sie, daß Douglas Gold, der Valentine Chantry liebte, und deren Mann niemals in die Scheidung einwilligen würde – daß also Douglas Gold in seiner Verzweiflung Chantry ein starkes Herzmittel einflößen wollte und durch einen fatalen Irrtum Valentine Chantry das Gift trank. Das ist eine schöne Illusion. Schon seit einiger Zeit hatte Chantry den Plan, seine Frau umzubringen. Sie langweilte ihn tödlich, das merkte ich von Anfang an. Er hatte sie wegen ihres Geldes geheiratet. Jetzt wollte er eine andere Frau heiraten – deshalb mußte er sie loswerden. Doch ihr Geld wollte er behalten. Und so kam es zu dem Mord.»

«Also eine andere Frau?»

«Ja. O ja! Die kleine Marjorie Gold. Es stimmt schon – es ist die ewige Dreiecksgeschichte! Aber Sie sahen es falsch. Keiner der beiden Männer interessierte sich in Wirklichkeit für Valentine Chantry. Wegen ihrer Eitelkeit und den wirklich äußerst gerissenen Manövern von Mrs. Gold glaubten Sie es. Eine kluge Frau, diese Mrs. Gold, und erstaunlicherweise sehr attraktiv auf ihre zurückhaltende Art. Die kleine arme Madonna! Ich kenne vier Frauen, vier Verbrecherinnen, die ihr sehr ähnlich waren. Mrs. Adams, die vom Mord an ihrem Mann freigesprochen wurde, obwohl alle Welt wußte, daß sie schuldig war. Mary Parker brachte eine freundliche Tante um die Ecke, und dazu zwei Brüder, bevor sie etwas leichtsinnig wurde und man sie erwischte. Dann ist da noch Mrs. Rowden. Sie wurde tatsächlich gehängt. Mrs. Lecray entging dem gleichen Schicksal nur um Haaresbreite. Mrs. Gold ist genau derselbe Typ! Ich merkte es sofort, als ich sie kennenlernte. Solche Frauen lieben das Verbrechen wie die Enten das Wasser! Und ganz schön gerissen eingefädelt. Verraten Sie mir doch: Welche Beweise haben Sie, daß Douglas Gold diese Valentine Chantry wirklich liebte? Wenn Sie es sich genau überlegen, müssen Sie zugeben, daß Sie es nur aufgrund von Mrs. Golds Vertraulichkeiten und Chantrys Eifersüchteleien glauben. Na? Sehen Sie?»

«Es ist entsetzlich!» rief Pamela.

«Ein gerissenes Paar, diese beiden!» bemerkte Poirot mit der Sachlichkeit des Fachmannes. «Ihr Plan war, sich hier zu ‹treffen› und das Verbrechen dann zu inszenieren. Diese Marjorie Gold ist eiskalt, eine Teufelin! Ohne mit der Wimper zu zucken, hätte sie ihren armen, unschuldigen Dummkopf von Mann zur Schlachtbank geschickt.»

«Aber er wurde gestern abend doch von der Polizei verhaftet und abgeführt!» rief Pamela.

«Ach», sagte Hercule Poirot, «danach hatte ich mit der Polizei eine kleine Unterhaltung. Es stimmt, daß ich nicht beobachtete, wie Chantry das Strophanthin ins Glas tat. Wie alle andern sah ich zu den Damen hin, die gerade in die Halle kamen. Aber in dem Augenblick, als ich begriff, daß Valentine Chantry vergiftet worden war, beobachtete ich ihren Mann. Ich ließ keinen Blick von ihm. Und deshalb, verstehen Sie, sah ich tatsächlich, wie er das Strophanthin-Päckchen in Douglas Golds Jackentasche steckte ...»

Mit grimmigem Gesicht fügte er hinzu: «Ich bin ein guter Beobachter. Mein Name ist überall bekannt. Sobald die Polizei meine Geschichte erfuhr, begriff man, daß sich durch sie ein völlig neuer Aspekt ergab.»

«Und weiter?» fragte Pamela gespannt.

«*Eh bien*, dann stellten sie Kapitän Chantry ein paar Fragen. Er versuchte, sich herauszureden, aber er ist eigentlich nicht besonders intelligent, und schließlich brach er zusammen.»

«Douglas Gold ist also wieder frei?»

«Ja.»

«Und – seine Frau?»

Poirots Gesicht wurde ernst. «Ich hatte sie gewarnt!» Er schwieg einen Augenblick. «Ja, ich warnte sie, oben auf dem Berg des Propheten. Das war die einzige Chance, um das Verbrechen zu verhindern. Ich sagte ihr ziemlich deutlich, daß ich sie verdächtigte. Sie verstand mich genau. Aber sie hielt sich für klüger. Ich riet ihr, die Insel zu verlassen, wenn ihr ihr Leben lieb sei. Sie wollte bleiben ...»

Poirot riecht den Braten

I

«Einen Penny für Guy Fawkes, Sir?»

Der kleine Junge mit dem schmutzigen Gesicht grinste liebenswürdig.

«Ich denke nicht daran!» entgegnete Chefinspektor Japp. «Hör mal, Bürschchen ...»

Es folgte eine kurze Strafpredigt. Der erschrockene Junge trat eilig den Rückzug an, wobei er seinen Kameraden laut und deutlich zurief: «Verdammt, der feine Kerl ist ein Bulle!»

Die Bande von Gassenjungen ergriff die Flucht und sang dabei das alte Lied:

Gedenke, gedenke
des fünften November,
Pulver, Verrat und Komplott.
Wir sehen nicht ein,
daß ein Pulver-Komplott
jemals vergessen sollt' sein.

Der Begleiter des Chefinspektors, ein kleiner älterer Mann mit eiförmigem Schädel und großem, militärisch wirkendem Schnurrbart, lächelte in sich hinein.

«*Très bien*, Japp» bemerkte er. «Eine treffliche Predigt! Ich gratuliere Ihnen!»

«Nichts als ein dummer Vorwand, um zu betteln, dieser Guy-Fawkes-Tag!» grollte Japp.

«Ein interessantes Relikt», meinte Hercule Poirot. «Die

Feuerwerkskörper knallen – peng – peng –, obwohl der Bursche, zu dessen Gedächtnis das geschieht, und seine Tat längst vergessen sind.»

Der Mann von Scotland Yard nickte.

«Glaube nicht, daß von diesen Kindern noch viele wissen, wer Guy Fawkes war.»

«Und bald wird es zweifellos eine Begriffsverwirrung geben. Ist es Ehre oder Fluch, wenn am fünften November das *feu d'artifice* in den Himmel steigt? War es Sünde, ein englisches Parlament in die Luft zu sprengen, oder eine hochherzige Tat?»

Japp lachte amüsiert. «Manche Leute würden sicherlich sagen, das letztere.»

Die beiden Männer bogen von der Hauptstraße in eine vergleichsweise ruhige Gasse ein. Sie hatten zusammen zu Abend gegessen und nahmen nun die Abkürzung zu Hercule Poirots Wohnung durch einen Hof mit zu Garagen und Wohnungen umgebauten ehemaligen Stallungen.

Während sie so dahinschritten, ließ sich von Zeit zu Zeit immer wieder das Zischen von Feuerwerkskörpern vernehmen. Gelegentlich erhellte ein goldener Funkenregen den Himmel.

«Eine gute Nacht für einen Mord», bemerkte Japp mit kriminalistischem Interesse. «Ein Schuß beispielsweise würde in einer solchen Nacht keinem Menschen auffallen.»

«Ich habe mich immer gewundert, daß nicht mehr Verbrecher sich diese Tatsache zunutze machen», stimmte Hercule Poirot zu.

«Wissen Sie, Poirot, manchmal wünschte ich fast, daß Sie einmal einen Mord begingen.»

«Mon cher!»

«Ja, ich sähe zu gerne, wie Sie das anstellen würden.»

«Mein lieber Japp, *wenn* ich einen Mord beginge, hätten Sie nicht die leiseste Chance zuzusehen, wie ich das – äh – anstelle! Sie würden wahrscheinlich nicht einmal bemerken, daß ein Mord geschehen ist.»

Japp lachte gutmütig.

«Ein eingebildeter kleiner Teufel, das sind Sie!» sagte er.

An nächsten Vormittag um halb elf klingelte bei Hercule Poirot das Telefon.

«'allo? 'allo?»

«Hallo, sind Sie das, Poirot?»

«Oui, c'est moi.»

«Hier spricht Japp. Erinnern Sie sich, wir sind doch gestern abend durch die Bardsley Gardens Mews nach Hause gegangen?»

«Ja?»

«Und dabei sprachen wir darüber, wie leicht es sein würde, bei der ganzen Knallerei unbemerkt einen Menschen zu erschießen, ja?»

«Gewiß.»

«Nun, genau dort in der Straße hat es einen Selbstmord gegeben. In Nummer vierzehn. Eine junge Witwe – Mrs. Allen. Ich fahre jetzt hin. Hätten Sie Lust mitzukommen?»

«Verzeihung, aber ist es üblich, daß ein Mann von Ihrer Bedeutung, mein lieber Freund, zu einem Selbstmordfall geschickt wird?»

«Kluge Frage. Nein, es ist nicht üblich. Ehrlich gesagt, unser Arzt scheint der Meinung zu sein, daß etwas nicht stimmt. Wollen Sie mitkommen? Irgendwie habe ich das Gefühl, Sie sollten dabeisein.»

«Und ob ich kommen will! Nummer vierzehn, sagten Sie?»

«Ganz recht.»

Poirot traf fast in dem Augenblick vor dem Haus Bardsley Gardens Mews Nummer vierzehn ein, als ein Wagen vorfuhr, in dem Japp und drei weitere Beamte saßen.

Das Haus stand unverkennbar im Mittelpunkt des allgemeinen Interesses. Eine große Menschenmenge, bestehend aus Chauffeuren, ihren Frauen, Laufburschen, Spaziergängern, wohlgekleideten Passanten und unzähligen Kindern, hatte sich im Kreis davor versammelt und starrte mit offenem Mund fasziniert auf das Gebäude.

Ein Polizist in Uniform bewachte die Tür und bemühte sich, die Neugierigen auf Distanz zu halten. Forsche junge Leute mit Kameras rannten geschäftig durch die Menge und stürzten wie auf Kommando herbei, als Japp aus dem Wagen stieg.

«Nichts für Sie vorläufig.» Japp winkte sie mit einer Handbewegung beiseite. Er nickte Poirot zu. «Da sind Sie ja schon. Gehen wir hinein.»

Sie traten rasch ins Haus, die Tür fiel hinter ihnen zu, und sie standen auf kleinstem Raum zusammengedrängt am Fuß einer leiterähnlichen Treppe.

Auf der obersten Stufe erschien ein Mann. Als er Japp erkannte, rief er: «Hier herauf, Sir.»

Japp und Poirot stiegen die Treppe hinauf.

Der Mann oben öffnete eine Tür auf der linken Seite, und sie traten in ein kleines Schlafzimmer.

«Bestimmt möchten Sie gern, daß ich kurz die wesentlichen Punkte zusammenfasse, Sir.»

«Sehr richtig, Jameson. Also, was hätten wir da?»

Bezirksinspektor Jameson begann seinen Vortrag.

«Die Verstorbene ist eine gewisse Mrs. Allen, Sir. Teilte die Wohnung hier mit einer Freundin – einer Miss Plenderleith. Diese Miss Plenderleith war übers Wochenende aufs Land gereist und kam heute morgen zurück. Sie schloß die Tür auf und war überrascht, daß niemand da war. Gewöhnlich kommt um neun Uhr eine Frau zum Saubermachen. Sie begab sich als erstes nach oben auf ihr Zimmer, das ist dieses hier, und ging dann zum Zimmer ihrer Freundin gegenüber. Die Tür war von innen verschlossen. Sie rüttelte an der Klinke, klopfte und rief, bekam aber keine Antwort. Schließlich wurde sie unruhig und rief beim Polizeirevier an. Das war um zehn Uhr fünfundvierzig. Wir kamen sofort und brachen die Tür auf. Mrs. Allen lag zusammengesunken auf dem

Fußboden. Sie hatte eine Schußwunde im Kopf und eine Pistole in der Hand – eine Webley, Kaliber fünfundzwanzig. Es schien ein klarer Fall von Selbstmord.»

«Wo befindet sich Miss Plenderleith jetzt?»

«Unten im Wohnzimmer, Sir. Eine sehr kaltblütige, tüchtige junge Dame, würde ich sagen. Eine mit Köpfchen!»

«Ich werde mich nachher mit ihr unterhalten. Jetzt muß ich erst mal zu Brett.»

Begleitet von Poirot, ging er über den Flur und betrat das gegenüberliegende Zimmer. Ein hochgewachsener, älterer Mann blickte auf und nickte.

«Tag, Japp, gut, daß Sie da sind. Eine komische Sache, das Ganze.»

Japp trat zu ihm. Hercule Poirot ließ unterdessen seinen prüfenden Blick durch das Zimmer schweifen.

Es war wesentlich größer als das, welches sie soeben verlassen hatten. Während das andere ein einfaches Schlafzimmer gewesen war, besaß dieses ein Erkerfenster und war unverkennbar ein Schlafzimmer, das gleichzeitig als Salon diente.

Die Wände waren silbergrau, die Decke smaragdgrün gestrichen. An den Fenstern hingen modern gemusterte Vorhänge in Silber und Grün. Es gab einen Diwan mit einem leuchtend smaragdgrünen gesteppten Seidenüberwurf und zahlreichen silbernen und goldenen Sofakissen. Außerdem einen antiken Schreibtisch aus Nußbaumholz, eine Nußbaumkommode mit Aufsatz und etliche moderne silberglänzende Chromstühle. Auf einem niedrigen Glastisch stand ein großer Aschenbecher voll Zigarettenstummeln.

Hercule Poirot schnupperte ein paarmal diskret. Dann gesellte er sich zu Japp, der neben der Leiche stand.

Auf dem Fußboden lag zusammengekrümmt, wie er von einem der Chromstühle geglitten war, der Körper einer jungen Frau von vielleicht siebenundzwanzig Jahren. Sie hatte blondes Haar und feine Züge. Das Gesicht war nur wenig geschminkt. Es war ein hübsches, verträumtes, vielleicht ein klein wenig dummes Gesicht. Die linke Schläfe war von geronnenem Blut bedeckt. Die Finger der rechten Hand umschlossen eine kleine Pistole. Bekleidet war die junge Frau mit einem einfachen, bis zum Hals geschlossenen dunkelgrünen Kleid.

«Na, Brett, was ist das Problem?»

Japp starrte auf die zusammengekrümmte Gestalt.

«Die Lage stimmt», sagte der Arzt. «Wenn sie sich erschossen hätte, wäre sie vom Stuhl vermutlich in genau diese Lage gerutscht. Die Tür war abgeschlossen und das Fenster von innen verriegelt.»

«Das wäre also in Ordnung. Was stimmt dann nicht?»

«Sehen Sie sich die Pistole an. Ich habe sie nicht angerührt – habe auf die Leute von der Spurensicherung gewartet. Aber es ist leicht zu erkennen, was ich meine.»

Poirot und Japp ließen sich nebeneinander auf die Knie nieder und betrachteten die Pistole aus der Nähe.

«Ich verstehe, was Sie meinen.» Jap erhob sich. «Die Waffe liegt in der Innenwölbung der Hand. Es sieht so aus, als halte sie sie fest – aber in Wirklichkeit hält sie sie nicht. Noch etwas?»

«Eine ganze Menge. Sie hat die Pistole in der *rechten* Hand. Nun sehen Sie sich mal die Wunde an. Die Pistole wurde dicht am Kopf direkt oberhalb des linken Ohres abgefeuert – des *linken* Ohrs, wohlgemerkt.»

«Hm. Damit scheint die Sache klar. Sie hätte die Pistole nicht mit der rechten Hand an diese Stelle halten und abdrükken können?»

«Völlig unmöglich, möchte ich meinen. Man könnte mit dem Arm vielleicht so weit herumfassen, aber abdrücken – das halte ich für nahezu ausgeschlossen.»

«So weit läge der Fall also ziemlich klar. Jemand anders hat sie erschossen und einen Selbstmord vortäuschen wollen. Wie steht's aber mit der verschlossenen Tür und dem Fenster?»

Hier mischte sich Inspektor Jameson ins Gespräch.

«Das Fenster war zu und verriegelt, Sir, aber obwohl die Tür verschlossen war, konnten wir den Schlüssel nicht finden.»

Japp nickte. «Ja, das war Pech. Der Täter hat die Tür hinter sich abgeschlossen, als er ging, und gehofft, daß das Fehlen des Schlüssels nicht auffallen würde.»

«C'est bête, ça!» murmelte Poirot.

«Ach, kommen Sie, Poirot, alter Junge, Sie dürfen nicht alle andern Leute mit dem Maßstab Ihres eigenen leuchtenden Intellekts messen. Im übrigen ist genau das eins von den Details, die gern übersehen werden. Die Tür ist abgeschlossen. Man bricht sie auf. Die Frau liegt tot da – Pistole in der Hand – klarer Fall von Selbstmord – hat sich dazu eingeschlossen. Da sucht man nicht lange nach Schlüsseln. Die Tatsache, daß Miss Plenderleith sofort die Polizei rief, war ein glücklicher Zufall. Sie hätte ebensogut auch einen Chauffeur von nebenan heraufrufen können, um die Tür aufzubrechen – und dann wäre die Schlüsselfrage völlig übersehen worden.»

«Ja, das ist sicherlich richtig», stimmte Poirot zu. «Es wäre bei vielen Menschen die natürliche Reaktion gewesen. Die Polizei – an sie wendet man sich meist zuletzt, nicht wahr?»

Er starrte noch immer auf die Leiche.

«Fällt Ihnen irgend etwas Besonderes auf?» fragte Japp.

Die Frage klang beiläufig, doch in Japps Augen war ein gespannter Ausdruck getreten.

Hercule Poirot schüttelte langsam den Kopf.

«Ich habe bloß ihre Armbanduhr betrachtet.»

Er bückte sich und berührte die Uhr leicht mit der Fingerspitze. Es war eine zierliche, brillantenbesetzte Damenuhr mit schwarzem Moiréband, die die Tote um das Gelenk der Hand trug, in der sie die Pistole hielt.

«Ein sehr hübsches Stück», stellte Japp fest. «Muß eine Stange Geld gekostet haben.» Er blickte Poirot von der Seite her forschend an. «Ob uns das vielleicht weiterhilft?»

«Es wäre möglich – ja.»

Poirot wanderte wie beiläufig zum Schreibtisch. Es war ein Klappsekretär mit einer Schreibtischplatte zum Herunterlassen. Diese war kunstvoll entsprechend der im Zimmer vorherrschenden Farbskala dekoriert.

In der Mitte befand sich ein ziemlich klobiges silbernes Tintenfaß und davor eine hübsche grüne Lackschreibmappe. Links davon stand eine längliche Schale aus grünem Glas, die einen silbernen Federhalter, ein Stück grünen Siegellack, einen Bleistift und zwei Briefmarken enthielt. Auf der rechten Seite der Schreibmappe stand ein verstellbarer Kalender, der Wochentag, Datum und Monat anzeigte. Außerdem ein kleines, mit Schrotkugeln gefülltes Glasgefäß, in dem eine leuchtendgrüne Schreibfeder steckte. Poirot schien sich für die Feder zu interessieren. Er nahm sie heraus und betrachtete sie genau, aber sie wies keine Tintenspuren auf. Offensichtlich ein Dekorationsstück, nichts weiter. Zum Gebrauch diente der silberne Federhalter mit der tintenfleckigen Spitze. Poirots Blick wanderte zum Kalender.

«Dienstag, der fünfte November», las Japp laut vor. «Gestern. Das stimmt soweit alles.» Er drehte sich zu Brett um. «Wie lang etwa ist sie schon tot?»

«Sie starb gestern abend um elf Uhr dreiunddreißig», erwiderte der Arzt prompt. Als er Japps erstauntes Gesicht sah, grinste er. «Bitte um Entschuldigung, lieber Japp. Konnte der Versuchung nicht widerstehen, den Allwissenden zu spielen! Nein, im Ernst, ich schätze die Todeszeit auf ungefähr elf Uhr – mit einer Stunde Spielraum nach beiden Seiten.»

«Ach, und ich hatte schon gedacht, die Armbanduhr sei stehengeblieben oder so was Ähnliches.»

«Die ist auch stehengeblieben – aber um Viertel nach vier.»

«Und daß sie um Viertel nach vier erschossen wurde, ist nicht möglich?»

«Ganz ausgeschlossen.»

Poirot hatte inzwischen den Deckel der Schreibmappe aufgeklappt.

«Gute Idee», sagte Japp, «aber da ist nichts.»

Das oberste Blatt Löschpapier erstrahlte in jungfräulichem Weiß. Poirot blätterte die anderen Seiten um, aber es war bei allen das gleiche.

Dann wandte er sein Interesse dem Papierkorb zu.

Dieser enthielt zwei oder drei zerrissene Briefe und Werbebroschüren. Sie waren nur einmal durchgerissen und leicht zusammenzusetzen. Ein Spendenaufruf von einer Gesellschaft zur Unterstützung von Kriegsveteranen. Eine Einladung zu einer Cocktailparty am dritten November. Die Benachrichtigung für einen Anprobetermin von einem Pelzgeschäft und einem Kaufhaus.

«Nichts», konstatierte Japp.

«Ja, seltsam ...», murmelte Poirot.

«Sie meinen, weil Selbstmörder für gewöhnlich einen Abschiedsbrief hinterlassen?»

«Genau.»

«Also ein weiterer Beweis, daß es kein Selbstmord war!» Er schritt zur Tür. «Ich schicke jetzt meine Leute an die Arbeit. Wir gehen am besten hinunter und befragen diese Miss Plenderleith. Kommen Sie, Poirot?»

Poirot stand noch immer wie angewurzelt vor dem Schreibsekretär und den darauf befindlichen Gegenständen. Endlich ging er, aber in der Tür drehte er sich noch einmal um und starrte auf die prächtige grasgrüne Schreibfeder.

2

Am Fuß der schmalen Treppe öffnete sich eine Tür zu einem großen Wohnraum – dem ehemaligen Pferdestall. In diesem Raum, dessen grobverputzte Wände mit Radierungen und Holzschnitten geschmückt waren, saßen zwei Frauen.

Die eine, die in einem Sessel vor dem Kamin saß und die Hände nach der Glut ausstreckte, war eine dunkelhaarige, tüchtig aussehende junge Dame von sieben- oder achtundzwanzig Jahren. Die zweite, eine ältere dicke Person mit einem Einkaufsnetz am Arm, ließ gerade einen atemlosen Wortschwall auf die andere los, als die beiden Männer das Zimmer betraten.

«... und ich sag Ihnen, Miss, ich hab mich so erschrocken, daß ich fast umgekippt wäre. Und wenn man bedenkt, daß ich ausgerechnet heute morgen ...»

Die andere fiel ihr ins Wort.

«Das genügt, Mrs. Pierce. Die Herren sind von der Polizei, nehme ich an.»

«Miss Plenderleith?» Japp trat auf sie zu.

Die junge Frau nickte.

«So heiße ich. Das ist Mrs. Pierce. Sie kommt jeden Tag zu uns.»

Die unverwüstliche Mrs. Pierce brach erneut in einen Redestrom aus.

«Und wie ich eben schon zu Miss Plenderleith gesagt habe, wenn man sich überlegt, daß es ausgerechnet heute morgen der kleinen Louisa Maud von meiner Schwester schlecht werden muß, und außer mir ist kein Mensch da, und schließlich sag ich immer, das eigene Fleisch und Blut ist einem eben doch am nächsten, und ich hab mir gedacht, Mrs. Allen ist bestimmt nicht böse deshalb, obwohl mir's immer arg ist, meine Damen zu versetzen ...»

Japp unterbrach sie geschickt. «Sie haben vollkommen recht, Mrs. Pierce. Vielleicht hätten Sie jetzt die Freundlichkeit, Inspektor Jameson in die Küche zu begleiten, damit er Ihre Aussage zu Protokoll nehmen kann.»

Nachdem er die gesprächige Mrs. Pierce, die unaufhörlich weiterredend mit Jameson verschwand, losgeworden war, wandte sich Japp wieder der jungen Frau zu.

«Ich bin Chefinspektor Japp. Miss Plenderleith, ich würde nun gern von Ihnen hören, was Sie mir über die ganze Sache zu sagen haben.»

«Bitte. Wo soll ich anfangen?»

Ihre Selbstbeherrschung war bewundernswert. Bis auf ihre

fast unnatürlich steife Haltung war ihr keine Spur von Trauer oder Erschütterung anzumerken.

«Um wieviel Uhr sind Sie heute morgen hier angekommen?»

«Ich glaube, es war kurz vor halb zehn. Mrs. Pierce, diese alte Lügnerin, war nicht da. Ich fand . . .»

«Kommt das häufiger vor?»

Jane Plenderleith zuckte die Achseln. «Ungefähr zweimal in der Woche erscheint sie erst um zwölf oder gar nicht. Eigentlich sollte sie um neun kommen. Aber wie gesagt, zweimal in der Woche ist ihr entweder ‹schlecht›, oder ein Mitglied ihrer Familie wird plötzlich krank. Putzfrauen sind alle gleich – ab und zu versetzen sie einen eben. Die hier ist noch nicht mal die schlimmste.»

«Sie haben sie schon lange?»

«Gut einen Monat. Unsere letzte hat gestohlen.»

«Bitte, fahren Sie fort, Miss Plenderleith.»

«Ja, ich habe also das Taxi bezahlt, meinen Koffer hineingetragen, mich nach Mrs. Pierce umgesehen, sie nirgends gefunden und bin dann hinauf in mein Zimmer gegangen. Ich hab mich ein bißchen zurechtgemacht und ging anschließend hinüber zu Barbara – Mrs. Allen, meine ich. Die Tür war abgeschlossen. Ich habe an der Klinke gerüttelt und geklopft, aber keine Antwort bekommen. Da bin ich hinuntergelaufen und habe die Polizei angerufen.»

«Pardon!» warf Poirot ein. «Kam Ihnen nicht der Gedanke, die Tür aufzubrechen – mit Hilfe eines der Chauffeure hier aus der Nachbarschaft?»

Ihre kühlen graugrünen Augen richteten sich auf ihn und musterten ihn forschend von oben bis unten.

«Nein, daran habe ich, glaube ich, gar nicht gedacht. Ich nahm an, falls etwas passiert war, sei die richtige Adresse, an die man sich zu wenden hätte, die Polizei.»

«Demnach vermuteten Sie also, Mademoiselle, daß tatsächlich etwas nicht stimmte?»

«Natürlich.»

«Weil Sie auf Ihr Klopfen keine Antwort bekamen? Aber es wäre doch möglich gewesen, daß Ihre Freundin ein Schlafmittel genommen hatte oder etwas Ähnliches.»

«Sie nahm nie Schlafmittel», kam die scharfe Antwort.

«Oder es hätte sein können, daß sie weggegangen war und ihre Tür abgeschlossen hatte.»

«Wozu hätte sie abschließen sollen? Außerdem hätte sie dann bestimmt eine Nachricht für mich hinterlassen.»

«Und das hat sie nicht – eine Nachricht für Sie hinterlassen? Sie sind ganz sicher?»

«Völlig. Die hätte ich sofort gesehen.» Die Schärfe in ihrem Ton war jetzt unverkennbar.

«Sie haben nicht versucht, durch das Schlüsselloch zu sehen, Miss Plenderleith?»

«Nein», erwiderte Jane Plenderleith nachdenklich. «Das kam mir überhaupt nicht in den Sinn. Aber ich hätte ja auch nichts sehen können, nicht? Es hätte ja der Schlüssel gesteckt.»

Sie sah Japp aus großen, unschuldigen Augen fragend an. Poirot mußte innerlich lächeln.

«Sie haben natürlich völlig richtig gehandelt, Miss Plenderleith», erklärte Japp. «Vermutlich hatten Sie keinen Grund zu der Annahme, daß Ihre Freundin Selbstmord begangen haben könnte?»

«O nein.»

«Sie hatte keinen bedrückten oder irgendwie bekümmerten Eindruck gemacht?»

Es trat eine Pause ein – eine merkliche Pause, ehe sie antwortete.

«Nein.»

«Haben Sie gewußt, daß sie eine Pistole besaß?»

Jane Plenderleith nickte. «Ja, noch von Indien her. Sie bewahrte sie in einer Schublade in ihrem Zimmer auf.»

«Hm. Hatte sie einen Waffenschein?»

«Ich glaube schon. Genau weiß ich's nicht.»

«Ja, Miss Plenderleith, dann erzählen Sie mir jetzt bitte,

was Sie von Mrs. Allen wissen, wann Sie sie kennenlernten, wo ihre Verwandten leben – einfach alles.»

Jane Plenderleith nickte.

«Ich kannte Barbara seit etwa fünf Jahren. Wir haben uns auf einer Auslandsreise kennengelernt – in Ägypten, um genau zu sein. Sie befand sich auf der Rückreise von Indien. Ich selber war eine Weile in Athen auf der britischen Schule gewesen und wollte, ehe ich nach Hause fuhr, noch für ein paar Wochen nach Ägypten. Wir trafen uns auf einer Schiffsreise, den Nil hinauf, und freundeten uns an. Ich suchte damals gerade jemanden, der mit mir eine Wohnung oder ein kleines Haus teilen würde. Barbara hatte niemand auf der Welt. Wir dachten, wir würden uns gut vertragen.»

«Und haben Sie sich gut vertragen?» fragte Poirot.

«Ausgezeichnet. Wir hatten beide unseren eigenen Freundeskreis – Barbara mehr in der feinen Gesellschaft, während meine Freunde eher aus dem Künstlermilieu stammen. Wahrscheinlich hat es gerade deswegen so gut funktioniert.»

Poirot nickte.

«Was wissen Sie von Mrs. Allens Familie und ihrem Leben, ehe sie Sie kennenlernten?» fragte Japp weiter.

Jane Plenderleith zuckte die Achseln. «Nicht sehr viel eigentlich. Ihr Mädchenname war Armitage, glaube ich.»

«Und ihr Mann?»

«Mit dem war wohl nicht viel los. Soviel ich weiß, hat er getrunken. Ist wohl schon ein oder zwei Jahre nach der Heirat gestorben. Es gab ein Kind, ein kleines Mädchen; es starb mit drei Jahren. Barbara hat nicht viel von ihrem Mann gesprochen. Ich glaube, sie hat ihn in Indien geheiratet, als sie ungefähr siebzehn war. Danach sind sie, soviel ich weiß, nach Borneo gegangen oder an irgendeinen anderen gottverlassenen Fleck, wo man Leute hinschickt, die nichts taugen. Aber da Barbara das Thema offensichtlich unangenehm war, vermied ich es natürlich möglichst, darüber zu sprechen.»

«Wissen Sie, ob Mrs. Allen in finanziellen Schwierigkeiten war?»

«Nein, ganz bestimmt nicht.»

«Keine Schulden oder so etwas?»

«O nein! Solche Probleme hatte sie nicht, da bin ich ganz sicher.»

«Nun muß ich Ihnen noch eine weitere Frage stellen – ich hoffe, Sie nehmen es mir nicht übel, Miss Plenderleith. Hatte Mrs. Allen eine oder mehrere Männerbekanntschaften?»

«Na ja, sie war verlobt, falls es das ist, was Sie wissen wollen», erwiderte Jane Plenderleith kühl.

«Wie lautet der Name des Verlobten?›

«Charles Laverton-West. Er ist Abgeordneter für irgendeine Gegend in Hampshire.»

«Kannte sie ihn schon lange?»

«Etwas über ein Jahr.»

«Und seit wann war sie mit ihm verlobt?»

«Seit zwei – nein, fast drei Monaten.»

«Soviel Ihnen bekannt ist, gab es keinen Streit?»

Jane Plenderleith schüttelte den Kopf. «Nein. Es hätte mich auch gewundert. Barbara war kein streitsüchtiger Mensch.»

«Wann haben Sie Mrs. Allen zuletzt gesehen?»

«Letzten Freitag, unmittelbar bevor ich übers Wochenende wegfuhr.»

«Und Mrs. Allen blieb in der Stadt?»

«Ja. Sie wollte am Sonntag mit ihrem Verlobten ausgehen, soviel ich weiß.»

«Und Sie, wo haben Sie das Wochenende verbracht?»

«Auf ‹Laidells Hall› in Laidells, Essex.»

«Und der Name Ihres Gastgebers?»

«Mr. und Mrs. Bentinck.»

«Sie sind erst heute dort weggefahren?»

«Ja.»

«Da müssen Sie ja zeitig aufgebrochen sein.»

«Mr. Bentinck nahm mich in seinem Wagen mit. Er fährt immer schon sehr zeitig, da er um zehn in der Stadt sein muß.»

«Aha.» Japp nickte befriedigt. Miss Plenderleiths Antworten hatten alle klar und überzeugend geklungen.

Poirot dagegen hatte noch eine Frage.

«Was für eine Meinung haben Sie von Mr. Laverton-West?»

Die junge Frau zuckte die Achseln. «Tut das etwas zur Sache?»

«Zur Sache vielleicht nicht, aber ich hätte gern Ihr Urteil gehört.»

«Eigentlich habe ich mir wenig Gedanken über ihn gemacht. Er ist jung, nicht älter als ein- oder zweiunddreißig, und ehrgeizig. Dazu ein guter Redner. Er möchte Karriere machen.»

«Das ist die positive Seite – und die negative?»

«Tja.» Miss Plenderleith überlegte einen Augenblick. «Meiner Meinung nach ist er ein Allerweltstyp. Seine Ideen sind nicht sehr originell. Und er ist ein bißchen aufgeblasen.»

«Das sind keine sehr schwerwiegenden Fehler, Mademoiselle», sagte Poirot lächelnd.

«Finden Sie?» Ihr Ton war leicht ironisch.

«Vielleicht für Sie.» Er beobachtete sie und stellte fest, daß sie etwas aus der Fassung geriet. Rasch nahm er seinen Vorteil wahr. «Aber Mrs. Allen – nein, sie hat sicher nichts davon bemerkt.»

«Da haben Sie vollkommen recht. Barbara fand ihn großartig – sie sah ihn so, wie er sich selbst sah.»

«Sie hatten Ihre Freundin gern?» fragte Poirot freundlich.

Er sah, wie sich ihre Hand auf dem Knie verkrampfte, wie sie ihr Kinn vorschob, aber sie antwortete mit unbewegter Stimme:

«Ganz recht, ich hatte sie gern.»

«Eine letzte Frage, Miss Plenderleith», sagte Japp. «Zwischen Ihnen beiden hat es keinen Streit gegeben? Keine Verstimmung?»

«Nicht die geringste.»

«Auch nicht wegen dieser Verlobung?»

«Keine Spur. Ich habe mich gefreut, daß sie so glücklich war.»

Nach kurzem Schweigen fuhr Japp fort: «Hatte Mrs. Allen, soweit Ihnen bekannt ist, irgendwelche Feinde?»

Diesmal trat eine deutliche Pause ein, ehe Jane Plenderleith antwortete.

«Ich weiß nicht recht, was Sie unter Feinden verstehen», sagte sie schließlich in etwas verändertem Ton.

«Jeden beispielsweise, der von ihrem Tod profitiert hätte.»

«Ach nein, das ist ja lächerlich. Sie hatte ohnehin nur ein sehr kleines Einkommen.»

«Und wer erbt dieses Einkommen?»

«Denken Sie, das weiß ich wirklich nicht!» Jane Plenderleiths Stimme klang leicht erstaunt. «Es würde mich gar nicht wundern, wenn ich das wäre. Vorausgesetzt, sie hat überhaupt ein Testament gemacht.»

«Und Feinde anderer Art?» Japp ging rasch zum nächsten Punkt über. «Leute, die irgendwelchen Groll gegen sie hegten?»

«Ich glaube nicht, daß irgend jemand einen Groll gegen sie hegte. Sie war ein sehr sanftmütiges Geschöpf, immer bemüht zu gefallen. Sie hatte eine wirklich reizende, liebenswerte Art.»

Ihre harte, nüchterne Stimme zitterte zum erstenmal ein wenig. Poirot nickte leicht.

«Also, fassen wir zusammen», sagte Japp. «Mrs. Allens Stimmung war in letzter Zeit immer gut, sie hatte keine finanziellen Probleme, sie wollte demnächst heiraten und war eine glückliche Braut. Es gab keinen erdenklichen Grund, warum sie sich das Leben hätte nehmen sollen. Ist das soweit richtig?»

Nach kurzem Schweigen erwiderte Jane: «Ja.»

Japp erhob sich. «Entschuldigen Sie mich, ich muß noch kurz mit Inspektor Jameson sprechen.»

Er ging hinaus. Hercule Poirot blieb mit Jane Plenderleith allein.

3

Ein paar Minuten lang herrschte Stille. Jane Plenderleith warf erst einen schnellen, abschätzenden Blick auf den kleinen Mann, dann starrte sie vor sich hin und schwieg. Dennoch verriet eine gewisse Nervosität, daß sie sich seiner Gegenwart voll bewußt war. Ihre Körperhaltung war ruhig, aber nicht entspannt. Als Poirot das Schweigen schließlich brach, schien sie fast erleichtert zu sein. In freundlichem Gesprächston richtete er eine Frage an sie.

«Wann haben Sie das Kaminfeuer angezündet, Mademoiselle?»

«Das Feuer?» wiederholte sie zerstreut. «Oh, als ich heute vormittag ankam.»

«Bevor Sie hinaufgingen oder hinterher?»

«Vorher.»

«Ich verstehe. Ja, natürlich ... Und es war schon vorbereitet, oder mußten Sie erst Holz und Kohle aufschichten?»

«Es war schon vorbereitet. Ich brauchte bloß ein Streichholz dranzuhalten.»

Ihre Stimme verriet Ungeduld. Offenbar hatte sie ihn im Verdacht, höfliche Konversation mit ihr treiben zu wollen. Vielleicht war das auch tatsächlich seine Absicht. Auf jeden Fall setzte er das Gespräch in liebenswürdigem Plauderton fort.

«Bei ihrer Freundin dagegen – in ihrem Zimmer gibt es nur einen Gaskamin, wie mir auffiel.»

«Dies hier ist der einzige richtige Kamin, den wir haben. Sonst gibt es nur Gasheizung.»

«Und Sie kochen auch mit Gas?»

«Ich glaube, das tut doch heutzutage jeder.»

«Stimmt. Es ist viel weniger aufwendig.»

Die Unterhaltung verlief im Sand. Jane Plenderleith tippte ungeduldig mit dem Schuh auf den Boden. Dann sagte sie abrupt: «Dieser Mann eben, dieser Chefinspektor Japp, gilt er eigentlich als klug?»

«Er ist sehr tüchtig. Doch, ja, man hält viel von ihm. Er arbeitet gründlich und gewissenhaft. Es entgeht ihm selten etwas.»

«Obwohl . . .», murmelte die junge Frau.

Poirot beobachtete sie. Im Schein der Flamme wirkten ihre Augen fast grün.

«Der Tod Ihrer Freundin war ein großer Schock für Sie, ja?» fragte er freundlich.

«Schrecklich», erwiderte sie mit plötzlicher Aufrichtigkeit.

«Sie haben nicht damit gerechnet?»

«Natürlich nicht!»

«So daß Sie vielleicht im ersten Moment meinten, das sei unmöglich, das könne nicht sein?»

Das unaufdringliche Mitgefühl in seiner Stimme schien Jane Plenderleiths Abwehrhaltung zu durchbrechen. Sie ging in lebhaftem Ton auf seine Frage ein.

«Das ist es ja gerade! Selbst wenn Barbara sich umbrachte – ich kann mir nicht vorstellen, daß sie es auf diese Weise getan hätte.»

«Aber sie war im Besitz einer Pistole?»

Jane Plenderleith machte eine ungeduldige Handbewegung. «Schon, aber diese Pistole war nichts als ein – ein Überbleibsel aus der Vergangenheit. In den abgelegenen Nestern, wo sie gelebt hat, brauchte sie eine Waffe. Und später hat sie sie eben behalten – ohne einen besonderen Grund, aus reiner Gewohnheit. Das weiß ich genau.»

«Und warum wissen Sie das so genau?»

«Ach, wegen der Dinge, die sie gesagt hat.»

«Nämlich . . .?»

Seine Stimme klang sehr milde und freundlich. Sie lockte Jane behutsam wieder aus ihrer Reserve.

«Nun, einmal zum Beispiel sprachen wir über Selbstmord, und da meinte sie, die bei weitem bequemste Methode sei, den Gashahn aufzudrehen, alle Ritzen zu verstopfen und sich einfach ins Bett zu legen. Ich sagte, das fände ich unmöglich – nur so dazuliegen und zu warten. Ich persönlich würde mich lieber erschießen. Sie sagte, nein, erschießen könnte sie sich niemals. Sie habe zuviel Angst, danebenzutreffen, und außerdem, sagte sie, graue ihr vor dem Knall!»

«Ja», murmelte Poirot gedehnt. «Sie haben recht, es ist merkwürdig ... Zumal es ja, wie Sie mir eben bestätigten, in ihrem Zimmer Gasheizung gibt.»

Jane Plenderleith sah ihn betroffen an.

«Ja, tatsächlich ... dann begreife ich nicht – nein, dann kann ich noch weniger begreifen, warum sie nicht diesen Weg gewählt hat.»

Poirot schüttelte den Kopf. «Hm, das kommt einem in der Tat merkwürdig vor – irgendwie unnatürlich.»

«Das Ganze ist doch unnatürlich! Ich kann immer noch nicht glauben, daß sie sich das Leben genommen hat. Muß es denn unbedingt Selbstmord gewesen sein?»

«Tja, es gäbe da noch eine andere Möglichkeit.»

«Was meinen Sie?»

Poirot blickte ihr voll ins Gesicht. «Vielleicht war es – Mord.»

«O nein!» Jane Plenderleith schrak zusammen. «O nein! Was für eine furchtbare Idee!»

«Furchtbar, mag sein, aber halten Sie es für unmöglich?»

«Die Tür war von innen verschlossen. Und das Fenster verriegelt.»

«Es wurde abgeschlossen – ja. Aber es gibt keinen Anhaltspunkt, ob von innen oder von außen. Denn, sehen Sie, der Schlüssel fehlt.»

«Aber – wenn er fehlt, dann ...» Sie überlegte einen Augenblick. «Dann muß die Tür von außen zugeschlossen worden sein. Sonst befände sich der Schlüssel ja irgendwo im Zimmer.»

«Oh, gut möglich, daß er dort ist. Vergessen Sie nicht, man hat das Zimmer noch nicht gründlich durchsucht. Es könnte auch sein, daß er aus dem Fenster geworfen wurde und jemand ihn aufhob.»

«Mord!» wiederholte Jane Plenderleith. Ihr kluges, dunkles Gesicht nahm einen gespannten Ausdruck an, während sie diese neue Möglichkeit erwog. «Ich glaube, Sie haben recht.»

«Wenn es Mord war, muß es ein Motiv geben. Wissen Sie von einem solchen Motiv, Mademoiselle?»

Langsam schüttelte sie den Kopf. Dennoch wurde Poirot den Eindruck nicht los, daß Jane Plenderleith absichtlich etwas verschwieg. In diesem Augenblick öffnete sich die Tür, und Japp trat ein.

Poirot erhob sich.

«Ich habe Miss Plenderleith gerade angedeutet», sagte er, «daß es sich bei dem Tod ihrer Freundin nicht um Selbstmord handelt.»

Japp schien für einen Moment aus der Fassung zu geraten. Er warf Poirot einen vorwurfsvollen Blick zu.

«Es ist noch zu früh, um darüber abschließend zu urteilen», erklärte er. «Wir müssen immer alle Möglichkeiten in Betracht ziehen, wissen Sie. Mehr möchte ich vorläufig dazu nicht sagen.»

«Ich verstehe schon», erwiderte Jane Plenderleith ruhig.

Japp trat auf sie zu. «Übrigens, Miss Plenderleith, haben Sie dies hier schon einmal gesehen?»

Er hielt ihr seine geöffnete Hand hin, in der ein kleines ovales dunkelblaues Emailstück lag.

Jane Plenderleith schüttelte den Kopf. «Nein, noch nie.»

«Es gehört weder Ihnen noch Mrs. Allen?»

«Nein. So etwas wird gewöhnlich nicht von Angehörigen des weiblichen Geschlechts getragen, oder?»

«Ach, Sie haben erkannt, was es ist?»

«Das ist doch ziemlich klar, nicht wahr? Es ist der Teil eines Manschettenknopfs.»

4

«Diese junge Person ist mir bei weitem zu vorlaut», grollte Japp.

Die beiden Männer befanden sich wieder in Mrs. Allens Schlafzimmer. Die Leiche war inzwischen fotografiert und fortgeschafft worden, der Mann von der Spurensicherung hatte sein Werk getan und war gegangen.

«Es wäre sicherlich nicht ratsam, sie wie ein törichtes junges Ding zu behandeln», erwiderte Poirot. «Das ist sie nämlich ganz und gar nicht. Im Gegenteil, sie ist eine außergewöhnlich kluge und tüchtige junge Frau.»

«Glauben Sie, sie war's?» fragte Japp mit einem Anflug von hoffnungsvoller Erwartung. «Möglich wäre es nämlich, wissen Sie. Wir müssen ihr Alibi überprüfen. Vielleicht ein Streit um diesen jungen Mann – diesen hoffnungsvollen Jungparlamentarier. Sie macht ihn ein bißchen zu schlecht, finde ich! Klingt irgendwie faul. Fast, als sei sie selbst scharf auf ihn, und er hätte sie abblitzen lassen. Sie ist der Typ Frau, der jeden um die Ecke bringen würde, wenn es ihm in den Kram paßt, und dabei noch einen kühlen Kopf bewahrt. Ja, dieses Alibi werden wir unter die Lupe nehmen müssen. Sie hatte es auffallend schnell parat, und im übrigen ist Essex nicht sehr weit entfernt. Es gibt eine Menge Züge. Oder ein schnelles Auto. Es würde sich lohnen herauszufinden, ob sie zum Beispiel gestern abend frühzeitig mit Kopfschmerzen zu Bett gegangen ist.»

«Sie haben recht», pflichtete Poirot ihm bei.

«Auf jeden Fall», fuhr Japp fort, «verschweigt sie uns etwas, wie? Haben Sie nicht auch das Gefühl? Die junge Frau weiß etwas.»

Poirot nickte nachdenklich. «Ja, es war deutlich zu erkennen.»

«Das ist das Problem bei solchen Fällen», klagte Japp. «Die Leute müssen immer etwas verschweigen – manchmal aus den ehrenhaftesten Motiven.»

«Was man ihnen kaum verübeln kann, mein Freund.»

«Nein, aber es macht alles so viel schwerer», brummte Japp.

«Es bringt lediglich Ihren Scharfsinn auf die vorteilhafteste Weise zur Geltung», tröstete ihn Poirot. «Wie steht es übrigens mit Fingerabdrücken?»

«Also, es handelt sich zweifellos um Mord. Keine Abdrücke auf der Pistole. Wurde sauber abgewischt, ehe man sie der Frau in die Hand legte. Selbst wenn sie es mit irgendwelchen akrobatischen Verrenkungen geschafft hätte, den Arm um den Kopf zu schlingen, hätte sie kaum abdrücken können, ohne die Waffe festzuhalten, und abwischen konnte sie sie auch nicht mehr, weil sie tot war.»

«Ja, es weist alles auf Fremdeinwirkung hin.»

«Abgesehen davon ist das Ergebnis der Suche nach Fingerabdrücken enttäuschend. Keine auf der Türklinke. Keine am Fenster. Aufschlußreich, wie? Dafür überall sonst Abdrücke von Mrs. Allen.»

«Hat Jameson irgend etwas erfahren?»

«Von der Putzfrau? Nein. Sie hat geredet wie ein Buch, aber im Grund nicht viel gewußt. Immerhin bestätigte sie, daß die Allen und die Plenderleith gut miteinander standen. Ich habe Jameson losgeschickt, damit er in der Nachbarschaft Erkundigungen einzieht. Und mit diesem Mr. Laverton-West werden wir uns auch noch unterhalten. Es muß festgestellt werden, wo er gestern abend war und was er getan hat. Inzwischen wollen wir mal ihre Papiere durchgehen.»

Er machte sich sofort an die Arbeit. Ab und zu brummte er und schob Poirot etwas zu. Die Suche dauerte nicht lang. Es befanden sich nur wenige Papiere im Schreibtisch, und diese wenigen waren säuberlich geordnet und abgeheftet.

Schließlich lehnte Japp sich seufzend zurück.

«Nicht gerade üppig, was?»

«Sie sagen es.»

«Das meiste ist alltäglicher Kram – quittierte Rechnungen, ein paar noch nicht bezahlte Rechnungen – nichts Auffälliges.

Gesellschaftlicher Kram – Einladungen. Mitteilungen von Freunden. Das hier –» Er legte die Hand auf einen Stoß von sieben oder acht Briefen. «Und ihr Scheckbuch und ihr Paß. Fällt Ihnen irgend etwas auf?»

«Ja, sie hatte ihr Konto überzogen.»

«Sonst noch etwas?»

Poirot lächelte.

«Ist es ein Examen, das Sie mit mir veranstalten? Aber gewiß doch, ich habe sehr wohl bemerkt, was Sie meinen. Zweihundert Pfund Barauszahlung vor drei Monaten – und weitere zweihundert Pfund gestern ...»

«Und kein Vermerk über den Verwendungszweck im Scheckbuch. Auch keine sonstigen Barauszahlungen bis auf kleine Beträge – fünfzehn Pfund im Höchstfall. Und ich sage Ihnen noch eines – es läßt sich im ganzen Haus keine solche Summe finden. Vier Pfund zehn in einer Handtasche und noch ein paar Shilling in einer anderen Tasche, das ist alles. Der Fall liegt ziemlich klar, finde ich.»

«Sie meinen, sie hat die Summe gestern jemand bezahlt.»

«Ja. Es fragt sich nun, wem!»

Die Tür ging auf, und Inspektor Jameson trat ein.

«Na, Jameson, haben Sie etwas erfahren?»

«Ja, Sir, einiges. Zunächst einmal hat tatsächlich niemand den Schuß gehört. Zwei oder drei Frauen behaupten, sie hätten ihn gehört, weil sie ihn gehört haben wollen – das ist reine Einbildung. Bei dem Feuerwerk gestern abend war das völlig unmöglich.»

Japp brummte. «Vermutlich. Und weiter.»

«Mrs. Allen war gestern fast den ganzen Nachmittag und Abend zu Hause. Sie kam gegen fünf und ging gegen sechs noch einmal aus dem Haus, aber nur bis zum Briefkasten am Ende der Straße. Etwa um neun Uhr dreißig fuhr ein Wagen vor – eine Standard-Swallow-Limousine –, und ein Mann stieg aus. Personenbeschreibung: etwa fünfundvierzig Jahre alt, gute Figur, militärische Erscheinung, dunkelblauer Überzieher, Bowler, Schnurrbart. Der Chauffeur James Hogg von

Nummer achtzehn sagt aus, er habe den Mann schon früher einmal gesehen, als er Mrs. Allen besuchte.»

«Fünfundvierzig», wiederholte Japp. «Dann handelte es sich wohl kaum um Laverton-West.»

«Der Betreffende blieb eine knappe Stunde. Er verließ das Haus gegen zehn Uhr zwanzig. In der Haustür blieb er stehen und sprach mit Mrs. Allen. Der kleine Frederick Hogg stand zufällig ganz in der Nähe und hörte, was er sagte.»

«Und was sagte er?»

«‹Na, überlegen Sie es sich, und geben Sie mir Bescheid.› Und dann sagte sie etwas, und er antwortete: ‹Also gut. Auf Wiedersehen.› Danach stieg er in seinen Wagen und fuhr weg.»

«Das war um zehn Uhr zwanzig», bemerkte Poirot nachdenklich.

Japp rieb sich die Nase. «Dann war Mrs. Allen um zehn Uhr zwanzig also noch am Leben. Was weiter?»

«Nicht mehr viel, Sir, soweit ich in Erfahrung bringen konnte. Der Chauffeur von Nummer zweiundzwanzig kam um halb elf nach Hause. Er hatte seinen Kindern versprochen, noch ein paar Raketen steigen zu lassen. Sie hatten daher auf ihn gewartet – und alle anderen Kinder in der Straße ebenfalls. Er ließ die Dinger los, und die ganze Nachbarschaft sah ihm zu. Anschließend gingen alle zu Bett.»

«Und man hat nicht beobachtet, ob noch jemand anders das Haus Nummer vierzehn betrat?»

«Nein – aber das heißt nicht, daß nicht doch jemand hineinging. Niemand hätte es bemerkt.»

«Hm», brummte Japp. «Das ist richtig. Tja, wir werden diesen militärisch aussehenden Mann mit Schnurrbart ausfindig machen müssen. Es scheint mir ziemlich sicher, daß er der letzte Mensch war, der Mrs. Allen lebend sah. Wer kann es gewesen sein?»

«Vielleicht wird uns Miss Plenderleith Auskunft geben können», meinte Poirot.

«Vielleicht», wiederholte Japp düster. «Vielleicht aber

auch nicht. Ich bezweifle nicht, daß sie uns eine Menge erzählen könnte, wenn sie wollte. Wie steht es mit Ihnen, Poirot, alter Knabe? Sie waren eine Weile mit ihr allein. Haben Sie ihr nicht Ihre Beichtvaternummer vorgeführt, mit der Sie manchmal so viel Erfolg haben?»

Poirot spreizte die Hände. «Ach nein, wir haben nur über Gaskamine geplaudert.»

«Gaskamine – Gaskamine», wiederholte Japp ärgerlich. «Was ist los mit Ihnen, alter Knabe? Seit Sie hier sind, haben Sie sich für nichts anderes interessiert als für Gänsekiele und Papierkörbe. O ja, ich habe sehr wohl bemerkt, wie Sie in aller Stille den hier unten untersucht haben. War etwas drin?»

Poirot seufzte. «Ein Tulpenzwiebelkatalog und eine alte Illustrierte.»

«Was soll das Ganze überhaupt? Wenn jemand ein belastendes Dokument oder das, wonach Sie sonst suchen, loswerden will, wird er es kaum in einen Papierkorb werfen.»

«Das ist sehr wahr, was Sie da sagen. Nur etwas ziemlich Unwichtiges würde man auf diese Weise wegwerfen.»

Poirots Stimme klang freundlich und bescheiden. Dennoch sah Japp ihn mißtrauisch an.

«Na schön», knurrte er. «Ich weiß jedenfalls, was ich als nächstes tun werde. Und Sie?»

«Eh bien», erwiderte Poirot. «Ich werde meine Suche nach dem Unwichtigen fortsetzen. Es gibt noch die Mülltonne.»

Er spazierte mit lebhaften Schritten aus dem Zimmer. Japp starrte ihm ärgerlich nach.

«Verrückt», murmelte er. «Völlig verrückt.»

Inspektor Jameson bewahrte ein respektvolles Schweigen. Aber seine Miene verkündete mit britischem Überlegenheitsgefühl: Diese Ausländer!

«Das ist also Monsieur Hercule Poirot!» sagte er schließlich. «Ich habe schon von ihm gehört.»

«Ein alter Freund von mir», erklärte Japp. «Nicht halb so verdreht, wie er aussieht, nebenbei bemerkt. Trotzdem, er läßt allmählich nach.»

«Ein bißchen gaga, wie man zu sagen pflegt, Sir», ergänzte Inspektor Jameson. «Nun ja, das macht das Alter.»

«Trotzdem wüßte ich zu gern, worauf er eigentlich hinauswill.»

Japp ging hinüber zum Schreibtisch und starrte unbehaglich auf den grünen Gänsekiel.

5

Japp hatte gerade die dritte Chauffeursfrau in ein Gespräch verwickelt, als Poirot plötzlich leise wie eine Katze neben ihm auftauchte.

«Puh, haben Sie mich erschreckt», rief Japp. «Etwas gefunden?»

«Nicht das, wonach ich gesucht habe.»

Japp wandte sich wieder Mrs. Hogg zu.

«Und Sie sagen, Sie haben den Mann schon früher einmal gesehen?»

«O ja, Sir. Und mein Mann auch. Wir haben ihn sofort erkannt.»

«Hören Sie, Mrs. Hogg. Sie sind eine kluge Frau, das merkt man gleich. Sicherlich wissen Sie über alle Leute hier in der Nachbarschaft genau Bescheid. Und Sie sind eine gute Menschenkennerin – eine ungewöhnlich gute Menschenkennerin, das sehe ich auf den ersten Blick...» Ohne rot zu werden, wiederholte er diese Bemerkung ein drittes Mal. Mrs. Hogg warf sich in die Brust und machte ein fast übermenschlich intelligentes Gesicht. «Erzählen Sie mir doch ein bißchen von diesen zwei jungen Frauen – Mrs. Allen und Miss Plenderleith. Wie waren sie? Lustig? Viele Partys und so – Sie wissen schon?»

«O nein, Sir, absolut nicht. Sie sind viel ausgegangen – Mrs. Allen vor allem –, aber die beiden, sie waren was Besseres, wenn Sie wissen, was ich meine. Nicht so wie gewisse andere Personen hier in der Nachbarschaft, die ich Ihnen nennen könnte. Diese Mrs. Stevens zum Beispiel, ich bin sicher, so wie sie sich aufführt ... wenn sie überhaupt verheiratet ist, was ich sehr bezweifle ... Also, ich möchte Ihnen gar nicht schildern, wie's bei der zugeht ...»

«Da haben Sie völlig recht», unterbrach Japp gewandt ihren Wortschwall. «Es ist sehr wichtig, was Sie mir da eben gesagt haben, Mrs. Allen und Miss Plenderleith waren also ziemlich beliebt?»

«O ja, Sir, nette Damen alle beide – vor allem Mrs. Allen. Immer ein freundliches Wort zu den Kindern. Ihre eigene Kleine ist gestorben, glaube ich. Die Ärmste. Na ja, ich habe selber drei begraben und sage immer ...»

«Ja, sehr betrüblich. Und Miss Plenderleith?»

«Also, die war natürlich auch nett, aber eben viel zugeknöpfter, wenn Sie verstehen, was ich meine. Ein kurzes Kopfnicken im Vorbeigehen, das war alles. Daß sie mal eben stehenbleiben und mit einem reden würde, das gibt es bei ihr nicht. Aber ich habe nichts gegen sie – absolut nichts.»

«Mrs. Allen und sie kamen gut zusammen aus?»

«O ja, Sir. Nie ein böses Wort. Sie waren sehr glücklich und zufrieden, Mrs. Pierce wird es Ihnen bestimmt bestätigen.»

«Ja, wir haben schon mit ihr gesprochen. Kennen Sie übrigens Mrs. Allens Verlobten?»

«Den Gentleman, den sie heiraten wollte? Natürlich! Er war oft hier. Ein Abgeordneter, wie es heißt.»

«Und der Besucher von gestern abend, das war er nicht?»

«Nein, Sir, bestimmt nicht.» Mrs. Hogg straffte sich. Ihre Stimme nahm einen Ton tugendhafter Entrüstung an, hinter dem sich neugierige Spannung verbarg. «Und wenn Sie mich fragen, Sir, was Sie denken, ist völlig falsch. So eine war Mrs. Allen nicht! Da bin ich ganz sicher. Natürlich, es war niemand sonst im Haus, aber so was glaube ich nicht von ihr – erst heute morgen habe ich zu meinem Mann gesagt: ‹Nein, Hogg›, habe ich gesagt, ‹Mrs. Allen war eine

Dame – eine richtige Dame –, also behaupte nicht solche Sachen.› Man weiß ja, was Männer immer gleich denken, Sie entschuldigen schon. Die mit ihrer schmutzigen Phantasie!»

Ohne auf diese beleidigende Bemerkung einzugehen, fuhr Japp mit seinem Verhör fort.

«Sie haben also beobachtet, wie er kam und wie er wieder ging – das stimmt doch, nicht wahr?»

«Das stimmt, Sir.»

«Und Sie haben nichts gehört? Keinen Wortwechsel oder etwas Ähnliches?»

«Nein, Sir, wie denn auch? Das soll nicht heißen, daß man so was nicht mitkriegen würde – im Gegenteil. Zum Beispiel, wie diese Mrs. Stevens drüben mit ihrem armen, verschüchterten Mädchen herumschimpft, das weiß die ganze Nachbarschaft. Und wir haben alle schon gesagt, sie soll sich das nicht gefallen lassen, aber, na ja, das Gehalt ist gut ... Sie ist zwar ein Teufel, aber sie zahlt ordentlich – dreißig Shilling die Woche ...»

«Aber aus Nummer vierzehn haben Sie nichts gehört?» fragte Japp rasch dazwischen.

«Nein, Sir. Wie denn auch, wo an allen Ecken und Enden die Feuerwerkskörper geknallt haben und mein Eddie sich um ein Haar die Augenbrauen versengt hätte ...»

«Der Mann ging um zehn Uhr zwanzig – stimmt das?»

«Schon möglich, Sir. Ich selber kann mich nicht genau erinnern, aber Hogg behauptet es, und der ist da sehr genau, auf den kann man sich verlassen.»

«Sie haben gesehen, wie er das Haus verließ. Haben Sie zufällig gehört, was er sagte?»

«Nein, Sir. Dafür stand ich nicht nahe genug. Ich habe bloß vom Fenster aus beobachtet, wie er in der Tür mit Mrs. Allen sprach.»

«Haben Sie sie auch gesehen?»

«Ja, Sir, sie stand direkt hinter der Tür.»

«Können Sie mir sagen, was sie anhatte?»

«Also, das weiß ich wirklich nicht, Sir. Darauf habe ich nicht geachtet.»

«Ihnen ist nicht aufgefallen, ob sie ein Tageskleid oder ein Abendkleid trug?» fragte Poirot.

«Nein, Sir, kann ich nicht behaupten.»

Poirot blickte nachdenklich zu dem Fenster über ihnen und von dort zum Haus Nummer vierzehn gegenüber. Er lächelte, und sein Blick traf sich für den Bruchteil einer Sekunde mit dem von Japp.

«Und der Herr?»

«Er trug einen dunkelblauen Überzieher und einen Bowler. Sehr schick und vornehm.»

Japp stellte ein paar weitere Fragen und nahm dann sein nächstes Interview in Angriff. Dieses fand mit dem jungen Frederick Hogg statt, einem aufgeweckten helläugigen Bürschchen, das sich im Gefühl seiner eigenen Wichtigkeit sonnte.

«Ja, Sir, ich habe ihn reden hören. ‹Überlegen Sie sich's, und geben Sie mir Bescheid›, hat er gesagt. So ganz freundlich, wissen Sie. Und dann hat sie was gesagt, und er hat geantwortet: ‹Also gut. Auf Wiedersehen.› Und dann ist er in seinen Wagen gestiegen – ich habe ihm die Tür aufgehalten, aber er hat mir nichts gegeben», fügte Frederick mit leicht betrübter Stimme hinzu. «Und dann ist er weggefahren.»

«Du hast nicht gehört, was Mrs. Allen sagte?»

«Nein, Sir, leider nicht.»

«Kannst du mir erzählen, was sie anhatte? Was für eine Farbe hatte zum Beispiel ihr Kleid?»

«Keine Ahnung, Sir. Wissen Sie, ich habe sie ja nicht direkt gesehen. Sie muß hinter der Tür gestanden haben.»

«Aha», sagte Japp. «Nun, mein Junge, ich möchte, daß du dir die Antwort auf meine nächste Frage sehr sorgfältig überlegst. Wenn du es nicht weißt oder dich nicht mehr erinnern kannst, dann sag das bitte ganz ehrlich. Einverstanden?»

«Ja, Sir.» Frederick sah ihn gespannt an.

«Wer von den beiden hat die Tür zugemacht, Mrs. Allen oder der Gentleman?»

Der Junge überlegte mit vor Anstrengung zusammengekniffenen Augen.

«Die Dame, glaube ich – nein, ist nicht wahr! Er war's! Er hat die Tür zugezogen, richtiggehend zugeknallt hat er sie, und dann ist er gleich ins Auto gesprungen. Anscheinend hatte er es eilig.»

«So, so. Nun, junger Mann, du scheinst mir ein guter Beobachter zu sein. Hier sind Sixpence für dich.»

Japp entließ den jungen Hogg und wandte sich seinem Freund zu. Wie auf Kommando nickten beide bedächtig.

«Könnte sein!» sagte Japp.

«Möglich wäre es», pflichtete Poirot ihm bei.

Seine Augen schimmerten grün wie die einer Katze.

6

Nach seiner Rückkehr ins Wohnzimmer von Nummer vierzehn vergeudete Japp keine Zeit mit langen Vorreden.

«Hören Sie, Miss Plenderleith, halten Sie es nicht für besser, uns reinen Wein einzuschenken? Am Ende kommt doch alles heraus.»

Jane Plenderleith zog die Augenbrauen in die Höhe. Sie stand neben dem Kamin und wärmte sich den einen Fuß am Feuer.

«Ich weiß wirklich nicht, was Sie meinen.»

«Sagen Sie da ganz die Wahrheit, Miss Plenderleith?»

Sie zuckte die Achseln. «Ich habe Ihre Fragen alle beantwortet. Ich weiß nicht, was ich noch tun könnte.»

«Nun, meiner Meinung nach könnten Sie eine ganze Menge tun – wenn Sie wollten.»

«Aber mehr als eine Meinung ist es nicht, nicht wahr, Chefinspektor?»

Japps Gesicht lief rot an.

«Ich glaube», sagte Poirot rasch, «Mademoiselle würde den Grund für Ihre Fragen besser zu würdigen wissen, wenn Sie ihr klipp und klar sagten, wie der bisherige Tatbestand aussieht.»

«Das ist sehr einfach. Also gut, Miss Plenderleith, die Sache verhält sich folgendermaßen. Man hat Ihre Freundin tot aufgefunden, mit einer Schußwunde im Kopf und einer Pistole in der Hand. Tür und Fenster waren fest verschlossen. Dem Anschein nach also ein klarer Fall von Selbstmord. Aber es war kein Selbstmord. Das beweist allein schon der Befund des medizinischen Sachverständigen.»

«Inwiefern?»

Ihre kühle Ironie war wie weggeblasen. Sie beugte sich vor, ihre Augen ruhten mit gespannter Aufmerksamkeit auf seinem Gesicht.

«Die Pistole lag in ihrer Hand – aber ihre Finger hielten sie nicht fest. Außerdem befanden sich keine Fingerabdrücke auf der Waffe. Und der Einschußwinkel macht es unmöglich, daß sie sich die Wunde selbst zugefügt hat. Obendrein hat sie keinen Abschiedsbrief hinterlassen – bei einem Selbstmord recht ungewöhnlich. Und obwohl die Tür verschlossen war, hat man den Schlüssel nicht gefunden.»

Jane Plenderleith drehte sich langsam um und nahm den beiden Männern gegenüber in einem Sessel Platz.

«So ist das also!» sagte sie. «Irgendwie hatte ich von Anfang an das Gefühl, daß es einfach unmöglich ist, daß sie sich das Leben genommen hat! Und ich hatte recht! Sie hat sich nicht umgebracht. Ein anderer hat es getan!»

Ein paar Minuten lang schwieg sie, in ihre Gedanken versunken. Dann schüttelte sie heftig den Kopf.

«Stellen Sie mir so viele Fragen, wie Sie wollen. Ich werde sie nach bestem Vermögen beantworten.»

«Gestern abend hatte Mrs. Allen einen Besucher», begann Japp. «Er wird beschrieben als ein Mann von etwa fünfundvierzig, militärische Erscheinung, Schnurrbart, gut gekleidet.

Er fuhr eine Limousine des Typs Standard Swallow. Wissen Sie, wer das ist?»

«Ich kann es natürlich nicht mit Bestimmtheit sagen, aber es hört sich an wie Major Eustace.»

«Wer ist Major Eustace? Erzählen Sie uns alles, was Sie von ihm wissen.»

«Er ist ein Mann, den Barbara vom Ausland – von Indien her kannte. Vor ungefähr einem Jahr tauchte er hier auf, und seitdem haben wir ihn ab und zu gesehen.»

«Er war ein Freund von Mrs. Allen?»

«Er tat zumindest so», erwiderte Jane trocken.

«Wie war Mrs. Allens Einstellung ihm gegenüber?»

«Ich glaube, im Grunde mochte sie ihn nicht – das heißt, ich bin davon überzeugt.»

«Aber sie behandelte ihn nach außen hin freundlich?»

«Ja.»

«Kam es Ihnen je so vor – überlegen Sie genau, Miss Plenderleith –, als ob sie Angst vor ihm hätte?»

Jane Plenderleith grübelte eine Weile darüber nach. Dann erwiderte sie: «Doch – ich glaube, ja. Sie war in seiner Nähe immer nervös.»

«Sind er und Mr. Laverton-West sich je begegnet?»

«Nur einmal, glaube ich. Sie waren sich nicht besonders sympathisch. Das heißt, Major Eustace gab sich die größte Mühe, liebenswürdig zu sein, aber Charles ließ ihn abblitzen. Charles hat eine sehr gute Nase für Leute, die nicht so ganz – so ganz gesellschaftsfähig sind.»

«Und Major Eustace war nicht so ganz gesellschaftsfähig, wie Sie das nennen?» fragte Poirot.

«Nein. Ein ziemlicher Flegel. Bestimmt nicht aus guter Familie.»

«Meinen Sie damit, daß er kein echter *Pukka Sahib* war?»

Ein flüchtiges Lächeln huschte über Jane Plenderleiths Gesicht, doch sie erwiderte ernst: «Ja.»

«Würde die Vermutung Sie sehr überraschen, Miss Plenderleith, daß dieser Mann Mrs. Allen erpreßt hat?»

Japp beugte sich vor, um den Eindruck seiner Worte besser beobachten zu können.

Er hatte Erfolg. Die junge Frau zuckte zusammen. Das Blut stieg ihr in die Wangen. Sie schlug mit der Hand hart auf die Armlehne ihres Sessels.

«Das war es also! Wie dumm von mir, daß ich das nicht erraten habe. Natürlich!»

«Sie halten das für denkbar, Mademoiselle?» fragte Poirot.

«Es war dumm von mir, daß ich nicht selbst darauf gekommen bin! Barbara hat sich in den letzten Monaten mehrmals kleinere Beträge von mir geborgt. Und ich habe öfter gesehen, wie sie über ihren Kontoauszügen brütete. Ich wußte, daß ihre Einkünfte bequem für ihr tägliches Leben reichten, deshalb kümmerte ich mich nicht weiter darum, aber wenn sie natürlich größere Summen zahlen mußte ...»

«Und es würde auch zu ihrem allgemeinen Verhalten passen, ja?» fragte Poirot.

«Absolut. Sie war nervös. Richtig fahrig manchmal. Ganz anders als sonst.»

«Verzeihen Sie», entgegnete Poirot gelassen, «aber das ist nicht ganz dasselbe, was Sie uns vorhin erzählten.»

«Das war etwas anderes.» Jane Plenderleith machte eine ungeduldige Handbewegung. «Sie war nicht deprimiert. Ich meine, sie hatte keine Selbstmordgedanken oder so. Aber Erpressung – ja. Ich wünschte nur, sie hätte mir etwas gesagt. Ich hätte ihn zum Teufel gejagt.»

«Aber vielleicht wäre er nicht zum Teufel, sondern statt dessen zu Mr. Charles Laverton-West gegangen», wandte Poirot ein.

«Ja», sagte Jane Plenderleith langsam. «Ja ... das ist wahr ...»

«Sie haben keine Ahnung, was dieser Mann gegen Mrs. Allen in der Hand hatte?» fragte Japp.

Die junge Frau schüttelte den Kopf. «Nein. So wie ich Barbara kannte, glaube ich nicht, daß es etwas wirklich Schwerwiegendes gewesen ist. Andererseits ...» Sie stockte und fuhr dann fort: «Was ich sagen will – Barbara war in mancher Beziehung ein bißchen naiv. Sie ließ sich sehr leicht einschüchtern. Vom Typ her das ideale Opfer für einen Erpresser! Dieses widerliche Schwein!»

Aus den letzten drei Worten klang tiefe Erbitterung.

«Leider», sagte Poirot, «scheint das Verbrechen verkehrt herum stattgefunden zu haben. Gewöhnlich ist es das Opfer, das den Erpresser umbringt, nicht der Erpresser sein Opfer.»

Jane Plenderleith runzelte leicht die Stirn. «Ja – das ist richtig. Aber ich könnte mir gewisse Umstände vorstellen ...»

«Nämlich?»

«Nehmen wir einmal an, Barbara hat aus Verzweiflung den Kopf verloren. Vielleicht bedrohte sie ihn mit ihrer albernen kleinen Pistole. Er wollte sie ihr aus der Hand winden, und während des Kampfes drückte er ab und tötete sie. Entsetzt über das, was er angerichtet hatte, versuchte er dann, einen Selbstmord vorzutäuschen.»

«Möglich», erklärte Japp. «Aber da gibt es einen Haken.»

Sie sah ihn forschend an.

«Major Eustace – unterstellt, daß er es war – hat gestern abend das Haus um zwanzig Minuten nach zehn verlassen und sich in der Tür von Mrs. Allen verabschiedet.»

«Ach», sagte Jane Plenderleith betroffen. «Ich verstehe.» Sie überlegte kurz. «Vielleicht ist er später noch einmal zurückgekommen.»

«Ja, das ist möglich», bestätigte Poirot.

«Sagen Sie, Miss Plenderleith», fragte Japp, «wo hat Mrs. Allen gewöhnlich ihre Gäste empfangen, hier oder in ihrem Zimmer?»

«Sowohl als auch. Der Raum hier wurde für unsere gemeinsamen Einladungen oder für meine eigenen Freunde benutzt. Sehen Sie, wir hatten abgemacht, daß Barbara das große Schlafzimmer bekam und es gleichzeitig auch als Salon benutzte, und ich hatte das kleine Schlafzimmer und benutzte dazu diesen Raum.»

«Falls Major Eustace seinen Besuch gestern abend angekündigt hatte, wo, glauben Sie, hätte Mrs. Allen ihn empfangen?»

«Wahrscheinlich hier, würde ich meinen.» Ihre Stimme klang etwas zweifelnd. «Es wäre weniger intim gewesen. Andererseits – wenn sie ihm einen Scheck ausschreiben wollte oder so etwas, hätte sie ihn vermutlich mit nach oben genommen. Hier unten gibt es kein Schreibmaterial.»

Japp schüttelte den Kopf. «Für einen Scheck bestand keine Notwendigkeit. Mrs. Allen hat gestern zweihundert Pfund in bar von ihrem Konto abgehoben. Und bisher haben wir nirgends im Haus eine Spur von dem Geld entdecken können.»

«Und sie hat es diesem Schuft gegeben? Oh, arme Barbara! Arme, arme Barbara!»

Poirot hüstelte. «Falls es sich nicht mehr oder weniger um einen Unfall handelt, wie Sie vermuten, erscheint es mir doch bemerkenswert, daß er eine offenbar regelmäßige Einnahmequelle zum Versiegen brachte.»

«Wieso Unfall? Das war kein Unfall! Er verlor die Beherrschung, sah rot und erschoß sie.»

«Sie glauben, so ist es passiert?»

«Ja.» In heftigem Ton fügte sie hinzu: «Es war Mord – Mord!»

«Da möchte ich Ihnen nicht widersprechen, Mademoiselle», sagte Poirot ernst.

«Was für eine Zigarettensorte hat Mrs. Allen geraucht?» fragte Japp.

«Gaspers. Dort in dem Kästchen sind welche.»

Japp öffnete das Kästchen, nahm eine Zigarette heraus, nickte und steckte sie in die Tasche.

«Und Sie, Mademoiselle?» erkundigte sich Poirot.

«Die gleichen.»

«Sie rauchen keine türkischen Zigaretten?»

«Nie.»

«Und Mrs. Allen auch nicht?»

«Nein. Sie mochte sie nicht.»

«Und Mr. Laverton-West? Was hat er geraucht?»

Sie starrte Poirot an. «Charles? Was spielt das für eine Rolle? Sie wollen doch nicht behaupten, er hätte sie umgebracht?»

Poirot zuckte die Achseln. «Es hat schon mancher Mann die Frau getötet, die er liebte, Mademoiselle.»

Jane schüttelte ungeduldig den Kopf.

«Charles würde nie jemand umbringen. Er ist ein sehr vorsichtiger Mann.»

«Trotzdem, Mademoiselle, sind es gerade die vorsichtigen Männer, die die raffiniertesten Morde begehen.»

Wieder musterte sie ihn prüfend.

«Aber nicht aus dem Motiv, das Sie soeben erwähnt haben, Monsieur Poirot.»

Er neigte den Kopf. «Ja, das ist wahr.»

Japp stand auf.

«Nun, ich glaube, ich kann hier nicht mehr viel tun. Ich würde mich gern noch einmal im Haus umsehen.»

«Ob das Geld nicht doch irgendwo versteckt ist? Selbstverständlich. Suchen Sie ruhig überall, wo Sie wollen. Auch in meinem Zimmer – obwohl es unwahrscheinlich ist, daß Barbara es dort versteckt haben würde.»

Japps Suche war kurz, aber gründlich. Das Wohnzimmer hatte in wenigen Minuten all seine Geheimnisse preisgegeben. Dann begab sich Japp nach oben. Jane Plenderleith hockte auf der Armlehne eines Sessels. Sie rauchte eine Zigarette und blickte mit gerunzelter Stirn ins Feuer. Poirot beobachtete sie. Nach einigen Minuten sagte er ruhig: «Wissen Sie, ob Mr. Laverton-West sich zur Zeit in London aufhält?»

«Ich habe keine Ahnung. Vermutlich ist er bei seiner Familie in Hampshire. Eigentlich hätte ich ihm gleich telegrafieren sollen. Wie schrecklich! Das habe ich ganz vergesssen.»

«Es ist nicht leicht, an alles zu denken, Mademoiselle, wenn eine Katastrophe geschieht. Und schließlich, schlechte Nachrichten haben keine Eile. Man erfährt sie noch früh genug.»

«Ja, das ist wahr», erwiderte Jane zerstreut.

Japps Schritte kamen die Treppe herunter. Jane Plenderleith ging zu ihm hinaus.

«Nun?»

Japp schüttelte den Kopf. «Leider nichts, was uns weiterhilft, Miss Plenderleith. Ich habe jetzt das ganze Haus durchsucht. Ach, da fällt mir ein, ich will noch rasch einen Blick in den Wandschrank hier unter der Treppe werfen.»

Mit diesen Worten packte er den Türgriff und zog.

«Da ist abgeschlossen», sagte Jane Plenderleith rasch.

Etwas in ihrem Ton veranlaßte die beiden Männer, zu ihr hinzublicken.

«Ja», antwortete Japp freundlich. «Das merke ich. Vielleicht könnten Sie den Schlüssel holen?»

Die junge Frau stand da wie versteinert.

«Ich – ich weiß nicht genau, wo er ist.»

Japp warf ihr einen raschen Blick zu. Sein Ton blieb unverändert freundlich und gelassen.

«Ach, wie ärgerlich. Ich möchte nicht gern das Holz beschädigen, wenn ich die Tür aufbreche. Ich werde Jameson losschicken, damit er uns einen Satz Schlüssel holt.»

Jane Plenderleith trat steif einen Schritt vor.

«Oh!» rief sie. «Einen Augenblick. Vielleicht ...»

Sie verschwand im Wohnzimmer und kehrte einen Moment später mit einem Schlüssel von beträchtlicher Größe zurück. «Wir schließen den Schrank immer ab», erklärte sie, «weil sonst ständig Schirme und ähnliche Dinge verschwinden.»

«Eine sehr weise Vorsichtsmaßregel», sagte Japp, während er fröhlich den Schlüssel in Empfang nahm.

Er drehte ihn im Schloß und stieß die Tür auf. Drinnen war es dunkel. Japp holte seine Taschenlampe hervor und ließ den Strahl durch das Schrankinnere wandern.

Poirot spürte, wie die junge Frau neben ihm zusammenzuckte und eine Sekunde lang den Atem anhielt. Seine Augen folgten dem Lichtstrahl von Japps Lampe.

Es war nicht sehr viel in dem Schrank. Drei Schirme – einer davon kaputt –, vier Spazierstöcke, ein Satz Golfschläger, zwei Tennisschläger, eine sauber zusammengefaltete Wolldecke sowie etliche in unterschiedlichen Stadien der Auflösung begriffene Sofakissen. Obenauf ruhte ein elegantes Köfferchen.

Als Japp die Hand danach ausstreckte, rief Jane Plenderleith schnell: «Das ist meiner. Ich – ich habe ihn heute morgen mit zurückgebracht. Es kann also nichts Wichtiges drin sein.»

«Sehen wir vorsichtshalber lieber nach.» Japps Stimme wurde noch um eine Spur liebenswürdiger.

Das Köfferchen war unverschlossen. Seine Innenausstattung bestand aus mit Chagrinleder bezogenen Bürsten und Toilettenflakons. Außerdem enthielt er noch zwei Illustrierte, das war alles.

Japp untersuchte den Inhalt mit peinlicher Genauigkeit. Als er schließlich den Deckel zuklappte und eine oberflächliche Untersuchung der Kissen in Angriff nahm, stieß die junge Frau einen hörbaren Seufzer der Erleichtung aus.

Der Wandschrank enthielt keine verborgenen Winkel. Japps Durchsuchung war also rasch beendet.

Er schloß die Tür wieder ab und gab Jane Plenderleith den Schlüssel zurück.

«So», sagte er. «Damit sind wir hier fertig. Können Sie mir die Adresse von Mr. Laverton-West geben?»

«‹Farlescombe Hall›, Little Ledbury, Hampshire.»

«Herzlichen Dank, Miss Plenderleith. Das wäre vorläufig alles. Übrigens, am besten schweigen Sie über das Ganze. Belassen Sie es den Leuten gegenüber bei Selbstmord.»

«Natürlich. Ich verstehe sehr gut.»

Sie gab beiden Männern die Hand.

Als sie die Straße hinuntergingen, explodierte Japp. «Was, zum Donnerwetter, war in diesem Schrank? Bestimmt war da noch etwas.»

«Ja, da war etwas.»

«Und ich wette mit Ihnen zehn zu eins, daß es etwas mit diesem Köfferchen zu tun hat! Aber ich muß ein ausgemachter Dummkopf sein, denn ich konnte einfach nichts finden. Alle Flaschen habe ich untersucht, das Futter habe ich abgetastet – was zum Teufel könnte es sein?»

Poirot schüttelte nachdenklich den Kopf.

«Diese Person ist irgendwie in die Geschichte verwickelt», fuhr Japp fort. «Den Koffer hat sie heute morgen mitgebracht, behauptet sie. Nie im Leben! Haben Sie bemerkt, daß zwei Illustrierte drin lagen?»

«Ja.»

«Nun, eine war vom letzten Juli!»

7

Am nächsten Tag kam Japp in Poirots Wohnung spaziert, schleuderte angewidert seinen Hut auf den Tisch und ließ sich in einen Sessel fallen.

«Also», knurrte er, «sie hat nichts damit zu tun.»

«Wer?»

«Die Plenderleith. Hat bis Mitternacht Bridge gespielt. Hausherr, Hausfrau, ein Gast in Gestalt eines hohen Marineoffiziers und zwei Dienstboten können es bezeugen. Es besteht gar kein Zweifel; wir müssen jede Überlegung, daß sie in den Fall verwickelt sein könnte, fallenlassen. Trotzdem möchte ich zu gern wissen, warum sie sich wegen dieses kleinen Koffers unter der Treppe so aufregte. Das schlägt in Ihr Fach, Poirot. Sie beschäftigen sich doch so gern mit der Aufklärung von Nebensächlichkeiten, die einem nicht weiterhelfen: Das Geheimnis des kleinen Koffers. Klingt doch sehr vielversprechend!»

«Ich hätte noch einen Vorschlag für Sie: Das Geheimnis des Geruchs von Zigarettenrauch.»

«Ein bißchen plump. Der Geruch – soso? Haben Sie deshalb am Anfang geschnüffelt, als wir den Tatort untersuchten? Ich habe Sie beobachtet – und es gehört! Schnief – schnief! Ich dachte, Sie hätten einen Schnupfen.»

«Da waren Sie völlig im Irrtum.»

Japp seufzte. «Ich dachte immer, es seien die kleinen grauen Zellen in Ihrem Gehirn. Erzählen Sie mir nicht, daß die Zellen in ihrer Nase denen anderer Leute auch überlegen sind.»

«Nein, nein, beruhigen Sie sich.»

«Ich habe nämlich keinen Zigarettenrauch gerochen», fuhr Japp mißtrauisch fort.

«Ich ebensowenig, mein Freund.»

Japp musterte ihn zweifelnd. Dann fischte er eine Zigarette aus der Tasche.

«Das ist die Sorte, die Mrs. Allen geraucht hat. Sechs Stummel dort waren ihre. Die anderen vier waren türkische!»

«Genau.»

«Ihre wunderbare Nase hat das wohl konstatiert, ohne hinzusehen!»

«Ich versichere Ihnen, meine Nase hat mit der Sache nichts zu tun. Meine Nase hat nicht das geringste gerochen.»

«Und Ihre Gehirnzellen?»

«Nun – es gab gewisse Hinweise, meinen Sie nicht auch?»

Japp sah ihn von der Seite her an.

«Zum Beispiel?»

«*Eh bien*, es hat definitiv etwas im Zimmer gefehlt. Und es war etwas hinzugefügt worden, denke ich ... Und dann, auf dem Schreibtisch ...»

«Wußte ich's doch! Jetzt kommen wir zu diesem verdammten Gänsekiel!»

«*Du tout*. Die Gänsefeder spielt eine ausschließlich negative Rolle.»

Japp zog sich auf sicheren Grund zurück.

«Ich habe Charles Laverton-West in einer halben Stunde zu mir nach Scotland Yard gebeten. Ich dachte, Sie möchten vielleicht gern dabeisein.»

«Sehr gern sogar.»

«Und es wird Sie gewiß freuen zu erfahren, daß wir diesen Major Eustace aufgespürt haben. Er hat eine kleine Etagenwohnung mit Bedienung in der Cromwell Road.»

«Ausgezeichnet.»

«Und wir haben so einiges in Erfahrung gebracht. Gar kein netter Mensch, dieser Major Eustace. Sobald ich mit Laverton-West gesprochen habe, werden wir ihn aufsuchen. Ist Ihnen das recht?»

«Vollkommen.»

«Also, dann los!»

Um halb zwölf wurde Charles Laverton-West in Chefinspektor Japps Büro geführt. Japp erhob sich und reichte ihm die Hand.

Der Abgeordnete war mittelgroß und trat sehr entschieden auf. Er hatte glattrasierte Wangen, den beweglichen Mund eines Schauspielers und leicht vorstehende Augen, wie man sie oft bei Menschen findet, die über eine gewisse Rednergabe verfügen. Auf eine unaufdringliche, wohlerzogene Art sah er gut aus.

Obwohl er blaß und ein wenig bedrückt wirkte, war sein Benehmen gefaßt und von tadelloser Höflichkeit. Er nahm Platz, legte Hut und Handschuhe auf den Tisch und sah Japp an.

«Als erstes möchte ich Ihnen versichern, Mr. Laverton-West, daß ich sehr gut verstehe, wie schmerzlich dies alles für Sie sein muß.»

Laverton-West winkte ab. «Lassen Sie uns bitte nicht von meinen Gefühlen sprechen. Sagen Sie, Chefinspektor, haben Sie irgendeine Vermutung, was meine – was Mrs. Allen veranlaßt hat, sich das Leben zu nehmen?»

«Sie selbst können uns nicht weiterhelfen?»

«Nein, allerdings nicht.»

«Es gab keinen Streit? Keine irgendwie geartete Entfremdung zwischen Ihnen?»

«Nichts. Das Ganze war für mich ein unerhörter Schock.»

«Vielleicht wird es begreiflicher, Sir, wenn ich Ihnen verrate, daß es sich nicht um Selbstmord, sondern um – Mord handelt!»

«Mord?» Charles Laverton-West traten fast die Augen aus dem Kopf. «Mord sagen Sie?»

«Ganz recht. Nun, Mr. Laverton-West, haben Sie irgendeine Vermutung, wer Mrs. Allen nach dem Leben getrachtet haben könnte?»

«Nein – nein, nicht die geringste!» Laverton-West stotterte förmlich. «Keine Spur! Die Vorstellung allein ist – ist undenkbar!»

«Sie hat nie irgendwelche Feinde erwähnt? Leute, die vielleicht einen Groll gegen sie hegten?»

«Niemals.»

«Haben Sie gewußt, daß sie eine Pistole besaß?»

«Diese Tatsache war mir unbekannt.» Er schien ein wenig erschrocken.

«Miss Plenderleith erklärt, Mrs. Allen habe diee Pistole vor einigen Jahren aus dem Ausland mitgebracht.»

«Tatsächlich?»

«Wir haben natürlich nur Miss Plenderleiths Wort dafür. Es ist durchaus möglich, daß Mrs. Allen sich von irgendeiner Seite bedroht fühlte und aus nur ihr bekannnten Gründen die Pistole immer griffbereit haben wollte.»

Charles Laverton-West schüttelte zweifelnd den Kopf. Er schien bestürzt und verwirrt.

«Was ist Ihre Meinung über Miss Plenderleith, Mr. Laverton-West? Ich meine, halten Sie sie für eine ehrliche, vertrauenswürdige Person?»

Der andere überlegte einen Augenblick. «Ich denke schon – doch, ich würde sagen, ja.»

«Sie mögen Sie nicht?» erkundigte sich Japp, der ihn scharf beobachtet hatte.

«Das möchte ich nicht behaupten. Sie ist nur nicht mein Typ. Ich mache mir nichts aus dieser sarkastischen, emanzipierten Sorte Frau, aber ich würde sie für durchaus aufrichtig halten.»

«Hm», brummte Japp. «Kennen Sie einen gewissen Major Eustace?»

«Eustace? Eustace? Ah, ja, ich erinnere mich an den Namen. Ich bin ihm einmal bei Barbara – bei Mrs. Allen begegnet. Ein ziemlich zweifelhafter Bursche, meiner Meinung nach. Das habe ich auch zu meiner – zu Mrs. Allen gesagt. Er gehörte nicht zu den Leuten, die ich nach unserer Heirat gern als Gast in unserem Haus gesehen hätte.»

«Und was sagte Mrs. Allen dazu?»

«Oh, sie war ganz meiner Meinung. Sie hat sich stets völlig auf mein Urteil verlassen. Ein Mann kann nun einmal andere Männer besser beurteilen als eine Frau. Sie meinte, sie könnte schließlich nicht gut unfreundlich sein zu einem Mann, nur weil sie ihn lange nicht mehr gesehen habe – ich glaube, sie hatte vor allem schreckliche Angst, snobistisch zu erscheinen! Als meine Frau hätte sie natürlich eine ganze Menge ihrer früheren Bekannten – äh – sagen wir, unpassend finden müssen.»

«Soll das heißen, daß sie durch die Heirat mit Ihnen ihre gesellschaftliche Stellung verbessert hätte?» fragte Japp schroff.

Laverton-West hob seine gepflegte Hand.

«Nein, nicht direkt. Tatsächlich war Mrs. Allens Mutter weitläufig mit meiner eigenen Familie verwandt. Nein, bezüglich ihrer Herkunft war sie mir durchaus ebenbürtig. Aber in meiner Position muß ich natürlich bei der Auswahl meiner Freunde besonders vorsichtig sein – ebenso meine Frau. Man steht bis zu einem gewissen Grad ständig im Rampenlicht.»

«Allerdings», antwortete Japp trocken und fügte nach kurzer Pause hinzu: «Sie können uns also in keiner Weise behilflich sein?»

«Nein, leider nicht. Ich bin selbst wie vor den Kopf geschlagen. Barbara ermordet! Es scheint mir unbegreiflich.»

«Mr. Laverton-West, könnten Sie mir noch sagen, wo Sie selbst sich am Abend des fünften November aufgehalten haben?»

«Wo ich mich aufgehalten habe?» Laverton-Wests Stimme überschlug sich beinahe.

«Eine reine Routinesache», erklärte Japp beschwichtigend. «Wir – hm – müssen diese Frage an jeden richten.»

Charles Laverton-West setzte eine würdevolle Miene auf. «Man sollte doch hoffen, daß jemand in meiner Position davon verschont bleiben würde.»

Japp wartete ungerührt.

«Also, ich war – lassen Sie mich überlegen ... Ah, ja, ich war im Parlament. Ging dort um halb elf weg. Machte danach einen Spaziergang am Themseufer und sah mir das Feuerwerk an.»

«Ein schöner Gedanke, daß es heutzutage keine solchen Verschwörungen mehr gibt», scherzte Japp.

Laverton-West starrte ihn an, ohne eine Miene zu verziehen.

«Dann ging ich – äh – zu Fuß nach Hause.»

«Ihre Londoner Adresse ist Onslow Square, wenn ich mich nicht irre. Wann kamen Sie dort an?»

«Das weiß ich nicht genau.»

«Elf? Halb zwölf?»

«So ungefähr.»

«Vielleicht hat Sie jemand eingelasen?»

«Nein, ich habe einen Schlüssel.»

«Sind Sie auf Ihrem Spaziergang jemand begegnet?»

«Nein – äh – also wirklich, Chefinspektor, ich finde Ihre Fragen außerordentlich befremdend!»

«Ich versichere Ihnen, es handelt sich um eine reine Routineauskunft, Mr. Laverton-West. Die Fragen sind keineswegs persönlich gemeint.»

Die Antwort schien den erbosten Abgeordneten zu besänftigen.

«Wenn das alles ist ...»

«Das ist vorläufig alles, Mr. Laverton-West.»

«Sie halten mich auf dem laufenden?»

«Selbstverständlich, Sir. Ach, übrigens, darf ich Ihnen

Monsieur Hercule Poirot vorstellen. Sie haben vielleicht schon von ihm gehört.»

Mr. Laverton-Wests Augen hefteten sich interessiert auf den kleinen Belgier.

«Doch – doch, der Name kommt mir bekannt vor.»

«Monsieur», begann Poirot, wobei sein Gebaren plötzlich etwas sehr Fremdländisches annahm. «Glauben Sie mir, mein Herz blutet für Sie. Welch ein Verlust! Welche Qualen müssen Sie leiden! Ah, doch ich will nichts mehr sagen. Wie wundervoll die Engländer Ihre Gefühle zu verbergen wissen.» Er zog blitzschnell sein Zigarettenetui hervor. «Gestatten Sie – oh, es ist leer, Japp?»

Japp tastete seine Taschen ab und schüttelte den Kopf.

Laverton-West nahm sein eigenes Zigarettenetui heraus, wobei er murmelte: «Ach – äh – bitte, nehmen Sie doch eine von meinen, Monsieur Poirot.»

«Danke – vielen Dank.» Der kleine Mann bediente sich.

«Wie Sie so richtig sagen, Monsieur Poirot», fuhr der andere fort, «wir Engländer stellen unsere Gefühle nicht zur Schau . Beherrschung in allen Lebenslagen, das ist unsere Devise.»

Er verbeugte sich vor den beiden Männern und ging hinaus.

«Ziemlich aufgeblasener Esel», bemerkte Japp abfällig. «Dazu kalt wie eine Hundeschnauze! Diese Plenderleith hatte völlig recht, was ihn betrifft. Trotzdem, er ist ein gutaussehender Bursche – Frauen, die keinen Sinn für Humor haben, könnten ihn durchaus attraktiv finden. Was ist nun mit dieser Zigarette?»

Poirot reichte sie ihm und schüttelte dabei den Kopf.

«Ägyptisch. Eine teure Marke.»

«Nein, das hilft uns nicht weiter. Schade, denn ich habe nie ein schwächeres Alibi gehört! Eigentlich war es überhaupt keines ... Wissen Sie, Poirot, es ist ein Jammer, daß die Sache sich nicht umgekehrt verhält. Wenn sie *ihn* erpreßt hätte ... Er wäre ein wundervolles Opfer. Er würde lammfromm bezahlen! Alles, nur keinen Skandal!»

«Mein Freund, es ist sehr hübsch, wenn Sie den Fall so rekonstruieren, wie Sie ihn gern hätten, aber das ist nicht unsere Sache!»

«Nein, Eustace ist unsere Sache. Ich habe einiges über ihn in Erfahrung gebracht. Ganz entschieden ein übler Bursche.»

«Übrigens, sind Sie meinem Vorschlag hinsichtlich Miss Plenderleith gefolgt?»

«Ja. Warten Sie einen Moment. Ich rufe mal eben an und lasse mir den letzten Bericht durchgeben.»

Er nahm den Hörer ab. Nach einem kurzen Gespräch legte er ihn wieder auf und blickte zu Poirot hin.

«Eine reichlich abgebrühte Person. Ist einfach zum Golfspielen gegangen. Wirklich reizend, wenn einem am Tag zuvor die Freundin ermordet worden ist!»

Poirot stieß einen unterdrückten Laut aus.

«Was ist denn nun schon wieder?» fragte Japp.

Poirot murmelte nur vor sich hin: «Natürlich ... natürlich ... aber selbstverständlich ... Was für ein Narr bin ich doch – dabei sprang es einem förmlich ins Auge!»

«Hören Sie endlich mit Ihren albernen Selbstgesprächen auf», sagte Japp erbost. «Gehen wir lieber und knöpfen uns diesen Eustace vor.»

Zu seinem Erstaunen breitete sich ein strahlendes Lächeln auf Poirots Gesicht aus.

«Aber ja doch – unbedingt. Knöpfen wir ihn uns vor! Denn jetzt, wissen Sie, jetzt weiß ich alles – aber auch alles!»

8

Major Eustace empfing die beiden Besucher mit der gelassenen Selbstsicherheit eines Mannes von Welt.

Seine Wohnung war klein, nur ein *pied à terre*, wie er erklärte. Er bot den beiden Besuchern etwas zu trinken an und zückte, als diese ablehnten, sein Zigarettenetui.

Sowohl Japp als auch Poirot nahmen eine Zigarette. Sie wechselten einen raschen Blick.

«Sie rauchen türkische Zigaretten, wie ich sehe», bemerkte Japp, während er die Zigarette zwischen den Fingern hin und her drehte.

«Ha. Tut mir leid, hätten Sie lieber welche mit Virginiatabak? Ich muß irgendwo noch ein paar haben.»

«Nein, nein, diese hier genügen mir vollkommen.» Dann beugte sich Japp vor und sagte in verändertem Ton: «Vielleicht können Sie erraten, Major Eustace, weshalb ich Sie aufgesucht habe?»

Der andere schüttelte den Kopf. Er gab sich völlig ungezwungen. Major Eustace war ein großer, auf eine etwas ungewöhnliche Art gutaussehender Mann. Die Hauptpartie um seine Augen war leicht gedunsen, und die Augen selbst – kleine, tückische Augen – straften die gutmütige Jovialität seines Benehmens Lügen.

«Nein», erwiderte er. «Ich ahne nicht, was eine so bedeutende Persönlichkeit wie einen Chefinspektor zu mir führen könnte. Hat es irgend etwas mit meinem Wagen zu tun?»

«Nein, mit Ihrem Wagen nicht. Sie kennen doch eine gewisse Mrs. Barbara Allen, Major Eustace?»

Der Major lehnte sich zurück, stieß eine Rauchwolke aus und rief in einem Ton, als sei ihm plötzlich ein Licht aufgegangen: «Ach, das ist es also! Natürlich, das hätte ich mir denken können. Ein sehr trauriger Fall.»

«Sie wissen Bescheid?»

«Habe es gestern abend in der Zeitung gelesen. Zu schlimm!»

«Sie kannten Mrs. Allen aus Indien, soviel ich weiß.»

«Ja, das ist jetzt schon einige Jahre her.»

«Haben Sie auch ihren Mann gekannt?»

Er zögerte nur den Bruchteil einer Sekunde, aber während dieses kurzen Augenblicks glitt ein blitzschneller Blick aus seinen kleinen Augen zwischen den Gesichtern der beiden Männer hin und her. Dann antwortete er:

«Nein, ich bin Allen nie persönlich begegnet.»

«Aber Sie wissen etwas von ihm.»

«Habe mal gehört, er sei ein recht übler Kunde gewesen. Das war natürlich nur ein Gerücht.»

«Mrs. Allen hat Ihnen nichts erzählt?»

«Habe mit ihr nie über ihn gesprochen.»

«Sie standen auf vertrautem Fuß mit ihr?»

Major Eustace hob die Schultern. «Wir waren alte Freunde. Aber wir haben uns nicht sehr oft gesehen.»

«Aber an jenem letzten Abend haben Sie sie gesehen? Am Abend des fünften November?»

«Ja, das ist richtig.»

«Sie haben sie in ihrem Haus aufgesucht, wenn ich mich nicht irre.»

Major Eustace nickte. Seine Stimme nahm einen betrübten Ton an.

«Ja, sie bat mich, sie wegen bestimmter Investitionen zu beraten. Ich kann mir natürlich denken, worauf Sie hinauswollen – ihre Gemütsverfassung und dergleichen. In ihrem Benehmen schien sie eigentlich ganz normal, und doch, wenn ich's mir recht überlege, war sie ein bißchen nervös.»

«Aber sie machte keine Andeutung hinsichtlich dessen, was sie zu tun beabsichtigte?»

«Nicht die geringste. Im Gegenteil, als wir uns verabschiedeten, sagte ich noch zu ihr, ich würde sie bald anrufen und wir würden dann zusammen ins Theater gehen.»

«Sie sagten also, Sie würden sie anrufen. Das waren Ihre letzten Worte?»

«Ja.»

«Merkwürdig. Nach meinen Informationen haben Sie etwas ganz anderes gesagt.»

Eustace wurde blaß. «Na ja, an den genauen Wortlaut kann ich mich natürlich nicht mehr erinnern.»

«Nach meinen Informationen lauteten Ihre Abschiedsworte folgendermaßen: ‹Überlegen Sie es sich, und geben Sie mir dann Bescheid.›»

«Lassen Sie mich nachdenken. Ja, ich glaube, Sie haben recht. Es stimmt allerdings nicht ganz. Ich glaube, ich habe sie gebeten, sie solle mir Bescheid geben, wann sie Zeit habe.»

«Das ist allerdings nicht ganz dasselbe, wie?» bemerkte Japp.

Major Eustace zuckte die Achseln. «Mein Bester, Sie können schließlich nicht erwarten, daß man sich wortwörtlich an alles erinnert, was man bei einer bestimmten Gelegenheit gesagt hat.»

«Und was hat Mrs. Allen erwidert?»

«Sie sagte, sie wolle mich anrufen. Das heißt, soweit ich mich erinnern kann.»

«Und darauf sagten sie: ‹Also gut. Auf Wiedersehen.›»

«Wahrscheinlich. So etwas Ähnliches jedenfalls.»

«Sie behaupten, daß Mrs. Allen Sie wegen gewisser Geldanlagen um Rat gefragt habe», sagte Japp ruhig. «Hat sie Ihnen zufällig die Summe von zweihundert Pfund in bar anvertraut, damit Sie diese für sie anlegen?»

Das Gesicht des Majors lief dunkelrot an. Er beugte sich vor und rief wütend: «Was zum Teufel wollen Sie damit andeuten?»

«Hat sie oder hat sie nicht?»

«Das ist meine Sache, Chefinspektor.»

Japp sagte gelassen: «Mrs. Allen hat die Summe von zweihundert Pfund von ihrem Konto abgehoben, einen Teil davon in Fünfpfundnoten. Diese lassen sich natürlich an Hand der Nummern ermitteln.»

«Angenommen, sie hätte es getan – na und?»

«Sollte das Geld angelegt werden, oder war es – Erpressung, Major Eustace?»

«Das ist absurd! Was wollen Sie mir noch alles unterstellen?»

«Ich glaube, Major Eustace», sagte Japp in seinem amtlichsten Ton, «ich muß Sie an diesem Punkt fragen, ob Sie bereit sind, sich freiwillig zu Scotland Yard zu verfügen und dort Ihre Aussage zu Protokoll zu geben. Es besteht selbstverständlich keine Verpflichtung dazu, und Sie können, falls Sie wollen, Ihren Anwalt hinzuziehen.»

«Anwalt? Wozu zum Teufel sollte ich einen Anwalt brauchen? Und weshalb überhaupt dieser offizielle Hinweis!»

«Ich leite die Ermittlungen hinsichtlich der genauen Umstände von Mrs. Allens Tod.»

«Großer Gott, Mann, Sie glauben doch nicht – aber das ist ja Unsinn! Ich werde Ihnen sagen, wie es war. Ich suchte Barbara, wie vorher vereinbart, an jenem Abend auf . . .»

«Um wieviel Uhr war das?»

«Ungefähr um halb zehn, würde ich sagen. Wir saßen und unterhielten uns . . .»

«Und rauchten.»

«Ja, und rauchten. Ist das auch schon ein Verbrechen?» fügte der Major trotzig hinzu.

«Wo fand diese Unterhaltung statt?»

«Im Wohnzimmer. Gleich links, wenn man hineinkommt. Wir unterhielten uns, wie gesagt, ganz freundschaftlich. Kurz vor halb elf ging ich. In der Haustür blieb ich noch einen Moment stehen, um mit Barbara ein paar letzte Worte zu wechseln . . .»

«Letzte Worte . . . wie treffend», murmelte Poirot.

Eustace fuhr herum. «Wer sind Sie eigentlich, das möchte ich mal wissen!» schrie er Poirot an. «Wohl irgend so ein verdammter Südländer! Weshalb mischen Sie sich überhaupt ein?»

«Ich bin Hercule Poirot», erklärte der kleine Mann mit Würde.

«Interessiert mich nicht, und wenn Sie die Achillesstatue wären. Also wie gesagt, Barbara und ich trennten uns in aller Freundschaft. Ich fuhr von dort direkt zum ‹Far East Club›. Traf um fünf nach halb elf ein und ging direkt ins Spielzimmer hinauf, wo ich bis halb zwei Uhr blieb und Bridge spielte. So, das können Sie sich jetzt in Ihre Pfeife stecken und rauchen!»

«Ich rauche nicht Pfeife», sagte Poirot. «Welch ein hübsches Alibi Sie da haben.»

«Ein ziemlich unerschütterliches auf jeden Fall. Also, Sir.» Er blickte zu Japp. «Genügt Ihnen das?»

«Sie sind während Ihres Besuchs immer im Wohnzimmer geblieben?»

«Ja.»

«Sind sind nicht nach oben in Mrs. Allens eigenes Boudoir gegangen?»

«Nein, das sagte ich Ihnen doch. Wir sind die ganze Zeit in dem einen Raum geblieben.»

Japp musterte ihn eine Weile nachdenklich. Dann fragte er: «Wieviel Paare Manschettenknöpfe besitzen Sie?»

«Manschettenknöpfe? Manschettenknöpfe? Was soll das nun wieder heißen?»

«Sie sind natürlich nicht verpflichtet, auf diese Frage zu antworten.»

«Zu antworten? Wieso sollte ich denn nicht darauf antworten? Ich habe schließlich nichts zu verbergen. Außerdem werde ich eine Entschuldigung verlangen. Also, ich habe diese hier ...» Er streckte die Arme aus.

Japp warf einen Blick auf die Knöpfe aus Gold und Platin und nickte.

«Und dann habe ich noch diese.»

Eustace erhob sich, öffnete eine Schublade und zog ein Etui heraus, das er aufklappte und Japp mit einer fast unhöflichen Geste unter die Nase hielt.

«Eine sehr hübsche Form», lobte der Chefinspektor. «Wie ich sehe, ist einer kaputt – ein Stück Email ist abgesplittert.»

«Na und?»

«Sie wissen vermutlich nicht, wann das passierte?»

«Vor ein oder zwei Tagen, nicht länger.»

«Würde es Sie überraschen zu hören, daß es während Ihres Besuchs bei Mrs. Allen passierte?»

«Warum auch nicht? Ich habe nie bestritten, daß ich dort war», sagte der Major mit hochmütiger Stimme. Er fuhr fort, die Rolle des zu Recht Entrüsteten zu spielen, aber seine Hände hatten leicht zu zittern begonnen.

Japp beugte sich vor. «Ja», sagte er mit deutlicher Betonung, «aber dieses Manschettenknopfstück wurde nicht im Wohnzimmer gefunden, sondern oben in Mrs. Allens Schlafzimmer. Im selben Zimmer, in dem sie starb und in dem ein Mann gesessen hat, der dieselbe Sorte Zigaretten rauchte, die Sie rauchen.»

Der Schuß saß. Eustace sank auf seinem Stuhl zusammen. Seine Augen liefen von einem zum andern. Die schlagartige Verwandlung von einem Angeber in einen Feigling war kein schöner Anblick.

«Sie haben Beweise», protestierte er in fast weinerlichem Ton. «Sie wollen mir die Sache in die Schuhe schieben ... Aber das können Sie nicht. Ich habe ein Alibi ... ich habe das Haus an jenem Abend nicht mehr betreten ...»

Poirot ergriff nun seinerseits das Wort.

«Nein, Sie haben das Haus nicht mehr betreten. Es war nicht mehr nötig ... Denn vielleicht war Mrs. Allen schon tot, als Sie gingen.»

«Das ist ausgeschlossen – ausgeschlossen! Sie stand gleich hinter der Haustür und hat mit mir gesprochen ... Nachbarn müssen es gehört haben – und sie gesehen haben ...»

Poirot erwiderte freundlich: «Man hat Sie gehört, wie Sie mit ihr sprachen, wie Sie taten, als warteten Sie auf ihre Antwort, und dann weitersprachen. Das ist ein alter Trick ... Die Zeugen vermuten, daß Mrs. Allen da war, aber sie haben sie nicht gesehen, denn sie konnten nicht einmal sagen, ob Mrs. Allen ein Tageskleid oder ein Abendkleid trug – ja, noch nicht einmal, welche Farbe ihr Kleid hatte ...»

«Mein Gott, das ist nicht wahr – das ist alles nicht wahr ...»

Eustace zitterte am ganzen Körper. Er war völlig gebrochen. Japp betrachtete ihn voll Ekel.

«Ich muß Sie bitten, mit mir zu kommen, Sir», sagte er kühl.

«Sie wollen mich verhaften?»

«Sie sind vorläufig festgenommen – wollen wir es einmal so nennen.»

In das darauffolgende Schweigen hinein tönte ein langgezogenes Ächzen. Der eben noch so selbstsichere Major Eustace stieß in verzweifeltem Ton hervor: «Ich bin erledigt.»

Hercule Poirot rieb sich die Hände und lächelte vergnügt. Irgend etwas schien ihn sehr zu erheitern.

9

«Fabelhaft, wie der Bursche zusammengeklappt ist», bemerkte Japp mit einem Anflug von Berufsstolz, während er einige Zeit später an diesem Tag mit Poirot die Brompton Road hinunterfuhr.

«Er wußte, das Spiel war aus», erwiderte Poirot geistesabwesend.

«Wir haben eine ganze Menge gegen ihn in der Hand», erklärte Japp zufrieden. «Zwei oder drei falsche Namen, Scheckbetrug und eine sehr hübsche Geschichte mit einem längeren Aufenthalt im ‹Ritz›, wo er sich Oberst de Bathe nannte und ein halbes Dutzend Geschäftsleute betrog. Wir nehmen das vorläufig als Haftgrund – bis die andere Sache endgültig geklärt ist. Was bezwecken Sie eigentlich mit unserer Fahrt, alter Knabe?»

«Lieber Freund, ein Fall muß säuberlich abgeschlossen werden. Jedes einzelne Detail ist aufzuklären. Ich bin auf der Spur des Geheimnisses, von dem Sie neulich sprachen: das Geheimnis des verschwundenen Köfferchens.»

«Das Geheimnis des *kleinen* Koffers – so habe ich es genannt. Er ist nicht verschwunden, soviel ich weiß.»

«Warten Sie's ab, *mon ami*.»

Der Wagen bog in die Seitengasse ein. Vor der Haustür von Nummer vierzehn stieg Jane Plenderleith gerade aus einem blauen Austin Seven. Sie trug Golfkleidung.

Sie blickte von einem der beiden Männer zum anderen, dann holte sie einen Schlüssel aus der Tasche und schloß die Haustür auf.

«Kommen Sie bitte herein.»

Sie ging voraus. Japp folgte ihr ins Wohnzimmer. Poirot blieb für ein paar Minuten in der Diele zurück, wo man ihn murmeln hörte: «*C'est embêtant* – wie schwer man aus diesen Ärmeln herauskommt!»

Gleich darauf trat er ohne Mantel ins Wohnzimmer. Japps Lippen unter dem Schnurrbart zuckten leicht. Er hatte kurz vorher das schwache Knarren einer Schranktür gehört.

«Wir wollen Sie nicht lange aufhalten, Miss Plenderleith», sagte Japp rasch. «Wir sind nur gekommen, um Sie zu fragen, ob Sie uns den Namen von Mrs. Allens Anwalt nennen können.»

«Den Namen ihres Anwalts?« Die junge Frau schüttelte den Kopf. «Ich weiß gar nicht, ob sie einen hatte.»

«Als sie das Haus hier mit Ihnen mietete, muß ihr doch jemand den Mietvertrag aufgesetzt haben.»

«Nein, ich glaube nicht. Sehen Sie, ich habe das Haus gemietet, der Mietvertrag läuft auf meinen Namen. Barbara hat mir einfach die halbe Miete bezahlt. Es war eine ganz formlose Vereinbarung.»

«Ich verstehe. Na ja, da kann man nichts machen.»

«Tut mir leid, daß ich Ihnen nicht helfen kann», sagte Jane höflich.

«Es ist im Grund nicht so wichtig.» Japp wandte sich zur Tür. »Sie waren beim Golfspielen?»

«Ja.» Sie errötete. «Wahrscheinlich finden Sie das ziemlich herzlos von mir. Aber ehrlich gesagt, mir ist hier im Haus fast die Decke auf den Kopf gefallen. Ich hatte das Gefühl, ich müßte weg von hier und etwas tun – sonst wäre ich erstickt!»

«Ich verstehe, Mademoiselle», entgegnete Poirot schnell. «Das ist überaus begreiflich – überaus natürlich. Im Haus zu sitzen und zu grübeln – nein, das wäre nicht angenehm.»

«Wenn Sie's nur verstehen», sagte Jane kurz.

«Sie sind Mitglied eines Clubs?»

«Ja. Ich spiele in Wentworth.»

«Es war ein angenehmer Tag heute.»

«Ach, jetzt sind nur noch wenig Blätter an den Bäumen!

Vor einer Woche waren die Wälder wirklich noch prachtvoll.»

«Heute war es auch sehr schön», bemerkte Poirot.

«Guten Tag, Miss Plenderleith», sagte Japp förmlich. «Ich gebe Ihnen Bescheid, wenn wir Genaues wissen. Allerdings haben wir bereits einen Verdächtigen festgenommen.»

«Wen?» Sie sah ihn gespannt an.

«Major Eustace.»

Sie nickte. Dann bückte sie sich mit abgewandtem Gesicht und hielt ein Streichholz an das aufgeschichtete Holz im Kamin.

«Nun?» fragte Japp, während der Wagen um die Straßenecke bog. Poirot schmunzelte: «Es war ganz einfach. Diesmal steckte der Schlüssel.»

«Und ...?»

«Eh bien.» Poirot lächelte. «Die Golfschläger waren fort.»

«Natürlich. Diese Frau mag manches sein, dumm ist sie jedenfalls nicht. War sonst noch etwas verschwunden?»

Poirot nickte. «Ja, mein Freund – der kleine Koffer!»

Japp trat unwillkürlich aufs Gaspedal.

«Verdammt!» rief er. «Ich wußte, daß etwas faul war! Aber was? Ich habe diesen Koffer doch gründlich untersucht.»

«Mein armer Japp ... dabei ist es doch ‹sonnenklar, mein lieber Watson› – wie es so schön heißt.»

Japp warf ihm einen ärgerlichen Blick zu.

«Wo fahren wir jetzt hin?» fragte er. Poirot sah auf die Uhr. «Es ist noch nicht vier. Wir könnten vor Einbruch der Dunkelheit in Wentworth sein.»

«Was meinen Sie, ist sie tatsächlich dort gewesen?»

«Ich glaube schon – doch ja. Sie mußte wissen, daß wir es möglicherweise nachprüfen. O ja, ich glaube, wir werden feststellen, daß sie dort war.»

Japp brummte: «Meinetwegen, fahren wir.» Er steuerte den Wagen geschickt durch den dichten Verkehr. «Obwohl ich nicht begreife, was dieser Koffer mit dem Verbrechen zu tun hat. Soviel ich sehe, hat er überhaupt nichts damit zu tun.»

«Genau, mein Freund, ich bin völlig Ihrer Meinung. Er hat nicht das geringste damit zu tun.»

«Warum ist dann – nein, sagen Sie nichts! Ordnung und Methode, und alles muß säuberlich abgeschlossen werden, ich weiß ... Na ja, es ist ein schöner Tag.»

Sie fuhren sehr schnell. Bereits kurz nach halb fünf hatten sie den Golfclub von Wentworth erreicht. An einem Wochentag herschte dort wenig Betrieb.

Poirot begab sich direkt zum Verwalter und bat um Miss Plenderleiths Golfschläger. Sie wolle morgen auf einem anderen Platz spielen, erklärte er.

Der Mann rief etwas, worauf ein Junge zwischen verschiedenen Golfschlägern, die in einer Ecke standen, zu suchen begann. Schließlich zog er eine Tasche mit den Initialen J. P. hervor.

«Danke.» Poirot wandte sich zum Gehen, drehte sich dann scheinbar beiläufig noch einmal um und fragte: «Sie hat nicht zufällig einen kleinen Koffer bei Ihnen stehengelassen?»

«Heute nicht, Sir. Vielleicht hat sie ihn im Clubhaus vergessen.»

«Sie war doch heute hier?»

«O ja, ich habe sie gesehen.»

«Wissen Sie, welchen Caddie sie hatte? Sie vermißt ein Köfferchen und kann sich nicht erinnern, wann sie es das letzte Mal dabei hatte.»

«Sie wollte keinen Caddie. Sie kam bloß herein und kaufte ein paar Bälle. Nahm nur ein Paar Schläger mit. Mir ist übrigens, als hätte sie da ein Köfferchen in der Hand gehabt.»

Poirot bedankte sich und ging. Die beiden Männer schlenderten um das Clubhaus herum. Einmal blieb Poirot kurz stehen und bewunderte die Aussicht.

«Es ist schön,nicht wahr, die dunklen Tannen – und dann der See. Ja, der See ...»

Japp warf ihm einen raschen Blick zu.

«Das meinen Sie also, wie?»

Poirot lächelte. «Ich halte es für möglich, daß jemand etwas beobachtet hat. Ich würde Nachforschungen in die Wege leiten, wenn ich Sie wäre.»

10

Poirot trat zurück und begutachtete mit schrägem Kopf die Anordnung der Sitze. Ein Sessel hier – ein zweiter Sessel dort. Ja, so war es gut. Und da klingelte es auch schon an der Tür – das mußte Japp sein.

Der Mann von Scotland Yard kam mit lebhaften Schritten ins Zimmer.

«Sie hatten vollkommen recht, alter Freund. Den Nagel auf den Kopf getroffen. Eine junge Frau ist gestern beobachtet worden, wie sie etwas in den See warf. Wir konnten den betreffenden Gegenstand ohne größere Schwierigkeiten herausfischen. Genau an der Stelle gibt es viel Schilf.»

«Und was war es?»

«Es war tatsächlich das Köfferchen! Aber warum, um Himmels willen? Das begreife ich einfach nicht! Es war nichts drin – nicht einmal die Zeitschriften. Warum eine junge Frau mit vermutlich normalem Verstand einen teuren Koffer in einen See wirft – wissen Sie, daß ich mir darüber die ganze Nacht den Kopf zermartert habe?»

«*Mon pauvre* Japp. Aber Sie brauchen sich keine Sorgen mehr zu machen. Hier kommt schon die Antwort. Es hat geklingelt.»

George, Poirots untadeliger Diener, öffnete die Tür und meldete: «Miss Plenderleith.»

Die junge Frau trat mit ihrer gewohnten Selbstsicherheit ins Zimmer und begrüßte die beiden.

«Ich habe Sie hergebeten ...» Poirot unterbrach sich. «Würden Sie bitte hier Platz nehmen und Sie hier, Japp ... ich habe Ihnen bestimmte Mitteilungen zu machen.»

Die junge Frau setzte sich. Sie blickte von einem zum anderen, während sie ihren Hut nach hinten rückte.

Schließlich nahm sie ihn ab und legte ihn ungeduldig beiseite.

«Ja», sagte sie, «Major Eustace ist verhaftet worden.»

«Das haben Sie in der Morgenzeitung gelesen, nehme ich an.»

«Ja.»

«Er ist vorläufig wegen kleinerer Vergehen in Haft», fuhr Poirot fort. «Inzwischen sammeln wir Beweismaterial im Zusammenhang mit dem Mord.»

«Dann handelt es sich also wirklich um Mord?» fragte sie gespannt.

Poirot nickte. «Es handelt sich um Mord. Die vorsätzliche Zerstörung eines Menschen durch einen anderen Menschen.»

Sie schauderte zusammen.

«Nicht», murmelte sie. «Es klingt schrecklich, wenn Sie es so sagen.»

«Ja – es ist auch schrecklich.» Poirot machte eine kurze Pause, ehe er fortfuhr: «Miss Plenderleith, ich werde Ihnen nun genau erzählen, wie ich in diesem Fall zur Wahrheit gelangt bin.»

Sie blickte von Poirot zu Japp. Der Chefinspektor lächelte.

«Er hat seine eigenen Methoden, Miss Plenderleith», erklärte er. «Ich lasse ihn gewähren. Wollen wir doch hören, was er zu sagen hat.»

Poirot begann.

«Wie Sie wissen, Mademoiselle, traf ich mit meinem Freund am Vormittag des sechsten November am Tatort ein. Wir begaben uns in das Zimmer, in welchem man Mrs. Allens Leiche gefunden hatte, und es fielen mir dort sofort mehrere bedeutsame Kleinigkeiten auf. Verschiedene Dinge in jenem Zimmer waren nämlich ausgesprochen merkwürdig.»

«Weiter», sagte Jane knapp.

«Zunächst einmal der Zigarettenrauch.»

«Ich glaube, da übertreiben Sie, Poirot», unterbrach ihn Japp. «Ich selbst habe gar nichts gerochen.»

Poirot drehte sich blitzschnell zu ihm um.

«Genau. Sie haben keinen abgestandenen Zigarettenrauch gerochen. Und ich ebensowenig. Und das war sehr, sehr sonderbar – denn Tür und Fenster waren beide fest geschlossen, und in einem Aschenbecher lagen die Stummel von nicht weniger als zehn Zigaretten. Es war eigenartig, sehr eigenartig, daß die Luft in diesem Zimmer absolut frisch roch – und das tat sie.»

«Also darauf wollten Sie hinaus!» Japp seufzte. «Daß Sie an die Dinge immer so umständlich herangehen müssen!»

«Ihr Sherlock Holmes machte es genauso. Erinnern Sie sich, einmal lenkte er die Aufmerksamkeit auf die merkwürdige nächtliche Begebenheit mit dem Hund – und die Antwort darauf war, daß es eben keine merkwürdige Begebenheit gab. Der Hund hatte sich während der Nacht nicht von der Stelle gerührt. Doch fahren wir fort: Das nächste, was mir auffiel, war die Armbanduhr, die die Tote trug.»

«Was war damit?»

«Nichts Besonderes, aber sie trug sie am rechten Handgelenk. Nun ist es nach meiner Erfahrung eher üblich, die Uhr am linken Handgelenk zu tragen.»

Japp zuckte die Achseln. Ehe er jedoch etwas sagen konnte, sprach Poirot eilig weiter.

«Aber das läßt keine endgültigen Schlüsse zu. Manche Menschen ziehen es eben vor, die Armbanduhr rechts zu tragen. Doch jetzt komme ich zu einem wirklich interessanten Punkt – meine Freunde, ich komme zu dem Schreibsekretär.»

«Ja, das habe ich vermutet», seufzte Japp.

«Dies war nun wirklich sehr sonderbar, sehr auffällig! Aus zwei Gründen. Erstens fehlte etwas.»

«Was denn?» fragte Jane Plenderleith.

Poirot wandte sich ihr zu.

«Ein Blatt Löschpapier, Mademoiselle. In der Mappe mit

dem Löschpapier befand sich obenauf ein sauberes, unberührtes Blatt.»

«Also wirklich, Monsieur Poirot», erwiderte Jane achselzuckend. «Man entfernt doch gelegentlich einmal ein stark benütztes Löschblatt!»

«Gewiß, aber was tut man damit? Man wirft es in den Papierkorb, nicht wahr? Es lag nicht im Papierkorb. Ich habe nachgesehen.»

Jane Plenderleith schien die Geduld zu verlieren.

«Weil es wahrscheinlich schon am Tag zuvor weggeworfen worden war. Das folgende Blatt war sauber, weil Barbara an dem Tag noch nichts geschrieben hatte.»

«Das trifft nicht zu, Mademoiselle. Denn Mrs. Allen wurde an jenem Abend gesehen, wie sie zum Briefkasten ging. Also muß sie Briefe geschrieben haben. Unten konnte sie sie nicht geschrieben haben, denn dort gab es kein Schreibzeug. Und sie wäre wohl kaum in Ihr Zimmer gegangen, um zu schreiben. Was also ist mit dem Löschblatt geschehen, mit dem sie die Tinte gelöscht hat? Gewiß, manchmal wirft man etwas ins Feuer statt in den Papierkorb, aber in Mrs. Allens Zimmer gibt es nur einen Gaskamin. Und der Kamin unten hatte am Vortag nicht gebrannt, denn Sie selbst haben mir erzählt, daß das Holz sauber aufgeschichtet zum Anzünden bereitlag, als Sie kamen.»

Poirot schöpfte Atem. Er sah Japp an.

«Ein eigenartiger Widerspruch. Ich habe überall nachgesehen, in den Papierkörben, in der Mülltonne, aber ich konnte kein benütztes Löschblatt finden – und das kam mir sehr seltsam war. Es schien, als habe es jemand absichtlich weggenommen. Aber warum? Weil sich Schriftzüge darauf befanden, die man mit Hilfe eines Spiegels leicht hätte entziffern können. Es gab jedoch noch ein zweites auffallendes Detail im Zusammenhang mit dem Schreibsekretär. Vielleicht erinnern Sie sich noch ungefähr an die Anordnung der Gegenstände darauf, Japp? Löschpapier und Tintenfaß in der Mitte, Federschale zur Linken, Kalender und Gänsekiel zur Rechten.

Eh bien? Sehen Sie es denn nicht? Sie erinnern sich, ich habe die Gänsefeder untersucht; sie diente lediglich zur Zierde und war unbenutzt. Ah, Sie begreifen noch immer nicht? Ich wiederhole: Löschpapier in der Mitte, Federschale zur Linken – zur *Linken*, Japp. Aber findet man für gewöhnlich die Federschale nicht zur Rechten, griffbereit für die rechte Hand? Ah, jetzt geht Ihnen ein Licht auf, nicht wahr? Die Federschale zur *Linken* – die Armbanduhr am *rechten* Handgelenk – das verschwundene Löschblatt und etwas, das nachträglich in das Zimmer hineinpraktiziert wurde – der Aschenbecher mit den Zigarettenstummeln!

Die Luft in jenem Zimmer, Japp, roch frisch und rein, wie in einem Raum, in dem das Fenster offen gewesen war und nicht die ganze Nacht über geschlossen ... Und da erstand vor meinen Augen ein Bild.»

Er drehte sich mit einem Ruck zu Jane um und sah ihr voll ins Gesicht.

«Ein Bild von Ihnen, Mademoiselle, wie Sie mit dem Taxi vorfahren, wie Sie bezahlen und die Treppe hinaufeilen und dabei vielleicht rufen: ‹Barbara›, und wie Sie dann die Tür öffnen und Ihre Freundin tot auf dem Boden liegt, die Pistole in der Hand – in der linken Hand natürlich, denn Ihre Freundin war Linkshänderin, und deshalb ist die Kugel auch in die linke Schläfe eingedrungen. Auf dem Schreibsekretär liegt ein Abschiedsbrief an Sie. Darin schreibt sie Ihnen, was sie dazu getrieben hat, sich das Leben zu nehmen. Es war, stelle ich mir vor, ein sehr bewegender Brief. Eine sanfte, junge, unglückliche Frau, durch Erpressung in den Tod getrieben ...

Da kam Ihnen, stelle ich mir vor, blitzartig eine Idee. Das Ganze war die Schuld eines bestimmten Mannes. Sollte er dafür seine Strafe bekommen – seine gerechte und angemessene Strafe! Sie nehmen die Pistole, wischen sie ab und legen sie der Toten in die *rechte* Hand. Sie nehmen den Abschiedsbrief und reißen das oberste Löschblatt ab, mit dem die Tinte gelöscht worden ist. Sie gehen hinunter, zünden den Kamin an und werfen beides ins Feuer. Dann bringen Sie den

Aschenbecher nach oben – um den Eindruck zu erwecken, daß Ihre Freundin dort mit einem Besucher zusammensaß – und nehmen auch das abgesplitterte Stück des Manschettenknopfes mit, das Sie auf dem Fußboden gefunden haben. Ein glücklicher Umstand, der Ihrer Ansicht nach die Beweiskette schließen wird. Dann verriegeln Sie das Fenster und schließen die Tür ab. Es darf nicht der Verdacht aufkommen, daß Sie sich in dem Zimmer zu schaffen gemacht haben. Die Polizei muß es so sehen, wie es ist, daher suchen Sie nicht Hilfe bei den Nachbarn, sondern rufen sofort das Polizeirevier an.

Und so geht es weiter. Sie spielen Ihre Rolle kaltblütig und wohlüberlegt. Sie lehnen es anfangs ab, etwas zu sagen, erwecken jedoch gleichzeitig geschickt Zweifel an einem Selbstmord. Später führen Sie uns sehr bereitwillig auf die Spur von Major Eustace...

Ja, Mademoiselle, ein sehr klug eingefädelter Mordplan – denn darum handelt es sich. Um den versuchten Mord an Major Eustace.»

Jane Plenderleith sprang auf.

«Nicht Mord – Gerechtigkeit! Der Mann hat die arme Barbara in den Tod gehetzt! Sie war so lieb und hilflos. Sehen Sie, die Arme hatte sich gleich zu Anfang, als sie damals nach Indien kam, in einen Mann verliebt. Sie war erst siebzehn, und er war um Jahre älter und außerdem verheiratet. Sie bekam ein Kind. Sie hätte es in ein Heim geben können, aber davon wollte sie nichts wissen. Sie fuhr weg, irgendwohin, wo sie keiner kannte, und als sie zurückkam, nannte sie sich Mrs. Allen. Dann starb das Kind. Sie kehrte nach England zurück und verliebte sich in Charles – diesen eitlen, aufgeblasenen Dummkopf! Sie betete ihn an – und er nahm ihre Anbetung als etwas Selbstverständliches hin. Wäre er eine andere Art von Mensch gewesen, so hätte ich ihr geraten, ihm alles zu erzählen. Aber so beschwor ich sie, den Mund zu halten. Schließlich wußte außer mir niemand von der ganzen Geschichte.

Und dann tauchte plötzlich dieser gräßliche Eustace auf! Den Rest kennen Sie. Er begann sie systematisch zu schröpfen, doch erst an jenem letzten Abend wurde ihr klar, daß sie auch Charles dem Risiko eines Skandals aussetzte. War sie erst einmal mit Charles verheiratet, so hatte Eustace sie genau da, wo er sie haben wollte – verheiratet mit einem reichen Mann, dem vor jedem Skandal graute! Als Eustace mit dem Geld, das sie ihm besorgt hatte, gegangen war, blieb sie sitzen und dachte über alles nach. Dann ging sie nach oben und schrieb mir einen Brief. Darin sagte sie, sie liebe Charles und könne ohne ihn nicht leben, aber um seinetwillen dürfe sie ihn nicht heiraten. Sie wähle daher den einzigen Ausweg, der ihr übrigbleibe.»

Jane schwieg einen Augenblick. Dann warf sie den Kopf in den Nacken und fuhr heftig fort. «Kann es Sie da noch wundern, daß ich so gehandelt habe? Und Sie stehen da und nennen es Mord!»

«Weil es einer ist», antwortete Poirot streng. «Ein Mord kann einem bisweilen gerechtfertigt erscheinen, aber dennoch bleibt es Mord. Sie sind eine wahrheitsliebende Frau mit klarem Verstand, Mademoiselle – seien Sie ehrlich gegen sich selbst! Ihre Freundin ist letzten Endes gestorben, weil sie nicht den Mut hatte zu leben. Wir mögen mit ihr sympathisieren. Wir mögen sie bedauern. Aber die Tatsache bleibt bestehen – sie selbst hat die Tat begangen und niemand sonst.» Er machte eine Pause. «Und Sie? Der Mann ist nun in Haft; er wird wegen anderer Delikte zu einer langen Gefängnisstrafe verurteilt werden. Wollen Sie wirklich mit voller Absicht das Leben – das Leben, wohlgemerkt – eines Menschen vernichten?»

Sie starrte ihn unverwandt an. Ihre Augen verdunkelten sich. Plötzlich murmelte sie: «Ja, Sie haben recht. Das will ich nicht.»

Dann sprang sie auf und stürzte aus dem Zimmer. Die Wohnungstür fiel hart ins Schloß . . .

Japp stieß einen langen, einen sehr langen Pfiff aus.

«Donnerwetter!» sagte er.

Poirot setzte sich und lächelte ihn freundschaftlich an. Es dauerte eine ganze Weile, ehe Japp das Schweigen brach.

«Also nicht ein als Selbstmord getarnter Mord, sondern ein Selbstmord, der wie Mord aussehen sollte!»

«Ja, und sehr geschickt gemacht dazu. Nichts war auffällig oder übertrieben.»

«Aber das Köfferchen?» fragte Japp plötzlich. «Was hatte das mit der Sache zu tun?»

«Aber mein lieber, hochgeschätzter Freund, ich sagte Ihnen doch schon, es hat nicht das geringste damit zu tun.»

«Weshalb dann . . .»

«Die Golfschläger! Die Golfschläger, Japp! Es waren die Golfschläger einer *Linkshänderin.* Jane Plenderleith hatte ihre Schläger in Wentworth. Die anderen gehörten Barbara Allen. Kein Wunder, daß die junge Frau in Panik geriet, als wir den Wandschrank öffneten. Ihr ganzer Plan hätte scheitern können. Aber geistesgegenwärtig, wie sie ist, wurde ihr sofort klar, daß sie sich für einen kurzen Augenblick verraten hatte. Sie sah, was wir sahen. Also tut sie das Klügste, was ihr im Moment einfällt. Sie versucht, unsere Aufmerksamkeit auf das falsche Objekt zu lenken. Sie behauptet von dem Köfferchen: ‹Es gehört mir – ich habe es heute morgen mitgebracht, da kann also nichts drin sein.› Und, wie sie gehofft hat, lassen Sie sich auf eine falsche Fährte locken. Aus dem gleichen Grund benützt sie am folgenden Tag, als sie losfährt, um die Golfschläger fortzuschaffen, den Koffer abermals zur Irreführung.»

«Sie meinen also, ihre wirkliche Absicht war . . .»

«Überlegen Sie, mein Freund. Was ist der beste Platz, um eine Tasche voll Golfschläger loszuwerden! Man kann sie weder verbrennen noch in die Mülltonne werfen. Wenn man sie irgendwo stehenläßt, bekommt man sie womöglich wieder. Miss Plenderleith nahm sie mit auf den Golfplatz. Während sie sich zwei Schläger aus ihrer eigenen Tasche holt, läßt sie die anderen im Clubhaus. Dann geht sie ohne Caddie auf den Platz. Dort bricht sie die fremden Schläger nach und nach entzwei und wirft sie an geeigneter Stelle ins Gebüsch, und ebenso schließlich auch die leere Tasche. Sollte man später da und dort einen zerbrochenen Golfschläger finden, so würde sich kein Mensch darüber wundern. Man hat schon Leute gekannt, die in schierer Verzweiflung über eine mißlungene Partie Golf alle Schläger zerbrochen und fortgeworfen haben! Das liegt nun einmal in der Natur dieses Sports!

Da Jane Plenderleith jedoch weiß, daß man sich immer noch dafür interessieren könnte, was sie tut, wirft sie zur Irreführung jenes Köfferchen in den See – auf eine Art und Weise, die Aufsehen erregt, natürlich. Und das, mein lieber Freund, ist das ganze ‹Geheimnis des kleinen Koffers›.»

Japp sah seinen Freund eine Weile schweigend an. Dann erhob er sich, klopfte Poirot auf die Schulter und brach in Gelächter aus.

«Nicht übel für einen alten Knaben wie Sie. Wirklich, Sie haben wieder einmal den Vogel abgeschossen. Kommen Sie, essen wir einen Happen zu Mittag.»

«Mit Vergnügen, mein Freund, aber nicht nur einen Happen. Vielleicht *Omelette aux Champignons*, dann *Blanquette de Veau, petits Pois à la Française* und zum Abschluß *Baba au Rhum*.»

«Führen Sie mich hin», sagte Japp.

Der Traum

Ruhig und abschätzend ließ Hercule Poirot seinen Blick über das Haus und dessen Umgebung schweifen: die Läden, das große Fabrikgebäude zur Rechten, die billigen Etagenhäuser gegenüber.

Dann faßte er noch einmal Northway House ins Auge, dieses Relikt einer früheren Zeit – einer Zeit, die viel Muße und keinen Platzmangel gekannt hatte, als dieses vornehme, arrogant wirkende Haus noch inmitten grüner Felder lag. Jetzt war es ein Anachronismus, vom hektischen Strom des modernen London umflutet und vergessen, und kaum ein Mensch hätte sagen können, wo es stand, oder gar, wem es gehörte, obwohl der Eigentümer als einer der reichsten Männer der Welt bekannt war. Aber Geld kann Publizität nicht nur fördern, sondern auch unterdrücken. Benedict Farley, dieser exzentrische Millionär, zog es vor, die Wahl seiner Residenz nicht an die große Glocke zu hängen. Er selbst ließ sich selten in der Öffentlichkeit sehen. Von Zeit zu Zeit erschien er bei Vorstandssitzungen oder Konferenzen, wo er mit seiner hageren Figur, seiner Hakennase und seiner krächzenden Stimme die versammelten Direktoren mit Leichtigkeit beherrschte. Abgesehen davon war er eine wohlbekannte Persönlichkeit. Man hörte von seiner seltsamen Knauserigkeit und seiner unglaublichen Großmut und auch von seltsamen Eigenheiten – von seinem berühmten Flikkenschlafrock, der jetzt achtundzwanzig Jahre alt sein sollte, seiner unveränderlichen Diät von Kohlsuppe und Kaviar, seiner Abscheu vor Katzen. Alles dieses war dem Publikum bekannt.

Hercule Poirot war es ebenfalls zu Ohren gekommen. Aber das war auch alles, was er von dem Mann wußte, dem er gerade einen Besuch abstatten wollte. Der Brief, der in seiner Manteltasche steckte, verriet ihm nicht viel mehr.

Nachdem er dieses melancholische Wahrzeichen eines vergangenen Zeitalters eine Weile schweigend gemustert hatte, stieg er die Stufen zur Haustür empor und drückte auf die Klingel, wobei er einen Blick auf die elegante Armbanduhr warf, die endlich seine alte geliebte «Kartoffel» aus früheren Tagen ersetzt hatte. Ja, es war genau halb zehn. Wie immer war Poirot auf die Minute pünktlich.

Die Tür öffnete sich genau nach der angemessenen Zeitspanne, und ein vollkommenes Exemplar des Genus «Butler» hob sich von der erleuchteten Halle ab.

«Mr. Benedict Farley?» fragte Hercule Poirot.

Der unpersönliche Blick musterte ihn von Kopf bis Fuß, nicht verletzend, aber gründlich.

«Werden Sie erwartet, Sir?» erkundigte sich die glatte Stimme.

«Ja.»

«Wie lautet Ihr Name, Sir?»

«Monsieur Hercule Poirot.»

Mit einer Verbeugung trat der Butler zur Seite, und Hercule Poirot betrat das Haus. Der Butler schloß die Tür hinter ihm.

Aber es war noch eine weitere Formalität zu erledigen, ehe die geschickten Hände dem Besucher Stock und Hut abnahmen.

«Sie werden verzeihen, Sir. Aber ich sollte mir einen Brief zeigen lassen.»

Bedächtig nahm Poirot den gefalteten Brief aus seiner Tasche und reichte ihn dem Butler. Dieser warf einen flüchtigen Blick darauf und gab ihn mit einer Verbeugung zurück. Hercule Poirot steckte ihn wieder ein. Der Inhalt lautete knapp:

Northway House, W. 8

Sehr geehrter Mr. Poirot,
Mr. Benedict Farley möchte gern Ihren Rat in Anspruch nehmen. Wenn es Ihnen paßt, würde er es begrüßen, wenn Sie morgen, Donnerstag, um 21.30 Uhr bei ihm an der obengenannten Adresse vorsprechen würden.

Hochachtungsvoll
Hugo Cornworthy
(Sekretär)

P.S. Bringen Sie bitte diesen Brief mit.

Gewandt nahm der Butler Poirot Hut, Stock und Mantel ab und sagte: «Gestatten Sie, daß ich Sie nach oben in Mr. Cornworthys Zimmer bringe.»

Mit diesen Worten stieg er die breite Treppe hinauf, und Poirot folgte ihm, wobei seine Augen voller Wohlgefallen auf solchen Kunstgegenständen ruhten, die einen üppigen, überladenen Charakter hatten. Sein eigener Kunstgeschmack war stets etwas zurückhaltender gewesen.

Im ersten Stock klopfte der Butler an eine Tür.

Hercule Poirot zog die Augenbrauen ein wenig in die Höhe. Dies war der erste Mißklang. Denn die besten Butler klopfen nicht an – und dennoch handelte es sich hier zweifellos um einen erstklassigen Butler.

Es war sozusagen der erste Kontakt mit dem exzentrischen Wesen eines Millionärs.

Eine Stimme ertönte aus dem Inneren, und der Butler öffnete die Tür. Gleichzeitig meldete er (und wiederum spürte Poirot ein absichtliches Abweichen vom Althergebrachten):

«Der Herr, den Sie erwarten, Sir.»

Poirot trat ins Zimmer. Es war ein ziemlich großer, einfach und praktisch ausgestatteter Raum, der Ablageschränke, einige Sessel und einen großen, imposanten, mit sorgfältig geordneten Papieren bedeckten Schreibtisch enthielt. Die Ecken des Raumes waren in Dämmerlicht gehüllt, denn das einzige Licht kam von einer großen, grünbeschirmten Leselampe, die auf einem kleinen Tisch neben einem der Sessel stand. Sie war so gestellt, daß ihr voller Lichtschein auf jeden fiel, der sich von der Tür her näherte. Hercule Poirot blinzelte ein wenig in dem grellen Licht. Im Sessel saß eine dünne Gestalt in einem Flickenschlafrock – Benedict Farley. Den Kopf hatte er in charakteristischer Haltung vorgestreckt, und die Hakennase ragte hervor wie der Schnabel eines Vogels. Eine weiße Haarmähne erhob sich wie der Kamm eines Kakadus über seiner Stirn. Seine Augen glitzerten hinter dicken Gläsern, als er seinen Besucher mißtrauisch aufs Korn nahm.

«He», sagte er schließlich, und seine krächzende Stimme klang schrill und barsch. «Sie sind also Hercule Poirot, he?»

«Zu Diensten», erwiderte Poirot höflich und verbeugte sich.

«Nehmen Sie Platz, nehmen Sie Platz», sagte der alte Mann gereizt.

Hercule Poirot nahm Platz – im grellen Schein der Lampe.

Aus dem Schatten hinter der Lampe heraus schien der alte Mann ihn aufmerksam zu studieren.

«Wie kann ich wissen, daß Sie Hercule Poirot sind, he?» fragte er verdrießlich. «Sagen Sie mir das mal.»

Abermals zog Poirot den Brief aus der Tasche und reichte ihn Farley.

«Ja», gab der Millionär grollend zu. «Stimmt. Das habe ich durch Cornworthy schreiben lassen.» Damit faltete er den Brief zusammen und warf ihn zurück. «Sie sind also der Knabe, ja?»

Mit einer kleinen Geste sagte Poirot:

«Ich versichere Ihnen, es handelt sich um keine Täuschung.»

Benedict Farley kicherte plötzlich.

«Das behauptet der Taschenspieler ebenfalls, ehe er die Karnickel aus dem Hut nimmt. Dieser Ausspruch gehört mit zum Trick.»

Poirot erwiderte nichts darauf. Farley sagte plötzlich:

«Sie halten mich wohl für einen mißtrauischen alten Mann, wie? Das bin ich auch. Traue keinem! Das ist mein Motto. Man kann auch niemandem trauen, wenn man reich ist. Nein, nein, das geht nicht.»

«Sie wünschten mich zu konsultieren», mahnte Poirot sanft.

«Ganz recht. Kaufe immer das Beste. Das ist mein Motto. Gehe zum Fachmann ohne Rücksicht auf die Kosten. Es ist Ihnen sicher aufgefallen, Monsieur Poirot, daß ich nicht nach Ihrem Honorar gefragt habe. Das werde ich auch nicht tun. Schicken Sie mir später die Rechnung – ich werde schon keine Umstände machen. Diese Idioten in der Molkerei bildeten sich ein, mir zwei neun für Eier berechnen zu können, während der Marktpreis zwei sieben ist – diese Schwindlerbande! Ich lasse mich nicht beschwindeln. Aber mit dem Mann an der Spitze ist es anders. Er ist das Geld wert. Ich stehe selbst an der Spitze. Ich weiß Bescheid.»

Hercule Poirot erwiderte auch hierauf nichts. Er hörte aufmerksam zu, den Körper ein wenig zur Seite geneigt.

Hinter seiner unbeweglichen Fassade verbarg er eine gewisse Enttäuschung. Er konnte nicht genau sagen, worum es eigentlich ging. Soweit hatte sich Benedict Farley charaktergetreu aufgeführt – das heißt, er hatte der volkstümlichen Vorstellung entsprochen, und doch war Poirot enttäuscht.

Dieser Mann, sagte er sich, ist ein Scharlatan, nichts weiter als ein Scharlatan!

Er hatte andere Millionäre gekannt, die auch exzentrisch waren. Aber in beinahe jedem Fall hatte er eine gewisse Kraft gespürt, eine innere Energie, die Achtung gebot. Wenn sie einen Flickenschlafrock getragen hätten, so hätten sie es getan, weil sie einen solchen Schlafrock gern trugen. Doch Benedict Farleys Schlafrock war in erster Linie – so schien es

Poirot jedenfalls – ein Bühnenrequisit. Und der Mann selbst war im wesentlichen theatralisch.

Jedes Wort, das er äußerte, war die reinste Effekthascherei; davon war Poirot überzeugt.

Er wiederholte nochmals kühl: «Sie wünschten mich zu konsultieren, Mr. Farley.»

Das Verhalten des Millionärs erfuhr eine plötzliche Änderung. Er beugte sich vor, und seine Stimme sank zu einem heiseren Geflüster herab.

«Ja. Ja. Ich möchte hören, was Sie zu sagen haben, was Sie denken ... Geh an die Spitze! Das ist meine Art! Nimm den besten Arzt, den besten Detektiv – die beiden zusammen müssen es schaffen.»

«Noch weiß ich nicht, Monsieur, worum es geht.»

«Natürlich nicht», fauchte Farley. «Ich habe Ihnen ja noch nichts gesagt.»

Er beugte sich abermals vor und platzte mit einer unvermittelten Frage heraus.

«Was wissen Sie, Monsieur Poirot, von Träumen?»

Poirot war erstaunt. Eine solche Frage hatte er auf keinen Fall erwartet.

«Dafür, Mr. Farley, möchte ich Ihnen Napoleons *Buch der Träume* oder den neuesten Psychologen aus der Harley Street empfehlen.»

Nüchtern erwiderte Farley: «Ich habe es mit beiden versucht.» Nach einer kleinen Pause fuhr der Millionär fort, zunächst im Flüsterton und dann mit einer immer heller werdenden Stimme.

«Es ist der gleiche Traum, Nacht für Nacht. Und ich fürchte mich, ich sage Ihnen, ich fürchte mich. Es ist immer das gleiche. Ich bin nebenan in meinem Zimmer. Ich sitze am Schreibtisch und schreibe. Es ist eine Uhr vorhanden. Mein Blick fällt darauf, und ich sehe die Zeit: genau achtundzwanzig Minuten nach drei. Immer die gleiche Zeit, verstehen Sie. *Und wenn ich die Zeit sehe, Monsieur Poirot, weiß ich, daß ich es tun muß.* Ich will es nicht tun, ich verabscheue es, aber ich muß es tun ...»

Seine Stimme war ganz schrill geworden.

Unbeirrt fragte Poirot: «Und was müssen Sie unbedingt tun?»

«Um achtundzwanzig Minuten nach drei», erwiderte Benedict Farley heiser, «öffne ich die zweite Schublade von oben an der rechten Seite meines Schreibtisches, nehme den Revolver heraus, den ich dort liegen habe, lade ihn und trete ans Fenster. Und dann ... und dann ...»

«Ja?»

Im Flüsterton sagte Benedict Farley:

«Dann erschieße ich mich.»

Schweigen. Nach einer Weile sagte Poirot:

«Und das ist Ihr Traum?»

«Ja.»

«Jede Nacht der gleiche?»

«Ja.»

«Was geschieht, nachdem Sie sich erschossen haben?»

«Ich wache auf.»

Poirot nickte langsam und nachdenklich vor sich hin.

«Haben Sie eigentlich einen Revolver in dieser besonderen Schublade? Es würde mich interessieren.»

«Ja.»

«Warum?»

«Aus alter Gewohnheit. Man muß auf alles vorbereitet sein.»

«Worauf, zum Beispiel?»

Gereizt erwiderte Farley:

«Ein Mann in meiner Stellung muß auf der Hut sein. Alle reichen Leute haben Feinde.»

Poirot verfolgte das Thema nicht weiter. Er schwieg eine Weile und fragte dann:

«Warum haben Sie mich eigentlich kommen lassen?»

«Das will ich Ihnen sagen. Zuerst konsultierte ich einen Arzt – drei Ärzte, genauer gesagt.»

«Und was sagten sie?»

«Der erste setzte mir auseinander, daß es nur eine Diätfrage sei. Es war ein älterer Mann. Der zweite war jung und gehörte der modernen Richtung an. Er versicherte mir, daß der ganzen Geschichte ein gewisses Ereignis meiner Kindheit zugrunde liege, das um diese besondere Zeit – drei Uhr achtundzwanzig – stattfand. Ich sei so fest entschlossen, mich nicht an dieses Ereignis zu erinnern, daß ich es durch meinen Selbstmord symbolisierte. Das ist seine Erklärung.»

«Und der dritte Arzt?» fragte Poirot.

Benedict Farleys Stimme schrillte vor Zorn.

«Er ist ebenfalls ein junger Mann und hat eine geradezu lächerliche Theorie. Er behauptet, daß ich selbst des Lebens überdrüssig sei, daß mein Leben mir so unerträglich erscheine, daß ich es vorsätzlich zu beenden wünschte! Aber da die Anerkennung dieser Tatsache gleichbedeutend sei mit dem Eingeständnis, daß ich im wesentlichen versagt hätte, weigerte ich mich im Wachzustande, der Wahrheit ins Auge zu sehen. Doch wenn ich schliefe, würden alle Hemmungen beseitigt, und ich führte das aus, was ich in Wirklichkeit zu tun wünschte. Ich machte meinem Dasein ein Ende.»

«Dann ist er also der Ansicht, daß Sie, ohne es zu wissen, Selbstmord begehen möchten, nicht wahr?» sagte Poirot.

Benedict Farley erwiderte schrill:

«Und das ist unmöglich – unmöglich! Ich bin durchaus glücklich! Ich habe alles, was ich mir wünsche, alles, was man mit Geld kaufen kann! Es ist phantastisch, einfach unglaublich, so etwas überhaupt anzudeuten!»

Poirot betrachtete sein Gegenüber voller Interesse. Vielleicht sagte ihm etwas in dem ganzen Gebaren – die zitternden Hände, die bebende, schrille Stimme –, daß die Beteuerungen *zu* heftig und damit an sich schon verdächtig seien. Aber er begnügte sich mit der Bemerkung:

«Und was habe ich mit alledem zu tun, Monsieur?»

Benedict Farley beruhigte sich plötzlich wieder und klopfte nachdrücklich mit dem Finger auf den neben ihm stehenden Tisch.

«Es besteht noch eine andere Möglichkeit. Und wenn etwas dran sein sollte, sind Sie der Mann, der damit fertig werden kann! Sie sind berühmt. Sie haben Hunderte von Fällen bearbeitet – phantastische, unwahrscheinliche Fälle! Sie würden es wissen, wenn es irgend jemand täte.»

«Wovon reden Sie eigentlich?»

Farleys Stimme sank zu leisem Geflüster herab.

«Nehmen wir einmal an, daß jemand mich töten will ... Könnte er es auf diese Weise tun? Könnte er bewirken, daß ich Nacht für Nacht diesen Traum habe?»

«Durch Hypnose, meinen Sie?»

«Ja.»

Hercule Poirot überlegte eine Weile.

«Möglich wäre es vielleicht, nehme ich an», sagte er schließlich. «Aber ein Arzt könnte Ihnen diese Frage besser beantworten.»

«Ist Ihnen ein derartiger Fall noch nicht vorgekommen?»

«Nein, nicht gerade in dieser Form.»

«Sie sehen aber doch, worauf ich hinauswill. Man veranlaßt mich, den gleichen Traum Nacht für Nacht, Nacht für Nacht zu träumen – und dann – eines Tages wird mir diese Suggestion zuviel, und ich setze sie in die Tat um. Ich tue, was ich so oft geträumt habe – ich töte mich!»

Langsam schüttelte Hercule Poirot den Kopf.

«Sie halten es für unmöglich?» fragte Farley.

«Unmöglich?» Poirot schüttelte abermals den Kopf. «Mit diesem Wort habe ich nicht gern zu tun.»

«Aber Sie halten es für unwahrscheinlich?»

«Höchst unwahrscheinlich.»

Benedict Farley murmelte leise: «Der Arzt war derselben Meinung.» Dann hob sich seine Stimme wieder, und er fragte: «Aber warum habe ich diesen Traum? Warum? Warum nur?»

Hercule Poirot schüttelte den Kopf, und Benedict Farley sagte unvermittelt:

«Sind Sie ganz sicher, daß Ihnen so etwas in Ihrer Praxis noch nicht vorgekommen ist?»

«So einen Fall habe ich noch nie gehabt.»

«Das wollte ich gern wissen.»

«Gestatten Sie mir eine Frage?»

«Was ist es? Fragen Sie, was Sie wollen.»

«Wen haben Sie im Verdacht, wenn Sie sagen, daß jemand Sie töten möchte?»

«Niemanden», lautete die barsche Antwort. «Überhaupt keinen.»

«Aber der Gedanke war Ihnen doch gekommen.»

«Ich wollte nur wissen, ob die Möglichkeit existiert.»

«Nach meinen eigenen Erfahrungen zu urteilen, möchte ich sagen: nein. Sind Sie übrigens schon einmal hypnotisiert worden?»

«Natürlich nicht. Glauben Sie etwa, ich gebe mich zu solchem Unsinn her?»

«Dann kann man wohl sagen, daß Ihre Theorie ganz entschieden unwahrscheinlich ist.»

«Aber der Traum, Sie Tor, der Traum!»

«Der Traum ist sicherlich bemerkenswert», sagte Poirot nachdenklich. Er schwieg und fuhr dann fort: «Ich möchte gern den Schauplatz dieses Dramas sehen – den Tisch, die Uhr und den Revolver.»

«Aber gewiß. Kommen Sie mit ins Nebenzimmer.»

Während Farley den Schlafrock enger um sich zog, erhob sich der alte Mann halbwegs aus seinem Sessel, ließ sich dann aber wieder zurücksinken, als sei ihm plötzlich etwas eingefallen.

«Nein», erklärte er. «Es gibt dort nichts zu sehen. Ich habe Ihnen alles eingehend geschildert.»

«Aber ich möchte mich gern selbst überzeugen.»

«Durchaus nicht notwendig», sagte Farley schroff. «Sie haben mir Ihre Ansicht gesagt. Damit ist der Fall erledigt.»

Poirot zuckte die Achseln. «Wie Sie wünschen.» Er stand auf. «Ich bedaure sehr, Mr. Farley, daß ich Ihnen nicht helfen konnte.»

Benedict Farley starrte unverwandt geradeaus.

«Bin kein Freund von vielem Hokuspokus», knurrte er.

«Ich habe Sie über die Tatsachen unterrichtet, und Sie können nichts damit anfangen. Damit ist die Angelegenheit zu Ende. Sie können mir eine Rechnung über das Konsultationshonorar schicken.»

«Das werde ich nicht versäumen», erwiderte der Detektiv trocken und schritt zur Tür.

«Einen Augenblick!» rief der Millionär hinter ihm her. «Der Brief – ich möchte ihn gern haben.»

«Den Brief von Ihrem Sekretär?»

«Ja.»

Poirot machte ein erstauntes Gesicht. Er fuhr mit der Hand in die Tasche, zog einen zusammengefalteten Bogen heraus und reichte ihn dem alten Herrn, der einen prüfenden Blick darauf warf und ihn dann kopfnickend neben sich auf den Tisch legte.

Wiederum ging Hercule Poirot auf die Tür zu. Er war ziemlich verdutzt, seine rastlosen Gedanken kreisten um das, was er soeben gehört hatte. Doch mitten in seine Überlegungen hinein drängte sich ein nagendes Gefühl, daß irgend etwas nicht in Ordnung sei. Und dieses Etwas bezog sich auf ihn selbst – nicht auf Benedict Farley.

Als seine Hand schon auf dem Türgriff lag, klärten sich seine Gedanken. Ihm, Hercule Poirot, war ein Versehen unterlaufen! Er machte noch einmal kehrt.

«Ich bitte Sie tausendmal um Verzeihung! Ganz in Gedanken an Ihr Problem, habe ich eine Dummheit begangen! Dieser Brief, den ich Ihnen gegeben habe – unglücklicherweise habe ich in meine rechte Tasche gegriffen anstatt in meine linke . . .»

«Was ist los? Was reden Sie da?»

«Der Brief, den ich Ihnen soeben gegeben habe, enthält eine Entschuldigung meiner Wäscherin wegen der Behandlung meiner Kragen.» Poirot lächelte reumütig und griff in seine linke Tasche. «Dies ist *Ihr* Brief.»

Benedict Farley riß ihn knurrend an sich. «Zum Kuckuck, warum können Sie denn nicht aufpassen?»

Mit einer nochmaligen Entschuldigung nahm Poirot die Mitteilung seiner Wäscherin wieder an sich und verließ das Zimmer. Draußen auf dem Korridor blieb er eine Weile stehen. Es war eigentlich eine kleine Diele. Ihm gegenüber stand eine große alte Eichenbank mit einem langen, schmalen Tisch davor. Auf dem Tisch lagen Zeitschriften. Außerdem waren noch zwei Sessel und ein Blumentisch vorhanden. Dieses Arrangement erinnerte ihn ein wenig an das Wartezimmer eines Zahnarztes.

Unten in der Halle wartete der Butler auf ihn, um ihn zur Tür zu bringen. «Soll ich Ihnen ein Taxi besorgen, Sir?»

«Nein, danke. Es ist ein schöner Abend. Ich gehe zu Fuß.»

Hercule Poirot blieb einen Augenblick auf dem Bürgersteig stehen, wartete, bis die Straße frei war, ehe er sie überquerte.

«Nein», sagte er mit gerunzelter Stirn vor sich hin, «ich verstehe das ganz und gar nicht. Es ist ohne Sinn und Verstand. So bedauerlich dieses Eingeständnis auch ist, aber ich, Hercule Poirot, bin auf dem toten Gleis angelangt.»

Dies war sozusagen der erste Akt des Dramas. Der zweite Akt folgte eine Woche später und begann mit einem Anruf von einem Dr. med. John Stillingfleet.

Mit einem bemerkenswerten Mangel an ärztlicher Etikette sagte dieser:

«Sind Sie's, Poirot, altes Haus? Hier ist Stillingfleet.»

«Ja, mein Freund. Was gibt's denn?»

«Ich spreche von Northway House – Benedict Farleys Wohnsitz.»

«Ja?» Poirots Stimme verriet plötzliches Interesse. «Wie steht's mit Mr. Farley?»

«Farley ist tot. Hat sich heute nachmittag erschossen.»

Nach einer kleinen Pause sagte Poirot: «So, ja ...»

«Ich bemerke, daß Sie nicht gerade vor Erstaunen umsinken. Wissen Sie darüber Bescheid?»

«Wie kommen Sie zu der Annahme?»

«Nun, wir haben einen von Farley an Sie gerichteten Brief gefunden, in dem er vor etwa einer Woche eine Zusammenkunft mit Ihnen verabredete.»

«Ach so.»

«Wir haben einen zahmen Polizeiinspektor hier – man muß ja vorsichtig sein, wenn sich einer von diesen Millionären eine Kugel durch den Kopf jagt. Und wir haben uns gefragt, ob Sie wohl etwas Licht in diese Angelegenheit bringen könnten. Wenn ja, dann kommen Sie doch bitte her.»

«Ich komme sofort.»

Eine Viertelstunde später saß Poirot in der Bibliothek, einem niedrigen, langgestreckten Raum hinten im Erdgeschoß von Northway House. Es waren noch fünf andere Personen anwesend. Inspektor Barnett, Dr. Stillingfleet, Mrs. Farley, die Witwe des Millionärs, Joanna Farley, seine einzige Tochter, und sein Privatsekretär Hugo Cornworthy.

Inspektor Barnett war ein diskreter Mann von militärischer Haltung. Dr. Stillingfleet, dessen berufliches Gebaren sich von seinem Telefonstil gründlich abhob, war ein großer, langgesichtiger Mann von etwa dreißig Jahren. Mrs. Farley war offensichtlich sehr viel jünger als ihr Mann. Sie war eine hübsche, dunkelhaarige Frau. Aber sie hatte einen harten Mund, und ihre schwarzen Augen verrieten nichts von ihren Gefühlen. Joanna Farley hatte blondes Haar und ein sommersprossiges Gesicht. Die gebogene Nase und das vorspringende Kinn hatte sie deutlich von ihrem Vater geerbt. In ihren Augen lagen Intelligenz und Scharfsinn. Hugo Cornworthy war ein gutaussehender, sehr korrekt gekleideter junger Mann, der einen gescheiten und tüchtigen Eindruck machte.

Nach der üblichen Vorstellungs- und Begrüßungszeremonie schilderte Poirot schlicht und klar die Umstände seines Besuches bei Benedict Farley und wiederholte die Geschichte, die dieser ihm erzählt hatte. Er konnte sich dabei nicht über Mangel an Interesse bei seinen Zuhörern beklagen.

«Die seltsamste Geschichte, die ich je gehört habe!» erklärte der Inspektor. «Ein Traum, wie? Haben Sie auch etwas davon gewußt, Mrs. Farley?»

Sie senkte den Kopf.

«Mein Mann hat mit mir darüber gesprochen. Es hat ihn sehr beunruhigt. Ich – ich habe ihm gesagt, daß es sich wohl um eine Stoffwechselstörung handle – seine Diät war nämlich sehr merkwürdig –, und ihm vorgeschlagen, Dr. Stillingfleet zu konsultieren.»

Der junge Mann schüttelte den Kopf.

«Er hat mich aber nicht konsultiert. Aus Monsieur Poirots Worten schließe ich, daß er Harley-Street-Spezialisten zu Rate zog.»

«Über diesen Punkt möchte ich gern Ihre Meinung hören, Dr. Stillingfleet», sagte Poirot. «Was halten Sie von den Theorien, die diese drei Harley-Street-Spezialisten aufstellten?»

Stillingfleet runzelte die Stirn.

«Das läßt sich schwer sagen. Sie müssen berücksichtigen, daß das, was er Ihnen übermittelte, nicht genau das gleiche war wie das, was man ihm gesagt hatte. Es war die Interpretation eines Laien.»

«Sie meinen, er habe sich falsch ausgedrückt?»

«Nicht unbedingt. Ich will nur sagen, daß die Ärzte sich ihm gegenüber bestimmt fachmännisch ausgedrückt haben, und die Bedeutung der Worte gab er wohl ein wenig verzerrt und dann in seiner eigenen Sprache wieder.»

«Dann entsprach, also das, was er mir sagte, nicht genau den Äußerungen der Ärzte.»

«So ungefähr. Er hatte eben alles etwas oberflächlich aufgefaßt, wenn Sie mich richtig verstehen.»

Poirot nickte gedankenvoll. «Weiß man eigentlich, wen er konsultierte?» fragte er.

Mrs. Farley schüttelte den Kopf, und Joanna Farley bemerkte: «Keiner von uns hatte die leiseste Ahnung, daß er überhaupt jemanden konsultierte.»

«Hat er mit *Ihnen* über seinen Traum gesprochen?» erkundigte sich Poirot bei der Tochter.

Das Mädchen schüttelte verneinend den Kopf.

«Und mit Ihnen, Mr. Cornworthy?»

«Nein, zu mir hat er auch nichts gesagt. Er diktierte mir zwar einen Brief an Sie, aber ich hatte keine Vorstellung, warum er Sie zu sprechen wünschte.»

«Und nun zu den genauen Umständen von Mr. Farleys Tod», sagte Poirot.

Inspektor Barnett blickte Mrs. Farley und Dr. Stillingfleet fragend an und übernahm die Rolle des Sprechers.

«Mr. Farley hatte die Gewohnheit, jeden Nachmittag in seinem eigenen Zimmer im ersten Stock zu arbeiten. Wie ich höre, stand eine Fusion seiner verschiedenen Geschäftsbetriebe bevor ...»

Er blickte fragend zu Hugo Cornworthy hinüber, der erläuternd hinzusetzte: «Vereinigte Buslinien.»

«In diesem Zusammenhang», fuhr Inspektor Barnett fort, «hatte Mr. Farley sich bereit erklärt, zwei Pressevertretern ein Interview zu gewähren. Etwas, das er sehr selten tat – nur alle fünf Jahre einmal, wie ich höre. Demgemäß erschienen zwei Reporter – einer von den Associated Newsgroups und einer von den Amalgamated Press-Sheets – um ein Viertel nach drei, wie verabredet. Sie warteten im ersten Stock vor Mr. Farleys Tür – der übliche Platz für alle, die eine Verabredung mit Mr. Farley hatten. Um zwanzig nach drei erschien ein Bote vom Büro der Vereinigten Buslinien mit wichtigen Papieren. Er wurde in Mr. Farleys Zimmer geführt, wo er ihm die Dokumente aushändigte. Mr. Farley begleitete ihn zur Tür und sprach dort mit den beiden Pressevertretern. Er sagte:

‹Es tut mir leid, meine Herren, daß ich Sie warten lassen muß, aber ich habe eine dringende Sache zu erledigen. Ich werde mich nach Möglichkeit beeilen.›

Die beiden Herren, Mr. Adams und Mr. Stoddart, versicherten Mr. Farley, daß es ihnen nichts ausmache, zu warten.

Er ging dann ins Zimmer zurück, schloß die Tür – und wurde lebend nicht wieder gesehen!»

«Fahren Sie bitte fort», bat Poirot.

«Kurz nach vier Uhr», berichtete der Inspektor weiter, «kam Mr. Cornworthy aus seinem Zimmer, das neben Mr. Farleys Raum liegt, und sah zu seiner Überraschung, daß die beiden Reporter immer noch warteten. Er brauchte Mr. Farleys Unterschrift für einige Briefe und hielt es auch für angebracht, ihn an diese beiden Herren zu erinnern. Also ging er in Mr. Farleys Raum. Zu seinem Erstaunen konnte er Mr. Farley zunächst gar nicht sehen und nahm schon an, der Raum sei leer. Dann fiel sein Blick auf einen Schuh, der hinter dem Schreibtisch hervorragte – dieser steht quer vor dem Fenster. Er ging rasch hinüber und entdeckte Mr. Farley tot am Boden und neben ihm einen Revolver.

Mr. Cornworthy verließ rasch das Zimmer und wies den Butler an, Dr. Stillingfleet telefonisch herbeizurufen. Auf Anraten des Arztes benachrichtigte Mr. Cornworthy auch die Polizei.»

«Wurde der Schuß nicht gehört?»

«Nein. Der Verkehr ist hier sehr laut, und das Fenster auf dem Treppenabsatz war offen. Bei dem vielen Gehupe und dem Donnern der Lastwagen war es ein Ding der Unmöglichkeit.»

Poirot nickte nachdenklich. «Wann ist er vermutlich gestorben?»

Stillingfleet erwiderte:

«Ich habe die Leiche sofort nach meiner Ankunft untersucht, und das war zweiunddreißig Minuten nach vier. Mr. Farley war da seit mindestens einer Stunde tot.»

Poirots Gesicht hatte einen sehr ernsten Ausdruck.

«Dann erscheint es also durchaus möglich, daß der Tod um die Zeit, die er mir gegenüber erwähnte, eingetreten ist – nämlich um achtundzwanzig Minuten nach drei.»

«Ganz recht», sagte Stillingfleet.

«Sind Fingerabdrücke auf dem Revolver?»

«Ja, seine eigenen.»
«Und der Revolver selbst?»
Der Inspektor schaltete sich wieder ein.
«War derjenige, den er in der zweiten Schublade an der rechten Seite seines Schreibtisches aufbewahrte, wie er Ihnen gesagt hatte. Mrs. Farley hat ihn mit Bestimmtheit identifiziert. Außerdem hat der Raum nur einen Zugang, nämlich die Tür zur Diele. Die beiden Reporter saßen dieser Tür direkt gegenüber, und sie schwören, daß niemand das Zimmer betreten hat von dem Augenblick an, als Mr. Farley mit ihnen sprach, bis Mr. Cornworthy kurz nach vier hineinging.»
«So daß man mit Sicherheit annehmen kann, daß Mr. Farley Selbstmord begangen hat.»
Inspektor Barnett lächelte ein wenig.
«Daran wäre überhaupt nicht gezweifelt worden, wenn man nicht etwas entdeckt hätte.»
«Und was war das?»
«Der an Sie gerichtete Brief.»
Poirot lächelte ebenfalls.
«Ich verstehe! Wo Hercule Poirot beteiligt ist, da erhebt sich sofort ein Mordverdacht!»
«Ganz recht», bestätigte der Inspektor trocken. «Nachdem Sie jedoch die Situation geklärt haben –»
«Einen kleinen Augenblick», unterbrach ihn Poirot und wandte sich dann an Mrs. Farley. «Ist Ihr Gatte jemals hypnotisiert worden?»
«Niemals.»
«Hatte er die Frage der Hypnose studiert? Interessierte er sich dafür?»
«Ich glaube nicht.» Plötzlich schien sie ihre Selbstbeherrschung zu verlieren. «Dieser gräßliche Traum! Es ist unheimlich! Daß er das Nacht für Nacht geträumt hat – und dann – es ist beinahe, als wäre er – zu Tode *gehetzt* worden!»
Poirot erinnerte sich daran, wie Benedict Farley gesagt hatte: *«Ich führe das aus, was ich in Wirklichkeit zu tun wünsche. Ich mache meinem Dasein ein Ende.»*

Er sagte:

«Ist Ihnen je der Gedanke gekommen, daß Ihr Mann die Versuchung spürte, sich das Leben zu nehmen?»

«Nein – das heißt, manchmal war er sehr merkwürdig ...»

Joanna Farleys Stimme ertönte plötzlich, klar und verächtlich.

«Vater hätte sich niemals das Leben genommen. Er war viel zu sehr auf sein Wohlergehen bedacht.»

Dr. Stillingfleet fügte hinzu:

«Wissen Sie, Miss Farley, die Menschen, die immer mit Selbstmord drohen, begehen diese Tat gewöhnlich nicht. Daher erscheint mancher Selbstmord so unbegreiflich.»

Poirot erhob sich.

«Ist es gestattet», fragte er, «daß ich den Raum sehe, wo die Tragödie stattfand?»

«Gewiß. Dr. Stillingfleet wird Sie vielleicht begleiten.»

Der Arzt erhob sich und ging mit Poirot nach oben.

Benedict Farleys Zimmer war bedeutend größer als das des Sekretärs nebenan. Es war luxuriös ausgestattet mit tiefen Ledersesseln, einem dicken Veloursteppich und einem prachtvollen, riesigen Schreibtisch.

Poirot trat hinter den Schreibtisch, wo gerade vor dem Fenster ein dunkler Fleck auf dem Teppich zu sehen war. In Gedanken hörte er den Millionär sagen: *«Achtundzwanzig Minuten nach drei öffne ich die zweite Schublade rechts in meinem Schreibtisch, nehme den Revolver heraus, den ich dort liegen habe, lade ihn und trete ans Fenster. Und dann – und dann erschieße ich mich.»*

Poirot nickte langsam vor sich hin und sagte:

«Stand das Fenster offen, wie jetzt?»

«Ja. Aber niemand hätte auf diese Weise eindringen können.»

Poirot blickte hinaus. Es war nichts zu sehen: keine Fensterbank, kein Vorsprung, keine Dachrinne. Nicht einmal eine Katze hätte sich hereinschleichen können. Gegenüber erhob sich die glatte Wand des Fabrikgebäudes – eine blinde Wand ohne Fenster.

«Seltsam», meinte Stillingfleet, «daß ein reicher Mann sich einen Raum mit solcher Aussicht als Arbeitszimmer gewählt hatte. Es ist ja, als ob man auf eine Gefängniswand blickte.»

«Ja», stimmte ihm Poirot zu, während er den Kopf zurückzog und auf die öde Backsteinfläche starrte. «Ich glaube, daß die Wand eine wichtige Rolle spielt.»

«Meinen Sie – vom psychologischen Standpunkt aus?»

Poirot war inzwischen an den Schreibtisch getreten. Scheinbar müßig nahm er eine sogenannte Faulenzerzange in die Hand. Er preßte die Griffe zusammen, und die Zange schoß in ihrer ganzen Länge heraus. Sorgfältig hob er damit ein abgebranntes Streichholz vom Boden auf, das in einiger Entfernung neben einem Sessel lag, und beförderte es geschickt in den Papierkorb.

«Eine geistreiche Erfindung», murmelte Hercule Poirot und legte die Zange wieder säuberlich auf den Schreibtisch. Dann setzte er hinzu: «Wo waren Mrs. Farley und Miss Farley zur Zeit des – Todes?»

«Mrs. Farley ruhte in ihrem Zimmer, das im nächsten Stockwerk liegt, und Miss Farley malte in ihrem Atelier ganz oben im Haus.»

Hercule Poirot trommelte eine Zeitlang mit den Fingern auf den Tisch. Dann sagte er:

«Ich möchte gern mit Miss Farley sprechen. Würden Sie sie bitten, für einen Augenblick hierherzukommen?»

Stillingfleet blickte ihn neugierig an und verließ dann das Zimmer. Bald darauf öffnete sich die Tür, und Joanna Farley kam herein.

«Sie haben hoffentlich nichts dagegen, Mademoiselle, wenn ich ein paar Fragen an Sie richte?»

Sie schenkte ihm einen kühlen Blick.

«Bitte, fragen Sie, was Sie wollen.»

«Haben Sie gewußt, daß Ihr Vater einen Revolver in seinem Schreibtisch aufbewahrte?»

«Nein.»

«Wo waren Sie und Ihre Mutter – oder vielmehr Ihre Stiefmutter – stimmt's?»

«Ja, Louise ist die zweite Frau meines Vaters. Sie ist nur acht Jahre älter als ich. Was wollten Sie noch sagen?»

«Wo waren Sie und Ihre Stiefmutter am Donnerstag abend in der vergangenen Woche?»

Sie überlegte eine Weile. «Donnerstag? Einen Augenblick. Ach ja, wir waren im Theater.»

«Und Ihr Vater hatte keine Lust, sich Ihnen anzuschließen?»

«Mein Vater ging nie ins Theater.»

«Womit befaßte er sich abends gewöhnlich?»

«Er saß hier in seinem Zimmer und las.»

«Er war wohl nicht sehr gesellig, wie?»

Joanna Farley blickte ihm fest in die Augen.

«Mein Vater», erklärte sie, «hatte ein seltsames Wesen. Niemand, der in enger Gemeinschaft mit ihm lebte, konnte ihn irgendwie gern haben.»

«Das, Mademoiselle, ist ein sehr offenes Eingeständnis.»

«Ich erspare Ihnen Zeit, Monsieur Poirot. Ich weiß sehr wohl, worauf Sie hinauswollen. Meine Stiefmutter hat meinen Vater seines Geldes wegen geheiratet, ich wohne hier, weil ich kein Geld habe, um anderswo ein Domizil aufzuschlagen. Ich kenne einen Mann, den ich heiraten möchte. Es ist ein armer Mann. Mein Vater sorgte dafür, daß er seinen Posten verlor. Er wünschte nämlich, daß ich eine gute Partie machte – was ja nicht schwer war, da ich seine Erbin sein sollte!»

«Erben Sie das Vermögen Ihres Vaters?»

«Ja. Das heißt, er hat Louise, meiner Stiefmutter, eine Viertelmillion Pfund steuerfrei hinterlassen, und es sind noch einige andere Vermächtnisse vorhanden, aber die Universalerbin bin ich.» Sie lächelte plötzlich. «Sie sehen also, Monsieur Poirot, daß ich allen Grund hatte, den Tod meines Vaters herbeizusehnen.»

«Ich sehe, Mademoiselle, daß Sie den kühlen Verstand und die Intelligenz Ihres Vaters geerbt haben.»

Nachdenklich meinte sie:

«Ja, Vater war klug. Man spürte in seiner Gegenwart die gewaltige Triebkraft, die in ihm steckte. Nur hatte sich alles in Kälte und Bitterkeit verwandelt. Alle menschlichen Gefühle waren atrophiert . . .»

Hercule Poirot sagte leise vor sich hin: «*Grand Dieu*, was für ein Dummkopf war ich doch!»

Joanna Farley wandte sich zum Gehen.

«Möchten Sie sonst noch etwas wissen?»

«Zwei kleine Fragen. Diese Zange hier» – er nahm die Faulenzerzange in die Hand –, «lag sie immer auf diesem Schreibtisch?»

«Ja. Vater bückte sich nicht gern.»

«Und nun die zweite Frage. Konnte Ihr Vater gut sehen?»

«Oh – er konnte überhaupt nicht sehen – ich meine, nicht ohne seine Brille. Seine Augen waren immer schlecht, schon von Kindheit an.»

«Aber mit der Brille?»

«Damit sah er natürlich ganz gut.»

«Konnte er Zeitungen und Kleingedrucktes lesen?»

«Doch, ja.»

«Das wäre alles, Mademoiselle.»

Sie verließ das Zimmer.

Poirot murmelte:

«Ich war ja dumm. Die ganze Zeit über hatte ich es direkt vor der Nase. Aber man sieht ja bekanntlich den Wald vor lauter Bäumen nicht.»

Noch einmal lehnte er sich aus dem Fenster. Da unten, auf dem schmalen Weg zwischen dem Haus und der Fabrik, sah er einen kleinen, dunklen Gegenstand.

Hercule Poirot nickte befriedigt und begab sich wieder zurück.

Die anderen saßen immer noch in der Bibliothek, und Poirot wandte sich an den Sekretär.

«Mr. Cornworthy, ich möchte, daß Sie mir die näheren Umstände schildern, die mit Mr. Farleys Aufforderung an mich verknüpft waren. Wann hat Mr. Farley, zum Beispiel, den Brief diktiert?»

«Mittwoch nachmittag – gegen halb sechs, soweit ich mich erinnere.»

«Haben Sie besondere Anweisungen für das Absenden erhalten?»

«Er bat mich, ihn selbst in den Briefkasten zu werfen.»

«Und haben Sie das getan?»

«Ja.»

«Hat er dem Butler besondere Instruktionen für meinen Empfang erteilt?»

«Ja. Er ließ Holmes – so heißt der Butler – durch mich bestellen, daß er um neun Uhr dreißig den Besuch eines Herrn erwarte. Der Butler sollte sich nach dem Namen erkundigen und sich auch den Brief zeigen lassen.»

«Ziemlich seltsame Vorsichtsmaßregeln.»

Cornworthy zuckte die Achseln. «Mr. Farley», sagte er gemessen, «war ein ziemlich seltsamer Mensch.»

«Erhielten Sie noch andere Anweisungen?»

«Ja. Er trug mir auf, mir für diesen Abend freizunehmen.»

«Haben Sie das getan?»

«Ja, ich bin sofort nach dem Essen ins Kino gegangen.»

«Wann sind Sie zurückgekehrt?»

«Gegen ein Viertel nach elf war ich wieder im Haus.»

«Haben Sie Mr. Farley an diesem Abend noch gesehen?»

«Nein.»

«Und am nächsten Morgen hat er die Angelegenheit auch nicht erwähnt?»

«Nein.»

Poirot wartete einen Augenblick und fuhr dann fort:

«Als ich kam, wurde ich nicht in Mr. Farleys eigenes Zimmer geführt.»

«Nein. Er ließ Holmes durch mich ausrichten, daß er Sie in mein Zimmer führen solle.»

«Warum eigentlich? Wissen Sie das?»

Cornworthy schüttelte den Kopf.

«Ich habe Mr. Farley nie nach dem Grund seiner Anordnungen gefragt», sagte er trocken. «Das hätte er mir sehr übelgenommen.»

«Hat er Besucher gewöhnlich in seinem eigenen Zimmer empfangen?»

«Meistens, aber nicht immer. Manchmal sprach er mit ihnen in meinem Zimmer.»

«War ein besonderer Grund dafür vorhanden?»

Hugo Cornworthy überlegte.

«Nein. Ich glaube kaum. Ich habe eigentlich nie darüber nachgedacht.»

Poirot wandte sich an Mrs. Farley.

«Gestatten Sie, daß ich nach Ihrem Butler klingle?»

«Gewiß, Monsieur Poirot.»

Sehr korrekt, sehr höflich erschien der Butler auf das Klingelzeichen hin. «Sie haben geläutet, Madam?»

Mrs. Farley deutete auf Poirot, und Holmes fragte höflich:

«Ja, Sir?»

«Wie lauteten Ihre Instruktionen, Holmes, am Donnerstag abend, als ich hierherkam?»

Holmes räusperte sich und sagte:

«Nach dem Essen sagte mir Mr. Cornworthy, daß Mr. Farley um neun Uhr dreißig einen Mr. Hercule Poirot erwarte. Ich sollte den Herrn nach seinem Namen fragen und mir diese Angaben durch das Vorzeigen eines Briefes bestätigen lassen. Dann sollte ich ihn in Mr. Cornworthys Zimmer bringen.»

«Hat man Ihnen auch aufgetragen, an die Tür zu klopfen?»

Ein Ausdruck des Mißfallens huschte über das Gesicht des Butlers.

«Das hatte Mr. Farley angeordnet. Ich sollte immer anklopfen, wenn ich Besucher brachte – das heißt, Besucher, die in geschäftlicher Angelegenheit kamen.»

«Ach so. Darüber hatte ich mir schon den Kopf zerbrochen. Hatten Sie sonst noch Anweisungen für mich erhalten?»

«Nein, Sir. Nachdem Mr. Cornworthy mir diese Anordnungen übermittelt hatte, ging er aus.»

«Um welche Zeit war das?»

«Zehn Minuten vor neun, Sir.»

«Haben Sie Mr. Farley nach dieser Zeit noch gesehen?»

«Ja, Sir. Um neun Uhr brachte ich ihm, wie üblich, ein Glas heißes Wasser.»

«War er da in seinem eigenen oder in Mr. Cornworthys Zimmer?»

«Er saß in seinem eigenen Zimmer, Sir.»

«Haben Sie irgend etwas Ungewöhnliches in seinem Zimmer bemerkt?»

«Etwas Ungewöhnliches? Nein, Sir.»

«Wo hielten sich Mrs. Farley und Miss Farley auf?»

«Sie waren ins Theater gegangen, Sir.»

«Vielen Dank, Holmes, das ist alles.»

Holmes verbeugte sich und verließ das Zimmer. Poirot wandte sich an die Witwe des Millionärs.

«Noch eine Frage, bitte, Mrs. Farley. Hatte Ihr Gatte gute Augen?»

«Nein, ohne Brille konnte er nicht viel sehen.»

«War er sehr kurzsichtig?»

«O ja, ohne Brille war er ganz hilflos.»

«Besaß er mehrere Brillen?»

«Ja.»

«Aha», sagte Poirot und lehnte sich im Sessel zurück. «Damit wäre der Fall wohl abgeschlossen.»

Im Raum herrschte tiefes Schweigen. Alle blickten auf den kleinen Mann, der da so selbstzufrieden im Sessel saß und seinen Schnurrbart zwirbelte. Im Gesicht des Inspektors zeigte sich Verwirrung. Dr. Stillingfleet runzelte die Stirn. Cornworthy starrte ihn verständnislos an. In Mrs. Farleys Blick lag ein verblüfftes Staunen. Joannas Augen sprachen von regem Interesse. Mrs. Farley brach das Schweigen.

«Ich verstehe Sie nicht, Monsieur Poirot.» Ihre Stimme klang etwas ungehalten. «Dieser Traum . . .»

«Ja», sagte Poirot. «Der Traum war sehr wichtig.»

Mrs. Farley erschauderte. Sie sagte:

«Bis dahin habe ich nie an übernatürliche Kräfte geglaubt, aber jetzt – Nacht für Nacht vorher davon zu träumen.»

«Es ist ungewöhnlich», bemerkte Stillingfleet. «Wirklich höchst seltsam! Wenn wir uns nicht auf Ihr Wort verlassen könnten, Poirot, und wenn Sie es nicht aus dem Munde des Propheten selber hätten ...» Er räusperte sich verlegen. «Ich bitte vielmals um Verzeihung, Mrs. Farley. Ich meine, wenn Mr. Farley die Geschichte nicht selbst erzählt hätte ...»

«Richtig», warf Poirot ein. Seine bis dahin halbgeschlossenen Augen öffneten sich plötzlich weit. Sie schimmerten sehr grün. *«Wenn Benedict Farley es mir nicht gesagt hätte ...»*

Er ließ eine kleine Pause eintreten und blickte sich im Kreise der verblüfften Gesichter um.

«Wissen Sie, es gab da manches an jenem Abend, das ich mir nicht zu erklären vermochte. Zunächst einmal: Warum wurde so großer Wert darauf gelegt, daß ich den Brief mitbringen sollte?»

«Wegen der Identifizierung», meinte Cornworthy.

«Nein, nein, mein lieber junger Mann. Diese Idee ist wirklich zu lächerlich. Es muß schon ein viel triftigerer Grund dahinterstecken. Denn nicht nur wünschte Mr. Farley, daß ich den Brief vorzeigen sollte, sondern ich mußte ihn sogar bei ihm zurücklassen. Und selbst dann hat er ihn noch nicht zerrissen! Er ist heute nachmittag unter seinen Papieren gefunden worden. Warum bewahrte er ihn auf?»

Joanna Farleys Stimme ließ sich vernehmen.

«Weil er wünschte, daß die näheren Umstände dieses seltsamen Traumes an die Öffentlichkeit gelangten, falls ihm etwas zustieß.»

«Sie sind scharfsinnig, Mademoiselle. Das allein kann der Grund sein, weshalb er den Brief aufbewahrt hat. Wenn Mr. Farley tot sein würde, dann sollte die Geschichte dieses seltsamen Traumes erzählt werden! Der Traum spielte eine sehr wichtige Rolle. Er war von ausschlaggebender Bedeutung!

Ich komme jetzt», fuhr er fort, «zum zweiten Punkt. Nachdem Mr. Farley mir seine Geschichte erzählt hatte, bat ich ihn, mir den Schreibtisch und den Revolver zu zeigen. Er schien sich erheben zu wollen, um mir meine Bitte zu erfüllen, weigerte sich dann aber plötzlich. Warum hat er sich geweigert?»

Diesmal hatte keiner von ihnen eine Antwort bereit.

«Ich will die Frage einmal anders formulieren. Was war dort in dem Nebenzimmer, das mir Mr. Farley nicht zeigen wollte?»

Das Schweigen hielt an.

«Ja», meinte Poirot, «die Frage ist etwas schwierig. Aber es war ein Grund, ein dringender Grund vorhanden, warum Mr. Farley mich im Zimmer seines Sekretärs empfing und sich glattweg weigerte, mich in seinen eigenen Raum zu führen. Es war etwas in diesem Zimmer, das er mich unter keinen Umständen sehen lassen durfte.

Und nun komme ich zu der dritten unerklärlichen Begebenheit jenes Abends. Gerade als ich mich anschickte fortzugehen, bat Mr. Farley mich, ihm den von ihm erhaltenen Brief zurückzugeben. Aus Versehen reichte ich ihm eine Mitteilung meiner Wäscherin, die er prüfend überflog und dann neben sich auf den Tisch legte. Kurz bevor ich den Raum verließ, entdeckte ich meinen Irrtum – und korrigierte ihn. Danach verließ ich das Haus und – ich gebe es unumwunden zu – war völlig ratlos. Die ganze Angelegenheit – insbesondere das letzte Vorkommnis – erschien mir völlig rätselhaft.»

Er blickte die Anwesenden der Reihe nach an.

«Haben Sie es nicht begriffen?»

Stillingfleet meinte. «Ich verstehe wirklich nicht, was Ihre Wäscherin damit zu tun hat, Poirot.»

«Meine Wäscherin», erklärte Poirot, «spielte eine sehr wichtige Rolle. Diese miserable Person, die dauernd meine Kragen ruiniert, erwies sich zum erstenmal in ihrem Leben als nützlich. Aber Sie müssen es doch auch erkennen, es starrt einem ja förmlich ins Gesicht. Mr. Farley sah sich die Mitteilung an – ein einziger Blick hätte ihm sagen müssen, daß es nicht der richtige Brief war. Und doch hat er nichts gemerkt. Warum? Weil er nicht richtig sehen konnte!»

Inspektor Barnett fragte scharf:

«Trug er keine Brille?»

Hercule Poirot lächelte.

«Doch», sagte er. «Er hatte seine Brille auf. Das macht die Sache ja so interessant.»

Er beugte sich etwas vor.

«Mr. Farleys Traum war sehr wichtig. Sehen Sie, er träumte, daß er Selbstmord begehe. Und ein wenig später hat er tatsächlich Selbstmord begangen. Das heißt, er war allein in einem Zimmer, und der Revolver lag neben ihm. So wurde er jedenfalls aufgefunden. Und niemand hat den Raum betreten oder verlassen, als der Schuß abgegeben wurde. Was bedeutet das? Das bedeutet doch, daß es unbedingt Selbstmord sein muß!»

«Ja», sagte Stillingfleet.

Hercule Poirot schüttelte aber den Kopf.

«Im Gegenteil», behauptete er. «Es handelte sich um einen Mord. Einen ungewöhnlichen und sehr schlau geplanten Mord.»

Wiederum beugte er sich vor und klopfte mit dem Finger auf den Tisch, während seine Augen vor Erregung grün schimmerten. «Warum gestattete mir Mr. Farley nicht, an jenem Abend sein Zimmer zu betreten? Was war darin, das ich um keinen Preis sehen durfte? Ich glaube, liebe Freunde, es war – Benedict Farley selber!»

Er lächelte die perplexen Gesichter an.

«Ja, ja, es ist kein Unsinn, den ich daherrede. Warum konnte Mr. Farley, mit dem ich gesprochen hatte, den Unterschied zwischen zwei völlig unähnlichen Briefen nicht erkennen? Weil er, liebe Freunde, ein Mann mit normalem Sehvermögen war, der sehr starke Gläser trug. Solche Gläser machen einen Menschen mit normaler Sehfähigkeit praktisch blind. Stimmt das nicht, Doktor?»

Stillingfleet murmelte: «Gewiß – da haben Sie recht.»

«Warum hatte ich bei der Unterredung mit ihm das Gefühl, daß ich es mit einem Scharlatan zu tun hatte, mit einem Schauspieler, der eine Rolle spielte? Betrachten wir zunächst die Szenerie – den dämmrigen Raum und die mit einem grünen Schirm bedeckte Lampe, deren grelles Licht von der Gestalt im Sessel abgewandt und dem Besucher zugekehrt ist. Was sah ich denn schon? Den berühmten Flickenschlafrock, die Hakennase – gefälscht mit der so nützlichen Substanz Paraffin –, den weißen Haarschopf, die stark vergrößernden Gläser, die die Augen versteckten. Was für ein Beweis existiert, daß Mr. Farley jemals einen Traum gehabt hat? Nur die Geschichte, die mir erzählt wurde, und *Mrs. Farleys* Aussage. Was für einen Beweis haben wir, daß Mr. Farley einen Revolver in seinem Schreibtisch aufbewahrte? Wiederum nur die mir erzählte Geschichte und Mrs. Farleys Wort. Zwei Menschen führten diesen Schwindel durch – Mrs. Farley und Hugo Cornworthy. Cornworthy schrieb mir den Brief, erteilte dem Butler die erwähnten Instruktionen, ging angeblich ins Kino, kehrte aber sofort wieder zurück, schlich sich in sein Zimmer, verkleidete sich und spielte Benedict Farleys Rolle.

Und so kommen wir zu dem heutigen Nachmittag. Die günstige Gelegenheit, auf die Mr. Cornworthy gewartet hat, bietet sich endlich. In der Diele sitzen zwei Zeugen, die beschwören können, daß niemand Benedict Farleys Zimmer betreten oder verlassen hat. Cornworthy wartet, bis sich ein besonders lärmender Verkehrsstrom vorbeiwälzt. Dann lehnt er sich zum Fenster hinaus und hält mit der Faulenzerzange, die er vom Schreibtisch nebenan entwendet hat, einen Gegenstand an Farleys Fenster. Benedict Farley tritt daraufhin ans Fenster, und Cornworthy läßt die Zange zurückschnellen. Während Farley sich hinauslehnt und die Lastwagen vor dem Haus vorbeidonnern, erschießt ihn Cornworthy mit einem Revolver, den er in Bereitschaft hat. Das Fenster geht ja nach der Seite, und gegenüber befindet sich eine blinde Wand. Es gibt also keinen Zeugen für das Verbrechen. Cornworthy wartet über eine halbe Stunde. Dann nimmt er einen Stoß Papiere, unter denen er die Faulenzerzange und den Revolver verbirgt, geht hinaus in die Diele und dann in den Raum nebenan. Dort legt er rasch die Faulenzerzange wieder auf den Schreibtisch und den Revolver neben den Toten, nachdem er dessen Finger auf den Griff gepreßt hat, und eilt nach draußen mit der Nachricht von Mr. Farleys ‹Selbstmord›.

Er sorgt dafür, daß der an mich gerichtete Brief gefunden wird und ich mit meiner Geschichte erscheine – der Geschichte, die ich aus Mr. Farleys eigenem Mund gehört habe, der Geschichte von seinem ungewöhnlichen Traum und seinem seltsamen Drang, sich zu töten! Ein paar leichtgläubige Menschen werden die Hypnose-Theorie diskutieren – aber im wesentlichen wird ohne jeden Zweifel bestätigt, daß es tatsächlich Benedict Farleys eigene Hand war, die den Revolver hielt.»

Hercule Poirots Augen richteten sich auf die Witwe, und er sah mit Befriedigung die Bestürzung, die fahle Blässe, die blinde Furcht ... «Und in absehbarer Zeit», schloß er sanft, «wäre das Happy-End erreicht worden. Eine Viertelmillion Pfund und zwei Herzen, die wie eines schlagen ...»

Dr. John Stillingfleet und Hercule Poirot gingen an der Seite von Northway House entlang. Zu ihrer Rechten erhob sich die hochragende Fabrikwand, und links über ihnen befanden sich die Fenster von Benedict Farley und Hugo Cornworthy. Hercule Poirot blieb plötzlich stehen und hob einen Gegenstand auf – eine ausgestopfte schwarze Katze.

«*Voilà*», sagte er. «Hier haben wir das, was Cornworthy mit der Faulenzerzange an Farleys Fenster hielt. Farley haßte ja Katzen, wie Ihnen vielleicht bekannt ist, und stürzte natürlich ans Fenster.»

«Warum in aller Welt ist Cornworthy denn nicht nach draußen geeilt und hat das Ding aufgehoben, nachdem er es hatte fallen lassen?»

«Wie konnte er das tun? Das hätte bestimmt Verdacht erregt. Und was denkt sich schon jemand dabei, wenn er diese Katze findet? Höchstens, daß ein Kind hier gespielt und sie verloren hat.»

«Ja», seufzte Stillingfleet, «das hätte ein gewöhnlicher Sterblicher wahrscheinlich angenommen. Aber nicht der gute alte Hercule! Wissen Sie, bis zum allerletzten Augenblick habe ich angenommen, daß Sie irgendeine hochtrabende Theorie von einem psychologischen, ‹suggerierten› Mord entwickeln würden. Ich möchte wetten, daß die beiden das auch vermutet haben! Eine schreckliche Nummer, diese Mrs. Farley! Meine Güte, wie sie zusammensackte! Cornworthy hätte sich vielleicht noch aus der Affäre gezogen, wenn sie nicht diesen hysterischen Anfall bekommen und versucht hätte, Ihre Schönheit mit ihren Krallen zu verschandeln. Nur mit Mühe und Not habe ich Sie aus ihren Klauen retten können.»

Nach einer kleinen Pause fuhr er fort:

«Die Tochter gefällt mir eigentlich ganz gut. Schneid, wissen Sie, und Grips. Würde man mich wohl für einen Glücksjäger halten, wenn ich mein Glück bei ihr versuchte?»

«Da kommen Sie zu spät, guter Freund. Es ist schon ein Anwärter da. Der Tod ihres Vaters hat ihr den Weg zum Glück geebnet.»

«Richtig gesehen, hatte sie ein ziemlich gutes Motiv, um den unangenehmen Paterfamilias in die ewigen Jagdgründe zu befördern.»

«Motiv und Gelegenheit genügen nicht», entgegnete Poirot. «Es muß auch die verbrecherische Anlage vorhanden sein.»

«Werden Sie jemals ein Verbrechen begehen, Poirot?» fragte Stillingfleet. «Ich möchte wetten, daß Sie ungestraft davonkämen. Aber es wäre tatsächlich zu leicht für Sie – aus diesem Grunde schon ist es zu verwerfen; denn es wäre entschieden zu unsportlich.»

«Das», meinte Poirot, «ist eine typisch englische Idee.»

Vierundzwanzig Schwarzdrosseln

Hercule Poirot saß mit seinem Freund Henry Bonnington in dem Restaurant «Gallant Endeavour», das sich im Künstlerviertel Londons, auf der King's Road, befindet.

Mr. Bonnington verkehrte gern im «Gallant Endeavour». Er fand die dort herrschende Atmosphäre gemütlich, ihm schmeckte das Essen, das einfach und trotz des französischen Namens des Restaurants typisch englisch war und, wie er sagte, keine Zusammenstellung verunglückter Gerichte darstellte. Es machte ihm Freude, seinen Freunden den Platz zu zeigen, auf dem Augustus John immer gesessen hatte, und sie auf die berühmten Künstlernamen aufmerksam zu machen, die im Gästebuch standen. Mr. Bonnington war zwar der unkünstlerischste Mensch, den man sich vorstellen kann, aber er bewunderte wohlwollend die künstlerischen Leistungen anderer.

Die sympathische Kellnerin Molly begrüßte Mr. Bonnington wie einen alten Freund. Ihr Stolz war, genau zu wissen, was ihren Gästen schmeckte und was nicht.

«Guten Abend», sagte sie, als die beiden Herren an einem Ecktisch Platz nahmen. «Sie haben heute Glück, es gibt Truthahn mit Kastanienfüllung. Das ist doch Ihr Lieblingsgericht? Außerdem haben wir einen wirklich sehr guten Stilton-Wein da. Möchten Sie vorher lieber Suppe oder Fisch?»

Mr. Bonnington überlegte. Warnend sagte er zu Poirot, der die Karte studierte:

«Für dich gibt es diesmal keine französischen Delikatessen, sondern ein schmackhaftes, kräftiges englisches Gericht.»

«Mein Freund», winkte Hercule Poirot ab, «ich wünsche mir gar nichts anderes. Ich überlasse dir völlig die Entscheidung.»

Mr. Bonnington widmete sich mit großer Aufmerksamkeit der Speisekarte.

Nachdem er dieses wichtige Problem und sogar die Weinfrage gelöst hatte, lehnte er sich aufatmend im Stuhl zurück und faltete seine Serviette auseinander. Molly eilte mit der Bestellung davon.

«Diese Bedienung ist ausgezeichnet», lobte er. «Früher muß sie eine Schönheit gewesen sein. Sie wurde häufig von Malern porträtiert. Außerdem versteht sie auch etwas von guter Küche, was noch viel wichtiger ist, denn im allgemeinen ist in dieser Hinsicht auf die Frauen kein Verlaß. So viele von ihnen merken nicht einmal, was sie essen, wenn sie mit einem Mann ausgehen, der ihnen gefällt.»

Hercule Poirot schüttelte den Kopf. *«C'est terrible.»*

«Gott sei Dank sind wir Männer da anders!» erklärte Mr. Bonnington selbstzufrieden.

«Stimmt das immer?» Hercule Poirot lächelte verschmitzt.

«Nun ja, es mag vielleicht nicht für die jungen Männer zutreffen», gab Mr. Bonnington zu. «Diese jungen Burschen von heute sind alle gleich – sie haben keinen Mut und keine Ausdauer. Ich kann mit der Jugend nichts anfangen, und», fügte er völlig objektiv hinzu, «sie können auch nichts mit mir anfangen. Vielleicht haben sie recht! Aber wenn man einigen von diesen jungen Burschen Glauben schenkt, dürfte niemand mehr das Recht haben, älter als 60 zu werden. So wie sie sich aufführen, muß man sich nur wundern, daß nicht mehr von ihnen dabei mithelfen, ihre älteren Verwandten aus der Welt zu schaffen.»

«Möglicherweise tun sie es», sagte Hercule Poirot.

«Nette Ansichten hast du da, Poirot, ich muß schon sagen. Diese Detektivarbeit hat dich wohl aller deiner Ideale beraubt.»

Hercule Poirot lächelte. *«Tout de même»*, sagte er. «Es wäre einmal interessant, eine Statistik aufzustellen, die zeigt, wer älter als sechzig geworden ist und nicht eines natürlichen Todes starb. Dir würden dann garantiert einige merkwürdige Gedanken kommen.»

«Du hast angefangen, nach dem Verbrechen zu suchen, anstatt darauf zu warten, daß es zu dir kommt. Das ist neu.»

«Entschuldige», sagte Poirot. «Ich fachsimple wieder, wie du es nennst. Erzähle mir lieber von dir, mein Freund. Wie steht es so in der Welt?»

«Ach, alles geht drunter und drüber. Das gilt heute für die ganze Welt. Alles ist viel zu verworren. Es werden viel zu viele schöne Worte gemacht. Damit will man das Durcheinander verdecken. Diese schönen Worte sind wie eine köstliche Sauce, die über ein Stück Fisch gegossen wird, damit man nicht merkt, daß der Fisch darunter schon riecht. Gib mir ein anständiges Seezungenfilet und keine schlechte Sauce darüber.»

In diesem Moment wurde ihm das Seezungenfilet serviert, und er schnalzte anerkennend mit der Zunge. «Sie wissen ganz genau, was mir schmeckt, Mädchen», sagte er.

«Nun ja, Sie kommen doch ziemlich regelmäßig hierher, nicht wahr? Wie sollte ich da nicht wissen, was Sie gern essen!»

«Essen denn die Gäste immer das gleiche? Wollen sie nicht manchmal Abwechslung?»

«Nicht die Männer. Die Frauen lieben wohl die Abwechslung. Aber die Männer wollen immer dasselbe.»

«Was habe ich gesagt?» murmelte Bonnington. «Frauen haben keine Ahnung, was das Essen angeht!»

Er sah sich im Restaurant um. «Diese Welt ist doch komisch. Siehst du dort in der Ecke diese merkwürdige Gestalt mit dem Bart? Molly könnte dir erzählen, daß er an jedem Dienstag- und Donnerstagabend hier ist. Seit fast zehn Jahren kommt er regelmäßig – er ist hier so eine Art Wahrzeichen. Aber niemand weiß, wie er heißt, wo er lebt und was er tut. Es ist doch seltsam, wenn man darüber nachdenkt.»

Als die Kellnerin den Truthahn brachte, sagte er:

«Ich sehe, der ‹Großvater› besucht euch noch?»

«Freilich. Er kommt immer dienstags und donnerstags. Letzten Montag kam er ausnahmsweise auch. Ich war ganz verwirrt. Ich bildete mir ein, daß ich alle meine Verabredungen durcheinandergebracht hätte und es Dienstag wäre, ohne daß ich es wußte. Aber er kam auch am Dienstag – der Montag war also sozusagen nur eine Ausnahme.»

«Das ist eine interessante Abweichung von der Gewohnheit», murmelte Poirot. «Ich würde gern den Grund wissen.»

«Nun ja, wenn Sie mich fragen, glaube ich, daß er irgendwie durcheinander war oder sich Sorgen machte.»

«Warum glauben Sie das? Hat er sich so benommen?»

«Nein, es war nicht eigentlich sein Benehmen. Er war wie immer sehr still. Selten sagt er etwas anderes als ‹guten Abend›, wenn er kommt und geht. Nein, es war seine Bestellung.»

«Seine Bestellung?»

«Sie werden mich sicherlich auslachen, meine Herren.» Molly errötete. «Wenn aber ein Gast schon seit zehn Jahren hierherkommt, dann weiß man, was er gerne ißt und was nicht. Er verabscheut Nierenpastete und Brombeeren, und ich kann mich nicht erinnern, daß er jemals dicke Suppen bestellt hätte – aber Montag abend bestellte er dicke Tomatensuppe, Steak, Nierenpastete und Brombeertorte. Es sah so aus, als ob er gar nicht bemerkte, was er bestellte!»

«Wissen Sie», sagte Hercule Poirot, «das finde ich außerordentlich interessant.»

Molly schaute befriedigt drein und ließ die beiden Gäste wieder allein.

«Nun, Poirot», sagte Henry Bonnington kichernd. «Gib ein paar Folgerungen von dir, und zwar von deiner besten Sorte.»

«Ich würde lieber zuerst deine Schlüsse hören.»

«Du willst, daß ich Watson spiele, äh? Nun gut, der alte Knabe ging zum Doktor, und der verschrieb ihm mal eine andere Kost.»

«Dicke Tomatensuppe, Steak, Nierenpastete und Brombeertorte? Ich kann mir keinen Arzt vorstellen, der so etwas tut.»

«Du brauchst es nicht zu glauben, alter Junge. Die Ärzte verschreiben doch die unmöglichsten Sachen.»

«Ist das die einzige Lösung, die dir einfällt?»

Henry Bonnington antwortete: «Im Ernst, ich glaube, es gibt dafür wahrscheinlich eine Erklärung. Unser unbekannter Freund war über irgend etwas sehr erregt. Er war einfach so verstört, daß er nicht wahrnahm, was er bestellte oder aß.» Er schwieg einen Moment lang und sagte dann: «Du wirst mir gleich als nächstes sagen, daß du ganz genau weißt, was in ihm vorging. Vielleicht wirst du mir sagen, daß er gerade den Entschluß gefaßt habe, einen Mord zu begehen.» Er lachte über seine eigene Annahme.

Hercule Poirot lachte nicht.

Er mußte sich selbst eingestehen, daß er in diesem Moment ernstlich beunruhigt war. Er behauptete später, er hätte damals schon ahnen müssen, daß möglicherweise etwas geschehen würde, obwohl ihm seine Freunde versicherten, daß so eine Ahnung ziemlich unbegründet gewesen wäre.

Etwa drei Wochen waren vergangen, als Hercule Poirot und Bonnington einander zufällig in der Untergrundbahn wiedertrafen. Sie nickten einander zu, während sie sich an den nebeneinanderhängenden Gurten festhielten und von einer Seite zur anderen schwankten. Am Piccadilly Circus stiegen sehr viele Leute aus. Die beiden fanden zwei Sitzplätze im vorderen Teil – es war eine ruhige Ecke, weil hier weder jemand ein- noch ausstieg. «So ist es besser», sagte Mr. Bonnington. «Die Menschen sind doch ein egoistisches Volk. Du kannst sie bitten, nach vorn zu gehen, sooft du willst, sie tun es einfach nicht!»

Hercule Poirot zuckte die Achseln. «Was kannst du nun tun?» fragte er. «Das Leben ist zu unsicher.»

«Da hast du recht. Heute lebst du, und morgen bist du vielleicht schon tot», sagte Mr. Bonnington ein wenig trübsinnig, aber doch genießerisch. «Und weil wir gerade davon sprechen, fällt mir etwas ein. Erinnerst du dich noch an den alten Knaben, den wir im ‹Gallant Endeavour› gesehen haben? Ich würde mich nicht wundern, wenn er schon in eine bessere Welt verschwunden wäre. Seit einer Woche hat er sich nicht mehr sehen lassen. Molly macht sich darüber ziemliche Sorgen.»

Hercule Poirot saß plötzlich aufrecht. Es blitzte in seinen grünen Augen. «Ist das wahr?» fragte er. «Bist du sicher?»

«Erinnerst du dich, daß ich gemeint hatte, er sei zu einem Arzt gegangen und der hätte ihm eine bestimmte Kost verschrieben? Die Sache mit der Kost war natürlich Blödsinn, aber ich würde mich nicht wundern, wenn er wegen seiner Gesundheit wirklich zum Arzt gegangen wäre und der ihm etwas gesagt hätte, was ihn völlig aus dem Gleichgewicht brachte. Das würde erklären, warum er irgendwelche Gerichte von der Karte bestellte, ohne zu merken, was er eigentlich tat. Sehr wahrscheinlich hat ihn der Schock zu einem noch früheren Zeitpunkt aus dieser Welt befördert als ohnehin vorgesehen war. Die Ärzte sollten sich genauer überlegen, was sie sagen.»

«Im allgemeinen tun sie das», antwortete Poirot.

«Ich muß hier aussteigen», sagte Mr. Bonnington. «Auf Wiedersehen. Glaube bloß nicht, daß wir jemals erfahren, wer der alte Knabe war. Nicht einmal seinen Namen werden wir erfahren. Die Welt ist doch komisch.» Er eilte aus dem Wagen.

Hercule Poirot saß grübelnd da. Es sah so aus, als hielte er die Welt nicht für so komisch. Er ging nach Hause und gab George, seinem Diener, einige Anweisungen.

Kurze Zeit darauf fuhr Hercule Poirot mit dem Finger eine Liste entlang, die die Namen aller kürzlich Verstorbenen in einem bestimmten Stadtteil enthielt. Plötzlich hielt sein Finger inne. «Gascoigne, 69. Ich sollte es zunächst mal mit ihm versuchen.»

Ein paar Stunden später saß Hercule Poirot in der Praxis von Dr. MacAndrews ganz in der Nähe der King's Road. MacAndrews war Schotte, er war groß, rothaarig und hatte ein intelligentes Gesicht.

«Gascoigne?» sagte er. «Ja, das stimmt. Er war ein exzentrischer alter Kauz. Er lebte allein in einem dieser baufälligen alten Häuser, die jetzt abgerissen werden, weil man dort einen modernen Häuserblock errichten will. Er war nie mein Patient gewesen, aber ich kümmerte mich um ihn, ich kannte ihn. Dem Milchmann war es als erstem aufgefallen, denn die Milchflaschen sammelten sich draußen an. Schließlich benachrichtigten die Nachbarn die Polizei. Polizisten brachen die Tür auf und fanden ihn. Er war die Treppe hinuntergefallen und hatte sich den Hals gebrochen. Er trug einen alten Morgenmantel, dessen Gürtel zerrissen war. Wahrscheinlich hatte ihn das zum Stolpern gebracht.»

«Ich verstehe», sagte Hercule Poirot. «Es war ganz einfach – ein Unfall.»

«Ja.»

«Hatte er Verwandte?»

«Einen Neffen. Er besuchte ihn immer einmal im Monat. Lorrimer heißt er, George Lorrimer. Er ist auch Arzt. Er wohnt in Wimbledon.»

«War er über den Tod des alten Mannes bestürzt?»

«Ich weiß nicht, ob ich es so nennen kann. Ich meine, er fühlte sich zu dem alten Mann hingezogen, aber eigentlich kannte er ihn nicht sehr gut.»

«Wie lange war Mr. Gascoigne schon tot, als man ihn fand?»

«Ach», sagte Dr. MacAndrews, «jetzt kommen wir auf das Dienstliche zu sprechen. Er war seit nicht weniger als achtunddreißig Stunden und nicht länger als zweiundsiebzig Stunden tot. Man fand ihn am Sechsten, frühmorgens. Wir wissen noch mehr. Ein Brief steckte in der Tasche seines Morgenmantels. Der war am Dritten geschrieben und nachmittags in Wimbledon aufgegeben worden; er müßte etwa gegen einundzwanzig Uhr zwanzig ins Haus gebracht worden sein. Das bedeutet, daß er am Dritten, abends, nach einundzwanzig Uhr zwanzig gestorben ist. Der Mageninhalt und die Verdauungsprozesse stimmten mit dieser Zeit überein. Er hatte zwei Stunden bevor er starb gegessen. Ich untersuchte ihn am Sechsten, frühmorgens, und sein Zustand entsprach ziemlich genau einem Todeseintritt am Dritten, gegen zweiundzwanzig Uhr, also sechzig Stunden vorher.»

«Das paßt scheinbar alles großartig! Sagen Sie, wann sah man ihn zuletzt lebend?»

«Er wurde in der King's Road am gleichen Abend gesehen, Donnerstag, dem Dritten, und er aß um neunzehn Uhr dreißig im ‹Gallant Endeavour›. Er scheint dort immer donnerstags gegessen zu haben. Er war Künstler, müssen Sie wissen, wenn auch kein sehr bedeutender.»

«Hatte er außer diesem Neffen keine andere Verwandtschaft?»

«Doch, einen Zwillingsbruder. Die ganze Geschichte ist ziemlich verworren. Seit Jahren hatten sie sich nicht mehr gesehen. Sein Bruder, Anthony Gascoigne, hatte wohl eine sehr reiche Frau geheiratet und die Kunst an den Nagel gehängt. Deswegen hatten sich die Brüder zerstritten. Und seit dieser Zeit haben sie sich meiner Meinung nach nicht mehr gesehen. Aber seltsamerweise starben sie beide am gleichen Tag. Der ältere Zwillingsbruder starb am Dritten, so gegen drei Uhr nachmittags. Ich habe schon einmal von einem Fall gehört, daß Zwillinge am gleichen Tag starben, obwohl sie durch Länder voneinander getrennt waren. Wahrscheinlich war es nur ein Zufall, aber das hier ist wieder so ein Fall.»

«Lebt die Frau des Zwillingsbruders noch?»

«Nein, sie starb vor Jahren.»

«Wo wohnte Anthony Gascoigne?»

«Er hatte ein Haus auf dem Kingston Hill. Nach dem, was

Dr. Lorrimer mir erzählte, glaube ich, daß er sehr zurückgezogen gelebt hat.»

Hercule Poirot nickte nachdenklich.

Der Schotte sah ihn aufmerksam an.

«Was beschäftigt Sie eigentlich so, Monsieur Poirot?» fragte er unvermittelt. «Ich habe Ihre Fragen beantwortet. Das mußte ich ja auch wohl, nachdem Sie mir Ihren Ausweis zeigten. Aber was ist denn nun los? Haben Sie etwa einen Verdacht?»

Poirot sagte langsam: «Sie sagten, es sei ganz einfach ein Sturz gewesen. Was ich dagegen denke, ist genauso einfach – es handelt sich ganz einfach um einen Stoß.»

Mr. MacAndrews sah ihn erschrocken an.

«Mit anderem Worte: Mord! Haben Sie irgendwelche Gründe für diese Annahme?»

«Nein», antwortete Poirot. «Ich vermute es nur.»

«Aber selbst dafür müssen Sie doch einen Grund haben», beharrte der andere.

Poirot antwortete nicht darauf, und der andere fuhr fort:

«Wenn Sie seinen Neffen Lorrimer verdächtigen, so kann ich Ihnen ganz offen und ehrlich sagen, daß Sie auf dem Holzweg sind. Lorrimer spielte Bridge in Wimbledon von zwanzig Uhr dreißig bis Mitternacht. Das stellte sich bei den Untersuchungen heraus.»

«Wahrscheinlich ist das wirklich wahr», murmelte Poirot, «die Polizei arbeitet sorgfältig.»

«Wissen Sie vielleicht etwas, was gegen ihn spricht?»

«Nein, durchaus nicht. Dieser Fall ist das typische Verbrechen menschlicher Bestien. Das ist wichtig. Und der Tod von Mr. Gascoigne paßt nicht in das Konzept. Es stimmt alles nicht, wissen Sie.»

«Ich verstehe nicht, wirklich nicht.»

Poirot murmelte: «Das Problem ist, daß schlechter Fisch unter zu viel Sauce versteckt wurde.»

«Aber verehrtester Monsieur, wie soll ich das verstehen?» Hercule Poirot lächelte, dann sagte er:

«Sie werden mich wohl bald in eine Irrenanstalt bringen lassen, *Monsieur le docteur*, aber ich bin doch kein Verrückter, sondern nur jemand, der geordnete Verhältnisse und methodisches Arbeiten liebt. Es quält mich, wenn ich mit einer Tatsache konfrontiert werde, die keine ist. Verzeihen Sie mir, daß ich Sie so lange aufgehalten habe.»

Er erhob sich, und auch der Arzt stand auf.

«Ich muß Ihnen ganz ehrlich meine Meinung sagen», fuhr MacAndrews fort. «Der Tod von Henry Gascoigne erregt in mir nicht den leisesten Verdacht. Nach meiner Ansicht fiel er die Treppe hinunter, nach Ihrer Ansicht stieß ihn jemand hinunter. Es hängt alles – nun ja – in der Luft. Genaues weiß man nicht.»

Hercule Poirot seufzte.

«Ja», sagte er. «Es ist die Arbeit eines Fachmannes. Irgend jemand hat gute Arbeit geleistet.»

«Sie glauben immer noch ...?»

Der kleine Mann spreizte die Hände. «Ich bin hartnäckig, nicht wahr? Ich habe eine Vermutung, und sonst habe ich nichts, was diese bloße Vermutung bestätigen könnte. Hatte Henry Gascoigne übrigens ein Gebiß?»

«Nein, seine Zähne waren tadellos in Ordnung. In seinem Alter übrigens recht bemerkenswert.»

«Pflegte er sie gut? Waren sie weiß und sorgfältig geputzt?»

«Ja, sie sind mir sogar als besonders weiß aufgefallen. Im allgemeinen werden Zähne im Alter leicht etwas gelblich. Aber seine waren weiß und gesund.»

«Waren sie nicht verfärbt?»

«Nein. Ich glaube, er rauchte auch nicht. Das war es doch, was Sie wissen wollten?»

«So genau wollte ich es nicht wissen. Es war nur ein kühner Vorstoß, ein Versuch, der wahrscheinlich zu nichts führen wird. Auf Wiedersehen, Doktor MacAndrews, ich danke Ihnen für Ihre Mühe.»

Er gab dem Arzt die Hand und ging.

«Und nun auf zu dem Versuch», murmelte er vor sich hin.

Im «Gallant Endeavour» setzte er sich an denselben Tisch, an dem er schon mit Bonnington gesessen hatte. Molly war nicht da. Eine andere Kellnerin bediente ihn. Sie erzählte ihm, Molly sei verreist.

Es war erst neunzehn Uhr und noch ziemlich leer, so konnte Hercule Poirot ohne Schwierigkeiten das Mädchen in ein Gespräch über den alten Mr. Gascoigne verwickeln.

«Ja», sagte sie. «Seit Jahren kam er hierher, aber keiner von uns kannte seinen Namen. Wir suchten nach dem Artikel in der Zeitung über die Untersuchungen und so, da sahen wir sein Foto. ‹Da›, sagte ich zu Molly, ‹das ist doch unser alter Großvater›, so nannten wir ihn immer.»

«Er aß hier auch an dem Abend, an dem der starb, nicht wahr?»

«Ja, das stimmt. Es war am Donnerstag, dem Dritten. Er kam immer donnerstags hierher. Dienstags und donnerstags, pünktlich wie eine Uhr.»

«Ich nehme an, Sie erinnern sich nicht mehr an seine Bestellung, oder doch?»

«Tja, warten Sie mal, es war Currysuppe, ja, ganz bestimmt, dann Rindfleischpastete – oder war es Hammel? – nein, es war Pastete, das stimmt auch, und dann Brombeer- und Apfeltorte und Käse. Da muß sich einer vorstellen, daß er nach Hause ging und noch am gleichen Abend die Treppe hinunterfällt. Man sagt, der zerschlissene Gürtel seines Morgenmantels wäre der Grund gewesen. Seine Kleider sahen immer so schäbig aus, wissen Sie, altmodisch, abgetragen und ungepflegt. Aber trotz allem, er verbreitete so ein gewisses Etwas um sich herum, als ob er was Großes wäre. O ja, es kommen schon interessante Gäste zu uns.»

Sie machte sich davon.

Hercule Poirot aß sein Seezungenfilet. In seinen Augen blitzte es grün.

«Zu merkwürdig», sagte er zu sich selbst, «auch die klügsten Leute übersehen Details. Das wird Bonnington interessieren.» Nachdem er sich Empfehlungsschreiben von einer bestimmten einflußreichen Stelle hatte geben lassen und also wohlgewappnet war, bedeutete es für Hercule Poirot keine Schwierigkeit mehr, mit dem Untersuchungsrichter des Distrikts eine Unterredung zu vereinbaren.

«Eine sonderbare Person war doch dieser verstorbene Gascoigne», bemerkte er. «Ein alter, exzentrischer Bursche. Aber sein Tod scheint ein ungewöhnliches Interesse hervorzurufen?»

Während er sprach, betrachtete er neugierig seinen Besucher. Hercule Poirot wählte seine Worte sorgfältig.

«Monsieur, es sind Umstände damit verbunden, die eine Untersuchung wünschenswert erscheinen lassen.»

«Nun gut, wie kann ich Ihnen helfen?»

«Ich glaube, es liegt in Ihrer Verfügungsgewalt, Dokumente zu vernichten, die Ihrem Gericht vorgelegt wurden. Oder auch, sie in Verwahrung zu nehmen, je nachdem, was Sie für richtig halten. Nun, ein bestimmter Brief wurde in der Tasche des Morgenmantels von Henry Gascoigne gefunden, ist es nicht so?»

«Ja, ganz recht.»

«Ein Brief von seinem Neffen Dr. George Lorrimer?»

«Richtig. Bei der gerichtlichen Untersuchung wurde der Brief vorgelegt, um die Zeit des Todes bestimmen zu können.»

«Das gerichtsmedizinische Gutachten bestätigte wohl die angegebene Zeit?»

«Ja, genau.»

«Ist dieser Brief noch vorhanden?»

Hercule Poirot wartete ungeduldig auf die Antwort. Als er erfuhr, daß der Brief noch zur Untersuchung verfügbar war, atmete er erleichtert auf.

Als er ihm schließlich vorgelegt wurde, studierte er ihn sehr sorgfältig. Er war mit Tinte in leicht verkrampfter Schrift geschrieben.

Der Brief lautete:

Lieber Onkel Henry,
leider muß ich Dir mitteilen, daß ich bei Onkel Anthony keinen Erfolg gehabt habe. Er zeigte keine Begeisterung, als ich ihm von Deinem Plan, ihn zu besuchen, erzählte, und reagierte nicht auf Deinen Wunsch, Vergangenes doch zu vergessen. Er ist natürlich sehr krank, und seine Gedanken sind häufig ganz abwesend. Ich könnte mir denken, daß sein Ende schon sehr nahe ist. Er schien sich Deiner kaum noch zu erinnern. Es tut mir leid, daß ich Dich enttäuschen muß, aber Du kannst sicher sein, daß ich mein Bestes tat.

Dein Dich liebender George Lorrimer

Der Brief war auf den dritten November datiert. Poirot betrachtete den Stempel auf dem Briefumschlag. Er war am dritten November um sechzehn Uhr dreißig abgestempelt.

«Das ist doch völlig in Ordnung, nicht wahr?» murmelte er.

Kingston Hill war sein nächstes Ziel. Nach einigen Mühen und gutgelaunter Hartnäckigkeit erhielt er ein Interview mit Amelia, der Köchin und Haushälterin des kürzlich verstorbenen Anthony Gascoigne. Anfangs war sie voll Mißtrauen und sehr reserviert, aber der Charme und die Herzlichkeit dieses merkwürdigen Ausländers hätten auch einen Stein erweicht. Mrs. Amelia wurde immer aufgeschlossener.

Wie schon so viele Frauen vor ihr schüttete sie ihr Herz einem wirklich teilnahmsvollen Zuhörer aus. Vierzehn Jahre lang hatte sie für Mr. Gascoigne den Haushalt geführt. – Es war keine leichte Sache gewesen. O nein, wirklich nicht! So manche Frau wäre unter der Bürde, die sie zu tragen hatte, zusammengebrochen. Der alte Herr war exzentrisch. Er verheimlichte es auch nicht. Dazu war er bemerkenswert geizig, es war bei ihm eine Art Sucht. Dabei war er doch so reich. Trotzdem hatte Mrs. Amelia ihm treu gedient, hatte all seine Grillen ertragen und hatte natürlich auch zumindest eine Geste des Dankes erwartet. Aber nein, nichts dergleichen. Es existierte nur ein altes Testament, in dem er all sein Geld seiner Frau oder, falls sie ihn nicht überlebte, seinem Bruder Henry vermachte. Schon vor Jahren hatte er das Testament aufgesetzt. Und es erschien ihr sehr ungerecht!

Allmählich gelang es Hercule Poirot, sie von ihrem Hauptthema, ihrer unbefriedigten Gier, abzubringen. Es war tatsächlich herzlos und ungerecht, ja, ja, da hatte sie ganz recht! Man konnte Mrs. Amelia nicht verdenken, daß sie verletzt und empört war. Mr. Gascoigne war für seinen Geiz bekannt gewesen. Man erzählte sich sogar, daß er selbst seinem einzigen Bruder nicht geholfen hätte. Wahrscheinlich wußte Mrs. Amelia darüber Bescheid.

«Dann war das also der Grund, weshalb Dr. Lorrimer ihn besuchte?» fragte Mrs. Amelia. «Ich wußte, daß es irgend etwas mit seinem Bruder zu tun hatte, aber ich dachte, er wollte sich nur aussöhnen. Sie hatten sich vor Jahren zerstritten.»

«Ich habe erfahren», sagte Poirot, «daß Mr. Gascoigne sich entschieden weigerte.»

«Das ist völlig richtig», stimmte ihm Mrs. Amelia zu. «‹Henry›, sagte er ziemlich schwach. ‹Was soll ich mit Henry? Ich habe ihn seit Jahren nicht mehr gesehen, und ich will ihn auch in Zukunft nicht sehen. Henry ist zänkisch.› Das war alles, was er dazu gesagt hat.»

Die Unterhaltung wandte sich dann wieder Mrs. Amelias eigenen Kümmernissen zu. Man sprach auch vom Rechtsanwalt des kürzlich verstorbenen Mr. Gascoigne, der ebenfalls für sie kein Verständnis zeigte.

Mit einiger Mühe gelang es schließlich Hercule Poirot, sich zu verabschieden, ohne die Unterhaltung zu abrupt abzubrechen.

Kurz nach dem Abendessen stand Hercule Poirot vor der Wohnung des Dr. George Lorrimer in Elmcrest, Dorset Road, Wimbledon.

Der Arzt war zu Hause, und Poirot wurde in die Praxis

geführt. Dr. George Lorrimer begrüßte ihn freundlich. Anscheinend war er gerade vom Abendbrottisch aufgestanden.

«Ich bin kein Patient, Herr Doktor», sagte Hercule Poirot. «Mein Besuch mag vielleicht aufdringlich erscheinen, aber ich bin ein alter Mann, und ich glaube daran, daß man schnell, offen und ehrlich handeln soll. Ich mache mir nichts aus Rechtsanwälten und ihren überaus umständlichen Verhandlungsmethoden.»

Er hatte zweifellos das Interesse Lorrimers geweckt. Der Arzt war mittelgroß und makellos rasiert. Er hatte braunes Haar, seine Wimpern waren allerdings beinahe weiß, was seinen Augen ein blasses, farbloses Aussehen verlieh. Er gab sich lebhaft und humorvoll.

«Rechtsanwälte?» fragte er und hob die Augenbrauen. «Ich hasse diese Burschen. Sie erwecken meine Neugier, mein Herr. Aber bitte, setzen Sie sich doch.»

Poirot setzte sich, holte eine seiner dienstlichen Visitenkarten heraus und reichte sie dem Arzt.

George Lorrimers weiße Wimpern zuckten.

Poirot beugte sich vertraulich vor. «Ein großer Teil meiner Klienten sind Frauen», sagte er.

«Natürlich», sagte Dr. Lorrimer verstört und zwinkerte flüchtig mit den Augen.

«Sie haben mit Ihrem ‹natürlich› ganz recht», stimmte ihm Poirot bei. «Frauen trauen der Polizei nicht, sie bevorzugen Detektive. Sie wollen nicht, daß ihre Probleme an die Öffentlichkeit dringen. Vor einigen Tagen kam eine ältere Dame zu mir. Sie machte sich Sorgen wegen ihres Mannes, mit dem sie sich vor Jahren zerstritten hatte. Dieser Mann war Ihr Onkel, Mr. Gascoigne, der erst vor kurzem gestorben ist.»

George Lorrimers Gesicht lief dunkelrot an.

«Mein Onkel? Unsinn! Seine Frau starb vor vielen Jahren.»

«Ich meine nicht Ihren Onkel Mr. Anthony Gascoigne, sondern Ihren Onkel Mr. Henry Gascoigne.»

«Onkel Henry? Aber der war doch gar nicht verheiratet!»

«O doch, natürlich war er das», log Hercule Poirot, ohne rot zu werden. «Daran besteht gar kein Zweifel. Die Dame brachte sogar ihre Heiratsurkunde mit.»

«Das ist eine Lüge!» schrie George Lorrimer. Sein Gesicht war nun krebsrot. «Ich glaube das nicht. Sie sind ein unverschämter Lügner.»

«Es ist zu schade, nicht wahr?» sagte Poirot. «Sie haben ganz umsonst einen Mord begangen.»

«Mord?» Lorrimers Stimme zitterte. Aus seinen Augen starrte Entsetzen.

«Übrigens», sagte Poirot, «ich sehe, Sie haben wieder Brombeertorte gegessen. Das ist eine unvernünftige Angewohnheit. Man sagt zwar, daß Brombeeren sehr viele Vitamine enthalten, aber andererseits können sie auch tödlich wirken. Diesmal habe ich so ziemlich den Eindruck, daß sie dazu beitragen, den Strick um den Hals eines Mannes zu legen – um Ihren Hals nämlich, Dr. Lorrimer.»

«Du siehst, *mon ami*, dein Fehler bestand darin, daß du von vornherein von einer falschen Annahme ausgegangen bist.»

Hercule Poirot, der seinen Freund gelassen über den Tisch hinweg anstrahlte, machte eine erklärende Handbewegung. «Wenn sich ein Mann über irgend etwas Sorgen macht, tut er in diesem Augenblick bestimmt nicht gerade das, was er vorher noch nie getan hat. Er wählt dann eher automatisch den Weg des geringsten Widerstandes. Es ist denkbar, daß er vielleicht zum Essen im Pyjama herunterkommt, aber es wird sein eigener Pyjama sein, nicht der eines anderen.

Jemand, der keine dicke Suppe, Nierenpastete und auch keine Brombeeren mag, bestellt sich nicht alle diese drei Dinge auf einmal an einem Abend, an dem er den Kopf voller Gedanken hat. Du glaubst, er handelt so, weil er an etwas anderes denkt, ich glaube aber, daß jemand, der sich intensiv mit etwas anderem beschäftigt, sich automatisch das Essen bestellt, das er schon zuvor häufig gegessen hat.

Eh bien, was hätte es denn für eine andere Erklärung geben können? Mir fiel einfach keine vernünftige ein. Ich war beunruhigt. Es stimmte alles nicht an diesem Vorfall. Nichts reimte sich. Ich denke methodisch, und mir gefällt es nicht, wenn die Dinge nicht zueinander passen. Mr. Gascoignes Bestellung machte mir Sorgen.

Dann erzähltest du mir, daß der Mann verschwunden sei. Er war zum erstenmal seit Jahren weder am Dienstag noch am Donnerstag erschienen. Das gefiel mir noch weniger. Ich hatte plötzlich eine ganz eigentümliche Vermutung. Der Mann war gestorben, wenn meine Ahnung mich nicht täuschte. Ich forschte nach. Der Mann war tot. Es war ein hübscher, sauberer Tod, da gab es gar keine Zweifel. Mit anderen Worten: Der schlechte Fisch war unter einer Sauce versteckt worden.

Man hatte ihn um sieben Uhr in der King's Road gesehen. Er hatte hier um sieben Uhr dreißig gegessen – zwei Stunden bevor er starb. Das Beweismaterial wies keine Lücke auf – es stimmte alles, sowohl der Mageninhalt als auch der Brief. Es war aber zuviel Sauce. Man konnte nicht mal den Fisch sehen!

Der liebe Neffe schrieb einen Brief, der liebe Neffe hatte ein wunderschönes Alibi, als Gascoigne starb. Ein ganz normaler Tod – ein Sturz. Ein normaler Unglücksfall? Ein normaler Mord? Jeder glaubte an das erstere.

Der liebe Neffe überlebte als einziger. Der liebe Neffe will erben – aber gibt es überhaupt etwas zu erben? Der Onkel ist bekanntlich arm. Aber es gibt einen Bruder, der vor langer Zeit eine reiche Frau geheiratet hat. Und der Bruder lebt in einem großen, vornehmen Haus auf dem Kingston Hill. Anscheinend hat ihm also seine reiche Frau das ganze Geld vermacht. Du siehst die Logik – die reiche Gattin vererbt ihr Geld Anthony, Anthony vererbt es Henry, und Henrys Geld geht an George – es ist eine perfekte Kette.»

«Das ist alles in der Theorie ja ganz schön», sagte Bonnington, «aber was hast du eigentlich getan?»

«Wenn du erst einmal weißt, was los ist, bekommst du auch gewöhnlich heraus, was du wissen willst. Henry war zwei Stunden nach einer Mahlzeit gestorben. Mit dieser Feststellung begnügte sich die Untersuchung. Aber man könnte sich auch vorstellen, daß diese Mahlzeit nicht abends, sondern mittags eingenommen wurde. Versetz dich in Georges Lage. George braucht dringend Geld. Anthony Gascoigne liegt im Sterben, aber sein Tod nützt George nichts. Das Geld erbt Henry, und Henry Gascoigne kann noch Jahre leben. Daher muß auch Henry sterben, und je schneller, um so besser. Aber er muß *nach* Anthony sterben, und zur gleichen Zeit muß George ein Alibi haben. Da er ein vorsichtiger Bursche ist, erprobt er erst einmal seinen Plan. Er spielt die Rolle seines Onkels am Montag abend in dem betreffenden Restaurant. Es klappt alles tadellos. Jeder hält ihn für den Onkel. Er ist zufrieden. Er braucht nur so lange zu warten, bis Onkel Anthony endlich soweit ist und stirbt. Der Zeitpunkt kommt. Er schreibt am zweiten November nachmittags einen Brief an seinen Onkel, aber er datiert ihn auf den dritten November. Er fährt am Dritten nachmittags hierher in die Stadt, besucht seinen Onkel und führt seinen Plan aus. Er gibt dem Onkel Henry einen starken Stoß, und schon fällt der die Treppe hinunter. George sucht nach dem Brief, den er geschrieben hat, und den schiebt er in die Morgenmanteltasche seines Onkels. Um halb acht ist er im ‹Gallant Endeavour›, der Bart, die buschigen Augenbrauen, alles ist perfekt. Man hegt keine Zweifel: Mr. Henry Gascoigne lebt noch um diese Zeit. Dann vollzieht sich eine schnelle Metamorphosen in der Toilette, und zurück geht's im Eiltempo nach Wimbledon zu einem Bridge-Abend. Das Alibi ist perfekt.»

Mr. Bonnington sah ihn an. «Aber der Stempel auf dem Brief?»

«Oh, das war einfach. Der Stempel war verschmiert. Warum? Er war mit Ausziehtusche vom zweiten in den dritten November geändert worden. Du hättest es nicht bemerkt, wenn du nicht danach gesucht hättest. Und dann war da noch die Sache mit den Schwarzdrosseln.»

«Schwarzdrosseln?»

«Vierundzwanzig Schwarzdrosseln in Pastete gebacken. So nennt man doch bei euch hier die Brombeeren. Gut, sagen wir Brombeeren, wenn du ganz genau sein willst. Du mußt wissen, Georges Schauspielkunst hat trotz allem nicht gereicht. Erinnerst du dich noch an die Geschichte mit dem Jungen, der sich mit schwarzer Farbe anmalte, um Othello zu spielen? Du mußt ein so guter Schauspieler sein wie er, wenn du ein perfektes Verbrechen begehen willst. George sah wie sein Onkel aus, er ging wie sein Onkel und sprach wie sein Onkel, und er trug den Bart und die Augenbrauen seines Onkels, aber – er vergaß, wie sein Onkel zu essen. Er bestellte sich, was er selbst gerne aß. Brombeeren nämlich, und Brombeeren verfärben die Zähne. Die Zähne der Leiche waren aber nicht verfärbt, und trotzdem aß Henry Gascoigne an diesem Abend Brombeeren im ‹Gallant Endeavour›. In seinem Magen fand man keine Brombeeren. Ich erkundigte mich heute morgen danach. Und George war so dumm gewesen, den Bart und den Rest der Aufmachung zu behalten. Oh! Es gibt eine Menge Beweismaterial, wenn man erst einmal danach sucht. Ich besuchte George und brachte ihn aus der Fassung. Und das war das Ende. Er aß übrigens schon wieder Brombeeren. Der Bursche ist vielleicht gierig – er ißt gerne. *Eh bien*, wenn ich mich nicht sehr täusche, wird diese Gier ihn jetzt an den Galgen bringen.»

Die Kellnerin brachte ihnen zwei Portionen Brombeer-Apfeltorte.

«Nehmen Sie die Torte bitte wieder mit», sagte Mr. Bonnington. «Man kann nie vorsichtig genug sein. Bringen Sie mir eine kleine Portion Sagopudding.»

Eine Tür fällt ins Schloß

«Colonel Clapperton!» sagte General Forbes mit einer Mischung aus Schnauben und Naserümpfen.

Miss Ellie Henderson beugte sich vor, eine Strähne ihres weichen grauen Haars wehte ihr über das Gesicht. Ihre Augen, dunkel und gierig, leuchteten vor Vergnügen.

«So ein militärisch aussehender Mann!» sagte sie boshaft, strich sich die Haarsträhne zurück und erwartete die Reaktion auf ihre Worte.

«Militärisch!» explodierte General Forbes. Er zerrte an seinem strammen Schnurrbart, und sein Gesicht wurde hochrot.

«Er war im Garderegiment, nicht wahr?» murmelte Miss Henderson und trieb es damit auf die Spitze.

«Garderegiment! Völliger Unsinn! Der Bursche war beim Varieté! Tatsache! Wurde eingezogen, kam nach Frankreich und zählte Obstkonserven. Durch eine verirrte Bombe der Hunnen kriegte er eine Fleischwunde am Arm ab. Irgendwie landete er dann in Lady Carringtons Hospital.»

«Und dort haben sie sich kennengelernt.»

«Tatsache! Der Mann spielte den verwundeten Helden. Lady Carrington hat keinen Verstand, aber haufenweise Geld. Der alte Carrington machte in Munition. Sie war erst sechs Monate verwitwet. Der Bursche schnappte sie sich im Nu. Sie besorgte ihm einen Posten im Kriegsministerium. *Colonel* Clapperton! Pah!» rief er verächtlich. «Vor dem Krieg war er also beim Varieté.» Miss Henderson amüsierte sich und versuchte, den distinguierten grauhaarigen Oberst Clapperton mit einem rotnasigen Komödianten in Einklang zu bringen, der heitere Stimmungslieder sang.

«Tatsache!» bestätigte General Forbes. «Ich hörte es vom alten Bassington-French. Und er wußte es vom alten Badger Cotterill, der es von Snooks Parker hatte –»

Miss Henderson nickte strahlend. «Dann muß es ja stimmen!»

Ein flüchtiges Lächeln huschte über das Gesicht eines kleinen Mannes, der in der Nähe saß. Miss Henderson fiel das Lächeln auf. Sie war auf der Hut. Es bedeutete Würdigung der Ironie, die in ihrer letzten Bemerkung gelegen hatte und die dem General niemals aufgefallen wäre.

Der General bemerkte das Lächeln nicht. Er sah auf seine Uhr, erhob sich und sagte: «Sportstunde. Man muß sich fit halten auf einem Schiff.» Er ging durch die offene Tür aufs Deck hinaus.

Miss Henderson musterte den Mann, der gelächelt hatte. Es war ein wohlerzogener Blick, der andeutete, daß sie bereit sei, ein Gespräch mit dem Mitreisenden anzufangen.

«Er ist energisch – ja?» sagte der kleine Mann.

«Er läuft genau achtundvierzigmal um das Schiff», sagte Miss Henderson. «So ein alter Schwätzer! Und da behauptet man immer, wir seien das skandalgierige Geschlecht.»

«Eine Unhöflichkeit!»

«Franzosen sind immer höflich», sagte Miss Henderson – es lag die Andeutung einer Frage in ihrer Stimme.

Der kleine Mann reagierte prompt. «Belgier, Mademoiselle.»

«Oh! Belgier.»

«Hercule Poirot. Zu Ihren Diensten.»

Der Name weckte eine Erinnerung. Sicher hatte sie ihn schon einmal gehört ... «Genießen Sie die Reise, Monsieur Poirot?»

«Ehrlich gesagt, nein. Es war eine Dummheit, daß ich mich dazu überreden ließ. Ich hasse *la mer.* Es ist nie ruhig – nicht eine einzige Minute.»

«Nun, Sie müssen zugeben, daß es jetzt ruhig ist.»

Monsieur Poirot gab dies widerstrebend zu. «*A ce moment*, ja. Daher werde ich wieder lebendig. Ich interessiere mich wieder für die Geschehnisse in meiner Umgebung – Ihr sehr geschicktes Umgehen mit General Forbes zum Beispiel.»

«Sie meinen –» Miss Henderson hielt inne.

Hercule Poirot verbeugte sich. «Die Art, wie Sie ihm die skandalöse Geschichte aus der Nase zogen. Bewundernswürdig!»

Miss Henderson lachte ungeniert. «Die Anspielung auf das Garderegiment? Ich wußte, daß es den alten Knaben zum Feuerspucken bringen würde.» Sie beugte sich vor und sagte vertraulich: «Ich gebe zu, ich liebe Skandale – je schlimmer, um so besser!»

Poirot sah sie nachdenklich an – ihre schlanke, guterhaltene Figur, ihre gierigen dunklen Augen, ihr graues Haar, eine Frau von fünfundvierzig, die zu ihrem Alter stand.

Miss Henderson sagte plötzlich: «Jetzt weiß ich es! Sind Sie nicht der große Detektiv?»

Poirot verbeugte sich. «Zu liebenswürdig, Mademoiselle.» Aber er widersprach nicht.

«Wie aufregend», sagte Miss Henderson. «Sind Sie ‹auf heißer Spur›, wie es in den Kriminalromanen heißt? Haben wir einen Kriminellen an Bord? Oder bin ich indiskret?»

«Überhaupt nicht, überhaupt nicht. Ich bedaure, Sie in Ihren Erwartungen enttäuschen zu müssen. Aber ich bin nur hier – wie alle andern –, um mich zu amüsieren.»

Er sagte es in derart glühendem Ton, daß Miss Henderson lachte.

«Oh! Morgen werden Sie Gelegenheit haben, in Alexandria an Land zu gehen. Waren Sie schon mal in Ägypten?»

«Noch nie, Mademoiselle.»

Miss Henderson erhob sich etwas plötzlich.

«Ich glaube, ich sollte dem General bei seinem Gesundheitslauf Gesellschaft leisten», verkündete sie.

Poirot sprang höflich auf.

Sie bedachte ihn mit einem kleinen Nicken und ging an Deck.

In Poirots Blick lag ein leichtes Erstaunen, dann erschien ein kleines Lächeln auf seinem Gesicht. Kurz darauf steckte er den Kopf durch die Tür und sah auf das andere Deck hinunter. Miss Henderson lehnte an der Reling und sprach mit einem großen, militärisch aussehenden Mann.

Poirots Lächeln wurde breiter. Er zog sich übertrieben vorsichtig in den Rauchsalon zurück – wie eine Schildkröte in ihren Panzer. Jetzt hatte er den Rauchsalon noch für sich, es würde wohl nicht lange so bleiben.

Tatsächlich. Mrs. Clapperton trat ein, ihr sorgfältig gewelltes platinblondes Haar unter einem Netz verborgen, die massage- und diätgepflegte Figur in einem schicken Sportkostüm. Sie hatte das Benehmen einer Frau, die immer die besten Preise für alles, was sie haben wollte, bezahlen konnte.

Sie sagte: «John –? Oh! Guten Morgen, Monsieur Poirot – haben Sie John gesehen?»

«Er ist auf dem Steuerborddeck, Madame. Soll ich –?»

Sie hielt ihn mit einer Geste zurück. «Ich setze mich für eine Weile.» Sie ließ sich königlich in einem Sessel nieder. Aus der Ferne hatte sie wie etwa achtundzwanzig ausgesehen. Aus der Nähe sah sie trotz ausgezeichnet zurechtgemachtem Gesicht und fein gezupften Augenbrauen nicht wie ihre tatsächlichen neunundvierzig Jahre aus, sondern wie fünfundfünfzig. Ihre Augen waren metallisch hellblau und hatten winzige Pupillen.

«Es tut mir leid, daß ich Sie gestern abend nicht beim Dinner gesehen habe», sagte sie. «Es war natürlich wieder viel zu reichhaltig –»

«*Précisément*», sagte Poirot gefühlvoll.

«Gott sei Dank werde ich nicht seekrank», meinte Mrs. Clapperton. «Ich sage Gott sei Dank, denn für mein schwaches Herz wäre eine Seekrankheit wahrscheinlich der Tod.»

«Sie haben ein schwaches Herz, Madame?»

«Ja, ich muß äußerst vorsichtig sein. Ich darf mich auf keinen Fall übermüden! Alle Spezialisten sind sich da einig!» Mrs. Clapperton hatte jetzt zu ihrem Lieblingsthema, ihrer Gesundheit, gefunden. «John, der Arme, überarbeitet sich, weil er mich davor bewahren will, zu viel zu tun. Ich lebe sehr intensiv, falls Sie wissen, was ich meine, Monsieur Poirot?»

«Ja, ja.»

«Er sagt immer zu mir: ‹Versuch dich ein wenig zu mäßigen, Adeline.› Aber ich kann es nicht. Das Leben muß voll gelebt werden, finde ich. Eigentlich habe ich mich schon als junges Mädchen im Krieg verausgabt. Mein Hospital – haben Sie von meinem Hospital gehört? Natürlich hatte ich Schwestern und Pfleger und alles andere – aber die ganze Last lag auf mir.» Sie seufzte.

«Ihre Vitalität ist bewundernswürdig, meine Liebe», sagte Poirot mechanisch wie eine auswendig gelernte Antwort.

Mrs. Clapperton lachte mädchenhaft.

«Jeder sagt, wie jung ich bin! Es ist absurd. Ich behaupte nie, daß ich jünger als dreiundvierzig bin. Aber viele Leute können es kaum glauben. ‹Sie sind so lebhaft, Adeline›, sagt man immer zu mir. Aber sehen Sie, Monsieur Poirot, was wäre ich, wenn ich nicht so intensiv lebte?»

«Tot», antwortete Poirot.

Mrs. Clapperton runzelte die Stirn. Die Antwort entsprach nicht ihrem Geschmack. Der Mann versuchte komisch zu sein. Sie erhob sich und sagte kühl: «Ich muß John finden.»

Als sie durch die Tür schritt, entglitt ihr die Handtasche. Sie öffnete sich, und der Inhalt fiel heraus. Poirot eilte galant zu Hilfe. Es dauerte einige Minuten, bis Lippenstifte, Puderdose, Zigarettenetui, Anzünder und andere Kleinigkeiten zusammengesucht waren. Mrs. Clapperton dankte höflich, rauschte dann auf das Deck hinunter und rief: «John –»

Colonel Clapperton war immer noch in sein Gespräch mit Miss Henderson vertieft. Er schwang herum und eilte seiner Frau entgegen. Er beugte sich beschützend über sie: Stand ihr Liegestuhl richtig? Sollte er nicht lieber . . .? Sein Benehmen war sehr aufmerksam – voll sanfter Fürsorglichkeit. Eindeutig eine bewunderte Frau, die von ihrem Mann verwöhnt wurde.

Miss Ellie Henderson sah in den weiten Himmel hinaus, als widerte sie die Szene ziemlich an.

Unter der Tür des Rauchsalons stehend, sah Poirot ihnen zu.

Da sagte eine heisere Stimme hinter ihm:

«Diese Frau würde ich mit dem Beil erschlagen, wenn ich ihr Mann wäre.» Der alte Gentleman, der von den jüngeren Leuten an Bord respektlos «Großvater aller Teepflanzer» genannt wurde, war eben hereingekommen. «Boy!» rief er. «Bitte, einen Whisky.»

Poirot bückte sich und hob ein Stück Papier auf, das aus Mrs. Clappertons Handtasche stammen mußte und übersehen worden war. Teil eines Rezepts, stellte er fest, für Digitalin. Er stopfte es in die Tasche, um es Mrs. Clapperton später zurückzugeben.

«Ja», fuhr der alte Mann fort, «eine teuflische Frau. Ich kann mich an eine ähnliche Ausgabe in Poona erinnern. Das war anno 87.»

«Ist einer mit dem Beil auf sie losgegangen?» fragte Poirot.

Der Teepflanzer schüttelte traurig den Kopf.

«Sie brachte ihren Mann ins Grab. Clapperton sollte sich wehren. Er gibt seiner Frau zu sehr nach.»

«Sie ist aber der Zahlmeister», sagte Poirot bedeutungsvoll.

«Haha!» Der alte Mann kicherte. «Das haben Sie treffend gesagt. Sie ist der Zahlmeister. Haha!»

Zwei junge Mädchen platzten in den Rauchsalon herein. Die eine hatte ein rundes Gesicht mit Sommersprossen und dunkles Haar, das vom Winde zerzaust war, die andere Sommersprossen und kastanienbraune Locken.

«Hilfe – Hilfe!» rief Kitty Mooney. «Pam und ich wollen Colonel Clapperton retten.»

«Vor seiner Frau», sagte Pamela Cregan atemlos.

«Wir finden, er ist reizend ...»

«Und sie ist einfach gräßlich – sie erlaubt ihm überhaupt nichts!»

«Und wenn er nicht mit ihr zusammen ist, schnappt ihn sich meistens die Henderson ...»

«... die ja ganz nett ist, aber schrecklich alt ...»

Die Mädchen rannten hinaus und riefen wieder kichernd: «Hilfe – Hilfe ...»

Daß Clappertons Rettung nicht nur eine augenblickliche Eingebung, sondern ein fester Plan war, wurde noch am selben Abend klar, als die achtzehnjährige Pamela Cregan zu Hercule Poirot kam und flüsterte: «Beobachten Sie uns, Monsieur Poirot. Er wird direkt unter ihrer Nase eingekreist und zu einem Mondscheinspaziergang auf das Bootsdeck verschleppt.»

Gerade sagte Colonel Clapperton: «Natürlich ist der Preis für einen Rolls-Royce hoch. Aber man hat ihn praktisch ein Leben lang. Nun ist mein Wagen –»

«*Mein* Wagen doch wohl, John.» Mrs. Clappertons Stimme klang schrill und penetrant.

Er verriet keinerlei Verärgerung über ihre Unhöflichkeit. Entweder war er dies schon gewohnt oder aber ...

Oder aber? dachte Poirot und versank in Grübeleien. «Natürlich, meine Liebe, *dein* Wagen.» Clapperton verneigte sich vor seiner Frau und beendete ungerührt den angefangenen Satz.

«*Voilà ce qu'on appelle* einen Gentleman», dachte Poirot. «Aber General Forbes behauptet, Clapperton sei keiner. Jetzt wundere ich mich.»

Jemand schlug eine Bridgepartie vor. Mrs. Clapperton, General Forbes und ein Paar mit Adleraugen setzten sich zusammen. Miss Henderson entschuldigte sich und ging an Deck.

«Und Ihr Gatte?» fragte General Forbes zögernd.

«John will nicht spielen», antwortete Mrs. Clapperton. «Das ist sehr langweilig von ihm.»

Die vier Bridgespieler beugten sich über ihre Karten.

Pam und Kitty näherten sich Colonel Clapperton und packten ihn an den Armen.

«Sie kommen mit uns auf das Bootsdeck. Es ist Vollmond.»

«Sei nicht albern, John», sagte Mrs. Clapperton. «Du wirst dich erkälten.»

«Nicht mit uns, bestimmt nicht», meinte Kitty. «Wir sind sehr heißblütig!»

Er ging lachend mit ihnen mit.

Poirot bemerkte, daß Mrs. Clapperton in der zweiten Runde paßte, obwohl sie mit zwei Treffs eröffnet hatte. Er schlenderte auf das Promenadedeck. Miss Henderson stand an der Reling und sah sich erwartungsvoll um. Als Poirot erschien und sich neben sie stellte, bemerkte er ihre Enttäuschung.

Sie plauderten eine Weile. Dann fragte sie plötzlich, als er lange schwieg: «Woran denken Sie?»

Poirot antwortete: «Ich zweifle an meinen Englischkenntnissen. Mrs. Clapperton sagte: ‹John will nicht spielen.› Sollte es heißen: ‹John kann nicht Bridge spielen›?»

«Sie nimmt es vermutlich als persönliche Beleidigung, daß er nicht spielt», antwortete Ellie trocken. «Der Mann ist verrückt, daß er sie überhaupt geheiratet hat.»

Poirot lächelte im Dunkeln. «Glauben Sie nicht, daß diese Ehe möglicherweise doch ein Erfolg ist?» fragte er vorsichtig.

«Mit einer solchen Frau?»

Poirot zuckte die Schultern. «Viele hassenswerte Frauen haben ergebene Ehemänner. Ein Irrtum der Natur. Sie müssen zugeben, daß nichts, was sie sagt oder tut, ihn zu stören scheint.» Miss Henderson überlegte noch die Antwort, als Mrs. Clappertons Stimme plötzlich durch das Fenster des Rauchsalons drang:

«Nein – ich glaube nicht, daß ich noch einen Rubber spiele. Es ist so stickig. Ich möchte hinausgehen und auf dem Bootsdeck frische Luft schnappen.»

«Gute Nacht», sagte Miss Henderson. «Ich gehe schlafen.» Sie verschwand plötzlich.

Poirot schlenderte weiter zum Aufenthaltsraum, in dem nur Colonel Clapperton und die beiden jungen Mädchen saßen. Er zeigte ihnen Taschenspielertricks, und da Poirot seine außerordentliche Geschicklichkeit mit den Karten auffiel, erinnerte er sich an den Klatsch des Generals über seine Karriere beim Varieté.

«Ich sehe, Sie lieben die Karten, obwohl Sie kein Bridge spielen», bemerkte er.

«Ich habe meine Gründe», sagte Clapperton mit charmantem Lächeln. «Ich verrate sie Ihnen. Wir spielen eine Runde.»

Er teilte rasch aus. «Decken Sie Ihre Karten auf. Nun, was ist?» Er lachte über Kittys verwirrten Ausdruck und legte seine Karten offen hin. Die anderen folgten. Kitty hatte alle Treffs, Monsieur Poirot alle Herzen, Pam die Piks und Colonel Clapperton die Karos.

«Sehen Sie? Wer seinem Partner und seinen Gegnern Karten nach Wunsch geben kann, sollte einem freundschaftlichen Spiel besser fernbleiben! Wenn er zu viel Glück hat, könnte ihm Übles nachgesagt werden.»

«Oh!» ereiferte sich Kitty. «Wie haben Sie das gemacht? Es sah alles ganz normal aus.»

«Die Geschwindigkeit täuscht das Auge», sagte Poirot bedeutungsvoll – dabei fiel ihm der plötzlich veränderte Gesichtsausdruck des Colonel auf. Er schien zu erkennen, daß er für einen Augenblick nicht auf der Hut gewesen war.

Poirot lächelte. Der Zauberkünstler hatte sich unter der Maske des Gentleman zu erkennen gegeben.

Im Morgengrauen des folgenden Tages erreichte das Schiff Alexandria.

Als Poirot vom Frühstück kam, traf er auf die beiden jungen Mädchen, die zum Landgang bereit waren. Sie sprachen mit Colonel Clapperton.

«Wir müssen los!» drängte Kitty. «Die Paßkontrolle wird

das Schiff gleich verlassen. Sie kommen mit uns, nicht wahr? Sie lassen uns doch nicht allein an Land gehen? Uns könnte Schreckliches zustoßen.»

«Ich finde tatsächlich, daß Sie nicht allein gehen sollten», sagte Clapperton lächelnd. «Aber ich weiß nicht, ob meine Frau sich für den Ausflug gut genug fühlt.»

«Wie schade!» sagte Pam. «Sie könnte sich inzwischen richtig ausruhen.»

Colonel Clapperton wirkte etwas unentschlossen. Offenbar hätte er sehr gern den Beschützer gespielt. Er bemerkte Poirot.

«Hallo, Monsieur Poirot – gehen Sie an Land?»

«Nein, ich glaube nicht.»

«Ich möchte mich nur schnell mit Adeline besprechen», erklärte Colonel Clapperton entschlossen.

«Wir begleiten Sie», sagte Pam. Sie gab Poirot ein Zeichen. «Vielleicht können wir sie überreden, auch mitzukommen», sagte sie bedeutungsvoll.

Colonel Clapperton schien diesen Vorschlag zu begrüßen. Er sah entschieden erleichtert aus.

«Also gut, kommen Sie beide mit», sagte er leichthin. Sie gingen zu dritt das B-Deck entlang.

Poirot, dessen Kabine direkt gegenüber der der Clappertons lag, folgte aus Neugier.

Colonel Clapperton rüttelte ein wenig nervös an der Kabinentür.

«Adeline, meine Liebe, bist du auf?»

Mrs. Clappertons schläfrige Stimme sagte von drinnen: «O mein Gott – was ist los?»

«Ich bin's, John. Willst du an Land gehen?»

«Auf keinen Fall.» Die Stimme war schrill und entschieden. «Ich habe eine schlechte Nacht hinter mir. Ich werde den ganzen Tag im Bett bleiben.»

Pam hakte schnell ein. «Oh, Mrs. Clapperton, es tut mir leid. Wir hofften so, daß Sie mitkommen. Wollen Sie es sich nicht noch mal überlegen?»

«Ich bin ganz sicher.» Mrs. Clappertons Stimme klang sogar noch schriller.

Der Colonel drehte erfolglos den Türknauf.

«Was ist los, John? Die Tür ist verriegelt. Ich will von den Stewards nicht gestört werden.»

«Tut mir leid, meine Liebe, tut mir leid! Ich wollte nur meinen Baedeker holen.»

«Du kannst ihn nicht haben», antwortete Mrs. Clapperton. «Ich stehe nicht auf. Geh, bitte, John, und laß mich in Ruhe!»

«Natürlich, natürlich, meine Liebe.» Der Colonel wich zurück. Pam und Kitty nahmen ihn in die Mitte.

«Also gehen wir sofort. Gott sei Dank haben Sie den Hut schon auf. Ach, du meine Güte – Ihr Paß ist doch nicht etwa in der Kabine?»

«Nein, natürlich steckt er in meiner Tasche –», sagte der Colonel.

Kitty quetschte seinen Arm. «Wunderbar», rief sie. «Also, kommen Sie schon!»

Poirot beugte sich über die Reling und beobachtete die drei beim Verlassen des Schiffs. Er hörte ein Atmen neben sich, wandte den Kopf und entdeckte Miss Henderson neben sich. Ihre Augen waren auf die drei verschwindenden Gestalten geheftet.

«Also gehen sie an Land», sagte sie leise.

«Ja. Sie auch?»

Sie war mit Sonnenhut, besonders hübscher Tasche und festen Schuhen ausgerüstet und sah aus, als wollte sie ebenfalls an Land gehen. Trotzdem schüttelte sie nach einer winzigen Pause den Kopf.

«Nein, ich glaube, ich bleibe an Bord. Ich habe viele Briefe zu schreiben.» Sie wandte sich ab und ging.

Keuchend von seinen morgendlichen achtundvierzig Runden, nahm General Forbes ihren Platz ein. «Aha!» rief er, als er die entschwindenden Umrisse des Colonel und der beiden jungen Mädchen entdeckte. «Das wird also gespielt! Wo ist die Gnädige?»

Poirot erklärte, daß Mrs. Clapperton einen ruhigen Tag im Bett verbringen wolle.

«Das glauben Sie doch selbst nicht!» sagte der alte Krieger mit wissendem Blick. «In kürzester Zeit wird sie erscheinen, und wenn sich herausstellt, daß der arme Teufel ohne Erlaubnis verschwand, gibt's Dresche.»

Aber die Prognosen des Generals erfüllten sich nicht. Mrs. Clapperton erschien zum Lunch nicht, und als der Colonel und seine Begleiterinnen um vier auf das Schiff zurückkehrten, hatte sie sich noch immer nicht gezeigt. Poirot war in seiner Kabine und hörte das zaghafte Klopfen des Ehemannes an der Kabinentür. Er hörte, wie es wiederholt wurde, wie der Colonel versuchte, die Kabinentür zu öffnen, und schließlich den Steward rief. «Wissen Sie, ich bekomme keine Antwort. Haben Sie einen Schlüssel?»

Poirot erhob sich entschlossen und trat auf den Flur hinaus.

Die Neuigkeit breitete sich so schnell wie ein Waldbrand aus. Mit ungläubigem Entsetzen hörten die Passagiere, daß Mrs. Clapperton in ihrer Kabine tot im Bett aufgefunden worden war – einen Eingeborenendolch im Herzen. Eine Kette mit Bernsteinkugeln hatte auf dem Boden gelegen.

Gerücht folgte auf Gerücht! Alle Kettenverkäufer, die an jenem Tag an Bord gewesen waren, seien geholt und befragt worden. Eine große Summe Bargeld sei aus einer Schublade in der Kabine verschwunden! Das Geld sei gefunden worden! Schmuck im Wert eines Vermögens sei gestohlen worden! Es sei überhaupt kein Schmuck gestohlen worden! Ein Steward sei festgenommen worden und habe den Mord gestanden!

«Was ist eigentlich wahr?» fragte Miss Henderson, die Poirot aufgelauert hatte. Ihr Gesicht war bleich und verstört.

«Meine Liebe, wie soll ich das wissen?»

«Natürlich wissen Sie es», behauptete Miss Henderson. Es war spät am Abend. Die meisten Reisenden hatten sich in ihre Kabinen zurückgezogen. Miss Henderson führte Poirot zu den Liegestühlen auf der geschützten Seite des Schiffs. «Jetzt erzählen Sie!» befahl sie.

Poirot sah sie nachdenklich an. «Es ist ein interessanter Fall.»

«Stimmt es, daß wertvoller Schmuck gestohlen wurde?»

Poirot schüttelte den Kopf. «Nein. Es ist kein Schmuck verschwunden. Eine kleine Summe Bargeld ist aus der Schublade genommen worden.»

«Ich werde mich auf einem Schiff nie mehr sicher fühlen», sagte Miss Henderson fröstelnd. «Gibt es irgendeinen Hinweis auf einen dieser kaffeebraunen Urwaldmenschen?»

«Nein», erwiderte Hercule Poirot. «Die ganze Sache ist ziemlich merkwürdig.»

«Was soll das heißen?» fragte Miss Henderson scharf.

Poirot spreizte die Hände. *«Eh bien* – halten wir uns an die Tatsachen. Mrs. Clapperton war bereits mindestens fünf Stunden tot, als sie gefunden wurde. Etwas Geld ist verschwunden. Eine Bernsteinkette lag auf dem Boden neben ihrem Bett. Die Tür war verschlossen, der Schlüssel weg. Das Fenster – ein Fenster, keine Luke – geht auf das Deck hinaus und stand offen.»

«Nun?» fragte Miss Henderson ungeduldig.

«Glauben Sie nicht auch, daß ein Mord unter diesen Umständen sehr seltsam ist? Bedenken Sie, daß die Postkartenverkäufer, Geldwechsler und Bernsteinverkäufer, die an Bord kommen dürfen, der Polizei alle genau bekannt sind.»

«Die Stewards schließen unsere Kabinen für gewöhnlich ab», bemerkte Miss Henderson.

«Ja, um die Bettelei zu verhindern. Aber dies – war Mord.»

«Worauf wollen Sie hinaus, Monsieur Poirot?» Ihre Stimme klang begierig.

«Ich denke an die verschlossene Tür.»

Miss Henderson überlegte. «Ich sehe nichts Besonderes dahinter. Der Mann ging zur Tür hinaus, schloß ab und nahm den Schlüssel mit, damit der Mord nicht zu früh entdeckt würde. Ziemlich intelligent von ihm, denn man fand sie erst um vier Uhr nachmittags.»

«Nein, nein, Mademoiselle, Sie übersehen den Punkt, den ich hervorheben will. Ich mache mir nicht Gedanken darüber, wie der Täter herauskam, sondern darüber, wie er hineinkam.»

«Durch das Fenster natürlich.»

«*C'est possible.* Aber es wäre ein sehr enger Einstieg – und es gab Leute, die die ganze Zeit an Deck auf und ab gingen, bedenken Sie.»

«Dann durch die Tür», sagte Miss Henderson ungeduldig.

«Sie vergessen, Mademoiselle, daß Mrs. Clapperton die Tür von innen abgeschlossen hatte, und zwar, bevor Colonel Clapperton das Schiff heute morgen verließ. Er hatte versucht, sie zu öffnen – darum wissen wir, daß das stimmt.»

«Unsinn. Sie klemmte vielleicht – oder er drehte den Knauf nicht richtig.»

«Aber es gibt nicht nur seine Aussage. Wir hörten es tatsächlich Mrs. Clapperton selbst sagen.»

«Wir?»

«Miss Mooney, Miss Cregan, Colonel Clapperton und ich.»

Ellie Henderson wippte mit ihrem hübsch beschuhten Fuß. Sie sprach eine Weile nicht. Dann sagte sie in leicht irritiertem Ton:

«Und was folgern Sie daraus? Wenn Mrs. Clapperton die Tür verschließen konnte, konnte sie sie wohl auch öffnen.»

«Ganz genau, richtig.» Poirot wandte ihr ein strahlendes Gesicht zu. «Und Sie sehen, wohin uns das führt. Mrs. Clapperton schloß auf und ließ den Mörder ein. Nun, hätte sie dies wegen eines Bernsteinverkäufers getan?»

«Sie wußte vielleicht nicht, wer es war. Er kann geklopft haben – sie stand auf und öffnete. Und der Kerl drang ein und tötete sie.»

Poirot schüttelte den Kopf. «*Au contraire.* Sie lag friedlich im Bett, als sie erstochen wurde.»

Miss Henderson starrte ihn an. «Worauf wollen Sie hinaus?» fragte sie abrupt.

Poirot lächelte. «Nun, es sieht doch so aus, als ob sie die Person gekannt hat, die sie einließ.»

«Sie meinen, daß der Mörder ein Passagier ist?» Ihre Stimme klang etwas rauh.

Poirot nickte. «Das scheint der Fall zu sein.»

«Und daß die Bernsteinkette auf dem Boden eine Irreführung ist?»

«Ganz genau.»

«Der Gelddiebstahl auch?»

«Richtig.»

Nach einer Pause sagte Miss Henderson langsam: «Ich fand, daß Mrs. Clapperton eine sehr unangenehme Frau war, und ich glaube, keiner an Bord mochte sie wirklich, aber es gibt niemand, der einen Grund gehabt hätte, sie zu töten.»

«Außer vielleicht ihren Mann», sagte Poirot.

«Sie glauben doch nicht –» Sie hielt inne.

«Jeder hier auf diesem Schiff findet, Colonel Clapperton hätte allen Grund gehabt, sie mit dem Beil zu erschlagen. Das war, glaube ich, der Ausdruck, der verwendet wurde.»

Miss Henderson sah ihn an und wartete.

«Aber ich muß gestehen», fuhr Poirot fort, «daß ich persönlich nicht das geringste Anzeichen von Empörung bei dem guten Colonel entdeckte. Außerdem, was wichtiger ist, hat er ein Alibi. Er war den ganzen Tag mit den beiden jungen Damen zusammen und kehrte erst um vier Uhr auf das Schiff zurück. Zu diesem Zeitpunkt war Mrs. Clapperton schon viele Stunden tot.»

Es herrschte wieder eine Minute lang Schweigen. Dann sagte Miss Henderson leise: «Und Sie glauben immer noch – der Täter ist ein Passagier?»

Poirot nickte.

Miss Henderson lachte plötzlich – ein lautes, abwehrendes Lachen. «Ihre Theorie wird wohl schwer zu beweisen sein, Monsieur Poirot. Es gibt sehr viele Passagiere.»

Poirot verbeugte sich vor ihr. «Ich benütze eine Redewendung eines Ihrer Kriminalschriftsteller: ›Ich habe meine eigenen Methoden, Watson.‹»

Am nächsten Abend beim Abendessen fand jeder Passagier eine maschinengeschriebene Einladung neben seinem Teller, um halb neun im Aufenthaltsraum zu erscheinen. Als alle versammelt waren, stieg der Kapitän auf das Podium, auf dem das Orchester sonst spielte, und hielt eine Rede.

«Ladies und Gentlemen, Sie kennen die Tragödie, die sich gestern ereignete. Ich bin sicher, Sie möchten alle behilflich sein, den Urheber dieses abscheulichen Verbrechens der Gerechtigkeit zuzuführen.» Er machte eine Pause und räusperte sich. «Wir haben an Bord bei uns Monsieur Hercule Poirot, der Ihnen wohl allen bekannt ist als ein Mann, der große Erfahrung in – eh – solchen Angelegenheiten besitzt. Ich hoffe, Sie achten genau auf das, was er Ihnen zu sagen hat.»

In diesem Augenblick trat Colonel Clapperton ein, der nicht zum Essen erschienen war, und setzte sich neben General Forbes. Er wirkte wie ein Mann, der von Trauer gezeichnet ist, und nicht wie einer, der sich erleichtert fühlt. Entweder war er ein sehr guter Schauspieler, oder er hatte seine unangenehme Frau tatsächlich geliebt.

«Monsieur Hercule Poirot!» rief der Kapitän und trat vom Podium. Poirot nahm seinen Platz ein. Er sah etwas komisch und pathetisch aus, als er jetzt seiner Zuhörerschaft strahlend zulächelte.

«Messieurs, Mesdames, es ist sehr freundlich von Ihnen, daß Sie so geduldig sein wollen, mir zuzuhören. Der Kapitän hat Ihnen gesagt, daß ich eine gewisse Erfahrung in diesen Dingen habe. Es stimmt, ich habe genaue Vorstellungen, wie wir diesen besonderen Fall lösen können.»

Auf ein Zeichen erschien ein Steward mit einem riesigen, formlosen Gegenstand, der in ein Tuch gehüllt war, und reichte ihn Poirot hinauf.

«Was ich jetzt tun werde, wird Sie vielleicht ein wenig erstaunen», warnte Poirot. «Vielleicht bin ich exzentrisch oder gar verrückt. Trotzdem versichere ich Ihnen, daß dieser Unsinn Methode hat.»

Sein Blick streifte kurz Miss Henderson. Dann begann er den umfangreichen Gegenstand zu enthüllen.

«Ich habe hier, Messieurs, Mesdames, einen wichtigen Zeugen für den Mord an Mrs. Clapperton.» Mit kräftiger Hand zog er das letzte Tuch weg und enthüllte eine beinahe lebensgroße Holzpuppe, die mit Samtanzug und Spitzenkragen bekleidet war.

«Nun, Arthur», sagte Poirot mit veränderter Stimme. Hier redete nicht mehr ein Ausländer, sondern jemand, der Englisch mit leichtem Cockney-Einschlag sprach. «Kannst du mir etwas sagen – ich wiederhole –, kannst du mir etwas erzählen über Mrs. Clappertons Tod?»

Der Nacken der Puppe vibrierte etwas, ihr hölzerner Unterkiefer fiel herunter und zitterte, und eine schrille hohe Frauenstimme sagte:

«Was ist los, John? Die Tür ist verschlossen. Ich will von den Stewards nicht gestört werden ...»

Da ertönte ein Schrei, ein Stuhl fiel um, ein Mann stand schwankend da, die Hand am Hals, und versuchte zu sprechen ... Dann fiel die Gestalt plötzlich in sich zusammen und kippte vornüber.

Es war Colonel Clapperton.

Poirot und der Schiffsarzt richteten sich neben der ausgestreckten Gestalt auf.

«Es ist wohl vorbei mit ihm. Das Herz», sagte der Arzt kurz.

Poirot nickte. «Ein Schock, weil er seinen Trick durchschaut sah.»

Er wandte sich General Forbes zu. «General, Sie haben mir mit Ihrer Bemerkung über das Varieté einen wichtigen Hinweis gegeben. Ich habe lange daran herumgerätselt, bis ich darauf kam: Angenommen, daß Clapperton früher Bauchredner gewesen war. Dann wäre es sehr gut möglich gewesen, daß drei Leute Mrs. Clapperton in der Kabine sprechen hörten, obwohl sie bereits tot war ...»

Miss Henderson stand neben ihm. Ihre Augen waren düster und voll Schmerz. «Wußten Sie, daß er ein schwaches Herz hatte?» fragte sie.

«Ich nahm es an. Mrs. Clapperton sprach von ihrem eigenen angegriffenen Herzen, aber sie kam mir eher vor wie jemand, der gern als krank gilt. Dann fand ich den Teil eines Rezepts für eine sehr starke Dosis Digitalin. Digitalin ist ein Herzmittel, aber es konnte nicht für Mrs. Clapperton bestimmt gewesen sein, weil Digitalin die Pupillen erweitert. Ich hatte dieses Phänomen an ihr nicht beobachtet. Als ich jedoch dem Colonel in die Augen sah, entdeckte ich dieses Symptom sofort.»

«Also dachten Sie – daß es so enden könnte?» fragte Miss Henderson leise.

«Es ist am besten so, glauben Sie nicht auch, Mademoiselle?» fragte er ruhig.

Er sah Tränen in ihren Augen. «Sie wußten es!» sagte sie. «Sie wußten die ganze Zeit, daß ich ihn mochte ... und er mich nicht ... Es waren jene Mädchen – die Jugend –, die ihn seine Versklavung fühlen ließen. Er wollte frei sein, bevor es zu spät war ... Ja, ich bin sicher, daß es sich so abgespielt hat. Wann wußten Sie, daß er der Täter war?»

«Seine Beherrschung war zu perfekt», sagte Poirot einfach. «Egal, wie scheußlich seine Frau sich benahm – es schien ihn nie zu berühren. Entweder hatte er sich so daran gewöhnt, daß es ihm egal war, oder – *eh bien* – ich vermutete die andere Möglichkeit ... und hatte recht. Dann war da noch sein ausdrücklicher Hinweis auf seine Taschenspielerkünste – am Abend vor dem Verbrechen. Er tat, als ließe er sich gehen. Aber ein Mann wie Clapperton läßt sich nicht gehen! Er mußte einen Grund haben: Solange die Leute dachten, er habe einmal als Taschenspieler gearbeitet, würde man nicht vermuten, daß er Bauchredner gewesen war.»

«Und die Stimme, die wir hörten – Mrs. Clappertons Stimme?»

«Eine der Stewardessen hat eine ähnliche Stimme wie sie. Ich überredete sie, sich hinter der Bühne zu verstecken, und brachte ihr die Worte bei, die sie sagen sollte.»

«Es war ein Trick – ein gemeiner Trick», rief Miss Henderson.

«Ich kann einen Mord nicht billigen», entgegnete Hercule Poirot.

Tot im dritten Stock

«Weiß der Kuckuck», sagte Pat.

Mit heftigem Stirnrunzeln wühlte sie wie wild in der seidenen Winzigkeit, die sie Abendtasche nannte. Zwei junge Männer und ein weiteres junges Mädchen sahen ihr gespannt zu. Sie standen alle vor der geschlossenen Tür zu Pats Wohnung.

«Es hilft nichts», sagte Pat. «Er ist nicht da. Was machen wir jetzt?»

«Was ist das Leben ohne Hausschlüssel?» murmelte Jimmy Faulkener. Er war ein kleiner, breitschultriger junger Mann mit warmen blauen Augen.

Pat wandte sich ihm zornig zu. «Mach keine Witze, Jimmy! Es ist ernst.»

«Sieh noch mal nach, Pat», sagte Donovan Bailey. «Er muß doch da sein!» Er hatte eine schleppende, angenehme Stimme, die zu seinem schmalen, dunklen Gesicht paßte.

«Falls du ihn überhaupt mitgenommen hast», meinte das andere junge Mädchen, Mildred Hope.

«Natürlich nahm ich ihn mit», antwortete Pat. «Ich glaube, ich gab ihn einem von euch beiden.» Sie wandte sich anschuldigend den Männern zu. «Ich sagte Donovan, er solle ihn mitnehmen.»

Aber so leicht war der Sündenbock nicht zu finden. Donovan widersprach deutlich, und Jimmy stieß in dasselbe Horn.

«Ich sah, wie du ihn in die Tasche tatest», sagte Jimmy.

«Also gut, dann hat ihn einer von euch verloren, als ihr mir die Tasche gabt. Ich habe sie ein- oder zweimal fallen gelassen.»

«Ein- oder zweimal!» entgegnete Donovan. «Sie ist dir mindestens ein dutzendmal runtergefallen. Außerdem ließest du sie bei jeder Gelegenheit liegen.»

«Ich verstehe nicht, warum nicht auch alles andere rausgefallen ist», sagte Jimmy.

«Die Frage ist – wie kommen wir hinein?» meldete sich Mildred. Sie war ein vernünftiges Mädchen, das bei der Sache blieb, aber sie war nicht annähernd so attraktiv wie die impulsive und unruhige Pat.

Alle vier starrten die geschlossene Tür an.

«Könnte nicht der Hausmeister helfen?» schlug Jimmy vor. «Vielleicht hat er einen Dietrich oder so was?»

Pat schüttelte den Kopf. Es gab nur zwei Schlüssel. Einer hing in der Wohnung in der Küche, und der andere war in der verwünschten Tasche oder hätte dort sein sollen.

«Wenn die Wohnung doch im Erdgeschoß läge», jammerte Pat. «Dann müßten wir nur ein Fenster eindrücken. Donovan, du möchtest dich nicht als Fassadenkletterer betätigen?»

Donovan lehnte es höflich, aber strikt ab.

«Eine Wohnung im vierten Stock wäre ein riskantes Unternehmen», meinte Jimmy.

«Vielleicht gibt es eine Feuertreppe?» schlug Donovan vor.

«Es gibt keine.»

«Sollte es aber», sagte Jimmy. «Ein Gebäude mit fünf Stockwerken sollte eine Feuertreppe haben.»

«Das finde ich auch. Aber was ‹sein sollte›, hilft uns nicht weiter. Wie komme ich nur je wieder in meine Wohnung hinein?»

«Gibt es nicht eine Art Warenlift, mit dem die Lieferanten zum Beispiel das Gemüse hochschicken?» fragte Donovan.

«Der Warenlift», sagte Pat. «O ja, aber er ist nur eine Art Drahtkorb. Wartet – ich weiß etwas. Wie steht's mit dem Kohleaufzug?»

«Immerhin», meinte Donovan. «Das ist ein Vorschlag.» Mildred gab Entmutigendes zu bedenken. «Die Tür in Pats Küche wird auf der Innenseite verriegelt sein.»

Aber diese Möglichkeit wurde sofort verworfen.

«Ich glaube kaum», widersprach Donovan.

«Nicht in Pats Küche», sagte Jimmy. «Pat verriegelt nie etwas.»

«Ich glaube nicht, daß sie verriegelt ist», meinte auch Pat. «Ich ließ heute morgen den Kehrichteimer hinunter, und ich bin sicher, ich habe die Tür nachher nicht verriegelt. Es wäre mir auch gar nicht in den Sinn gekommen.»

«Nun», sagte Donovan, «dies könnte uns heute sehr hilfreich sein, aber trotzdem, kleine Pat, muß ich dir sagen, daß dich diese lockeren Gewohnheiten der Willkür der Diebe aussetzen.»

Pat achtete nicht auf die Ermahnungen.

«Also los!» rief sie und begann, die vier Treppen hinunterzulaufen. Die andern folgten ihr. Pat führte sie durch einen dunklen Gang, offenbar vollgestopft mit Kinderwagen, durch eine Tür und über den Lichtschacht der Wohnungen zum Kohleaufzug, an dem ein Kehrichteimer hing. Donovan nahm ihn ab und trat behende auf die Plattform. Er rümpfte die Nase.

«Ziemlicher Gestank», bemerkte er. «Aber was ist los? Gehe ich allein auf Abenteuer, oder begleitet mich jemand?»

«Ich komme mit», sagte Jimmy.

Er trat neben Donovan.

«Hoffentlich trägt er uns», meinte er zweifelnd.

«Ihr könnt nicht mehr als eine Tonne Kohle wiegen», sagte Pat, die es mit Gewichten nicht so genau nahm.

«Auf jeden Fall werden wir es bald wissen», sagte Donovan munter und zog am Seil.

Mit einem quietschenden Geräusch verschwanden sie außer Sichtweite.

«Das Ding macht einen schrecklichen Lärm», bemerkte Jimmy, während sie durch die Dunkelheit nach oben fuhren.

«Was werden die Leute in den anderen Wohnungen denken?»

«Geister oder Einbrecher, vermutlich», antwortete Donovan. «Das Seil zu ziehen ist harte Arbeit. Der Hausmeister arbeitet in solchen Häusern schwerer, als ich dachte. Jimmy, zählst du auch die Stockwerke?»

«Mein Gott, nein. Das habe ich vergessen.»

«Ich nicht. Das ist der dritte Stock, an dem wir jetzt vorbeifahren. Der nächste ist es.»

«Und jetzt werden wir gleich feststellen, daß Pat die Tür doch verriegelt hat», brummte Jimmy.

Aber diese Befürchtung war unbegründet. Die Holztür sprang bei der Berührung auf, und Donovan und Jimmy traten in Pats stockdunkle Küche.

«Wir sollten eine Taschenlampe haben», erklärte Donovan. «Wie ich Pat kenne, liegt alles mögliche auf dem Boden, und wir zertreten eine Menge, bevor wir den Lichtschalter finden. Rühr dich nicht, Jimmy, bis ich das Licht angemacht habe!»

Donovan tastete sich vorsichtig vor, stieß aber ein heftiges «Verdammt!» aus, als ihn unerwartet die Ecke eines Küchentisches in die Seite traf. Er fand den Schalter, dann klang ein weiteres «Verdammt!» durch die Dunkelheit. «Was ist los?» fragte Jimmy.

«Es gibt kein Licht. Die Birne ist wohl kaputt. Warte! Ich mache das Licht im Wohnzimmer an.»

Das Wohnzimmer lag auf der anderen Seite des Korridors. Jimmy hörte Donovan durch die Tür gehen, und sogleich erreichten ihn neue Flüche. Er bahnte sich selbst vorsichtig einen Weg durch die Küche.

«Was ist los?»

«Ich weiß es nicht. Die Zimmer sind bei Nacht wie verhext. Alles scheint woanders zu stehen. Tische und Sessel, wo man sie am wenigsten vermutet hätte. Zum Teufel! Schon wieder einer!»

Aber jetzt hatte Jimmy zufällig den Lichtschalter gefunden. Die zwei jungen Männer sahen einander in stillem Entsetzen an.

Dies war nicht Pats Wohnzimmer. Sie standen in der falschen Wohnung.

Zunächst war dieser Raum etwa zehnmal voller, was Donovans lautstarke Verwünschungen erklärte, als er wiederholt an Stühlen und Tischen angeeckt war. Es stand ein großer runder Tisch in der Mitte, bedeckt mit einem roten Filztuch, und am Fenster grünte eine Aspidistra. Es war ausgerechnet die Art Einrichtung, deren Besitzer man ihr Eindringen nur schwer erklären konnte, dessen waren sich die jungen Männer sicher. Entsetzt sahen sie auf den Tisch, auf dem ein kleiner Stoß Briefe lag.

«Mrs. Ernestine Grant», flüsterte Donovan, nachdem er sie in die Hand genommen und den Namen gelesen hatte. «Mein Gott! Glaubst du, sie hat uns gehört?»

«Es wäre ein Wunder, wenn sie dich nicht gehört hätte», sagte Jimmy, «bei deinen Flüchen und wie du an die Möbel gestoßen bist! Los, um Himmels willen, hauen wir schnell ab.»

Sie löschten rasch das Licht und schlichen auf Zehenspitzen zum Lift zurück. Jimmy stieß einen Seufzer der Erleichterung aus, als sie ohne Zwischenfall wieder auf der Plattform standen.

«Ich habe es gern, wenn eine Frau einen guten, gesunden Schlaf hat», sagte er anerkennend. «Mrs. Ernestine Grant hat ihre Qualitäten.»

«Jetzt weiß ich, warum wir die Stockwerke verwechselt haben», sagte Donovan. «Wir fingen ja im Keller zu zählen an.» Er zog an dem Seil, und der Lift schoß hinauf. «Diesmal sind wir richtig.»

«Da bin ich aber sehr froh», sagte Jimmy, während er wieder ins Dunkle trat. «Meine Nerven würden nicht mehr viele solche Schocks aushalten.»

Es gab tatsächlich keine weiteren Probleme mehr. Die erste aufleuchtende Lampe bewies, daß sie in Pats Küche standen, und in kürzester Zeit öffneten sie die Wohnungstür und ließen die beiden jungen Frauen ein, die draußen gewartet hatten.

«Ihr habt lange gebraucht», brummte Pat. «Mildred und ich mußten wahnsinnig lange warten.»

«Wir haben ein Abenteuer erlebt», sagte Donovan. «Beinahe hätte uns die Polizei als gefährliche Einbrecher verhaftet.»

Pat war ins Wohnzimmer vorausgegangen, wo sie das Licht andrehte und ihre Tasche auf das Sofa fallen ließ. Mit lebhaftem Interesse hörte sie Donovans Erzählung zu.

«Ich bin froh, daß die Person euch nicht erwischte», kommentierte sie. «Sie ist sicher ein alter Drachen. Ich bekam heute morgen eine Nachricht von ihr – sie möchte mich sprechen. Bestimmt will sie sich beschweren – vermutlich mein Klavier. Leute, die Klavierspiel nicht mögen, sollten nicht in solchen Wohungen wohnen. Donovan, du hast dich an der Hand verletzt. Sie ist ja ganz blutig! Geh dich waschen.»

Donovan sah überrascht auf seine Hand. Er ging folgsam aus dem Zimmer und rief dann Jimmy.

«Hallo», sagte dieser, «was ist los? Du hast dich nicht schwer verletzt, oder?»

«Ich habe mich überhaupt nicht verletzt.»

Donovans Stimme war so merkwürdig, daß Jimmy ihn überrascht musterte. Donovan hielt ihm seine gewaschene Hand hin, und Jimmy entdeckte keine Spur irgendeiner Verletzung.

«Das ist merkwürdig», sagte er stirnrunzelnd. «Es war ziemlich viel Blut. Woher stammt es?» Dann begriff er plötzlich, was sein schneller schaltender Freund vermutete. «Du meine Güte, das muß aus jener Wohnung stammen.» Er dachte über das eben Gesagte nach. «Bist du sicher, daß es – eh – Blut war?» fragte er. «Nicht Farbe?» Donovan schüttelte den Kopf. «Es war bestimmt Blut.» Er schauderte.

Sie blickten sich an. Der gleiche Gedanke war in ihnen aufgestiegen. Es war Jimmy, der ihn zuerst aussprach. «Ich würde sagen ...» Er zögerte. «Meinst du, wir sollten – nun – wieder hinuntergehen – und – eh – uns umsehen? Nachsehen, was los ist, ja?»

«Was ist mit den Frauen?»

«Wir verraten ihnen nichts. Pat wird sich eine Schürze umbinden und Omeletts backen. Wir sind zurück, bis sie uns vermissen.»

«Also gut, komm», sagte Donovan. «Ich glaube, wir müssen das einfach auf uns nehmen. Vermutlich ist alles ganz harmlos.»

Aber es klang nicht überzeugt. Sie stiegen in den Lift und fuhren in den unteren Stock. Sie fanden ohne Schwierigkeiten den Weg durch die Küche und machten wieder das Licht im Wohnzimmer an.

«Es muß hier gewesen sein», sagte Donovan, «daß – daß ich das Zeug anfaßte. In der Küche habe ich nichts berührt.»

Sie blickten sich um und staunten. Alles wirkte ordentlich und ganz normal und schien von jedem Verdacht auf Gewalttätigkeit oder geronnenes Blut weit entfernt zu sein.

Plötzlich zuckte Jimmy heftig zusammen und packte den Freund am Arm.

«Sieh mal, da!»

Donovan folgte dem ausgestreckten Finger mit seinem Blick und stieß einen erstaunten Ruf aus. Unter den schweren roten Vorhängen lugte ein Fuß hervor – ein weiblicher Fuß in einem durchbrochenen Lederschuh.

Jimmy ging zu den Vorhängen und zog sie brüsk zur Seite. In der Fensternische lag der zusammengekauerte Körper einer Frau, eine dicke dunkle Lache neben sich. Sie war tot, daran war nicht zu zweifeln. Jimmy machte einen Versuch, sie hochzuheben, aber Donovan hinderte ihn daran.

«Das läßt du besser bleiben! Sie darf nicht angerührt werden, bis die Polizei kommt.»

«Die Polizei, natürlich. O Donovan, was für eine schreckliche Sache. Wer kann das nur sein? Mrs. Ernestine Grant?»

«Scheint so. Falls noch jemand anders in der Wohnung ist, verhält er sich sehr ruhig.»

«Was tun wir jetzt?» fragte Jimmy. «Hinauslaufen und einen Polizisten suchen oder von Pats Wohnung aus telefonieren?»

«Ich glaube, telefonieren wäre besser. Komm, wir können ebensogut durch die Wohnungstür hinausgehen. Wir können nicht die ganze Nacht mit dem stinkenden Lift auf und ab fahren.»

Jimmy war einverstanden. Als sie vor der Tür standen, zögerte er. «Überleg mal! Meinst du, daß einer von uns dableiben sollte, um aufzupassen – bis die Polizei kommt?»

«Ja, du hast wohl recht. Bleib hier, ich laufe hinauf und rufe an.»

Er eilte davon und läutete im nächsten Stock. Pat öffnete. Sie sah sehr hübsch aus mit ihren geröteten Wangen und der umgebundenen Schürze. Ihre Augen wurden groß vor Staunen.

«Du? Aber wieso – Donovan, was ist los? Ist etwas geschehen?»

Er nahm sie bei beiden Händen. «Schon gut, Pat – wir haben nur eine ziemlich unangenehme Entdeckung in der unteren Wohnung gemacht. Eine tote Frau –»

«Oh!» Pat stieß einen kleinen Schrei aus. «Wie schrecklich. Hat sie einen Schlaganfall gehabt?»

«Nein. Es sieht so aus – nun – es sieht eher aus, als sei sie ermordet worden.»

«O Donovan!»

«Ja. Es ist barbarisch.»

Er hielt noch immer ihre Hände. Sie hatte sie in den seinen gelassen – ja, sie klammerte sich sogar an ihn. Liebste Pat – wie sehr er sie liebte! Machte sie sich überhaupt etwas aus ihm? Manchmal glaubte er es. Manchmal hatte er Angst, daß Jimmy Faulkener – die Erinnerung an Jimmy, der unten geduldig wartete, trieb ihn voran.

«Liebste Pat, wir müssen die Polizei rufen.»

«Monsieur hat recht», sagte eine Stimme hinter ihm. «Und in der Zwischenzeit, während wir auf sie warten, kann ich Ihnen vielleicht etwas behilflich sein.»

Sie hatten in der offenen Wohnungstür gestanden und traten jetzt in den Flur hinaus. Eine Gestalt war etwas höher über ihnen auf der Treppe erschienen und kam nun in ihr Blickfeld herunter.

Sie starrten verblüfft auf den kleinen Mann mit dem abenteuerlichen Schnurrbart und dem eiförmigen Kopf. Er trug einen glänzenden Morgenmantel und gestickte Pantoffeln und verbeugte sich galant vor Pat.

«Mademoiselle! Ich bin, wie Sie vielleicht wissen, der Mieter der oberen Wohnung. Ich wohne gern oben – die Luft, die Aussicht über London ... Ich habe die Wohnung unter dem Namen O'Connor gemietet. Aber ich bin kein Ire. Ich heiße anders. Darum erlaube ich mir auch, mich Ihnen zur Verfügung zu stellen. Gestatten Sie?» Schwungvoll zog er eine Visitenkarte hervor und überreichte sie Pat. Sie betrachtete sie.

«Monsieur Hercule Poirot. Oh!» Sie hielt den Atem an. «Der berühmte Monsieur Poirot? Der große Detektiv? Und Sie wollen wirklich helfen?»

«Das ist meine Absicht, Mademoiselle. Ich hätte beinahe schon früher heute abend meine Hilfe angeboten.»

Pat war verwirrt.

«Ich hörte, wie Sie sich über den verlorenen Schlüssel berieten. Ich bin zwar ein Spezialist und hätte ohne weiteres Ihre Tür öffnen können, aber ich zögerte, es Ihnen vorzuschlagen. Ich wäre Ihnen sehr verdächtig vorgekommen.»

Pat lachte.

«Aber jetzt, Monsieur», sagte Poirot zu Donovan, «gehen Sie hinein, ich bitte Sie, und rufen Sie die Polizei. Ich werde in die untere Wohnung gehen.»

Pat begleitete ihn. Dem Wache haltenden Jimmy erklärte Pat Poirots Erscheinen. Jimmy erklärte Poirot ihr Abenteuer. Der Detektiv hörte aufmerksam zu.

«Die Lifttür war nicht verriegelt, sagen Sie? Sie drangen in die Küche ein, aber das Licht ging nicht an.»

Er marschierte während des Sprechens zur Küche und betätigte den Lichtschalter.

«Tiens! Voilà ce qui est curieux!» sagte er, als das Licht aufflammte. «Es funktioniert jetzt prächtig. Ich frage mich –»

Er hob einen Finger, um zum Schweigen zu mahnen, und lauschte. Ein schwacher Laut durchdrang die Stille – ein unmißverständliches Schnarchen.

«Ah!» sagte Poirot. *«La chambre de domestique.»*

Auf Zehenspitzen schlich er durch die Küche und in eine kleine Spülküche, von der eine Tür abging. Er öffnete sie und knipste das Licht an. Das Zimmer war eine Art Hundehütte, wie sie von den Architekten für die Unterkunft eines dienstbaren Geistes geplant werden. Der Raum wurde fast vollständig von dem Bett eingenommen, in dem ein rotwangiges Mädchen mit weit geöffnetem Mund auf dem Rücken lag und friedlich schnarchte. Poirot schaltete das Licht aus und trat den Rückzug an. «Sie wird nicht erwachen. Lassen wir sie schlafen, bis die Polizei kommt.»

Er kehrte ins Wohnzimmer zurück. Donovan war inzwischen dazugestoßen.

«Die Polizei wird sofort hier sein», meldete er atemlos. «Wir sollen nichts anrühren.»

Poirot nickte. «Wir werden nichts berühren, wir werden uns nur umsehen, das ist alles.»

Mildred war ebenfalls gekommen, und die vier jungen Leute standen nun unter der Tür und beobachteten Poirot mit atemlosem Interesse.

«Was ich nicht verstehen kann, Sir, ist folgendes», sagte Donovan. «Ich ging nicht zum Fenster – wie kam das Blut an meine Hände?»

«Mein junger Freund, die Antwort darauf starrt Ihnen ins Gesicht. Welche Farbe hat das Tischtuch? Rot, nicht wahr? Zweifellos legten Sie Ihre Hand auf den Tisch.»

«Ja, stimmt. Ist das –» Er hielt inne.

Poirot nickte. Er beugte sich über den Tisch und wies auf einen dunklen Fleck.

«Hier wurde das Verbrechen begangen», sagte er feierlich. «Die Leiche wurde nachträglich entfernt.»

Er sah sich langsam im Zimmer um, bewegte sich nicht, rührte nichts an, und trotzdem hatten die vier Beobachter das Gefühl, daß jeder Gegenstand in diesem muffigen Zimmer unter seinem neugierigen Blick sein Geheimnis preisgab.

Hercule Poirot nickte befriedigt. Ein kleiner Seufzer entschlüpfte ihm. «Jetzt sehe ich es auch», sagte er.

«Was sehen Sie?» fragte Donovan neugierig.

«Ich sehe, was Sie zweifellos zu spüren bekamen – daß das Zimmer mit Möbeln vollgestopft ist.»

Donovan lächelte bedauernd. «Ich habe ganz schön geschimpft», erklärte er. «Denn es stand alles an einem anderen Platz als in Pats Wohnzimmer, und ich fand mich nicht zurecht.»

«Nicht alles.»

Donovan sah ihn fragend an.

«Ich meine», sagte Poirot entschuldigend, «daß gewisse Dinge gleich sind. In einem Mietshaus sind Türen und Fenster, der Kamin – alles ist in den übereinanderliegenden Zimmern an der gleichen Stelle.»

«Ist das nicht Haarspalterei?» fragte Mildred und sah Poirot ziemlich geringschätzig an.

«Man sollte immer ganz präzise formulieren. Das ist eine kleine – wie sagt man doch – Marotte von mir.»

Sie hörten Schritte auf der Treppe. Drei Männer kamen herein: ein Polizeiinspektor, ein Polizist und ein Amtsarzt. Der Inspektor erkannte Poirot und grüßte ihn fast ehrerbietig. Dann wandte er sich den anderen zu.

«Ich brauche von allen eine Aussage, aber zunächst –» Poirot unterbrach ihn. «Ein kleiner Vorschlag: Wir gehen in die Wohnung hinauf, und Mademoiselle wird das tun, was sie ursprünglich vorhatte – Omeletts backen. Ich habe eine ausgesprochene Leidenschaft dafür. Dann, Monsieur, wenn Sie hier fertig sind, werden Sie zu uns hinaufkommen und uns nach Belieben Fragen stellen.» So wurde es vereinbart, und Poirot ging mit den anderen hinauf.

«Monsieur Poirot», sagte Pat. «Sie sind wirklich sehr liebenswürdig. Sie sollen ein schönes Omelett bekommen. Das mache ich wirklich sehr gut.»

«Fein. Früher einmal, Mademoiselle, liebte ich eine schöne junge Engländerin, die Ihnen sehr ähnlich sah, aber leider – sie konnte nicht kochen. Vielleicht war es ganz gut so!»

Es lag eine leichte Traurigkeit in seiner Stimme, und Jimmy Faulkener musterte ihn neugierig. Aber in Pats Wohnung oben übertraf Poirot sich selbst als charmanter Unterhalter. Die grimmige Tragödie war fast vergessen. Die Omeletts waren bereits aufgegessen und gebührend gelobt worden, als Inspektor Rices Schritte zu hören waren. Er kam in Begleitung des Arztes. Der Polizist hielt unten Wache.

«Nun, Monsieur Poirot, alles ist klar und deutlich – nichts für Sie, obwohl es uns schwerfallen dürfte, den Mann zu erwischen. Ich möchte nur noch hören, wie Sie die Tote entdeckten.»

Donovan und Jimmy berichteten von den Geschehnissen des Abends. Der Inspektor wandte sich vorwurfsvoll an Pat.

«Sie dürfen Ihre Lifttür nicht unverriegelt lassen. Miss. Wirklich nicht.»

«Ab heute sicher nicht mehr», beteuerte Pat mit einem Schauder. «Jeder könnte hereinkommen und mich umbringen wie die arme Frau da unten.»

«Ah! Aber unten kam man nicht auf diesem Weg herein», meinte der Inspektor.

«Sie werden uns doch verraten, was Sie entdeckt haben, ja?» fragte Poirot.

«Ich weiß nicht, ob ich es sollte – aber da Sie dabei sind, Monsieur Poirot –»

«*Précisément.* Und diese jungen Leute – sie werden verschwiegen sein.»

«Die Zeitungen werden ohnehin bald Wind davon bekommen», sagte der Inspektor. «Es gibt kein Geheimnis bei der Geschichte. Nun, die tote Frau ist Mrs. Grant. Der Hausmeister hat sie identifiziert. Sie war etwa fünfundreißig, saß am Tisch und wurde mit einer kleinkalibrigen Pistole erschossen, vielleicht von jemandem, der ihr am Tisch gegenübersaß. Sie fiel vornüber, und so kam der Blutfleck auf das Tischtuch.»

«Aber hätte nicht jemand den Schuß gehört?» frage Mildred.

«Die Pistole hatte einen Schalldämpfer. Übrigens, hörten Sie den Schrei des Dienstmädchens, als sie von dem Mord erfuhr? Nein? Gut, das beweist nur, wie unwahrscheinlich es ist, daß hier jemand den anderen hören kann.»

«Hatte das Dienstmädchen nichts zu erzählen?» fragte Poirot.

«Sie hatte frei an dem Abend. Sie besitzt eigene Schlüssel und kam etwa um zehn Uhr nach Hause. Alles war still. Sie dachte, Mrs. Grant sei zu Bett gegangen.»

«Sie sah also nicht ins Wohnzimmer?»

«Doch, sie legte die Briefe hin, die mit der Abendpost gekommen waren, aber sie bemerkte nichts Ungewöhnliches – genau wie Mr. Faulkener und Mr. Bailey. Sie sehen, der Mörder hatte die Leiche sehr gut hinter den Vorhängen versteckt.»

«Aber das ist doch äußerst ungewöhnlich, finden Sie nicht auch?»

Poirots Stimme klang sehr freundlich, trotzdem blickte der Inspektor kurz auf.

«Er wollte nicht, daß das Verbrechen entdeckt würde, damit er Zeit zum Verschwinden hatte.»

«Vielleicht – vielleicht ... Aber fahren Sie fort mit Ihren Ausführungen.»

«Das Mädchen ging um fünf Uhr weg. Der Arzt bestätigt, daß die Todeszeit etwa vier bis fünf Stunden zurückliegt. Stimmt doch, nicht wahr?»

Der Arzt, ein Mann von wenig Worten, begnügte sich mit einem Kopfnicken.

«Jetzt ist es Viertel vor zwölf. Die Tatzeit kann also eingegrenzt werden auf eine ziemlich genaue Stunde.»

Der Inspektor zog ein zerknülltes Blatt Papier hervor.

«Das fanden wir in der Rocktasche der Toten. Sie können es ruhig anfassen. Es sind keine Fingerabdrücke darauf.»

Poirot glättete den Bogen. In kleinen, steifen Großbuchstaben stand da: ICH KOMME SIE HEUTE ABEND UM HALB SIEBEN BESUCHEN – J. F.

«Eine verräterische Nachricht», kommentierte Poirot beim Zurückgeben.

«Er ahnte nicht, daß sie sie in der Tasche hatte», sagte der Inspektor. «Er dachte vielleicht, sie habe das Blatt vernichtet. Wir besitzen einen Beweis dafür, wie vorsichtig er war. Die Pistole, mit der sie erschossen wurde, fanden wir unter der Leiche – wieder ohne Fingerabdrücke. Sie waren mit einem seidenen Taschentuch weggewischt worden.»

«Wieso wissen Sie, daß es aus Seide ist?» fragte Poirot.

«Weil wir es fanden», rief der Inspektor triumphierend. «Zuletzt, als er die Vorhänge zuzog, muß er es unbemerkt fallen gelassen haben.»

Er zeigte ihnen ein großes weißes Seidentuch von sehr guter Qualität. Der Inspektor brauchte nicht darauf hinzuweisen: Es war deutlich und gut lesbar mit einem Namen bestickt. Poirot las ihn laut: «John Fraser».

«Das ist er», sagte der Inspektor. «John Fraser – J. F. Wir kennen den Namen des Mannes, nach dem wir fahnden müssen, und wenn wir etwas mehr über die Tote und ihre Beziehungen wissen, werden wir bald die Spur zu ihm finden.»

«Das bezweifle ich», sagte Poirot. «Nein, *mon cher*, irgendwie glaube ich nicht, daß er so einfach aufzuspüren sein wird, Ihr John Fraser. Er ist ein seltsamer Mann – sorgfältig, weil er seine Taschentücher kennzeichnet und die Pistole abwischt, mit der er das Verbrechen begangen hat, und doch nachlässig, weil er sein Taschentuch verliert und einen Brief nicht sucht, der ihn überführen könnte.»

«Verwirrt, das war er», sagte der Inspektor.

«Es ist möglich», sagte Poirot, «ja, es ist möglich. Hat man ihn beim Betreten des Hauses nicht gesehen?»

«Es gehen alle möglichen Leute ein und aus, zu jeder Zeit. Das sind große Blocks. Ich vermute, keiner von Ihnen –», er wandte sich an alle vier gleichzeitig, «keiner von Ihnen sah jemand aus der Wohnung kommen?»

Pat schüttelte den Kopf. «Wir gingen früher weg – etwa um sieben Uhr.»

«Ach so.» Der Inspektor erhob sich. Poirot begleitete ihn zur Tür.

«Eine kleine Bitte: Darf ich die Wohnung unten in Augenschein nehmen?»

«Ja, natürlich, Monsieur Poirot. Ich weiß, was man im Präsidium von Ihnen hält. Ich überlasse Ihnen einen Schlüssel. Ich habe zwei. Die Wohnung wird leer sein. Das Mädchen fuhr zu Verwandten. Sie hatte zu viel Angst und wollte nicht allein dableiben.»

«Danke», sagte Poirot und kehrte nachdenklich in die Wohnung zurück.

«Sind Sie nicht zufrieden, Monsieur Poirot?» fragte Jimmy.

«Nein, ich bin nicht zufrieden.»

Donovan sah ihn neugierig an. «Was beunruhigt Sie denn noch?»

Poirot antwortete nicht. Er saß eine Weile schweigend da, runzelte in Gedanken versunken die Stirn und machte dann plötzlich eine ungeduldige Bewegung mit den Schultern.

«Ich möchte mich von Ihnen verabschieden, Mademoiselle. Sie müssen müde sein. Sie haben viel gekocht – eh?»

Pat lachte. «Nur Omeletts. Ich kochte nicht richtig. Donovan und Jimmy holten uns ab, und wir besuchten ein kleines Lokal in Soho.»

«Und dann gingen Sie bestimmt in ein Kino?»

«Ja. In *Die braunen Augen von Caroline.*»

«Ah! Es hätte besser blaue Augen heißen sollen – *Die blauen Augen von Mademoiselle.*»

Poirot machte eine sentimentale Geste und wünschte Pat nochmals gute Nacht, dann auch Mildred, die auf besonderen Wunsch von Pat bei ihr übernachten wollte. Pat gab offen zu, daß sie Angst hatte, allein zu bleiben.

Die beiden jungen Männer begleiteten Poirot. Als sie sich vor der Wohnungstür von ihm verabschieden wollten, kam ihnen Poirot zuvor.

«Meine jungen Freunde, Sie hörten mich eben sagen, daß ich nicht zufrieden sei. *Eh bien*, es stimmt – ich bin es nicht. Ich mache jetzt meine eigene kleine Erkundungsreise. Wollen Sie mich nicht begleiten?»

Sein Vorschlag erhielt begeisterte Zustimmung. Sie gingen zur unteren Wohnung hinunter, und Poirot schloß mit dem Schlüssel auf, den der Inspektor ihm gegeben hatte. Er marschierte nicht, wie erwartet, zuerst in das Wohnzimmer, sondern direkt in die Küche. In einer kleinen Nische stand ein großer Metalleimer. Poirot nahm den Deckel ab, beugte sich hinunter und begann mit der Energie eines wütenden Terriers darin zu wühlen.

Jimmy und Donovan starrten ihn erstaunt an.

Plötzlich tauchte er mit einem triumphierenden Schrei wieder auf. In der Hand hielt er ein verschlossenes Fläschchen.

«*Voilà!* Ich habe gefunden, was ich suchte.» Er roch vorsichtig daran. «Schade, ich bin erkältet – ich habe Stirnhöhlenkatarrh.»

Donovan nahm es ihm ab und schnupperte ebenfalls daran, konnte aber nichts riechen. Er zog den Stöpsel heraus und hielt sich das Fläschchen unter die Nase, bevor Poirots Warnruf ihn daran hindern konnte.

Er fiel wie ein Stein zu Boden. Poirot sprang hinzu und milderte den Aufprall.

«Dummkopf!» rief er. «Was für eine Idee, den Stöpsel so

schnell herauszunehmen! Hat er nicht gesehen, wie vorsichtig ich es in die Hand nahm? Monsieur Faulkener, würden Sie bitte einen Brandy holen? Ich habe eine Karaffe im Wohnzimmer gesehen.»

Jimmy eilte hinaus, und als er zurückkam, saß Donovan wieder aufrecht und behauptete, es gehe ihm schon besser. Er mußte sich von Poirot einen kurzen Vortrag anhören über die notwendige Vorsicht beim Einatmen von möglicherweise giftigen Substanzen.

«Ich glaube, ich gehe lieber nach Hause», sagte Donovan und erhob sich schwankend. «Das heißt, falls ich hier nichts mehr tun kann. Ich fühle mich immer noch etwas schwindlig.»

«Bestimmt ist es das beste!» sagte Poirot. «Mr. Faulkener, bleiben Sie noch ein Weilchen bei mir? Ich bin gleich zurück.»

Poirot begleitete Donovan zur Tür. Draußen auf dem Flur unterhielten sie sich noch einige Minuten. Als Poirot schließlich in die Wohnung zurückkehrte, stand Jimmy im Wohnzimmer und sah sich mit erstaunten Augen um.

«Nun, Monsieur Poirot, wie geht es weiter?»

«Es geht nicht weiter. Der Fall ist abgeschlossen.»

«Was?»

«Ich weiß alles.»

Jimmy starrte ihn an. «Wegen der kleinen Flasche, die Sie fanden?»

«Genau. Wegen der kleinen Flasche.»

Jimmy schüttelte den Kopf. «Ich kann mir keinen Reim darauf machen. Aus irgendeinem Grund sind Sie mit John Fraser als Schuldigem unzufrieden, wer immer das sein mag.»

«Wer immer das sein mag», wiederholte Poirot freundlich. «Falls es ihn überhaupt gibt, was mich überraschen würde.»

«Ich verstehe Sie nicht.»

«Er ist nur ein Name – sonst nichts. Ein Name, mit dem ein Taschentuch gekennzeichnet wurde.»

«Und der Brief?»

«Haben Sie bemerkt, daß er in Druckbuchstaben geschrieben war? Warum? Ich will es Ihnen verraten! Handschriften können erkannt werden, und ein maschinengeschriebener Brief ist leichter zu identifizieren, als Sie glauben. Hätte aber ein echter John Fraser den Brief geschrieben, hätte ihn dies nicht gestört. Nein, er wurde absichtlich in die Tasche der toten Frau gesteckt, damit wir ihn finden. Es gibt keinen John Fraser!»

Jimmy sah ihn fragend an.

«Deshalb kehrte ich zu dem Punkt zurück, der mir als erster aufgefallen war. Sie hörten mich sagen, daß in solchen Wohnungen gewisse Dinge immer am selben Ort sind. Ich gab drei Beispiele. Ich hätte ein viertes nennen können – den Lichtschalter, mein Freund.»

Jimmy starrte ihn verständnislos an. Poirot fuhr fort:

«Ihr Freund Donovan ging nicht zum Fenster. Weil er die Hand auf diesem Tisch aufstützte, deshalb wurde sie blutig. Aber, fragte ich mich sofort, warum stützte er sie hier auf? Was tat er, während er hier im Dunkeln herumtappte? Denn Sie erinnern sich, mein Freund, der Lichtschalter ist immer am selben Ort – neben der Tür. Warum fand er, als er in dieses Zimmer kam, nicht sofort den Schalter? Das wäre das Natürliche gewesen. Er will versucht haben, das Licht in der Küche anzumachen, aber es gelang ihm angeblich nicht. Doch als ich es versuchte, war der Schalter in Ordnung. Wollte er also nicht, daß das Licht anging? Sie hätten dann beide sofort gemerkt, daß Sie in der falschen Wohnung standen. Es hätte keinen Grund gegeben, dieses Zimmer zu betreten.»

«Worauf wollen Sie hinaus, Monsieur Poirot? Ich begreife gar nichts! Was meinen Sie?»

«Ich meine folgendes.»

Poirot hielt einen Wohnungsschlüssel hoch.

«Der Schlüssel zu dieser Wohnung?»

«Nein, *mon ami*, der Schlüssel zur oberen Wohnung. Mademoiselle Pats Schlüssel, den ihr Donovan Bailey irgendwann im Laufe des Abends aus der Tasche nahm.»

«Aber warum – warum?»

«*Parbleu!* Damit er tun konnte, was er vorhatte: auf völlig unverdächtige Weise in diese Wohnung hier zu gelangen. Am früheren Abend überzeugte er sich, daß die Lifttür nicht verriegelt war.»

«Wo haben Sie den Schlüssel her?»

Poirots Lächeln wurde breiter. «Ich fand ihn gerade eben – als ich danach suchte – in Donovans Tasche. Sehen Sie, dieses Fläschchen, das ich angeblich entdeckte, war eine List. Donovan hat sie nicht durchschaut. Er tat, was ich erwartete: entkorken und daran riechen. Und in dieser kleinen Flasche ist Äthylchlorid, ein sehr starkes, sofort wirkendes Betäubungsmittel. Es verursacht genau jenen kurzen Moment der Bewußtlosigkeit, den ich brauchte. Ich nahm aus seiner Tasche die beiden Dinge, die ich dort vermutete. Der Schlüssel war das eine, das andere –»

Er hielt inne und fuhr dann fort:

«Mir paßte die Erklärung des Inspektors für das Versteck der Toten hinter dem Vorhang nicht. Wollte der Täter tatsächlich Zeit gewinnen? Nein, es mußte mehr dran sein. Mir fiel nur eines ein – die Post, mein Freund. Die Abendpost, die gegen halb neun Uhr kommt. Nehmen wir an, der Mörder fand nicht, was er hatte finden wollen, das aber mit der späteren Post noch eintreffen konnte. Natürlich mußte er dann wiederkommen. Aber das Verbrechen durfte von dem Dienstmädchen nicht entdeckt werden, denn dann würde die Polizei die Wohnung mit Beschlag belegen. Darum versteckte er die Leiche hinter dem Vorhang. Und das Mädchen schöpfte keinen Verdacht und legte die Post auf den Tisch – wie immer.»

«Die Post?»

«Ja, die Post.» Poirot holte etwas aus seiner Tasche. «Das ist die zweite Sache, die ich Donovan abnahm, während er bewußtlos war.» Er zeigte Jimmy einen maschinengeschriebenen Brief, der an Mrs. Ernestine Grant gerichtet war. «Aber ich will Sie zuerst etwas fragen, Monsieur Faulkener, bevor wir den Inhalt dieses Briefes betrachten. Sind Sie oder sind Sie nicht in Mademoiselle Pat verliebt?»

«Ich habe Pat verdammt gern – aber ich habe mir nie eingebildet, daß ich eine Chance bei ihr habe.»

«Sie dachten, sie habe Donovan lieber? Es könnte sein, daß sie begann, sich etwas aus ihm zu machen – aber es war nur ein Anfang, mein Freund. Es liegt nun an Ihnen, daß sie ihn vergißt – Sie müssen ihr in ihren Schwierigkeiten beistehen.»

«Schwierigkeiten?» fragte Jimmy scharf.

«Ja, Schwierigkeiten! Wir werden tun, was wir können, um ihren Namen herauszuhalten, aber ganz wird es sich nicht vermeiden lassen. Sie war nämlich das Motiv, wissen Sie.»

Er riß den Umschlag auf, den er in der Hand hielt. Ein Aktenblatt kam zum Vorschein. Der Begleitbrief dazu war kurz und stammte von einer Anwaltskanzlei.

Sehr geehrte Mrs. Grant, das Dokument, das Sie uns schickten, ist völlig in Ordnung. Der Umstand, daß die Ehe im Ausland geschlossen wurde, macht sie in keiner Weise ungültig. Hochachtungsvoll ...

Poirot breitete das Dokument aus. Es war ein Trauschein für Donovan Bailey und Ernestine Grant, acht Jahre alt.

«O mein Gott!» rief Jimmy. «Pat sagte, sie habe eine Nachricht von der Frau bekommen, daß sie sie sprechen wollte, aber sie nahm natürlich nicht an, daß es sich um etwas Wichtiges handelte.»

Poirot nickte. «Donovan wußte Bescheid. Er besuchte seine Frau heute abend, bevor er in die obere Wohnung kam. Übrigens eine seltsame Ironie des Schicksals, daß die unglückliche Frau gerade in dieses Haus zog, in dem ihre Rivalin wohnte. Er ermordete sie kaltblütig und machte sich dann einen vergnügten Abend. Seine Frau muß ihm gesagt haben, daß sie den Trauschein ihrem Anwalt geschickt hatte und auf Antwort wartete. Zweifellos hatte er ihr eingeredet, ihre Ehe sei rechtlich nicht gültig.»

«Er schien den ganzen Abend sehr guter Laune zu sein. Monsieur Poirot, Sie haben ihn doch nicht entwischen lassen?» Jimmy schauderte.

«Es gibt kein Entrinnen», sagte Poirot ernst. «Sie haben nichts zu befürchten.»

«Ich denke vor allem an Pat», sagte Jimmy. «Glauben Sie wirklich, daß sie sich viel aus ihm machte?»

«*Mon ami*, das ist nun Ihre Aufgabe», sagte Poirot freundlich. «Sie müssen dafür sorgen, daß sie sich Ihnen zuwendet und vergißt. Es dürfte nicht sehr schwierig sein.»

Poirot und der Kidnapper

«Sie müssen die Gefühle einer Mutter verstehen!» sagte Mrs. Waverly vielleicht zum sechstenmal.

Sie sah Poirot flehend an. Mein kleiner Freund, der mit einer verzweifelten Mutter immer Mitleid hatte, machte ein paar beschwichtigende Gesten.

«Aber ja, aber ja, ich verstehe vollkommen. Vertrauen Sie nur Papa Poirot.»

«Die Polizei –», begann Mr. Waverly.

Seine Frau schob seinen Einwurf mit einer Handbewegung beiseite. «Ich will nichts mehr mit der Polizei zu tun haben. Wir haben ihr vertraut, und was hat sie erreicht? Aber ich habe so viel von Monsieur Poirot und den großartigen Dingen gehört, die er vollbracht hat, daß ich überzeugt bin, er kann uns helfen. Die Gefühle einer Mutter ...»

Poirot verhinderte mit einer hastigen, sehr ausdrucksvollen Geste, daß sie wiederholte, was sie schon so oft gesagt hatte. Mrs. Waverlys Erregung war offensichtlich aufrichtig, aber sie paßte nicht zu ihren klugen, ziemlich harten Gesichtszügen. Als ich später erfuhr, daß sie die Tochter eines bekannten Stahlindustriellen aus Birmingham war, der sich vom Büroboten zu seiner derzeitigen Stellung hochgearbeitet hatte, wurde mir klar, daß sie viele der väterlichen Eigenschaften geerbt hatte.

Mr. Waverly war ein großer, blühend und freundlich aussehender Mann. Er stand mit weitgespreizten Beinen da und sah wie die Verkörperung eines Landjunkers aus.

«Ich vermute, Sie wissen alles über die Sache, Monsieur Poirot?»

Die Frage war fast überflüssig. Seit einigen Tagen berichtete jede Zeitung ausführlich über die sensationelle Entführung des kleinen Johnnie Waverly, des dreijährigen Sohnes und Erben von Marcus Waverly, «Waverly Court», Surrey. Die Waverlys waren eine der ältesten Familien Englands.

«Die wesentlichen Tatsachen kenne ich natürlich, aber ich bitte Sie, mir noch einmal die ganze Geschichte zu erzählen, Monsieur. Und in allen Einzelheiten.»

«Tja, angefangen hat es, glaube ich, vor zehn Tagen, als ich einen anonymen Brief bekam – immer eine gräßliche Sache –, aus dem ich nicht schlau wurde. Der Schreiber hatte die Unverschämtheit, fünfundzwanzigtausend Pfund von mir zu verlangen – fünfundzwanzigtausend Pfund, Monsieur Poirot! Falls ich nicht zahlte, drohte er, Johnnie zu entführen. Selbstverständlich warf ich den Zettel sofort in den Papierkorb. Hielt ihn für einen albernen Scherz. Fünf Tage später bekam ich den nächsten Brief: ‹Wenn Sie nicht zahlen, wird Ihr Sohn am Neunundzwanzigsten entführt.› Das war am Siebenundzwanzigsten. Ada machte sich Sorgen, aber ich brachte es einfach nicht fertig, die Sache ernst zu nehmen. Verdammt noch mal, wir leben schließlich in England! Hier werden keine Kinder entführt und Lösegelder erpreßt.»

«Nun, es ist gewiß nicht landesüblich», sagte Poirot. «Fahren Sie fort, Monsieur.»

«Ada ließ mir keine Ruhe, also trug ich – wobei ich mir ein bißchen albern vorkam – die Sache Scotland Yard vor. Auch dort schien man sie nicht ernst zu nehmen und neigte – wie ich – zu der Überzeugung, daß es ein dummer Scherz sei. Am Achtundzwanzigsten bekam ich einen dritten Brief. ‹Sie haben nicht gezahlt. Ihr Sohn wird morgen, am Neunundzwanzigsten, um zwölf Uhr mittags entführt. Es kostet Sie fünfzigtausend, ihn zurückzubekommen.› Ich fuhr wieder zu Scotland Yard. Diesmal war man dort mehr beeindruckt. Man schien der Meinung zu sein, daß die Briefe von einem

Verrückten stammten und zum angegebenen Zeitpunkt etwas geschehen könnte. Man versicherte mir, man werde alle nötigen Vorsichtsmaßnahmen treffen. Inspektor McNeil wollte am nächsten Morgen mit einer ausreichenden Anzahl seiner Leute nach ‹Waverly Court› kommen, um uns Polizeischutz zu geben.

Ich fuhr sehr erleichtert nach Hause. Wir hatten schon das Gefühl, uns im Belagerungszustand zu befinden. Ich ordnete an, daß kein Unbekannter hereingelassen und niemand aus dem Haus gehen dürfe. Der Abend verlief ohne Zwischenfall, aber am nächsten Morgen fühlte meine Frau sich ernstlich krank. Ihr Zustand beunruhigte mich, und ich ließ Dr. Dakers holen. Die Krankheitssymptome erschienen ihm rätselhaft. Obwohl er zögerte anzudeuten, daß sie vergiftet worden sei, merkte ich, daß er diese Möglichkeit in Betracht zog. Es bestehe keine Gefahr, versicherte er mir, aber es würde einen oder zwei Tage dauern, bis sie wieder gesund sei. Als ich in mein Zimmer zurückkehrte, entdeckte ich zu meinem Erstaunen einen an mein Kopfkissen gehefteten Zettel. Es war dieselbe Handschrift wie die in den Briefen. Nur drei Worte: ‹Um zwölf Uhr.›

Da sah ich rot, Monsieur Poirot, das gebe ich zu. Jemand im Haus war in die Sache verwickelt, einer der Dienstboten. Ich ließ alle heraufkommen und hielt ihnen eine Standpauke. Sie verraten sich nie gegenseitig. Es war Miss Collins, die Gesellschafterin meiner Frau, die mir mitteilte, sie habe am frühen Morgen Johnnies Kinderschwester die Zufahrt hinunterlaufen gesehen. Ich sagte es ihr auf den Kopf zu, und sie brach zusammen. Sie hatte das Kind in der Obhut eines Mädchens zurückgelassen und sich aus dem Haus geschlichen, um sich mit einem – Mann zu treffen. Eine schöne Bescherung! Sie leugnete, den Zettel an mein Kopfkissen geheftet zu haben. Vielleicht sagt sie sogar die Wahrheit. Ich weiß es nicht. Ich wußte nur, ich konnte es nicht riskieren, daß die Kinderschwester meines Sohnes an der Verschwörung beteiligt war. Einer der Angestellten war darin verwickelt, davon bin ich überzeugt. Schließlich verlor ich die Geduld und warf die ganze Bande hinaus, die Kinderschwester und alle andern. Ich gab ihnen eine Stunde Zeit, ihr Bündel zu schnüren und das Haus zu verlassen.»

Mr. Waverlys rotes Gesicht war in der Erinnerung an seinen gerechten Zorn um zwei Schattierungen röter geworden.

«War das nicht ein bißchen unbesonnen, Monsieur?» meinte Poirot. «Woher wollten Sie wissen, daß Sie damit nicht dem Gegner in die Hände spielten?»

Mr. Waverly sah ihn starr an. «Das glaube ich nicht. Die ganze Bande hinauswerfen, das war mein einziger Gedanke. Ich telegrafierte nach London, man solle mir bis zum Abend eine neue Mannschaft schicken. Inzwischen würden nur Leute im Haus sein, denen ich vertrauen konnte, die Sekretärin meiner Frau, Miss Collins, und Tredwell, der Butler, der schon seit meiner Kindheit bei uns ist.»

«Und wie lange ist diese Miss Collins bei Ihnen?»

«Erst ein Jahr», sagte Mrs. Waverly. «Sie ist mir als Sekretärin und Gesellschafterin unentbehrlich, und außerdem ist sie eine sehr tüchtige Haushälterin.»

«Die Kinderschwester?»

«Sie war sechs Monate bei uns, und sie hatte ausgezeichnete Referenzen. Trotzdem habe ich sie nie so recht gemocht, obwohl Johnnie sehr an ihr hing.»

«Aber als es zur Katastrophe kam, war sie nicht mehr hier, wenn ich das richtig verstanden habe. Fahren Sie bitte fort, Mr. Waverly.»

Mr. Waverly nahm seinen Bericht wieder auf.

«Inspektor McNeil kam gegen halb elf. Das Personal hatte das Haus bereits verlassen. Er war mit den internen Maßnahmen sehr zufrieden und postierte mehrere seiner Männer im Park, so daß sie alle Zugänge zum Haus beobachten konnten. Er versicherte mir, daß wir, wenn das Ganze kein Schwindel sei, den geheimnisvollen Briefschreiber zweifellos erwischen würden.

Ich hatte Johnnie bei mir und ging mit ihm und dem Inspektor in ein Zimmer, das wir die Ratsstube nennen. Der Inspektor schloß die Tür ab. In dem Zimmer steht eine große Standuhr, und ich muß gestehen, daß ich, während die Zeiger langsam auf die Zwölf vorrückten, entsetzlich nervös wurde. Die Uhr gab ein schnarrendes Geräusch von sich und begann dann zu schlagen. Ich drückte Johnnie fest an mich, denn ich hatte das Gefühl, der Mann könnte – sogar vom Himmel fallen. Die Uhr schlug zum letztenmal, und gleichzeitig hörten wir draußen einen großen Tumult – Schreien und Hinundherlaufen. Der Inspektor riß das Fenster auf. Sein Polizist kam herbeigelaufen.

‹Wir haben ihn, Sir!› keuchte er. ‹Er wollte sich durch die Büsche ans Haus anschleichen. Er hat genug Betäubungsmittel bei sich, um uns alle einzuschläfern.›

Wir liefen auf die Terrasse, wo zwei Polizisten einen brutal aussehenden Kerl in schäbiger Kleidung festhielten, der sich drehte und wendete und vergeblich versuchte zu entkommen. Ein Polizist reicht uns ein offenes Päckchen, das dem Gefangenen abgenommen worden war. Es enthielt einen Wattebausch und eine Flasche Chloroform. Mein Blut begann zu kochen, als ich das sah. Außerdem enthielt das Päckchen eine Nachricht für mich. Sie lautete: ‹Sie hätten zahlen sollen. Das Lösegeld für Ihren Sohn beträgt jetzt fünfzigtausend Pfund. Trotz Ihrer Vorsichtsmaßnahmen wurde er am Neunundzwanzigsten um zwölf Uhr entführt, wie angekündigt.›

Ich lachte vor Erleichterung laut auf, aber im selben Augenblick hörte ich einen Motor aufheulen und jemand laut rufen. Ich wandte den Kopf. Die Zufahrt hinunter, auf das südliche Pförtnerhaus zu, raste mit halsbrecherischer Geschwindigkeit ein flacher, langer grauer Wagen. Es war der Fahrer, der gerufen hatte. Aber nicht das erschreckte mich fast zu Tode, sondern der Anblick von Johnnies flachsblonden Locken. Das Kind saß neben dem Mann im Wagen.

Der Inspektor fluchte laut.

‹Das Kind war doch eben noch hier!› rief er und sah uns

nacheinander an. Wir waren alle da. Ich, Tredwell, Miss Collins. ‹Wann haben Sie ihn zum letztenmal gesehen, Mr. Waverly?›

Ich überlegte, versuchte mich zu erinnern. Als der Polizist uns gerufen hatte, war ich mit dem Inspektor hinausgelaufen und hatte Johnnie ganz vergessen.

Und dann hörten wir einen Ton, der uns erschrocken zusammenzucken ließ, das Läuten einer Kirchenglocke aus dem Dorf. Mit einem Ausruf zog der Inspektor seine Uhr aus der Tasche. Es war Punkt zwölf. Wie auf Befehl liefen wir gleichzeitig in die Ratsstube. Die Standuhr zeigte zehn Minuten nach der vollen Stunde. Jemand mußte sie heimlich vorgestellt haben, denn ich habe noch nie erlebt, daß sie vor- oder nachgegangen wäre. Sie zeigt die Zeit auf die Minute genau an.»

Mr. Waverly unterbrach sich. Poirot lächelte in sich hinein und zog eine kleine Matte wieder gerade, die der besorgte Vater verschoben hatte.

«Ein hübsches, kleines Problem», murmelte er, «kompliziert und reizvoll. Ich werde den Fall mit Vergnügen für Sie untersuchen. Er wurde wahrhaftig *à merveille* geplant.»

Mrs. Waverly sah ihn vorwurfsvoll an. «Aber mein Junge!» jammerte sie.

Poirot machte ein würdevolles Gesicht und sah wieder wie die Verkörperung des Mitleids aus. «Er ist gesund und munter, Madame. Seien Sie versichert, daß diese Lumpen ihn hüten werden wir ihren Augapfel. Schließlich ist er für sie der Truthahn – nein, die Gans, die goldene Eier legt.»

«Monsieur Poirot, ich bin überzeugt, daß es für uns nur eine Möglichkeit gibt – wir müssen zahlen. Ich war zuerst dagegen, doch jetzt! Die Gefühle einer Mutter ...»

«Aber wir haben Monsieur nicht weiterberichten lassen!» rief Poirot hastig.

«Ich nehme an, den Rest kennen Sie ziemlich genau aus den Zeitungen», sagte Mr. Waverly. «Selbstverständlich hängte Inspektor McNeil sich sofort ans Telefon und gab die

Beschreibung des Wagens und des Mannes durch. Die Fahndung wurde eingeleitet. Zuerst sah es aus, als käme alles rasch wieder in Ordnung. Ein Wagen, auf den die Beschreibung zutraf, mit einem Mann und einem kleinen Jungen darin, war durch mehrere Dörfer gekommen und wie es schien nach London unterwegs. Als der Fahrer einmal anhielt, war jemandem aufgefallen, daß das Kind geweint und sich offensichtlich vor seinem Begleiter gefürchtet hatte. Als Inspektor McNeil mir mitteilte, der Wagen sei angehalten und der Mann festgenommen worden, wurde mir fast übel vor Erleichterung. Sie kennen die Fortsetzung der Geschichte. Der Junge war nicht Johnnie und der Mann ein leidenschaftlicher Autofahrer und sehr kinderlieb. Er hatte den Jungen, der in Edenswell – einem Dorf, ungefähr fünfzehn Meilen vor hier – auf der Straße gespielt hatte, aus reiner Nettigkeit ein Stück mitgenommen. Dank der überheblichen Selbsteinschätzung der Polizei wurden alle Spuren verwischt. Hätte man nicht hartnäckig den falschen Wagen verfolgt, wäre der Junge vielleicht gefunden worden.»

«Beruhigen Sie sich, Monsieur, die Polizei hat tapfere und intelligente Männer. Es war ein begreiflicher Irrtum. Und der Plan war auch sehr schlau ausgedacht. Was den Mann anbetrifft, der in Ihrem Park festgenommen wurde, so besteht, wenn ich recht unterrichtet bin, seine einzige Verteidigung bisher in hartnäckigem Leugnen. Er behauptet, er habe Nachricht und Päckchen nur auf ‹Waverly Court› abgeben sollen. Der Mann, der ihm beides gab, habe ihm auch einen Zehnshillingschein in die Hand gedrückt und einen zweiten versprochen, wenn er die Sachen pünktlich zehn Minuten vor zwölf abliefere. Er solle durch den Park zum Haus gehen und am Nebeneingang klopfen.»

«Ich glaube kein Wort davon», erklärte Mrs. Waverly empört. «Es sind lauter Lügen.»

«*En vérité* – es ist eine dünne Geschichte», sagte Poirot nachdenklich. «Doch bisher konnte man sie noch nicht erschüttern. Soviel ich weiß, hat er auch jemand beschuldigt?»

Er sah Mr. Waverly fragend an, und der Vater des entführten Kindes wurde wieder beängstigend rot.

«Der Kerl hatte die Frechheit zu behaupten, er erkenne in Tredwell den Mann wieder, der ihm das Päckchen übergab. ‹Er hat sich aber den Schnurrbart abrasiert.› Tredwell, der schon auf unserem Gut geboren wurde!»

Poirot lächelte leicht über die Entrüstung des Landedelmannes. «Aber Sie haben doch selbst einen Hausbewohner beschuldigt, bei der Entführung mitgeholfen zu haben.»

«Ja, aber nicht Tredwell.»

«Und Sie, Madame?» fragte Poirot plötzlich Mrs. Waverly.

«Es kann nicht Tredwell gewesen sein, der diesem Landstreicher Brief und Päckchen übergab – wenn es überhaupt jemand getan hat, was ich nicht glaube. Er sagt, er habe beides um zehn Uhr bekommen. Um zehn Uhr war Tredwell mit meinem Mann im Rauchzimmer.»

«Konnten Sie denn das Gesicht des Mannes in dem grauen Wagen sehen? Ähnelte es Tredwells in irgendeiner Beziehung?»

«Ich war zu weit entfernt, um das Gesicht zu sehen.»

«Wissen Sie, ob Tredwell einen Bruder hat?»

«Er hatte mehrere, doch sie sind alle tot. Der letzte ist im Krieg gefallen.»

«Ich kann mir vom Park von ‹Waverly Court› noch kein genaues Bild machen. Der Wagen, sagten Sie, fuhr zum südlichen Pförtnerhaus. Gibt es noch einen Eingang?»

«Ja, beim östlichen Pförtnerhaus, wie wir es nennen. Man sieht es von der anderen Seite des Hauses.»

«Es kommt mir sehr merkwürdig vor, daß niemand gesehen haben will, wie der Wagen in den Park fuhr.»

«Es gibt da ein altes Wegerecht und eine Zufahrt zu einer Kapelle. Es fahren ziemlich viele Wagen bei uns durch. Der Mann muß sein Auto an einer günstig gelegenen Stelle abgestellt haben und genau dann zum Haus gelaufen sein, als wegen des Landstreichers Alarm gegeben wurde und wir alle abgelenkt waren.»

«Es sei denn, er war bereits im Haus», überlegte Poirot laut. «Wo könnte er sich versteckt haben?»

«Nun ja, wir haben das Haus vorher natürlich nicht gründlich untersucht. Es schien nicht nötig zu sein. Er hätte sich schon irgendwo verstecken können, aber wer hätte ihn hereinlassen sollen?»

«Davon später. Erledigen wir eines nach dem anderen, gehen wir methodisch vor. Gibt es im Haus kein besonderes Versteck? ‹Waverly Court› ist ein altes Gebäude, und da gibt es manchmal Geheimkammern, in denen sich zur Zeit der Katholikenverfolgung Priester versteckten.»

«Bei Gott, ein solches Priesterversteck existiert tatsächlich! Man betritt es durch eine Geheimtür in der Täfelung der Halle.»

«Ist diese Tür in der Nähe der Ratsstube?»

«Unmittelbar daneben.»

«*Voilà!*»

«Aber außer meiner Frau und mir weiß niemand etwas davon.»

«Tredwell?»

«Er könnte davon gehört haben.»

«Miss Collins?»

«Ich habe das Versteck ihr gegenüber nie erwähnt.»

Poirot dachte eine Weile nach.

«Nun, Monsieur, als nächstes muß ich mir ‹Waverly Court› ansehen. Ist es Ihnen recht, wenn ich heute nachmittag hinauskomme?»

«So bald wie möglich, bitte, Monsieur Poirot!» rief Mrs. Waverly. «Hier, lesen Sie das noch einmal.»

Sie drückte ihm die letzte Nachricht des Entführers in die Hand, die die Waverlys am Morgen erhalten hatten und die der unmittelbare Anlaß für sie gewesen war, Poirot sofort aufzusuchen. Sie enthielt gutdurchdachte und sehr genaue Anweisungen für die Geldübergabe und schloß mit der Drohung, daß der Junge jeden Verrat mit dem Leben bezahlen werde. Es war deutlich zu merken, daß die Liebe zum Geld mit Mrs. Waverlys Mutterliebe im Streit lag, letztere jedoch immer mehr an Boden gewann.

Poirot hielt Mrs. Waverly noch einen Augenblick zurück, nachdem ihr Mann gegangen war.

«Sagen Sie mir bitte die Wahrheit, Madame. Teilen Sie das Vertrauen Ihres Gatten in Butler Tredwell?»

«Ich habe nichts gegen ihn, Monsieur Poirot, ich kann mir auch nicht vorstellen, wie er in diese Sache verwickelt ist, aber – nun ja, ich habe ihn nie gemocht. Nie!»

«Noch etwas, Madame, können Sie mir die Adresse der Kinderschwester Ihres Sohnes geben?»

«Netherall Road 149 in Hammersmith. Sie vermuten doch nicht ...»

«Ich vermute nie etwas. Ich lasse nur die kleinen grauen Zellen für mich arbeiten, und manchmal – manchmal habe ich eine kleine Idee.»

Nachdem sich die Tür hinter ihr geschlossen hatte, kehrte Poirot zu mir zurück.

«Madame hat den Butler nie gemocht. Das ist interessant, nicht wahr, Hastings?»

Ich ließ mich nicht aufs Glatteis führen. Poirot hat mich schon so oft getäuscht, daß ich jetzt auf der Hut bin. Irgendwo gibt es bei ihm immer eine Überraschung.

Nachdem er sorgfältig Toilette gemacht hatte, brachen wir zur Netherall Road auf. Wir hatten Glück und trafen Miss Jessie Withers zu Hause an. Eine Frau mit einem freundlichen Gesicht, ungefähr fünfunddreißig, tüchtig und selbstsicher. Ich konnte nicht glauben, daß sie mit dem Fall etwas zu tun hatte. Sie war bitterböse über die Art und Weise ihrer Entlassung, gab jedoch zu, daß sie im Unrecht gewesen sei. Sie war mit einem Maler und Dekorateur verlobt, der zufällig in der Nachbarschaft gearbeitet hatte, und war hinausgelaufen, um ihn zu treffen. Das schien mir eine durchaus natürliche Sache zu sein. Ich konnte Poirot nicht verstehen. Alle Fragen, die er stellte, kamen mir so belanglos vor. Sie drehten sich hauptsächlich um den Tagesablauf auf «Waverly Court».

Ich langweilte mich und war froh, als Poirot sich verabschiedete.

«Ein Kind zu entführen ist eine einfache Sache, *mon ami*», stellte er fest, während er in der Hammersmith Road einem Taxi winkte. Er wies den Fahrer an, uns zur Waterloo Station zu bringen. «Dieses Kind hätte in den letzten drei Jahren an jedem Tag, den Gott werden ließ, ohne Schwierigkeiten gekidnappt werden können.»

«Ich sehe nicht, daß uns das viel weiterbringt», erwiderte ich kühl.

«*Au contraire*, es bringt uns einen Riesenschritt weiter, wirklich, einen Riesenschritt! Wenn Sie schon eine Krawattennadel tragen müssen, mein lieber Hastings, dann stecken Sie sie bitte genau in die Mitte Ihrer Krawatte. Im Moment sitzt sie etwas zu weit rechts.»

«Waverly Court» war ein schöner alter Landsitz und erst kürzlich mit Geschmack und großer Sorgfalt renoviert worden. Mr. Waverly zeigte uns die Ratsstube, die Terrasse und alle anderen Örtlichkeiten, die mit dem Fall zusammenhingen. Schließlich drückte er in der Halle auf Poirots Bitte hin auf eine Feder in der Wand, ein Stück der Täfelung glitt zur Seite, und wir gelangten durch einen kurzen Korridor in das Priesterversteck.

«Es ist nichts drin, wie Sie sehen», sagte Waverly.

Der winzige Raum war tatsächlich kahl, es gab nicht einmal eine menschliche Fußspur auf dem Boden. Ich ging zu Poirot, der sich in der Ecke aufmerksam über mehrere Abdrücke beugte.

«Wofür halten Sie das, mein Freund?»

Die vier Abdrücke waren dicht beieinander.

«Ein Hund!» rief ich.

«Ein sehr kleiner Hund, Hastings.»

«Ein Spitz.»

«Kleiner als ein Spitz.»

«Ein Griffon?» fragte ich zweifelnd.

«Sogar noch kleiner als ein Griffon. Eine Rasse, die dem Zuchtverband unbekannt ist.»

Ich sah ihn an. Sein Gesicht strahlte vor Erregung und Zufriedenheit.

«Ich habe recht gehabt», murmelte er. «Ich wußte, daß ich recht hatte. Kommen Sie, Hastings.»

Als wir wieder in der Halle standen und die Täfelung sich hinter uns schloß, kam eine junge Dame aus einer Tür fast am Ende des Korridors. Mr. Waverly stellte sie uns vor.

«Miss Collins.»

Miss Collins war ungefähr dreißig, energisch und lebhaft. Sie hatte helles, ziemlich glanzloses Haar und trug einen Kneifer.

Auf Poirots Bitte begleitete sie uns in ein kleines Frühstückszimmer, wo er sie sehr eingehend über das Personal befragte. Vor allem über Tredwell. Sie gab zu, daß sie den Butler nicht mochte.

«Er tut so vornehm», erklärte sie ihre Abneigung.

Dann wandte sie sich der Frage zu, was Mrs. Waverly am Abend des Achtundzwanzigsten gegessen hatte. Miss Collins sagte, sie habe oben in ihrem Wohnzimmer die gleichen Speisen zu sich genommen, sei jedoch nicht erkrankt. Als sie gehen wollte, stieß ich Poirot leicht an.

«Der Hund», flüsterte ich.

«Ach ja, der Hund!» Er lächelte breit. «Hält man hier übrigens Hunde, Mademoiselle?»

«Ja, draußen im Zwinger gibt es zwei Apportierhunde.»

«Nein, ich meine einen kleinen Hund, eher einen Spielzeughund.»

«Nein, so was gibt es ganz bestimmt nicht.»

Poirot erlaubte ihr zu gehen. Während er auf den Klingelknopf drückte, sagte er: «Sie lügt, die gute Mademoiselle Collins. Wahrscheinlich würde ich es an ihrer Stelle auch tun. Und jetzt der Butler.»

Tredwell war eine würdevolle Erscheinung. Er erzählte seine Geschichte sehr selbstbewußt. Sie war im wesentlichen dieselbe wie die von Mr. Waverly. Er gab zu, daß er das Geheimnis des Priesterverstecks kannte.

Als er sich, hoheitsvoll bis zuletzt, schließlich zurückzog, begegnete ich Poirots fragendem Blick.

«Wie sehen Sie die ganze Sache, Hastings?»

«Und wie sehen Sie sie?» parierte ich.

«Wie vorsichtig Sie werden. Nie, niemals werden die grauen Zellen funktionieren, wenn man sie nicht reizt. Ah, aber ich will Sie nicht necken. Ziehen wir gemeinsam unsere Schlüsse. Welche Punkte kommen uns besonders schwierig vor?»

«Mir ist eines aufgefallen», sagte ich. «Warum hat der Mann, der das Kind entführte, den Park durch das südliche Tor verlassen statt durch das östliche, wo niemand ihn gesehen hätte?»

«Das ist ein sehr guter Punkt, Hastings, ein ausgezeichneter sogar. Ich füge einen zweiten hinzu. Warum hat er die Waverlys vorher gewarnt? Warum hat er das Kind nicht einfach entführt und Lösegeld verlangt?»

«Weil sie hofften, das Geld zu bekommen, ohne in Aktion treten zu müssen.»

«Aber es war höchst unwahrscheinlich, daß das Geld nur auf eine Drohung hin bezahlt werden würde.»

«Man wollte die Aufmerksamkeit auf zwölf Uhr lenken, damit der echte Entführer während des allgemeinen Durcheinanders bei der Festnahme des Landstreichers unbemerkt sein Versteck verlassen und mit dem Kind entkommen konnte.»

«Das ändert nichts an der Tatsache, daß etwas erschwert wurde, das ganz einfach war», wandte Poirot ein. «Hätten sie weder das genaue Datum noch die genaue Zeit angegeben, hätten sie nur ihre Chance abzuwarten brauchen. Nichts einfacher, als den Jungen in einem Auto zu entführen, während er mit der Kinderschwester im Freien war.»

«Ja-a», räumte ich zweifelnd ein.

«Tatsächlich wird hier mit Absicht eine Posse aufgeführt.

Nähern wir uns der Frage von einer anderen Seite. Alles weist darauf hin, daß es im Haus einen Komplizen gegeben hat. Punkt eins: die geheimnisvolle Vergiftung von Mrs. Waverly. Punkt zwei: der Brief, der auf dem Kopfkissen festgesteckt war. Punkt drei: die Uhr, die zehn Minuten vorgestellt wurde. All das kann nur ein Hausbewohner getan haben. Und dazu kommt noch eine Tatsache, die Ihnen entgangen sein dürfte. Im Priesterversteck gab es keinen Staub. Es war mit einem Besen ausgefegt worden.

Nun weiter! Wir haben vier Leute im Haus. Die Kinderschwester können wir ausschließen, denn es wäre ihr zwar möglich gewesen, Punkt eins bis drei zu erledigen, aber das Priesterversteck hätte sie nicht ausfegen können. Vier Leute also: Mr. und Mrs. Waverly, Butler Tredwell und Miss Collins. Nehmen wir uns zuerst Miss Collins vor. Wir können kaum etwas gegen sie vorbringen, außer daß wir nicht viel über sie wissen, sie offensichtlich eine intelligente junge Frau und erst etwas länger als ein Jahr im Haus ist.»

«Sie sagten, sie hätte wegen des Hundes gelogen», erinnerte ich ihn.

«Ach ja, der Hund.» Poirot lächelte merkwürdig. «Wenden wir uns jetzt Tredwell zu. Es gibt da ein paar verdächtige Tatsachen, die gegen ihn sprechen. Erstens behauptet der Landstreicher, es sei Tredwell gewesen, der ihm im Dorf das Päckchen gab.»

«Aber für diesen Punkt kann Tredwell ein Alibi vorweisen.»

«Trotzdem hätte er Mrs. Waverly vergiften, die Nachricht auf das Kissen legen, die Uhr vorstellen und das Priesterversteck ausfegen können. Andererseits ist er hier geboren und für den Dienst bei den Waverlys erzogen worden. Es scheint absolut unwahrscheinlich, daß er bei der Entführung des Sohnes des Hauses mitspielen würde. Das paßt nicht ins Bild.»

«Was paßt dann?»

«Wir müssen logisch vorgehen – so absurd es auch scheinen mag. Beschäftigen wir uns kurz mit Mrs. Waverly. Aber sie ist reich, das Geld gehört ihr. Mit ihrem Geld wurde der Besitz renoviert. Sie hätte keinen Grund, ihren eigenen Sohn zu entführen und an sich selbst Lösegeld zu bezahlen. Ihr Mann hingegen ist in einer anderen Lage. Er hat eine reiche Frau. Das ist nicht dasselbe, wie wenn man selbst vermögend wäre. Ich habe so die kleine Idee, daß die Dame sich nur ungern von ihrem Geld trennt, es sei denn, aus einem sehr guten Grund. Aber Mr. Waverly, das sieht man sofort, versteht zu leben.»

«Unmöglich!» rief ich.

«Aber gar nicht! Wer schickt das Personal weg? Mr. Waverly. Er kann die Briefe schreiben, seine Frau vergiften, die Uhr vorstellen und seinem getreuen Gefolgsmann Tredwell ein ausgezeichnetes Alibi geben. Tredwell hat Mrs. Waverly nie gemocht. Er ist seinem Herrn ergeben und bereit, seinen Befehlen bedingungslos zu gehorchen. Sie sind zu dritt in diese Sache verwickelt. Waverly, Tredwell und ein Freund von Waverly. Das ist der Fehler, den die Polizei begangen hat. Sie hat sich nicht näher nach dem Mann erkundigt, der den grauen Wagen mit dem falschen Kind darin gefahren hat. Er war der dritte Mann. Er liest in einem Dorf in der Nähe ein Kind auf, einen Jungen mit flachsblonden Locken. Er fährt durch das östliche Tor herein und genau im richtigen Augenblick winkend und rufend durch das südliche Tor wieder hinaus. Man kann weder sein Gesicht noch die Wagennummer erkennen, also natürlich auch nicht das Gesicht des Kindes. Dann legt er eine falsche Spur, die nach London führt. In der Zwischenzeit hat Tredwell seine Aufgabe erledigt, indem er dafür sorgte, daß ein Vagabund Päckchen und Nachricht abliefert. Sein Herr kann ihm ein Alibi geben, falls er, was höchst unwahrscheinlich ist, von dem Mann wiedererkannt wird, obwohl er sich einen falschen Schnurrbart angeklebt hatte. Und nun zu Mr. Waverly. Sobald draußen der Tumult anfängt und der Inspektor hinausstürzt, bringt er seinen Sohn schnell ins Priesterversteck und läuft hinter

McNeil her. Im Laufe des Tages, wenn der Inspektor fort und Miss Collins aus dem Weg ist, wird es für Waverly nicht schwer sein, das Kind in seinem eigenen Wagen an einen sicheren Ort zu bringen.

«Aber was ist mit dem Hund?» fragte ich. «Und warum hat Miss Collins gelogen?»

«Das war nur ein kleiner Scherz von mir. Ich fragte sie, ob es im Haus Spielzeughunde gebe, und sie sagte nein. Aber es gibt sie – im Kinderzimmer. Mr. Waverly hat nämlich ein paar ins Priesterversteck gelegt, damit Johnnie sich die Zeit vertreiben konnte und ruhig blieb.»

«Monsieur Poirot!» Mr. Waverly betrat den Raum. «Haben Sie etwas entdeckt? Haben Sie einen Anhaltspunkt, wohin man den Jungen gebracht hat?»

Poirot reichte ihm einen Bogen Papier. «Hier ist die Adresse.»

«Aber das ist ein leeres Blatt.»

«Weil ich hoffe, daß Sie die Adresse aufschreiben.»

«Was zum ...» Mr. Waverlys Gesicht wurde hochrot.

«Ich weiß alles, Monsieur. Und ich gebe Ihnen vierundzwanzig Stunden Zeit, den Jungen zurückzubringen. Ihr Einfallsreichtum wird sicherlich groß genug sein, das Wiederauftauchen des Kindes zu erklären. Andernfalls wird Mrs. Waverly den genauen Ablauf der Ereignisse erfahren.»

Mr. Waverly sank in einen Sessel und vergrub das Gesicht in den Händen. «Er ist bei meiner alten Kinderfrau, ungefähr zehn Meilen vor hier. Er ist glücklich und wird gut versorgt.»

«Das bezweifle ich nicht. Wenn ich nicht glaubte, daß Sie im innersten Herzen ein guter Vater sind, wäre ich nicht bereit, Ihnen noch eine Chance zu geben.»

«Der Skandal ...»

«Eben! Sie tragen einen alten, ehrenvollen Namen. Riskieren Sie so was lieber nicht wieder ... Guten Abend, Mr. Waverly. Ach, übrigens einen kleinen Rat: Kehren Sie auch immer in den Ecken.»

Das Abenteuer des Kreuzkönigs

«Die Wahrheit», bemerkte ich, indem ich die *Tägliche Rundschau* beiseite legte, «ist seltsamer als Dichtung!»

Das war vielleicht keine originelle Bemerkung. Jedenfalls schien sie meinen Freund zu ärgern. Der kleine Mann neigte seinen eiförmigen Kopf zur Seite, klopfte ein nicht vorhandenes Stäubchen von seinen sorgfältig gebügelten Hosen und erklärte:

«Wie tiefsinnig! Was für ein Denker ist doch mein Freund Hastings!»

Ich schluckte meinen Ärger über diese unnötige Stichelei hinunter und tippte auf die Zeitung, die ich weggelegt hatte.

«Haben Sie die Morgenzeitung gelesen?»

«Jawohl. Und nach dem Lesen habe ich sie symmetrisch zusammengefaltet und nicht einfach auf den Boden geworfen, wie Sie es mit Ihrem beklagenswerten Mangel an Ordnung und Methode taten.»

(Das ist das Schlimmste bei Poirot. Ordnung und Methode sind seine Götter, und auf sie führt er alle seine Erfolge zurück.)

«Dann haben Sie also den Bericht über den Mord an dem Impresario Henry Reedburn gelesen. Daher meine Bemerkung. Nicht nur ist Wahrheit seltsamer als Dichtung – sie ist auch dramatischer. Man stelle sich nur die Oglanders vor, diese solide englische Familie der Mittelklasse: Vater, Mutter, Sohn und Tochter; typisch für Tausende von Familien im ganzen Land. Der Familienvater fährt jeden Tag in die City;

die Frau sieht im Haus nach dem Rechten. Ihr Leben ist äußerst friedlich und völlig monoton. Gestern abend saßen sie da nun in dem ordentlichen Salon ihrer Vorstadtvilla ‹Daisymead› in Streatham und spielten Bridge. Plötzlich, ohne jegliche Warnung, werden die Glastüren zum Garten aufgerissen, und eine Frau taumelt ins Zimmer. Auf ihrem grauseidenen Kleid leuchtet eine purpurroter Fleck. Sie äußert nur das eine Wort: MORD! und sinkt bewußtlos zu Boden. Sie erkennen – wahrscheinlich von den Zeitungsbildern her –, daß es Valerie Saintclair ist, die berühmte Tänzerin, die London kürzlich im Sturm erobert hat!»

«Ist das Ihre eigene Beredsamkeit oder die der *Täglichen Rundschau*?» fragte Poirot.

«Die *Tägliche Rundschau* stand kurz vor dem Druck und begnügte sich mit den nackten Tatsachen. Aber die dramatischen Möglichkeiten dieser Geschichte fielen mir sofort auf.»

Poirot nickte gedankenvoll. «Menschliche Natur und Drama sind eng miteinander verquickt. Aber – denken Sie daran! – Drama ist nicht immer da vorhanden, wo man es vermutet. Immerhin bin ich an dem Fall interessiert, da ich höchstwahrscheinlich hinzugezogen werde.»

«Wirklich?»

«Ja. Ein Herr telefonierte heute morgen und kündigte mir den Besuch des Prinzen Paul von Mauranien an.»

«Aber was hat denn der damit zu tun?»

«Sie lesen wohl Ihre netten, kleinen englischen Skandalblätter nicht. Die mit den komischen Geschichten und solchen Rubriken wie: ‹Eine kleine Maus hat gehört . . .› oder: ‹Ein kleiner Vogel möchte gern wissen . . .› Sehen Sie, hier –»

Ich folgte seinem kurzen, dicken Zeigefinger, als er über den Abschnitt glitt:

«. . . ob der ausländische Prinz und die berühmte Tänzerin wirklich füreinander bestimmt sind. Und ob die Dame an ihrem neuen Diamantring Gefallen findet!»

«Und nun zurück zu Ihrer so dramatischen Erzählung», sagte Poirot. «Mademoiselle Saintclair war gerade auf dem

Teppich des Salons von ‹Daisymead› ohnmächtig zusammengebrochen. Weiter, bitte.»

Ich zuckte mit der Achsel. «Als Mademoiselle wieder zu Bewußtsein kam, murmelte sie ein paar Worte, und daraufhin machten sich die Oglanders – Vater und Sohn – auf den Weg. Der eine, um einen Arzt zu holen, der sich der jungen Dame annehmen sollte, die furchtbar unter dem Schock zu leiden schien; der andere, um den Vorfall bei der Polizei zu melden. Von der Polizeiwache ging der eine dann in Begleitung eines Polizisten zu Mr. Reedburns prächtiger Villa ‹Mon Désir›, die nicht sehr weit von ‹Daisymead› liegt. Dort fanden sie den großen Mann, der, nebenbei gesagt, keinen besonders guten Ruf genießt, in der Bibliothek am Boden liegen. Sein Hinterkopf war eingeschlagen.»

«Ich habe Ihren Redefluß wohl etwas eingedämmt. Verzeihen Sie mir, bitte», sagte Poirot freundlich. «Ah, hier ist *monsieur le prince*!»

Unser vornehmer Besucher wurde uns als Graf Feodor gemeldet. Er war ein etwas merkwürdig aussehender, großer, lebhafter Jüngling, der ein schwach ausgeprägtes Kinn, den berühmten Mauranberg-Mund und die dunklen, feurigen Augen eines Fanatikers hatte.

«Monsieur Poirot?»

Mein Freund verbeugte sich.

«Monsieur, ich bin in großer Bedrängnis. Es ist so schrecklich, daß ich es gar nicht beschreiben kann –»

Poirot machte eine beschwichtigende Bewegung mit der Hand.

«Ich verstehe Ihre Besorgnis. Sie sind wohl mit Mademoiselle Saintclair sehr eng befreundet, nicht wahr?»

Der Prinz erwiderte ganz schlicht: Ich hoffe, sie zu meiner Frau zu machen.»

Poirot richtete sich im Sessel auf, und seine Augen weiteten sich vor Erstaunen.

Der Prinz fuhr fort: «Ich wäre nicht der erste in meiner Familie, der eine morganatische Ehe einginge. Mein Bruder

Alexander hat ebenfalls dem Kaiser gegenüber seinen Willen durchgesetzt. Wir leben in einem aufgeklärten Zeitalter, wo die alten Standesunterschiede keine Bedeutung mehr haben. Außerdem ist Mademoiselle in Wirklichkeit völlig ebenbürtig. Vielleicht ist Ihnen schon etwas über ihre Geschichte zu Ohren gekommen.»

«Über ihre Herkunft sind zahlreiche romantische Gerüchte im Umlauf – was ja bei berühmten Tänzerinnen häufig der Fall ist. Manche sagen, sie sei die Tochter einer irischen Putzfrau; andere behaupten, ihre Mutter sei eine russische Großherzogin.»

«Das erstere ist natürlich Unsinn», sagte der junge Mann. «Aber die zweite Geschichte stimmt. Obwohl Valerie zum Schweigen verpflichtet ist, hat sie mir gegenüber einige Andeutungen fallenlassen. Außerdem zeigt sie es in tausend kleinen Dingen. Ich glaube an Vererbung, Monsieur Poirot.»

«Ich glaube ebenfalls daran», sagte Poirot nachdenklich. «Ich habe manches Seltsame im Zusammenhang damit erlebt – *moi qui vous parle* ... Doch nun zur Sache, *monsieur le prince.* Was kann ich für Sie tun? Was befürchten Sie? Sie gestatten mir ja wohl, daß ich offen mit Ihnen rede. Besteht irgendein Zusammenhang zwischen Mademoiselle Saintclair und dem Verbrechen? Sie hat Reedburn natürlich gekannt, nicht wahr?»

«Ja. Er behauptete, in sie verliebt zu sein.»

«Und sie?»

«Sie wollte nichts mit ihm zu tun haben.»

Poirot sah ihn scharf an. «Hatte sie Ursache, ihn zu fürchten?»

Der junge Mann zauderte ein wenig. «Es passierte da etwas Merkwürdiges. Haben Sie von Zara, der Hellseherin, gehört?»

«Nein.»

«Sie ist einfach wunderbar. Sie sollten sie mal konsultieren. Valerie und ich haben sie letzte Woche aufgesucht. Sie las uns aus den Karten. Valerie prophezeite sie Kummer – sie sprach von drohenden Wolken. Dann deckte sie die letzte Karte auf, die sogenannte Deckkarte. Es war der Kreuzkönig. Sie sagte zu Valerie: ‹Nehmen Sie sich in acht. Ein Mann hat sie in seiner Gewalt. Sie fürchten ihn – durch ihn kommen Sie in große Gefahr. Sie wissen, wen ich meine?› Valerie war bis auf die Lippen erblaßt. Sie nickte und sagte: ‹Ja, ja, ich weiß.› Kurz darauf gingen wir fort. Die letzten Worte, die Zara an Valerie richtete, waren: ‹Hüten Sie sich vor dem Kreuzkönig. Ihnen droht Gefahr!› Ich versuchte, etwas aus Valerie herauszubekommen. Aber sie wollte mir nichts sagen – sie beteuerte, daß alles in bester Ordnung sei. Seit gestern abend jedoch bin ich fester denn je davon überzeugt, daß Valerie in besagtem Kreuzkönig Reedburn sah und daß er der Mann war, den sie fürchtete.»

Der Prinz brach unvermittelt ab. «Nun können Sie wohl meine Aufregung verstehen, als ich heute morgen die Zeitung aufschlug. Sollte Valerie etwa in einem Wutanfall – aber nein, es ist ganz ausgeschlossen!»

Poirot erhob sich und klopfte dem jungen Mann beruhigend auf die Schulter. «Bitte, regen Sie sich nicht auf. Überlassen Sie die Sache mir.»

«Sie wollen also nach Streatham gehen? Ich nehme an, Valerie ist immer noch dort in ‹Daisymead› – völlig geschwächt durch den Schock.»

«Ich werde mich sofort auf den Weg machen.»

«Ich habe alles vorbereitet – durch die Gesandtschaft. Sie haben überall freien Zutritt.»

«Dann wollen wir aufbrechen – Hastings, Sie kommen doch mit, nicht wahr? *Au revoir, monsieur le prince.*»

«Mon Désir» war eine außergewöhnlich schöne Villa, ganz modern und sehr komfortabel. Eine kurze Auffahrt führte von der Straße zur Haustür, und hinter dem Haus erstreckten sich ausgedehnte Gärten.

Sobald wir den Namen des Prinzen Paul erwähnt hatten, führte uns der Butler, der die Tür öffnete, sofort in das Zimmer, wo die Tragödie sich ereignet hatte. Die Bibliothek war ein prächtiger Raum, der die ganze Länge des Hauses einnahm und ein Fenster an jedem Ende hatte; eins ging auf den Fahrweg und das andere auf den Garten. In der Nische des Gartenfensters hatte die Leiche gelegen. Sie war kurz zuvor entfernt worden, da die Polizei ihre Untersuchungen beendet hatte.

«Das ist ärgerlich», flüsterte ich Poirot zu. «Wer weiß, was für Indizien sie vernichtet haben.»

Mein kleiner Freund lächelte. «Was Sie nicht sagen! Wie oft muß ich Sie darauf aufmerksam machen, daß die Indizien von *innen* kommen? In den kleinen grauen Zellen des Gehirns liegt die Lösung eines jeden Geheimnisses.»

Er wandte sich an den Butler. «Ich nehme an, daß im Zimmer nichts angerührt worden ist, abgesehen von der Entfernung der Leiche.»

«Nein, Sir. Es ist genauso geblieben, wie es gestern abend war, als die Polizei kam.»

«Diese Vorhänge zum Beispiel. Ich sehe, daß sie sich ganz vor der Fensternische zuziehen lassen. Ebenso vor dem anderen Fenster. Waren sie gestern abend zugezogen?»

«Ja, Sir. Ich ziehe sie jeden Abend zu.»

«Dann muß Mr. Reedburn sie selbst aufgezogen haben.»

«Vermutlich, Sir.»

«Wußten Sie, daß Mr. Reedburn gestern abend einen Besucher erwartete?»

«Er hatte nichts davon erwähnt, Sir. Aber er gab Instruktionen, ihn nach dem Essen nicht zu stören. Sehen Sie, Sir, dort ist eine Tür, die aus der Bibliothek auf die Terrasse an der Seite des Hauses führt. Von dorther hätte er jeden hereinlassen können, ohne daß es bemerkt worden wäre.»

«Pflegte er das zu tun?»

«Ich glaube, Sir.»

Poirot ging auf die fragliche Tür zu. Sie war nicht verschlossen. Er trat auf die Terrasse hinaus, die rechts an den Fahrweg grenzte; zur Linken reichte sie bis an eine rote Backsteinmauer.

«Der Obstgarten, Sir. Etwas weiter hinten führt eine Tür hinein, aber sie wird stets um sechs Uhr abgeschlossen.»

Poirot nickte und kehrte, vom Butler gefolgt, wieder in die Bibliothek zurück.

«Haben Sie gestern abend denn nichts gehört, als die Sache passierte?»

«Nun, Sir, wir haben kurz vor neun wohl Stimmen in der Bibliothek gehört. Doch das war nichts Außergewöhnliches, besonders, wenn es sich um eine Damenstimme handelte. Aber natürlich hörten wir überhaupt nichts mehr, sobald wir im Dienstbotenflügel auf der anderen Seite des Hauses waren. Und um elf Uhr ungefähr kam die Polizei.»

«Wie viele Stimmen haben Sie gehört?»

«Das kann ich nicht sagen, Sir. Ich habe nur die Stimme der Dame gehört.»

«So, so.»

«Verzeihung, Sir, aber Dr. Ryan ist noch im Haus, falls Sie ihn gern sehen möchten.»

Wir gingen begierig auf den Vorschlag ein, und nach wenigen Minuten gesellte sich der Doktor, ein heiterer Mann in mittleren Jahren, zu uns und gab Poirot jede gewünschte Auskunft. Reedburn hatte nahe am Fenster gelegen, mit dem Kopf dicht beim marmornen Fenstersitz. Er hatte zwei Wunden gehabt, eine zwischen den Augen und die andere, die tödliche, am Hinterkopf.

«Lag er auf dem Rücken?»

«Ja, da ist noch die Spur.» Er zeigte auf einen kleinen dunklen Fleck am Boden.

«Hätte die Wunde am Hinterkopf nicht durch den Aufprall auf den Boden verursacht sein können?»

«Unmöglich. Die Waffe, die benutzt worden ist, drang ziemlich tief in den Schädel ein.»

Poirot blickte nachdenklich vor sich hin. In jeder Fensternische befand sich ein aus Marmor gehauener Sitz, dessen Armlehnen die Form eines Löwenkopfes hatten. Poirots Augen leuchteten plötzlich auf. «Wenn er nun rückwärts auf einen dieser vorspringenden Löwenköpfe geschlagen und dann zu Boden geglitten wäre, könnte das nicht die von Ihnen beschriebene Wunde verursacht haben?»

«Ja, das wäre möglich. Aber der Winkel, in dem er zum Fenstersitz lag, schaltet diese Theorie aus. Und außerdem hätten Blutspuren auf dem Marmor vorhanden sein müssen.»

«Die hätten abgewaschen werden können.»

Der Doktor zuckte die Achseln. «Das ist kaum anzunehmen. Was hätte der Betreffende davon, wenn er einem Unfall den Anschein eines Mordes geben würde?»

«Da haben Sie recht», stimmte Poirot bei. «Hätte einer der Schläge nach Ihrer Ansicht von einer Frau ausgeführt werden können?»

«Oh, ganz ausgeschlossen, möchte ich wohl sagen. Sie denken sicher an Mademoiselle Saintclair, nicht wahr?»

«Ich denke an keine bestimmte Person, bis ich meiner Sache sicher bin», sagte Poirot sanft.

Er wandte seine Aufmerksamkeit der offenen Terrassentür zu, und der Doktor fuhr fort:

«Durch diese Tür ist Mademoiselle geflohen. Man kann ‹Daisymead› dort zwischen den Bäumen erkennen. Nach vorne zu gibt es natürlich viele Häuser an der Straße, die schneller zu erreichen sind. Aber zufälligerweise ist ‹Daisymead›, obgleich ziemlich weit entfernt, das einzige Haus, das auf dieser Seite sichtbar ist.»

«Ich danke Ihnen für Ihre Liebenswürdigkeit, Herr Doktor», sagte Poirot. – «Kommen Sie, Hastings, wir wollen in Mademoiselles Fußstapfen treten.»

Poirot ging voran, erst durch den Garten, dann durch ein eisernes Tor, quer über eine kleine Wiese und schließlich durch das Gartentor von «Daisymead». «Daisymead» war ein anspruchsloses kleines Haus, das auf einem Grundstück von ungefähr zwanzig Ar stand. Eine kurze Treppe führte zu einer Glastür empor. Poirot nickte in Richtung der Tür.

«Durch diese Tür ist Mademoiselle Saintclair gegangen.

Wir, die wir keinen so dringlichen Grund haben, gehen am besten zur Haustür.»

Ein Mädchen öffnete die Tür, führte uns in den Salon und ging dann fort, um Miss Oglander zu holen. Der Raum war offenbar seit dem gestrigen Abend nicht aufgeräumt worden. Die Asche lag noch im Kamin, und der Bridgetisch stand noch mitten im Zimmer. Ein Strohmann war aufgedeckt, und die Handkarten waren hingeworfen. Der Raum war mit kitschigen Ornamenten überladen, und zahlreiche Familienfotos von unbeschreiblicher Häßlichkeit zierten die Wände.

Poirot betrachtete sie mit nachsichtigeren Blicken als ich und hängte einige, die schief waren, wieder gerade. «Die Familie», sagte er, «Sie ist doch ein starkes Band, nicht wahr? Sentiment tritt an die Stelle von Schönheit.»

Ich pflichtete ihm bei, während meine Blicke sich auf eine Familiengruppe hefteten, die einen bärtigen Mann, eine Frau mit hoch aufgetürmtem Haar, einen sturen, untersetzten Jungen und zwei kleine Mädchen mit unzähligen überflüssigen Bandschleifen darstellte. Ich hielt es für eine Aufnahme der Familie Oglander aus früheren Tagen und studierte sie mit Interesse. Die Tür öffnete sich, und eine junge Frau kam herein. Ihr dunkles Haar war hübsch frisiert, und sie trug einen mausgrauen Sportmantel mit passendem Tweedrock.

Sie blickte uns forschend an. Poirot ging auf sie zu. «Miss Oglander? Es tut mir leid, Sie stören zu müssen – besonders nach allem, was Sie gestern durchgemacht haben. Es muß sehr aufregend gewesen sein.»

«Es ist uns allerdings ziemlich auf die Nerven gegangen», gab die junge Dame vorsichtig zu. Mir kam der Gedanke, daß die Elemente des Dramas an Miss Oglander verschwendet waren und daß ihr Mangel an Phantasie sich über jede Tragödie hinwegsetzte. Dieser Eindruck verstärkte sich noch, als sie fortfuhr: «Ich muß vielmals um Entschuldigung bitten, daß das Zimmer noch nicht aufgeräumt worden ist. Aber Dienstboten regen sich gleich so auf; sie sind so töricht.»

«Sie haben gestern abend in diesem Zimmer gesessen, nicht wahr?»

«Ja, wir spielten nach dem Essen gerade etwas Bridge, als –»

«Entschuldigen Sie bitte – wie lange hatten Sie bereits Bridge gespielt?»

«Nun –» Miss Oglander überlegte. «Ich kann es nicht mit Bestimmtheit sagen. Aber es muß wohl so um zehn Uhr herum gewesen sein. Wir hatten mehrere Robber gespielt, das weiß ich noch.»

«Und Sie selbst saßen – wo?»

«Gegenüber der Glastür. Ich spielte mit meiner Mutter als Partnerin und hatte ‹eins ohne› geboten. Plötzlich, ohne jegliche Warnung, wurde die Tür aufgestoßen, und Mademoiselle Saintclair schwankte ins Zimmer.»

«Haben Sie sie gleich erkannt?»

«Ihr Gesicht kam mir irgendwie bekannt vor.»

«Sie ist noch immer hier, nicht wahr?»

«Ja, aber sie möchte niemand sehen. Sie ist noch ganz erledigt.»

«Ich glaube aber, sie wird mich empfangen. Wollen Sie ihr bitte sagen, daß ich auf den ausdrücklichen Wunsch des Prinzen Paul von Mauranien komme?»

Ich hatte das Gefühl, daß die Erwähnung eines königlichen Prinzen ihrer unerschütterlichen Ruhe einen kleinen Stoß versetzte. Aber sie verließ das Zimmer ohne weitere Bemerkung und kam fast unmittelbar danach zurück mit der Botschaft, daß Mademoiselle Saintclair uns in ihrem Zimmer empfangen wolle.

Wir folgten Miss Oglander nach oben, und sie führte uns in ein ziemlich großes, helles Schlafzimmer. Auf einer Couch am Fenster lag eine Frau, die uns den Kopf zuwandte, als wir eintraten. Der Gegensatz zwischen den beiden Frauen fiel mir sofort auf, um so mehr, als sie in den wesentlichen Zügen und in der Gesichtsfarbe sich sehr ähnelten. Im übrigen aber – was für ein Unterschied! In jedem Blick, in jeder Geste von Valerie Saintclair lag Drama. Sie schien eine romantische Atmosphäre auszuströmen. Ein Morgenrock aus scharlachrotem Flanell war über ihre Füße gebreitet – sicherlich kein auffallendes Gewand, aber der Zauber ihrer Persönlichkeit verlieh ihm einen exotischen Anstrich, so daß er wie eine glänzende orientalische Robe wirkte.

Sie heftete ihre großen dunklen Augen auf Poirot.

«Sie kommen von Paul?» Ihre Stimme paßte zu ihrer Erscheinung – sie war voll und lässig.

«Ja, Mademoiselle. Ich bin hier, um ihm zu helfen – und Ihnen.»

«Was möchten Sie wissen?»

«Alles, was sich gestern abend zugetragen hat. Aber auch wirklich *alles*!»

Sie lächelte etwas müde.

«Glauben Sie etwa, ich würde lügen? Ich bin doch nicht dumm. Ich sehe vollkommen ein, daß nichts verheimlicht werden darf. Er wußte ein Geheimnis von mir, der Mann, der nun tot ist. Er bedrohte mich damit. Um Pauls willen versuchte ich, mich gütlich mit ihm zu einigen. Ich konnte es nicht riskieren, Paul zu verlieren ... Nun, da er tot ist, fühle ich mich sicher. Aber das soll nicht heißen, daß ich ihn getötet habe.»

Poirot schüttelte lächelnd den Kopf. «Es ist überflüssig, mir das zu sagen, Mademoiselle. Nun schildern Sie mir die Vorgänge von gestern abend.»

«Ich bot ihm Geld, und er schien geneigt, mit mir zu verhandeln. Er bestellte mich gestern abend um neun Uhr nach ‹Mon Désir›. Ich kannte das Haus. Ich war vorher schon mal dort gewesen. Ich sollte die Seitentür zur Bibliothek benutzen, damit die Dienstboten mich nicht sähen.»

«Entschuldigen Sie einen Augenblick, Mademoiselle, aber hatten Sie denn keine Angst, sich abends allein dorthin zu begeben?»

War es Einbildung von mir, oder machte sie wirklich eine kleine Pause, bevor sie antwortete?

«Vielleicht, ja. Aber es war niemand da, den ich bitten konnte, mit mir zu kommen. Und ich war verzweifelt. Reedburn öffnete mir die Tür. Oh, dieser Mann! Ich bin froh, daß er tot ist! Er spielte mit mir wie eine Katze mit der Maus. Er verspottete mich. Ich bettelte und flehte ihn auf den Knien an. Ich bot ihm jedes Schmuckstück, das ich besitze. Alles vergebens! Dann nannte er seine eigenen Bedingungen. Sie können sich vielleicht denken, was für Bedingungen das waren. Ich weigerte mich und habe ihm barsch meine Meinung ins Gesicht gesagt. Ich tobte vor Wut. Er blieb ganz ruhig und lächelte. Und dann, als ich endlich schwieg, hörte ich ein Geräusch – es kam aus der Fensternische hinter dem Vorhang... Er hörte es auch. Er ging hin und zog die Vorhänge ganz zurück. Da stand ein Mann – ein gräßlicher Mensch, der aussah wie ein Landstreicher. Er schlug auf Mr. Reedburn ein, und nach einem besonders heftigen Schlag stürzte Mr. Reedburn zu Boden. Der Landstreicher griff mit seiner blutigen Hand nach mir. Ich riß mich los, schlüpfte durch die Tür und rannte wie besessen davon. Dann sah ich die Lichter in diesem Haus und lief darauf zu. Die Rouleaus waren nicht heruntergelassen, und ich sah einige Leute beim Bridgespiel. Ich fiel beinahe ins Zimmer, konnte eben noch das Wort ‹Mord!› ausstoßen, und dann wurde mir schwarz vor Augen –»

«Ich danke Ihnen, Mademoiselle. Es muß ein sehr schwerer Schock für Ihre Nerven gewesen sein. Was nun diesen Landstreicher angeht, könnten Sie ihn mir beschreiben? Können Sie sich daran erinnern, was er trug?»

«Nein – es passierte alles so schnell. Aber ich würde den Mann überall wiedererkennen. Sein Gesicht hat sich mir unauslöschlich eingeprägt.»

«Nur noch eine Frage, Mademoiselle. Waren die Vorhänge am *anderen* Fenster, das auf die Einfahrt geht, zugezogen?»

Zum erstenmal glitt ein verwirrter Ausdruck über das Gesicht der Tänzerin. Sie versuchte anscheinend, sich daran zu erinnern.

«*Eh bien*, Mademoiselle?»

«Ich glaube – ich bin fast sicher – ja, ganz sicher! Sie waren *nicht* zugezogen.»

«Das ist merkwürdig, da die anderen Vorhänge zugezogen waren. Es ist aber wohl nicht sehr wichtig. Bleiben Sie noch länger hier, Mademoiselle?»

«Der Arzt glaubt, daß ich morgen wieder in die Stadt zurückkehren kann.» Sie blickte im Zimmer umher. Miss Oglander war hinausgegangen. «Diese Leute hier sind sehr freundlich – aber sie gehören zu einem anderen Milieu. Ich schockiere sie! Und ich selbst – na, ich bin von der Bourgeoisie nicht gerade begeistert!»

In ihren Worten lag eine leichte Bitterkeit.

Poirot nickte. «Ich verstehe. Hoffentlich habe ich Sie mit meinen Fragen nicht allzusehr ermüdet.»

«Keineswegs, Monsieur. Es liegt mir sehr daran, daß Paul alles sobald wie möglich erfährt.»

«Dann möchte ich mich verabschieden. Guten Tag, Mademoiselle.»

Gerade wollte Poirot das Zimmer verlassen, als er stehenblieb und sich auf ein Paar Lackschuhe stürzte. «Gehören die Ihnen, Mademoiselle?»

«Ja, Monsieur. Man hat sie gerade gesäubert und nach oben gebracht.»

«Aha!» sagte Poirot, als wir die Treppe hinabstiegen. «Anscheinend sind die Dienstboten nicht zu aufgeregt, um ein Paar Schuhe zu reinigen, wenn sie auch die Asche im Kamin vergessen. Ja, *mon ami*, zuerst schien der Fall ein paar interessante Punkte zu haben, aber ich fürchte, fürchte sehr, daß wir ihn doch als abgeschlossen betrachten müssen. Es scheint alles hinreichend klar zu sein.»

«Und der Mörder?»

«Hercule Poirot macht keine Jagd auf Landstreicher», erwiderte mein Freund prahlerisch.

In der Diele begegnete uns Miss Oglander. «Wenn Sie so gut sein und eine Minute im Salon warten wollen, möchte meine Mutter noch gern mit Ihnen sprechen.»

Das Zimmer war noch nicht aufgeräumt worden. Poirot spielte müßig mit den Karten und mischte sie mit seinen kleinen, peinlich gepflegten Händen.

«Wissen Sie, was ich glaube, mein Freund?»

«Nein», sagte ich interessiert.

«Ich glaube, Miss Oglander hat einen Fehler gemacht, als sie ‹eins ohne› spielte. Sie hätte ‹drei Pik› bieten sollen.»

«Poirot! Sie sind einfach toll!»

«*Mon Dieu*, ich kann doch nicht immer nur von Mord und Totschlag reden!»

Plötzlich erstarrte er: «Hastings – *Hastings*! Sehen Sie doch mal! Der Kreuzkönig fehlt ja im Spiel!»

«Zara!» rief ich.

«Wie?» Er schien meine Anspielung nicht zu verstehen. Mechanisch schichtete er die Karten aufeinander und steckte sie in die Hüllen. Sein Gesicht war sehr ernst.

«Hastings», sagte er zuletzt, «ich, Hercule Poirot, bin sehr nahe daran gewesen, einen Fehler zu machen – einen sehr großen Fehler.»

Ich blickte ihn völlig verständnislos an.

«Wir müssen wieder von vorn anfangen, Hastings. Ganz von vorn. Aber diesmal werden wir uns nicht irren.»

Er wurde unterbrochen durch den Eintritt einer hübschen Dame mittleren Alters, die einige Haushaltsbücher in der Hand trug. Poirot verbeugte sich.

«Habe ich recht, Sir, daß Sie ein Freund von –hm – hm – Mademoiselle Saintclair sind?»

«Ich bin von einem ihrer Freunde geschickt worden, Madame.»

«Oh, das ist etwas anderes. Ich dachte, vielleicht –»

Poirot wies plötzlich brüsk aufs Fenster.

«Waren Ihre Rouleaus gestern abend nicht heruntergelassen?»

«Nein – daher hat Mademoiselle Saintclair das Licht wohl so deutlich gesehen.»

«Wir hatten gestern abend Mondschein. Es wundert mich daher, daß Sie Mademoiselle Saintclair nicht von Ihrem Platz gegenüber dem Fenster gesehen haben.»

«Wir waren wohl zu sehr in unser Spiel vertieft. So etwas ist uns überhaupt noch nicht vorgekommen.»

«Das kann ich mir gut vorstellen, Madame. Und ich kann Ihnen zu Ihrer Beruhigung sagen, Mademoiselle Saintclair wird Sie morgen verlassen.»

«Oh!» Das Gesicht der guten Dame klärte sich zusehends auf.

«Und ich wünsche Ihnen einen guten Morgen, Madame.»

Ein Dienstmädchen reinigte die Stufen, als wir aus der Haustür traten. Poirot sprach sie an.

«Sind Sie es gewesen, die die Schuhe der jungen Dame oben gesäubert hat?»

Das Mädchen schüttelte den Kopf. «Nein, Sir. Ich glaube nicht, daß sie schon geputzt sind.»

«Wer mag sie denn wohl geputzt haben?» fragte ich, als wir die Straße hinuntergingen.

«Niemand. Sie brauchten gar nicht geputzt zu werden.»

«Ich gebe zu, daß sie die Schuhe bei einem Spaziergang auf der Straße oder auf einem Pfad in einer schönen Nacht nicht beschmutzen würde. Aber wenn sie durch das hohe Gras im Garten gegangen ist, müßten die Schuhe doch eigentlich sehr schmutzig und fleckig gewesen sein.»

«Aber –»

«Gedulden Sie sich noch eine halbe Stunde, mein Freund. Wir gehen zurück nach ‹Mon Désir›.»

Der Butler schien überrascht, als wir wiederauftauchten, aber er hatte nichts dagegen einzuwenden, daß wir noch einmal in die Bibliothek gingen.

«He, das ist nicht das richtige Fenster, Poirot», rief ich, als er auf das Fenster zumarschierte, das auf die Einfahrt hinausging.

«Ich glaube doch, mein Freund. Sehen Sie mal her.» Er zeigte auf den marmornen Löwenkopf, auf dem ein schwacher verfärbter Fleck zu sehen war. Dann wies er auf einen ähnlichen Fleck auf dem polierten Boden.

«Irgend jemand hat Reedburn mit der geballten Faust zwischen die Augen geschlagen. Daraufhin ist er rückwärts auf dieses vorspringende Stückchen Marmor gefallen und dann zu Boden geglitten. Hinterher wurde er über den Fußboden zum anderen Fenster geschleppt und dorthin gelegt, aber nicht ganz im selben Winkel, wie der Doktor es uns beschrieben hat.»

«Aber warum denn nur? Das war doch ganz überflüssig.»

«Im Gegenteil, es war erforderlich. Außerdem gibt es Aufschluß über die Identität des Mörders, der übrigens gar nicht die Absicht hatte, Reedburn zu töten. Daher ist es kaum statthaft, ihn einen Mörder zu nennen. Er muß ein sehr starker Mann sein.»

«Warum? Weil er die Leiche durchs Zimmer geschleift hat?»

«Nicht nur deshalb. Es ist ein sehr interessanter Fall. Aber ich hätte mich beinahe lächerlich gemacht.»

«Wollen Sie damit sagen, daß der Fall abgeschlossen ist, daß Sie alles wissen?»

«Ja.»

Mir fiel plötzlich etwas ein. «Nein», rief ich. «Es gibt etwas, das Sie nicht wissen!»

«Und was wäre das?»

«Sie wissen nicht, wo der fehlende Kreuzkönig ist!»

«Wie? Das ist ja drollig! Das ist sehr drollig, mein Freund.»

«Wieso?»

«Weil er in meiner Tasche ist!» Er zog ihn mit schwungvoller Bewegung heraus.

«Oh», sagte ich etwas betroffen. «Wo haben Sie ihn denn gefunden? Hier?»

«Es ist nichts Sensationelles dabei; denn er lag noch im

Kasten und war einfach nicht mit den anderen Karten herausgenommen worden.»

«Hm! Er hat Sie aber doch auf eine Idee gebracht, nicht wahr?»

«Ja, mein Freund. Ich verneige mich vor Seiner Majestät.»

«Und vor Madame Zara!»

«Ach ja – vor der Dame auch.»

«Na, was machen wir denn nun?»

«Wir kehren wieder in die Stadt zurück. Aber erst muß ich noch mit einer gewissen Dame in ‹Daisymead› reden.»

Dasselbe kleine Dienstmädchen öffnete uns die Tür.

«Sie sind alle beim Essen, Sir – es sei denn, Sie möchten Mademoiselle Saintclair sprechen, und die ruht gerade.»

«Es genügt, wenn ich Mrs. Oglander ein paar Minuten sehen kann. Wollen Sie es ihr bitte sagen?»

Sie führte uns in den Salon, wo wir warteten. Im Vorübergehen erhaschte ich einen flüchtigen Blick von der Familie im Eßzimmer. Diesmal waren zwei schwere, kräftige Männer dabei, einer mit Schnurrbart, der andere mit Vollbart.

Nach einigen Minuten kam Mrs. Oglander ins Zimmer und blickte Poirot, der sich verbeugte, fragend an.

«Madame, in unserem Lande ist die Mutter Mittelpunkt einer tiefen Liebe und Verehrung. *La mère de famille*, sie bedeutet für uns alles!»

Mrs. Oglander schien über diese Einleitung sehr erstaunt zu sein.

«Nur aus diesem Grunde bin ich nochmals hierhergekommen. Ich möchte die Angst einer Mutter beschwichtigen. Mr. Reedburns Mörder wird nicht gefunden werden. Haben Sie keine Angst. Ich, Hercule Poirot, gebe Ihnen diese Versicherung. Ich habe doch recht, nicht wahr? Oder muß ich Sie in Ihrer Eigenschaft als Gattin beruhigen?»

Es entstand eine kurze Pause. Mrs. Oglander blickte Poirot forschend in die Augen. Zuletzt sagte sie ganz ruhig: «Ich weiß nicht, wie Sie es erraten haben – aber Sie haben recht.»

Poirot nickte ernst. «Das wäre alles, Madame. Beunruhigen Sie sich nicht. Ihre englischen Polizisten haben nicht die Augen eines Hercule Poirot.» Er tippte mit dem Fingernagel auf das Familienporträt an der Wand.

«Sie hatten früher noch eine Tochter. Sie ist wohl tot, Madame?»

Wieder trat eine Pause ein, während sie in seinen Zügen forschte. Dann antwortete sie: «Ja, sie ist tot.»

«Ah!» sagte Poirot lebhaft. «Nun, wir müssen in die Stadt zurück. Gestatten Sie mir, daß ich den Kreuzkönig wieder in das Kartenspiel lege? Das war der einzige Fehler, den Sie gemacht haben. Sie wollen eine Stunde lang Bridge mit nur einundfünfzig Karten gespielt haben – na, das glaubt Ihnen keiner, der die geringste Ahnung von dem Spiel hat, auch nur für eine Minute. *Bonjour*!»

«Und nun, mein Freund», sagte Poirot auf dem Wege zum Bahnhof, «ist Ihnen doch alles klar, nicht wahr?»

«Gar nichts ist mir klar! Wer hat Reedburn denn getötet?»

«John Oglander junior. Ich war mir nicht ganz sicher, ob es der Vater oder der Sohn gewesen ist. Aber ich tippte auf den Sohn, da er der stärkere und jüngere von den beiden ist. Es mußte einer der beiden sein wegen des Fensters.»

«Warum?»

«Die Bibliothek hatte zwei Türen und zwei Fenster. Aber offenbar kam nur eins in Frage. Das andere Fenster und die beiden Türen gingen direkt oder indirekt nach vorn. Die Tragödie mußte am Gartenfenster stattfinden, damit es den Anschein erweckte, als sei Valerie Saintclair ganz zufällig nach ‹Daisymead› gekommen. In Wirklichkeit wurde sie natürlich ohnmächtig, und John Oglander trug sie auf seinen Schultern nach drüben. Deshalb sagte ich, es müsse ein starker Mann gewesen sein.»

«Dann sind sie also zusammen hingegangen?»

«Ja. Sie erinnern sich vielleicht noch daran, wie Valerie zögerte, als ich sie fragte, ob sie keine Angst gehabt habe, sich allein in die Höhle des Löwen zu wagen. John Oglander begleitete sie – und das hat Reedburns Laune nicht gerade verbessert. Sie zankten sich, und wahrscheinlich hat Reedburn eine beleidigende Bemerkung über Valerie fallenlassen, die John Oglander veranlaßte, ihn zu schlagen. Das übrige wissen Sie.»

«Aber was hat das Bridgespiel damit zu tun?»

«Bei Bridge setzt man vier Spieler voraus. So eine einfache Tatsache wirkt oft sehr überzeugend. Wer hätte vermutet, daß nur drei Leute den ganzen Abend über im Zimmer waren?»

Manches war mir immer noch rätselhaft.

«Ich verstehe eines nicht. Was haben die Oglanders mit der Tänzerin Valerie Saintclair zu tun?»

«Ah, ich bin überrascht, daß Sie das nicht erkannt haben. Dabei haben Sie das Bild an der Wand doch lange genug betrachtet – länger als ich. Mrs. Oglanders Tochter mag für ihre Familie tot sein. Aber die Welt kennt sie als Valerie Saintclair!»

«Was?»

«Haben Sie denn nicht die Ähnlichkeit bemerkt, als Sie die beiden Schwestern zusammen sahen?»

«Nein», bekannte ich. «Mir fiel nur ihre Unähnlichkeit auf.»

«Das kommt daher, weil Sie sich so sehr von Äußerlichkeiten beeinflussen lassen, mein lieber Hastings. Die Züge der beiden sind fast identisch. Ebenso die Gesichtsfarbe. Interessant ist es, daß Valerie sich ihrer Familie schämt und umgekehrt. Trotzdem wandte sie sich im Augenblick der Gefahr an ihren Bruder um Hilfe, und als die Sache schiefging, hielten sie alle zusammen wie Pech und Schwefel. Die Stärke einer Familie ist etwas Wunderbares. In der Familie können sie alle schauspielern. Daher hat Valerie auch ihr Schauspieltalent. Ich glaube ebenso wie Prinz Paul an Vererbung! Sie hatten mich sogar getäuscht! Ein glücklicher Zufall und meine an Mrs. Oglander gerichtete Probefrage, wodurch ich sie dazu brachte, die Angabe ihrer Tochter über die Sitzordnung zu widerlegen haben es verhütet, daß die Familie Oglander Hercule Poirot eine Schlappe beigebracht hat.»

«Was werden Sie nun dem Prinzen sagen?»

«Daß Valerie das Verbrechen unmöglich begangen haben kann und daß ich sehr bezweifle, daß der Landstreicher jemals gefunden wird. Auch werde ich ihn bitten, Zara meine Empfehlung auszurichten. Das war wirklich ein merkwürdiger Zufall! Ich glaube, ich nenne dies kleine Affäre das Abenteuer des Kreuzkönigs. Was halten Sie davon, mein Freund?»

Köchin gesucht

Als ich mit meinem Freund Hercule Poirot eine Wohnung teilte, pflegte ich ihm die Schlagzeilen des Morgenblattes *Tages-Echo* vorzulesen.

Das *Tages-Echo* war ein Blatt, das jede Sensation nach allen Richtungen ausschlachtete. Raub und Mord lauerten nicht verborgen auf den letzten Seiten. Nein, gleich auf der ersten Seite sprangen sie in Riesenlettern dem Leser ins Auge.

BANKBEAMTER MIT EFFEKTEN IM WERTE VON FÜNFZIGTAUSEND PFUND DURCHGEBRANNT.

EHEMANN STECKT KOPF IN GASOFEN. UNGLÜCKLICHES FAMILIENLEBEN.

STENOTYPISTIN VERSCHWUNDEN. HÜBSCHES MÄDCHEN. 21 JAHRE ALT. WO IST EDNA FIELD?

«Da hätten wir ja eine ziemliche Kollektion, Poirot. Ein flüchtiger Bankbeamter, ein mysteriöser Selbstmord, ein verschwundenes Tippfräulein – greifen Sie hinein ins volle Menschenleben!»

Mein Freund war in lässiger Stimmung und schüttelte ruhig den Kopf.

«Nichts dabei, was mich besonders reizte, *mon ami.* Heute bin ich für einen geruhsamen Lebenswandel. Es müßte schon ein sehr interessantes Problem sein, das mich aus meinem Sessel locken könnte. Ich habe nämlich wichtige persönliche Angelegenheiten zu erledigen.»

«Und die wären?»

«Meine Garderobe, Hastings. Wenn ich nicht irre, ist auf

meinem neuen grauen Anzug ein Fettfleck – zwar nur einer, aber er ärgert mich zur Genüge. Dann mein Wintermantel – den muß ich unbedingt einmotten. Und ich glaube – ja, ich glaube –, mein Schnurrbart ist reif zum Schneiden, und nachher muß ich mir Pomade aufs Haar schmieren.»

«Ein richtiges Programm!» sagte ich und schlenderte zum Fenster. «Aber ich möchte bezweifeln, ob Sie es durchführen können. Es klingelt nämlich gerade. Sie haben einen Klienten.»

«Nur eine Angelegenheit von nationaler Wichtigkeit kommt heute für mich in Betracht», erklärte Poirot mit Würde.

Im nächsten Augenblick stürmte in unsere stille Häuslichkeit eine korpulente Dame mit krebsrotem Gesicht, die so schnell die Treppe hinaufgeeilt war, daß sie hörbar keuchte.

«Sie sind Monsieur Poirot?» fragte sie ein wenig anmaßend, als sie in einen Sessel sank.

«Ich bin Hercule Poirot, jawohl, Madame.»

«Sie sehen aber gar nicht so aus, wie ich Sie mir vorgestellt habe», sagte die Dame und beäugte ihn mit einigem Mißfallen. «Haben Sie etwa die Notiz in der Zeitung selbst bezahlt, wo es heißt, was für ein guter Detektiv Sie seien, oder hat die Zeitung es von sich aus gebracht?»

«Madame!» sagte Poirot, während er sich steif aufrichtete.

«Nichts für ungut! Aber Sie wissen doch, wie die Zeitungen heutzutage sind. Da fängt man einen vielversprechenden Artikel an: ‹Was eine jungverheiratete Frau ihrer naiven unverheirateten Freundin sagte›, und dann stellt es sich heraus, daß nur von einem einfachen Haarwaschmittel die Rede ist, das man beim Drogisten kaufen kann. Nichts wie Schaumschlägerei! Aber Sie nehmen mir das doch nicht übel, wie? Ich will Ihnen auch gleich sagen, was Sie für mich tun sollen. Sie sollen meine Köchin finden!»

Poirot konnte sie bloß anstarren. Seine sonst so flinke Zunge ließ ihn diesmal im Stich. Ich drehte mich zur Seite, um ein Grinsen zu verbergen, das ich nicht zu unterdrücken vermochte.

«Schuld hat natürlich nur die elende Arbeitslosenunterstützung», fuhr die Dame unbeirrt fort. «Setzt den Angestellten 'nen Floh ins Ohr. Wollen alle zu hoch hinaus: Vorzimmerdamen werden und weiß der Teufel was sonst noch. Schluß mit der Unterstützung, sage ich immer. Ich möchte wissen, was meine Angestellten zu klagen haben – einen Nachmittag und Abend in der Woche frei, dazu jeden zweiten Sonntag, Wäsche aus dem Hause, dasselbe Essen wie wir, kein Stückchen Margarine im Hause, nur die allerbeste Butter.»

Hier machte sie eine notwendige Atempause, und Poirot faßte die Gelegenheit beim Schopf. Er sprach in seiner hochmütigsten Art, indem er sich dabei erhob:

«Ich fürchte, Madame, Sie haben sich geirrt. Die Verhältnisse von Hausangestellten gehören nicht zu meinem Bereich. Ich bin Privatdetektiv.»

«Das weiß ich», sagte unsere Besucherin. «Habe ich Ihnen nicht bereits erklärt, daß Sie meine Köchin für mich finden sollen? Marschierte am Mittwoch aus dem Hause, ohne mir ein Sterbenswörtchen zu sagen, und hat sich nicht wieder blicken lassen.»

«Es tut mir leid, Madame, aber mit solchen Dingen befasse ich mich nicht. Ich wünsche Ihnen einen guten Morgen.»

Unser Besuch schnaufte förmlich vor Empörung.

«Aha, daher weht der Wind! Zu stolz, was? Befassen sich nur mit Regierungsgeheimnissen und gräflichen Juwelen. Aber ich kann Ihnen versichern: Für eine Frau in meiner Lage ist eine Köchin genauso wichtig wie eine Tiara. Wir können nicht alle feine Damen sein und mit unseren Diamanten und Perlen im Auto spazierenfahren. Eine gute Köchin ist und bleibt eine gute Köchin – und wenn ich sie verliere, bedeutet das ebensoviel für mich wie der Verlust von Perlen für eine Lady!»

Einen Augenblick lang schien es ungewiß, ob bei Poirot die Würde oder der Sinn für Humor die Oberhand behalten sollte. Schließlich lachte er und setzte sich wieder hin.

«Madame, Sie haben recht und ich unrecht. Ihre Bemerkungen sind gerechtfertigt und intelligent. Der Fall ist neu für mich. Noch nie habe ich nach einer verschwundenen Hausangestellten gefahndet. Weiß Gott, hier ist das Problem von nationaler Bedeutung, das ich gerade vor Ihrer Ankunft vom Schicksal verlangte. *En avant!* Sie sagen also, daß diese Perle von einer Köchin am Mittwoch ausging und nicht zurückkehrte. Das war vorgestern.»

«Ja, da hatte sie Ausgang.»

«Aber wahrscheinlich ist ihr ein Unglück zugestoßen, Madame. Haben Sie schon die Krankenhäuser angerufen?»

«Daran habe ich gestern auch gedacht. Aber heute morgen ließ sie ihren Koffer abholen. Was sagen Sie dazu, bitte? Und nicht eine Zeile für mich! Wenn ich zu Hause gewesen wäre, hätte ich ja den Koffer nicht aus der Hand gegeben – mich so zu behandeln! Aber ich war gerade auf einen Sprung zum Metzger.»

«Wollen Sie mir bitte Ihre Köchin beschreiben?»

«Sie ist eine Person in mittleren Jahren, korpulent, hat ergrauendes, schwarzes Haar – höchst respektabel. Auf ihrer letzten Stelle war sie zehn Jahre lang. Eliza Dunn ist ihr Name.»

«Und Sie hatten keine – Meinungsverschiedenheit?»

«Ganz und gar nicht! Das ist ja das Merkwürdige!»

«Wie viele Angestellte beschäftigen Sie, Madame?»

«Zwei. Das Hausmädchen Annie ist sehr nett. Etwas vergeßlich und den Kopf voller Männer, aber eine gute Kraft, wenn man ihr etwas auf die Finger schaut.»

«Vertrug sich die Köchin mit dem Hausmädchen?»

«Es gab natürlich kleine Reibereien – aber im großen und ganzen verstanden sie sich sehr gut.»

«Und das Mädchen kann kein Licht in die Angelegenheit bringen?»

«Sie sagt nein – aber man kennt das ja – halten alle zusammen wie Pech und Schwefel.»

«Na, wir müssen die Sache mal prüfen. Wo wohnen Sie doch gleich?»

«In Clapham, Prince Albert Road 88.»

«*Bien*, Madame, ich wünsche Ihnen einen guten Morgen, und Sie können auf meinen Besuch im Laufe des Tages rechnen.»

Mrs. Todd – so hieß unsere neue Bekannte – verabschiedete sich darauf, und Poirot blickte mich etwas kläglich an.

«Na, Hastings, das ist ja mal etwas Neues. Das Verschwinden der Köchin von Clapham! Niemals, niemals darf unser Freund, Inspektor Japp, davon hören!»

Dann setzte er ein Bügeleisen auf und entfernte sorgfältig mit Hilfe eines Löschblattes den Fettfleck aus seinem grauen Anzug, während die Schnurrbartpflege zu seinem Bedauern vertagt werden mußte. Darauf machten wir uns auf den Weg nach Clapham.

Die Prince Albert Road bestand aus kleinen, peinlich schmucken Häusern, die sich alle glichen wie ein Ei dem anderen. Alle Fenster waren mit sauberen Spitzengardinen verhüllt, und blankpolierte Messingklopfer glänzten an jeder Tür.

Wir klingelten bei Nr. 88, und die Tür wurde von einem sauberen, hübsch aussehenden Mädchen geöffnet. Mrs. Todd erschien auch im Flur und begrüßte uns.

«Bleiben Sie nur hier, Annie!» rief sie. «Dieser Herr ist ein Detektiv und möchte gewiß einige Fragen stellen.»

In Annies Gesichtszügen kämpften Erschrecken und angenehme Erregung miteinander.

«Ich danke Ihnen, Madame», sagte Poirot mit einer Verbeugung. «Ich möchte Ihr Mädchen sofort befragen – und zwar allein, wenn Sie gestatten.»

Wir wurden in einen kleinen Salon geführt, und als Mrs. Todd das Zimmer, offenbar sehr ungern, verlassen hatte, begann Poirot sein Kreuzverhör.

«*Voyons*, Mademoiselle Annie, alles, was Sie uns sagen, ist von größter Bedeutung. Sie allein können Licht in diese dunkle Angelegenheit bringen. Ohne Ihren Beistand bin ich machtlos.»

Der Schreck wich aus dem Gesicht des Mädchens und machte der angenehmen Erregung völlig Platz.

«Sir, ich werde Ihnen alles sagen, was ich weiß. Ganz bestimmt.»

«Gut!» Sie sind ein Mädchen von auffallender Intelligenz. Das sieht man sofort! Wie erklären *Sie* sich das Verschwinden der Eliza Dunn?»

Nach dieser Aufmunterung öffnete Annie die Schleusen ihrer Beredsamkeit und sprudelte aufgeregt hervor:

«Mädchenhändler, Sir, das habe ich gleich gesagt! Die Köchin warnte mich dauernd davor. ‹Schnüffle kein Parfüm nicht, iß keine Süßigkeiten nicht – ganz egal, wie anständig der Kerl auch aussieht.› Das waren ihre eigenen Worte. Und nun haben sie sie selbst geschnappt. Ganz gewiß. Wahrscheinlich haben sie sie nach der Türkei verschleppt oder an einen von diesen orientalischen Plätzen, wo sie ja für dicke Frauen schwärmen sollen.»

«Es ist in der Tat eine Idee. Aber hätte sie in diesem Falle ihren Koffer holen lassen?»

«Das weiß ich nicht, Sir. Aber sie braucht schließlich ihre Sachen – selbst in diesen ausländischen Orten.»

«Wer holte den Koffer – ein Mann?»

«Carter Paterson, der Spediteur.»

«Haben Sie den Koffer gepackt?»

«Nein, er war bereits gepackt und verschnürt.»

«Oh, wie interessant! Das weist darauf hin, daß sie bei ihrem Weggang am Mittwoch bereits die Absicht hatte, nicht zurückzukehren. Das sehen Sie doch ein, nicht wahr?»

«Ja, Sir.» Annie schaute etwas bestürzt drein. «Daran hatte ich nicht gedacht. Aber es könnten doch immerhin Mädchenhändler gewesen sein, nicht wahr?» fügte sie hinzu. Sie schien diese interessante Theorie ungern fallenzulassen.

«Zweifellos!» sagte Poirot ernsthaft. «Schliefen Sie mit ihr im selben Raum?»

«O nein, wir hatten getrennte Zimmer.»

«Und hat Eliza sich Ihnen gegenüber mal geäußert, als sei sie unzufrieden mit ihrem gegenwärtigen Posten? Fühlten Sie sich beide wohl hier?»

«Sie hat nie von Weggehen gesprochen. Die Stelle ist ganz leidlich –» Das Mädchen zögerte ein wenig.

«Sprechen Sie nur frei heraus», sagte Poirot freundlich. «Ich werde Mrs. Todd nichts davon sagen.»

«Na, sie ist natürlich 'ne komische Alte, die Frau. Aber das Essen ist gut. Reichlich – nicht geknausert. Etwas Warmes zum Abendessen, viel Ausgang und so viel Fett, wie man will. Und überhaupt, wenn Eliza sich hätte verändern wollen, wäre sie niemals einfach so davongelaufen. Sie würde regelrecht gekündigt haben. Mein Gott, die Herrin könnte ihr hierfür einen ganzen Monatslohn abziehen!»

«Und die Arbeit? Nicht zu schwer?»

«Mrs. Todd ist ja ein bißchen eigen – stöbert immer in den Ecken herum, um noch ein Staubkorn zu finden. Dann ist da noch der Mieter oder zahlende Gast, wie er immer genannt wird. Aber der hat nur Frühstück und Abendessen, genau wie der gnädige Herr. Sie sind beide den ganzen Tag in der Stadt.»

«Gefällt Ihnen Ihr Herr?»

«Oh, der ist in Ordnung – sehr ruhig, allerdings ein bißchen knickerig.»

«Sie können sich wohl nicht mehr daran erinnern, was Eliza kurz vor ihrem Weggehen sagte?»

«O ja. Sie sagte: ‹Wenn vom Pfirsichkompott noch etwas übrigbleibt, essen wir das zu Abend mit Speck und Bratkartoffeln.› Ganz verrückt auf Pfirsichkompott war sie. Sollte mich nicht wundern, wenn sie sie damit weggelockt hätten.»

«War Mittwoch ihr regelmäßiger Ausgangstag?»

«Ja, sie hatte Mittwoch frei und ich Donnerstag.»

Poirot stellte nur noch wenige Fragen und gab sich dann zufrieden. Annie marschierte ab, und Mrs. Todd kam eilends herein, vor Neugierde platzend. Sie hatte – das spürte ich – ihre Verbannung aus dem Zimmer während unserer Unterhaltung mit Annie bitterlich übelgenommen. Poirot bemühte sich jedoch, ihre aufgebrachten Gefühle taktvoll zu besänftigen.

«Es ist schwierig», erklärte er, «für eine Frau von so ungewöhnlicher Intelligenz wie Sie, Madame, sich geduldig mit den umständlichen Methoden, die uns armen Detektiven aufgezwungen werden, abzufinden. Mit Dummheit Geduld zu haben ist immer schwer für die Scharfsinnigen.»

Nachdem er auf diese Weise mit seinem Charme die letzte Spur von Groll bei Mrs. Todd weggehext hatte, brachte er das Gespräch auf ihren Gatten, und es stellte sich heraus, daß er bei einer Firma in der Stadt arbeitete und erst nach sechs Uhr zu Hause sein würde.

«Zweifellos ist er sehr aufgebracht und beunruhigt über diese unerklärliche Angelegenheit. Stimmt's?»

«Er machte sich nie Sorgen», erklärte Mrs. Todd. «‹Nimm dir eine andere, meine Liebe›, war alles, was er sagte. Er ist so ruhig, daß es mich manchmal zur Verzweiflung treibt. ‹Eine undankbare Person›, sagte er, ‹gut, daß wir sie los sind.›»

«Und die anderen Mitbewohner, Madame?»

«Sie meinen Mr. Simpson, unseren zahlenden Gast? Solange der sein Frühstück und sein Abendessen richtig bekommt, macht er sich keine Sorgen.»

«Was ist er von Beruf, Madame?»

«Er arbeitet in einer Bank.» Sie erwähnte den Namen, und ich stutzte etwas, denn die Notiz im *Tages-Echo* fiel mir ein.

«Noch jung?»

«Achtundzwanzig, glaube ich; netter, ruhiger junger Mann.»

«Ich möchte kurz mit ihm sprechen, auch mit Ihrem Gatten, wenn Sie erlauben. Zu dem Zweck werde ich heute abend noch einmal vorsprechen. Darf ich Ihnen vorschlagen, Madame, sich ein wenig auszuruhen? Sie sehen angegriffen aus.»

«Na, ist das etwa ein Wunder? Zuerst die Aufregung wegen Eliza, dann gestern praktisch den ganzen Tag im Ausverkauf, und was das heißt, Monsieur Poirot, wissen Sie ja wohl! Dann dies und jenes, und viel zu tun im Haushalt, denn Annie kann natürlich nicht alles allein schaffen – und wahrscheinlich wird sie sowieso kündigen, weil sie aus ihrer Ordnung gekommen ist – wie gesagt, ich bin einfach erledigt.»

Poirot murmelte ein paar verständnisvolle Worte, und dann verabschiedeten wir uns.

«Merkwürdiger Zufall», sagte ich, «aber der flüchtige Bankbeamte Davis war bei derselben Bank wie Simpson. Glauben Sie, es besteht da ein Zusammenhang?»

«Ein entflohener Bankbeamter – eine entschwundene Köchin. Es ist nicht so einfach, eine Beziehung zwischen beiden zu entdecken, es sei denn, Davis besuchte Simpson, verliebte sich in die Köchin und überredete sie, ihn auf seiner Flucht zu begleiten.»

Ich mußte lachen, aber Poirot blieb ernst.

«Das wäre nicht die schlechteste Idee gewesen», sagte er mit leichtem Tadel. «Denken Sie daran, Hastings, wenn Sie mal in die Verbannung gehen: Eine gute Köchin kann tröstlicher sein als ein hübsches Gesicht!» Nach einer kleinen Pause fuhr er fort: «Ein seltsamer Fall, voller Widersprüche. Er interessiert mich – ja, ganz entschieden.»

Am selben Abend waren wir wieder in der Prince Albert Road und interviewten Todd und Simpson. Todd war ein melancholischer, hohlwangiger Mann, etwas über vierzig.

«O ja, ja», sagte er etwas vage. «Eliza. Ja. Gute Köchin, glaube ich. Und sparsam. Ich lege großen Wert auf Sparsamkeit.»

«Können Sie sich denken, warum sie so plötzlich wegblieb?»

«Nun ja», sagte Todd in seiner unbestimmten Art, «Dienstboten. Man weiß ja. Meine Frau macht sich zu viele Gedanken. Völlig kaputt vom ewigen Grübeln. Das ganze

Problem ist doch höchst einfach. ‹Nimm eine andere, meine Liebe›, sagte ich. ‹Nimm eine andere.› Punktum. Was geschehen ist, ist geschehen. Nicht zu ändern.»

Mr. Simpson vermochte auch nicht zu helfen. Er war ein ruhiger, unauffälliger Mann mit Brille.

«Ich habe sie gewiß hin und wieder mal gesehen», sagte er. «Ältere Frau, nicht wahr? Natürlich sehe ich meistens die andere, Annie. Nettes Mädchen. Sehr gefällig.»

«Haben sich die beiden gut vertragen?»

Mr. Simpson meinte, er könne es wahrhaftig nicht sagen, vermute es aber.

«Hat nicht viel zutage gefördert, mein Freund», sagte Poirot, als wir das Haus verließen. Unser Abschied hatte sich verzögert durch einen lauten Ausbruch von Mrs. Todd, die alles, was sie am Morgen gesagt hatte, noch einmal und noch ausführlicher herunterrasselte.

«Sind Sie enttäuscht?» fragte ich. «Hatten Sie etwas Besonderes erwartet?»

Poirot schüttelte den Kopf.

«Da war natürlich eine Möglichkeit», sagte er. «Aber eigentlich kaum wahrscheinlich.»

Die nächste Phase der Entwicklung war ein Brief, den Poirot am folgenden Morgen erhielt. Er las ihn, wurde dunkelrot vor Zorn und reichte ihn mir.

Mrs. Todd bedauert, Monsieur mitteilen zu müssen, daß sie von seinen Diensten doch keinen Gebrauch machen möchte. Nach Rücksprache mit ihrem Mann sieht sie ein, daß es töricht ist, wegen einer rein häuslichen Angelegenheit einen Detektiv zu Rate zu ziehen. Mrs. Todd fügt als Honorar eine Guinea bei.

«Ha», rief Poirot wütend. «Denken die etwa, sie können Hercule Poirot so einfach loswerden! Aus Gefälligkeit – aus großer Gefälligkeit erklärte ich mich bereit, ihre miserable

Drei-Groschen-Angelegenheit zu untersuchen – und sie schütteln mich ab, *comme ça*! Hier hat unverkennbar Mr. Todd seine Hand im Spiel. Aber ich sage nein – sechsunddreißigmal nein! Ich werde meine eigenen Guineas ausgeben, sechsunddreißighundert, wenn's sein muß, aber ich will der Sache auf den Grund kommen!»

«Ja», sagte ich. «Aber wie?»

Poirot beruhigte sich ein wenig.

«Zunächst», sagte er, «wollen wir in den Zeitungen annoncieren. Warten Sie mal – ja – ungefähr so:

Wenn Eliza Dunn sich mit dieser Adresse in Verbindung setzen will, wird sie etwas zu ihrem Vorteil erfahren. Rükken Sie das in alle nur erdenklichen Zeitungen ein, Hastings. Ich will inzwischen private Nachfragen halten. Gehen Sie, gehen Sie – höchste Eile tut not.»

Vor Abend sah ich ihn nicht wieder. Dann erzählte er mir gnädigst, was er getan hatte.

«Ich habe mich bei Todds Firma erkundigt. Er war am Mittwoch nicht abwesend, und er genießt einen guten Ruf. Soviel über Todd. Nun zu Simpson. Am Donnerstag war er krank und erschien nicht in der Bank, aber am Mittwoch war er da. Mit Davis stand er auf leidlich gutem Fuße. Aber keine besondere Freundschaft. In der Richtung ist anscheinend nichts zu suchen. Nein. Wir müssen uns schon auf die Annonce verlassen.»

Die Anzeige erschien prompt in den wichtigsten Tageszeitungen. Auf Poirots Anordnung sollte sie eine Woche lang täglich erscheinen. Sein Eifer in dieser an sich uninteressanten Angelegenheit der entlaufenen Köchin war ungewöhnlich, aber es war mir klar, daß es für ihn Ehrensache war, bis zum Erfolg auszuharren. Mehrere ungemein interessante Fälle wurden ihm zu dieser Zeit angeboten, aber er lehnte sie alle ab. Jeden Morgen stürzte er sich auf seine Briefe, sah sie aufmerksam durch und legte sie mit einem Seufzer beiseite.

Unsere Geduld wurde jedoch schließlich belohnt. Am

Mittwoch nach Mrs. Todds Besuch meldete unsere Wirtin eine Person namens Eliza Dunn.

«Endlich!» rief Poirot. «Holen Sie sie schnell herauf. Sofort. Unverzüglich!»

Unsere Wirtin eilte hinaus und führte ein paar Minuten später Miss Dunn ins Zimmer. Der Gegenstand unserer heftigen Verfolgung entsprach der Beschreibung: groß, wohlbeleibt und außerordentlich respektabel.

«Ich komme auf Ihre Anzeige hin», erklärte sie. «Ich glaube, irgendwo muß ein Durcheinander sein, und Sie wissen vielleicht nicht, daß ich meine Erbschaft bereits angetreten habe.»

Poirot betrachtete sie aufmerksam und schob ihr schwungvoll einen Stuhl hin.

«Ich will Ihnen die Wahrheit sagen», erklärte er. «Ihre frühere Herrin, Mrs. Todd, war sehr in Sorge um Sie. Sie befürchtete, es sei Ihnen ein Unglück zugestoßen.»

Eliza Dunn schien höchst überrascht zu sein.

«Hat sie denn meinen Brief nicht bekommen?»

«Nichts hat sie von Ihnen gehört.» Er wartete einen Augenblick und sagte dann mit sanfter Überredung: «Erzählen Sie mir doch den ganzen Vorgang, bitte.»

Das brauchte man Eliza Dunn nicht zweimal zu sagen. Sie stürzte sich Hals über Kopf in eine weitschweifige Erzählung.

«Ich kam gerade zurück am Mittwoch abend und war schon fast beim Hause. Da redete mich ein Herr an. Ein großer Mann mit Bart und Schlapphut. ‹Miss Eliza Dunn?› fragte er. ‹Ja›, sagte ich. ‹Ich habe mich schon bei Nr. 88 nach Ihnen erkundigt›, fuhr er fort, ‹und dort sagte man mir, ich würde Sie hier treffen, wenn Sie nach Hause kämen. Miss Dunn, ich komme extra aus Australien, um Sie aufzusuchen. Wissen Sie zufällig den Mädchennamen Ihrer Großmutter?› ‹Jane Emmott›, sagte ich. ‹Richtig›, sagte er. ‹Nun, Miss Dunn, Sie mögen vielleicht nie davon gehört haben, aber Ihre Großmutter hatte eine gute Freundin, Eliza Leech. Diese Freundin ging nach Australien, wo sie einen sehr wohlhabenden Farmer heiratete. Ihre beiden Kinder starben sehr jung, und sie erbte den ganzen Besitz ihres Mannes. Vor einigen Monaten ist sie nun auch gestorben, und laut ihrem Testament erben Sie ein Haus in England und eine beträchtliche Geldsumme.›

Ich war einfach platt!» fuhr Miss Dunn fort. «Dann wurde ich etwas mißtrauisch. Das muß er gemerkt haben; denn er lächelte und sagte: ‹Ganz richtig von Ihnen, Miss Dunn, daß Sie auf der Hut sind. Aber hier ist mein Beglaubigungsschreiben.› Er reichte mir einen Brief von Rechtsanwälten in Melbourne, Hurst & Crotchet, und auch eine Karte. Er selbst war Mr. Crotchet. ‹Es sind noch einige Bedingungen zu erwähnen. Unsere Klientin war nämlich etwas exzentrisch. Das Vermächtnis kann nur angetreten werden, wenn Sie morgen vor zwölf Uhr das Haus in Besitz nehmen – es ist in Cumberland. Die andere Bedingung ist belanglos. Sie besagt nur, daß Sie nicht in häuslichen Diensten stehen sollen.› Ich machte ein langes Gesicht. ‹Oh, Mr. Crotchet›, sagte ich, ‹ich bin aber Köchin. Haben sie Ihnen das im Hause nicht gesagt?› ‹Ach›, erwiderte er, ‹das hätte ich nicht gedacht. Ich hatte angenommen, Sie seien dort als Gesellschafterin oder Erzieherin beschäftigt. Das ist sehr bedauerlich – wirklich, höchst bedauerlich.›

‹Verliere ich dann all das Geld?› fragte ich ein wenig ängstlich. Er dachte eine Weile nach. ‹Es gibt immer Wege, das Gesetz zu umgehen, Miss Dunn›, sagte er schließlich. ‹Wir Rechtsanwälte wissen das. Auch für Sie gibt es einen Ausweg: Sie müssen einfach Ihre Stellung heute nachmittag verlassen.› ‹Aber meine Kündigung›, wandte ich ein. ‹Meine liebe Miss Dunn›, entgegnete er lächelnd, ‹Sie können Ihren Arbeitgeber jederzeit verlassen, wenn Sie auf einen Monatslohn verzichten. Im Hinblick auf die Umstände wird Ihre Herrin schon Verständnis dafür haben. Viel schwieriger ist jedoch das Zeitproblem. Sie müssen unter allen Umständen den Zug um elf Uhr fünf nach dem Norden nehmen. Ich kann Ihnen etwa zehn Pfund für Reisespesen vorstrecken, und Sie können Ihrer Herrin ein paar Zeilen vom Bahnhof schreiben, die ich ihr persönlich überbringen und dabei alles Nähere auseinandersetzen werde.› Ich erklärte mich natürlich einverstanden, und eine Stunde später saß ich im Zug, war aber so verdattert, daß ich nicht wußte, was oben und was unten war. Als ich in Carlisle ankam, kam mir die ganze Sache beinahe wie einer der Gaunertricks vor, von denen man ja in der Zeitung liest. Aber ich ging zu der Adresse, die er mir angegeben hatte – es waren Rechtsanwälte, und alles war in schönster Ordnung. Ein nettes kleines Haus und ein Einkommen von dreihundert Pfund pro Jahr. Die Rechtsanwälte wußten nicht viel von der Sache. Sie hatten gerade einen Brief von einem Herrn in London bekommen mit Instruktionen, mir das Haus zu übergeben und hundertfünfzig Pfund für die ersten sechs Monate auszuzahlen. Mr. Crotchet schickte mir die Sachen nach. Aber kein Wort von meiner Herrin. Ich nahm an, daß sie zornig war und mir mein bißchen Glück mißgönnte. Auch meinen Koffer behielt sie zurück und schickte die Sachen in Postpaketen an Mr. Crotchet. Aber natürlich, wenn sie meinen Brief nicht bekommen hat, mußte sie mein Benehmen etwas unverschämt finden.»

Poirot hatte dieser langen Erzählung aufmerksam gelauscht. Dann nickte er, als sei er völlig zufrieden.

«Ich danke Ihnen, Mademoiselle. Wie Sie bereits sagten, irgendwo stimmt da etwas nicht. Gestatten Sie mir, Sie für Ihre Mühe zu entschädigen.» Damit überreichte er ihr einen Umschlag. «Sie kehren wohl sofort nach Cumberland zurück. Ein Wörtchen im Vertrauen: Vergessen Sie Ihre Kochkunst nicht! Es ist immer nützlich, etwas in petto zu haben, falls eine Sache mal schiefgeht.» Er nickte bedächtig.

«Leichtgläubig», murmelte er, als unser Besuch fortging, «aber vielleicht nicht mehr als die meisten ihres Standes.» Sein Gesicht wurde ernst. «Kommen Sie, Hastings, wir haben keine Zeit zu verlieren. Besorgen sie ein Taxi, während ich ein paar Zeilen an Inspektor Japp schreibe.»

Poirot wartete bereits auf den Eingangsstufen, als ich mit dem Taxi zurückkam.

«Wohin geht's?» fragte ich neugierig.

«Zunächst werden wir mal den Brief durch einen Boter bestellen lassen.»

Dies wurde erledigt, und als wir wieder ins Taxi stiegen sagte er dem Fahrer die Adresse:

«Prince Albert Road, Clapham.»

«Dahin fahren wir also!» rief ich.

«Aber selbstverständlich! Obschon ich befürchte, daß wir zu spät kommen. Unser Vogel wird davongeflogen sein, Hastings.»

«Wer ist unser Vogel?»

Poirot lächelte.

«Der unauffällige Simpson.»

«Was?» rief ich erstaunt.

«Na, na, Hastings, Sie wollen mir doch wohl nicht erzählen, daß Ihnen jetzt nicht alles klar ist?»

«Die Köchin hatte man aus dem Weg geräumt, das ist mir schon klar», sagte ich, ein wenig gekränkt. «Aber warum? Warum sollte Simpson sie aus dem Hause haben wollen? Wußte sie etwas über ihn?»

«Überhaupt nichts.»

«Na, dann –»

«Aber er wollte etwas, das sie besaß.»

«Geld? Die australische Erbschaft?»

«Nein, mein Freund – etwas ganz anderes.» Nach einer kurzen Pause fuhr er ernsthaft fort: «Einen verbeulten Blechkoffer ...»

Ich sah ihn von der Seite an. Seine Äußerung schien so phantastisch, daß ich den Verdacht hegte, er wolle sich über mich lustig machen. Er war jedoch völlig ernst und gemessen.

«Spaß beiseite», sagte ich, «er hätte sich doch einen Koffer kaufen können, wenn er einen brauchte.»

«Einen neuen Koffer wollte er nicht. Er wollte einen Koffer mit Stammbaum. Einen Koffer von unzweifelhafter Achtbarkeit.»

«Nun aber langsam, Poirot! Sie wollen mich wohl zum Narren halten!»

Er sah mich an.

«Sie haben nicht das Gehirn und die Phantasie von Simpson, Hastings. Sehen Sie mal: Mittwoch abend lockt Simpson die Köchin weg. Eine bedruckte Karte und ein bedruckter Briefbogen sind leicht zu beschaffen, und er ist willens, hundertfünfzig Pfund und eine Jahresmiete für das Haus zu bezahlen, um den Erfolg seines Planes zu sichern. Miss Dunn erkennt ihn nicht – der Bart, der Hut, der leichte Kolonialakzent täuschen sie vollständig. So endet der Mittwoch, abgesehen von der Lappalie, daß Simpson Effekten im Werte von fünfzigtausend Pfund in der Tasche hat.»

«Simpson – aber es war doch Davis –»

«Wenn Sie mich ausreden lassen wollten, Hastings. Simpson weiß, daß der Diebstahl Donnerstag nachmittag entdeckt wird. Er geht am Donnerstag nicht zur Bank, lauert aber Davis auf, als dieser zum Essen geht. Vielleicht gibt er den Diebstahl zu und sagt Davis, er wolle ihm die Wertpapiere zurückgeben – auf jeden Fall gelingt es ihm, Davis nach Clapham zu locken. Das Mädchen hat Ausgang, und Mrs. Todd ist beim Ausverkauf, also niemand im Hause. Wenn der Diebstahl entdeckt wird und Davis fehlt, kann nur der Schluß gezogen werden: Davis ist der Dieb! Mr. Simpson ist völlig sicher und kann am nächsten Tag zur Arbeit zurückkehren als der ehrliche Angestellte, für den man ihn hält.»

«Und Davis?»

«Unglaublich kaltblütig natürlich, aber gibt's eine andere Erklärung, *mon ami*? Das Hauptproblem eines Mörders ist: wohin mit der Leiche? Das hatte Simpson im voraus geplant. Eins fiel mir sofort auf: Obwohl Eliza Dunn beim Weggehen offenbar die Absicht hatte, abends zurückzukehren (siehe ihre Bemerkung über das Pfirsichkompott), war der Koffer bereits fix und fertig gepackt, als er abgeholt wurde. Es war natürlich Simpson, der dem Spediteur Paterson Bescheid gegeben hatte, den Koffer abzuholen, und Simpson, der den

Koffer Donnerstag nachmittag verschnürt hatte. Was für ein Verdacht konnte schon aufkommen? Ein Dienstbote geht aus dem Haus und läßt den Koffer abholen, der wahrscheinlich bereits auf ihren Namen an einen Bahnhof adressiert ist, der von London leicht zu erreichen ist. Sonnabend nachmittag holt Simpson den Koffer in seiner Verkleidung als Australier dort ab, klebt einen neuen Zettel mit neuer Adresse darauf und schickt ihn an einen anderen Bahnhof zur Aufbewahrung, bis er abgeholt wird. Wenn die Behörden aus wohlzuverstehenden Gründen Verdacht schöpfen und ihn öffnen, ja, dann kann eine Nachforschung nur ergeben, daß jemand aus den Kolonien ihn von einem Knotenpunkt bei London abgeschickt hat. Nichts wird den Koffer mit der Prince Albert Road in Verbindung bringen. Ah, da wären wir ja schon!»

Poirots Vorhersage erwies sich als richtig. Simpson war vor zwei Tagen abgereist. Aber er sollte den Folgen seines Verbrechens nicht entgehen. Über Funk wurde er an Bord der «Olympia» entdeckt.

Ein an Mr. Henry Wintergreen adressierter Blechkoffer erregte die Aufmerksamkeit von Eisenbahnbeamten in Glasgow. Er wurde geöffnet, und man fand die Leiche des unglückseligen Davis.

Mrs. Todds Scheck über eine Guinea wurde niemals eingelöst. Poirot ließ ihn einrahmen und hängte ihn in unserem Vorzimmer an die Wand.

«Für mich ist er ein kleiner Denkzettel, Hastings, der mich daran gemahnen soll, niemals das Triviale und scheinbar Unwürdige zu verachten. Eine verschwundene Köchin an einem Ende – ein kaltblütiger Mord am anderen. Für mich einer meiner interessantesten Fälle.»

Der unglaubliche Diebstahl der Bomberpläne

I

Als der Butler das Soufflé servierte, neigte sich Lord Mayfield vertraulich zu seiner Nachbarin zur Rechten, Lady Julia Carrington, wie immer bemüht, seinem Ruf als perfekter Gastgeber gerecht zu werden. Obgleich selbst unverheiratet, war er zu Frauen immer sehr charmant.

Lady Julia Carrington war eine Frau von Vierzig, groß, dunkelhaarig und lebhaft, überschlank und immer noch schön. Vor allem Hände und Füße bestachen durch ihre makellose Form. Ihre brüske, fahrige Art verriet, daß sie sich ständig in einem Zustand nervöser Spannung befand.

Etwa gegenüber von ihr an dem runden Tisch saß ihr Mann, Luftmarschall Sir George Carrington. Er hatte seine militärische Laufbahn bei der Marine begonnen und sich bis heute die forsche, unbekümmerte Art des ehemaligen Seeoffiziers bewahrt. Eben scherzte er mit der schönen Mrs. Vanderlyn, die auf der anderen Seite des Gastgebers saß.

Mrs. Vanderlyn war eine auffallend gutaussehende Blondine. Ihre Stimme hatte einen schwachen amerikanischen Akzent, gerade soviel, daß es reizvoll wirkte, ohne unangenehm aufzufallen.

Auf Sir Georges anderer Seite saß Mrs. Macatta, eine Abgeordnete. Mrs. Macatta war eine anerkannte Autorität für Wohnungsfragen und Jugendschutz. Sie pflegte ihre kurzen Sätze mehr hervorzubellen, als zu sprechen, und war überhaupt eine eher furchteinflößende Erscheinung. Vielleicht war es daher natürlich, daß der Luftmarschall eine Unterhaltung mit seiner Nachbarin zur Rechten vorzog.

So ließ Mrs. Macatta, die stets über berufliche Themen sprach, gleichgültig, wo sie sich befand, in abgehackten Sätzen eine Flut von Belehrungen über ihre Lieblingsanliegen auf ihren Nachbarn zur Linken, den jungen Reggie Carrington, niedergehen.

Reggie Carrington war einundzwanzig und völlig uninteressiert an Dingen wie Wohnungsbau und Jugendschutz, ja generell an irgendwelchen politischen Fragen. Er murmelte in gewissen Abständen: «Wie fürchterlich!» und «Da stimme ich völlig mit Ihnen überein», während er mit den Gedanken offensichtlich ganz woanders war. Mr. Carlile, Lord Mayfields Privatsekretär, saß zwischen dem jungen Reggie und dessen Mutter. Er war ein blasser junger Mann mit einem Kneifer auf der Nase und einer Miene von intelligenter Zurückhaltung, der wenig sprach, aber stets bereit war, sich in jede Bresche des Tischgesprächs zu werfen. Als er bemerkte, daß Reggie Carrington mühsam ein Gähnen unterdrückte, beugte er sich vor und richtete gewandt eine Frage über ihr neues «Jugendgesundheitsprogramm» an Mrs. Macatta.

Rund um den Tisch, im gedämpften goldenen Schein der Lampen, bewegten sich lautlos ein Butler und zwei Diener, reichten Teller mit Speisen und füllten die Weingläser. Lord Mayfield bezahlte seinem Küchenchef ein sehr hohes Gehalt und galt als ausgezeichneter Weinkenner.

Obwohl man an einem runden Eßtisch saß, konnte es keinen Zweifel geben, wer der Gastgeber war. Dort, wo Lord Mayfield saß, war unverkennbar das Kopfende der Tafel. Er war ein großer, breitschultriger Mann mit dichtem silbergrauem Haar, einer kräftigen geraden Nase und einem leicht vorspringenden Kinn. Es war ein Gesicht, das sich gut für Karikaturen eignete. Als Sir Charles McLaughlin hatte der spätere Lord Mayfield es verstanden, seine politische Karriere mit den Aufgaben des Generaldirektors eines bedeutenden

Maschinenbauunternehmens zu verbinden. Er selbst war ein erstklassiger Ingenieur. Seine Ernennung zum Lord war vor einem Jahr erfolgt, und gleichzeitig hatte man ihn zum Minister für Rüstungswesen ernannt, ein Amt, das gerade erst geschaffen worden war.

Als der Nachtisch serviert und der Portwein einmal herumgegangen war, fing Lady Julia einen Blick von Mrs. Vanderlyn auf und erhob sich. Die drei Damen verließen das Eßzimmer.

Der Portwein machte noch einmal die Runde, während Lord Mayfield angeregt über die Fasanenjagd plauderte. Für die nächsten fünf Minuten drehte sich das Gespräch um die Jagd. Dann sagte Sir George zu seinem Sohn: «Du würdest sicher lieber zu den andern in den Salon gehen, lieber Reggie. Lord Mayfield hätte bestimmt nichts dagegen.»

Der junge Mann verstand den Wink.

«Danke, Lord Mayfield, das werde ich dann wohl tun.»

«Wenn Sie mich ebenfalls entschuldigen möchten, Lord Mayfield», murmelte Carlile. «Habe noch gewisse Memoranden und anderes durchzugehen . . .»

Lord Mayfield nickte. Die beiden jungen Männer verließen den Raum. Die Bediensteten hatten sich schon vor einer Weile zurückgezogen. Der Minister für Rüstungswesen und der Oberkommandierende der Luftwaffe waren allein.

Nach ein paar Minuten begann Sir George: «Na – alles in Ordnung?»

«Absolut! In keinem einzigen Land Europas gibt es auch nur annähernd ein Flugzeug, das an diesen neuen Bomber heranreicht», entgegnete Lord Mayfield stolz.

«Fliegt allen davon, was? Das dachte ich mir.»

«Totale Luftüberlegenheit», bekräftigte Lord Mayfield.

Sir George stieß einen Seufzer aus.

«Wird auch Zeit! Wissen Sie, Charles, es war eine heikle Situation. Ganz Europa ist ein Pulverfaß. Und wir waren nicht fertig, verdammt! Wir haben's gerade noch geschafft. Und dabei sind wir noch nicht aus dem Schneider, so sehr wir auch die Produktion beschleunigen.»

«Trotzdem, George», brummte Lord Mayfield, «spät anzufangen hat auch seine Vorteile. Eine Menge von dem europäischen Zeug ist bereits veraltet – und dazu stehen sie alle gefährlich dicht vor dem Bankrott.»

«Darauf darf man nicht allzuviel geben, fürchte ich», entgegnete Sir George düster. «Man hört immerzu, diese oder jene Nation sei bankrott, aber alle machen munter weiter. Wissen Sie, Finanzen – das ist mir ein totales Rätsel.»

Lord Mayfield zwinkerte belustigt. Sir George gebärdete sich immer sehr als Seebär vom alten Schlag. Manche Leute behaupteten, es sei eine Pose, die er ganz bewußt einnehme.

Sir George wechselte das Thema.

«Attraktive Person, diese Mrs. Vanderlyn, hm?» bemerkte er etwas übertrieben harmlos.

«Sie wundern sich, was sie hier zu suchen hat?» Lord Mayfields Augen blickten amüsiert.

Sir George schien ein wenig verlegen. «Durchaus nicht – durchaus nicht!»

«O doch! Schwindeln Sie nicht, George! Sie haben sich mit leisem Entsetzen gefragt, ob ich womöglich ihr jüngstes Opfer bin!»

«Zugegeben», entgegnete Sir George langsam, «ich fand es tatsächlich ein wenig sonderbar, daß sie ausgerechnet an diesem – nun, an diesem besonderen Wochenende hier ist.»

Lord Mayfield nickte. «Wo der Kadaver ist, versammeln sich die Geier. Wir haben hier einen ganz besonders wohlriechenden Kadaver, und Mrs. Vanderlyn könnte man wohl als Geier Nummer eins bezeichnen.»

«Wissen Sie irgend etwas über diese Vanderlyn?» fragte der Luftmarschall brüsk.

Lord Mayfield knipste die Spitze einer Zigarre ab und zündete sie mit großer Sorgfalt an. Dann legte er den Kopf zurück und gab in knappen, vorsichtig formulierten Sätzen Auskunft.

«Was ich über Mrs. Vanderlyn weiß? Ich weiß, daß sie amerikanische Staatsangehörige ist. Ich weiß, daß sie dreimal verheiratet war, mit einem Italiener, mit einem Deutschen und mit einem Russen, und daß sie folglich in drei Ländern das besitzt, was man wohl ‹nützliche Beziehungen› nennt. Ich weiß, daß sie in der Lage ist, sich eine sehr teure Garderobe und einen sehr luxuriösen Lebensstil zu leisten, und daß gewisse Unklarheiten darüber bestehen, woher die Mittel stammen, die ihr dies erlauben.»

Sir George schmunzelte. «Wie ich sehe, sind Ihre Spione nicht untätig gewesen, Charles.»

«Ich weiß ferner», fuhr Lord Mayfield fort, «daß Mrs. Vanderlyn nicht nur eine verführerische Schönheit ist, sondern auch eine sehr gute Zuhörerin und daß sie eine geradezu faszinierende Neugier für sogenannte fachliche Dinge an den Tag legen kann. Das heißt, ein Mann kann ihr lang und breit von seiner Arbeit erzählen und dabei noch das Gefühl haben, daß die Dame ihn überaus interessant findet! Schon diverse junge Offiziere sind in ihrem Eifer, sich interessant zu machen, ein wenig weit gegangen, was ihrer Karriere nicht dienlich war. Sie haben Mrs. Vanderlyn dabei nämlich ein bißchen mehr erzählt, als sie durften. Fast alle Freunde der Dame sind Offiziere – aber im vergangenen Winter beteiligte sie sich an einer Fuchsjagd in einer Grafschaft, die in der Nähe einer unserer größten Rüstungsfabriken liegt, und schloß dort Freundschaft von ganz und gar nicht sportlicher Natur. Kurz gesagt, Mrs. Vanderlyn ist eine sehr nützliche Person für . . .» Er zeichnete mit der Zigarre einen Kreis in die Luft. «Vielleicht sollten wir nicht zu deutlich werden. Sagen wir einfach, für eine europäische Macht – und möglicherweise auch für mehr als eine.»

Sir George holte tief Luft. «Sie nehmen mir einen Stein von der Seele, Charles!»

«Sie haben wirklich geglaubt, ich sei auf die Verführungskünste unserer Sirene hereingefallen? Mein lieber George! Mrs. Vanderlyns Methoden sind für einen abgebrühten alten Fuchs wie mich nun doch ein wenig zu durchsichtig. Außerdem ist sie, wie man zu sagen pflegt, nicht mehr die Jüngste.

Ihren jungen Geschwaderkommandeuren mag das nicht auffallen. Aber ich bin sechsundfünfzig, lieber Freund. Noch vier Jahre, und ich werde ein widerlicher alter Mann sein, der kleine Debütantinnen belästigt.»

«Ich war ein Dummkopf», sagte Sir George entschuldigend, «aber es kam mir ein bißchen komisch vor . . .»

«Es kam Ihnen komisch vor, daß sie hier ist, sozusagen im engsten Familienkreis, und ausgerechnet zu einem Zeitpunkt, an dem Sie und ich vertrauliche Gespräche über eine Erfindung führen wollen, die wahrscheinlich die Luftverteidigung revolutionieren wird!»

Sir George nickte.

«Genau das ist es», fuhr Lord Mayfield lächelnd fort. «Das ist der Köder.»

«Der Köder?»

«Sehen Sie, George, wir haben nichts gegen die Frau in der Hand. Aber wir brauchen Beweise! Bis jetzt ist sie immer wieder entwischt, öfter, als gut war. Sie ist immer vorsichtig gewesen – verdammt vorsichtig. Wir wissen, was sie getan hat, aber wir können ihr nichts beweisen. Wir müssen sie mit einem fetten Köder in die Falle locken.»

«Wobei Sie mit dem fetten Köder unseren neuen Bomber meinen?»

«Richtig. Der Bissen muß groß genug sein, daß sie bereit ist, dafür jedes Risiko einzugehen – sich aus der Reserve lokken zu lassen. Dann schnappen wir sie!»

Sir George brummte etwas.

«Na schön», meinte er schließlich, «dagegen ist wohl nichts einzuwenden. Aber angenommen, das Risiko ist ihr zu groß?»

«Das wäre schade», erwiderte Lord Mayfield und fügte nach kurzer Pause hinzu: «Aber ich glaube es nicht.»

Er erhob sich.

«Wollen wir zu den Damen in den Salon gehen? Wir dürfen Ihre Frau nicht um ihre Bridgepartie bringen.»

«Sie ist sowieso viel zu wild auf Bridge», knurrte Sir

George. «Kostet sie eine Stange Geld. Sie kann es sich nicht leisten, so hoch zu spielen, wie sie es tut, das habe ich ihr auch schon gesagt. Aber leider ist Julia eine richtige Spielernatur.»

Während er um den Tisch ging und sich zu seinem Gastgeber gesellte, setzte er halblaut hinzu: «Na, ich hoffe nur, Ihr Plan klappt, Charles.»

2

Im Salon war die Unterhaltung mehrmals ins Stocken geraten. Allein mit ihren Geschlechtsgenossinnen, befand sich Mrs. Vanderlyn für gewöhnlich im Nachteil. Jene reizende, teilnahmsvolle Art, die Angehörige des männlichen Geschlechts an ihr so schätzten, fand bei Frauen aus irgendwelchen Gründen wenig Anklang.

Lady Julia gehörte zu den Frauen, die sich entweder sehr gut oder sehr schlecht benahmen. In diesem Fall fand sie Mrs. Vanderlyn unsympathisch und Mrs. Macatta langweilig und machte keinen Hehl aus ihren Gefühlen. Die Unterhaltung schleppte sich deshalb dahin und wäre ganz versiegt, hätte sie Mrs. Macatta nicht immer wieder in Gang gebracht.

Mrs. Macatta war zutiefst von sozialem Sendungsbewußtsein durchdrungen. Eine Frau wie Mrs. Vanderlyn ordnete sie sofort verächtlich in die Kategorie des nutzlosen, parasitären Typs ein, mit dem sie nichts anzufangen wußte. Dafür versuchte sie Lady Julia für eine bevorstehende Wohltätigkeitsveranstaltung zu interessieren, deren Organisation sie übernommen hatte. Lady Julia gab ausweichende Antworten und unterdrückte ab und zu ein Gähnen. Warum kamen Charles und George nicht endlich? Wie ermüdend Männer doch waren! Ihre Antworten wurden immer kürzer, während sie ihren eigenen Gedanken und Sorgen nachhing.

Als die Männer schließlich ins Zimmer traten, saßen die drei Frauen schweigend da.

Julia sieht heute abend krank aus, dachte Lord Mayfield. Was für ein Nervenbündel diese Frau ist.

Laut sagte er: «Wie wär's mit einem Rubber, hm?»

Lady Julias Miene hellte sich sofort auf. Bridge war ihr Lebenselixier.

In diesem Moment kam auch Reggie Carrington herein, und man teilte sich in zwei Gruppen. Lady Julia, Mrs. Vanderlyn, Sir George und Reggie nahmen am Spieltisch Platz, während sich Lord Mayfield der Aufgabe widmete, Mrs. Macatta zu unterhalten.

Als man zwei Rubber gespielt hatte, blickte Sir George vielsagend zur Uhr auf dem Kaminsims.

«Lohnt wohl kaum, noch einen anzufangen», bemerkte er.

Seine Frau warf ihm einen ärgerlichen Blick zu.

«Es ist doch erst Viertel vor elf. Einen einzigen kleinen noch.»

«Sie sind nie klein, meine Liebe», sagte Sir George gutmütig. «Überdies haben Charles und ich noch zu tun.»

«Wie wichtig das klingt!» murmelte Mrs. Vanderlyn. «Kluge Männer in leitenden Positionen wie Sie beide können wohl nie richtig ausspannen, nehme ich an.»

«Nein, für uns gibt es keine Achtundvierzig-Stunden-Woche», stimmte Sir George zu.

«Wissen Sie», murmelte Mrs. Vanderlyn, «ich geniere mich etwas, weil ich nur eine ungebildete Amerikanerin bin, aber ich finde es schrecklich aufregend, Menschen kennenzulernen, die die Geschicke eines Landes lenken. Das erscheint Ihnen wahrscheinlich als eine sehr grobe Vereinfachung, Sir George?»

«Meine teure Mrs. Vanderlyn, ich würde Sie niemals für ungebildet oder grob halten.»

Er blickte ihr lächelnd in die Augen. Es lag vielleicht ein Hauch von Ironie in seiner Stimme, was Mrs. Vanderlyn nicht entging. Diplomatisch wandte sie sich an Reggie.

«Schade, daß wir unsere Partnerschaft nicht fortsetzen», erklärte sie mit einem reizenden Lächeln. «Wirklich gerissen von Ihnen, vier Sans-Atout zu sagen.»

Reggie errötete geschmeichelt. «Ach, es ist bloß glücklich gelaufen», brummte er.

«O nein, es war sehr klug kombiniert. Sie haben durch das Reizen genau erkannt, wie die Karten verteilt waren, und entsprechend gespielt. Ich fand es brillant!»

Lady Julia erhob sich brüsk. Die Person trägt wirklich zu dick auf, dachte sie angewidert.

Dann betrachtete sie ihren Sohn, und ihr Blick wurde freundlicher. Er glaubte jedes Wort. Wie rührend jung und unbeschwert er aussah! Und wie naiv er war! Kein Wunder, daß er so oft in der Klemme saß. Er war einfach zu vertrauensselig. Um die Wahrheit zu sagen, er besaß eben einen zu liebenswürdigen Charakter. George verstand den Jungen überhaupt nicht. Männer konnten in ihrem Urteil so gefühllos sein. Sie vergaßen, daß sie selbst einmal jung gewesen waren. George war viel zu streng mit Reggie.

Mrs. Macatta hatte sich erhoben. Man wünschte sich gute Nacht.

Die drei Frauen gingen. Lord Mayfield schenkte sich etwas zu trinken ein, nachdem er vorher Sir George versorgt hatte, und blickte auf, als Carlile in der Tür erschien.

«Legen Sie bitte die Akten und alle übrigen Unterlagen heraus, Carlile. Einschließlich der Konstruktionspläne. Der Luftmarschall und ich kommen gleich. Wir wollen uns vorher noch einen Moment draußen die Füße vertreten, wie, George? Es hat aufgehört zu regnen.»

Mr. Carlile wandte sich zum Gehen und stotterte eine Entschuldigung, weil er fast mit Mrs. Vanderlyn zusammengeprallt wäre.

Sie kam herein und sagte leise: «Mein Buch. Ich hatte vor dem Abendessen darin gelesen.»

Reggie eilte herbei und hielt ein Buch in die Höhe.

«Ist es das? Es lag auf dem Sofa.»

«O ja. Haben Sie vielen, vielen Dank.»

Sie lächelte liebenswürdig, wünschte noch einmal gute Nacht und entfernte sich.

Sir George hatte unterdessen eine der Terrassentüren geöffnet.

«Es hat aufgehört», verkündete er. «Gute Idee von Ihnen, so ein kleiner Spaziergang.»

«Gute Nacht, Sir», sagte Reggie. «Ich verziehe mich in mein Bett.»

«Gute Nacht, mein Junge», sagte Lord Mayfield.

Reggie nahm den Kriminalroman, den er früher am Abend begonnen hatte, und verließ das Zimmer.

Lord Mayfield und Sir George traten hinaus auf die Terrasse.

Es war eine schöne Nacht mit sternklarem Himmel.

Sir George atmete tief durch. «Puh, diese Person benützt viel Parfüm.»

«Wenigstens kein billiges.» Lord Mayfield lachte. «Eins der teuersten Fabrikate auf dem Markt, würde ich sagen.»

Sir George verzog spöttisch das Gesicht.

«Wahrscheinlich sollte man ihr wenigstens dafür dankbar sein.»

«Das sollte man in der Tat. Ich finde, eine Frau, die nach billigem Parfüm riecht, ist ein Greuel.»

Sir George richtete seinen Blick zum Himmel.

«Erstaunlich, wie rasch es aufgeklart hat. Während wir beim Essen saßen, regnete es noch in Strömen.»

Die beiden Männer schlenderten die Terrasse auf und ab, die sich über die ganze Vorderfront des Hauses erstreckte. Unterhalb von ihr fiel das Gelände sanft ab und gestattete eine prachtvolle Aussicht auf die hügelige Waldlandschaft von Sussex.

Sir George zündete sich eine Zigarre an.

«Bezüglich dieser Metallegierung . . .», begann er.

Das Gespräch wandte sich technischen Dingen zu.

Als sie zum fünftenmal am anderen Ende der Terrasse angelangt waren, sagte Lord Mayfield mit einem Seufzer: «Tja, ich glaube, wir sollten uns allmählich an die Arbeit machen.»

«Ja, es gibt noch allerhand zu tun.»

Die beiden Männer drehten um. Plötzlich stieß Lord Mayfield einen überraschten Ruf aus.

«Hoppla! Haben Sie gesehen?»

«Was?»

«Mir war, als sei jemand aus meinem Arbeitszimmer und über die Terrasse gehuscht.»

«Unsinn, alter Junge. Ich habe nichts bemerkt.»

«Aber ich – zumindest habe ich's mir eingebildet.»

«Bestimmt eine optische Täuschung. Ich habe genau geradeaus gesehen, die Terrasse entlang, und wenn da jemand gewesen wäre, hätte ich ihn mit Sicherheit bemerkt. Ich sehe nämlich noch ausgezeichnet – selbst wenn mir beim Zeitunglesen neuerdings der Arm zu kurz wird.»

Lord Mayfield lachte leise.

«Da bin ich Ihnen über, George. Ich lese noch ohne Brille.»

«Aber dafür können Sie im Parlament den Knaben von gegenüber nicht mehr richtig ausmachen. Oder dient Ihre Brille bloß zur Einschüchterung?»

Lachend traten die beiden Männer durch die offene Terrassentür in Lord Mayfields Arbeitszimmer. Mr. Carlile stand neben dem Safe und war damit beschäftigt, Papiere in einen Aktenordner zu legen.

Als sie hereinkamen, blickte er auf.

«Na, Carlile, alles bereit?»

«Ja, Lord Mayfield, alle Unterlagen liegen auf Ihrem Schreibtisch.»

Besagter Schreibtisch war ein wuchtiges, imposant aussehendes Möbelstück aus Mahagoni, das schräg in der Ecke neben der Terrassentür stand. Lord Mayfield trat auf ihn zu und begann die verschiedenen Dokumente durchzublättern.

«Es ist noch ein herrlicher Abend geworden», bemerkte Sir George.

Mr. Carlile pflichtete ihm bei. «Ja, wirklich. Erstaunlich,

wie rasch es nach dem Regen wieder klar geworden ist.» Er legte den Aktenordner beiseite. «Werden Sie mich heute abend noch brauchen, Lord Mayfield?»

«Nein, ich glaube nicht, Carlile. Ich werde dies nachher selbst wegschließen. Bei uns wird es wahrscheinlich spät. Gehen Sie ruhig schlafen.»

«Vielen Dank. Gute Nacht, Lord Mayfield. Gute Nacht, Sir George.»

«Gute Nacht, Carlile.»

Als der Sekretär im Begriff war, das Zimmer zu verlassen, rief Lord Mayfield scharf: «Augenblick, Carlile! Das Wichtigste haben Sie vergessen.»

«Verzeihung, Lord Mayfield?»

«Die Flugzeugpläne selbst, Mann!»

Der Sekretär starrte ihn an. «Sie liegen obenauf, Sir.»

«Stimmt nicht.»

«Aber ich habe sie eben da hingelegt.»

«Überzeugen Sie sich selbst, Mann!»

Mit bestürzter Miene kam Carlile näher und trat neben Lord Mayfield an den Schreibtisch.

Der Minister wies ungeduldig auf den Stapel von Dokumenten. Carlile blätterte sie durch, wobei sein Gesicht einen immer bestürzteren Ausdruck annahm.

«Sehen Sie, sie sind nicht dabei.»

«Aber – aber das ist ausgeschlossen», stammelte der Sekretär. «Ich habe sie vor noch nicht drei Minuten dort hingelegt.»

«Sie müssen sich irren», erwiderte Lord Mayfield gutmütig. «Bestimmt liegen Sie noch im Safe.»

«Aber ich verstehe nicht, wieso – ich weiß genau, daß ich sie hingelegt habe!»

Lord Mayfield eilte an ihm vorbei zum Safe. Sir George trat neben ihn. Sie brauchten nur einige wenige Minuten, um festzustellen, daß die Bomberpläne nicht da waren.

Fassungslos, wie vor den Kopf geschlagen, kehrten die drei Männer zum Schreibtisch zurück und blätterten erneut den Stapel von Dokumenten durch.

«Mein Gott!» stöhnte Mayfield. «Sie sind verschwunden!»

«Aber das ist unmöglich!» rief Carlile.

«Wer ist in diesem Zimmer gewesen?» fragte der Minister barsch.

«Niemand! Überhaupt niemand!»

«Hören Sie, Carlile, die Pläne können sich nicht einfach in Luft aufgelöst haben. Irgendwer hat sie weggenommen. Ist Mrs. Vanderlyn hier gewesen?»

«Mrs. Vanderlyn? O nein, Sir.»

«Das nehme ich ihm ab.» Sir George schnüffelte. «Man würde es sofort riechen, wenn sie im Zimmer gewesen wäre!»

«Es ist niemand hier gewesen», beteuerte Carlile. «Ich kann das einfach nicht verstehen.»

«Kommen Sie, Carlile, reißen Sie sich zusammen», befahl Lord Mayfield. «Wir müssen der Sache auf den Grund gehen. Sie sind absolut sicher, daß die Pläne im Safe waren?»

«Hundertprozentig.»

«Sie haben sie dort mit eigenen Augen gesehen? Sie haben nicht bloß angenommen, daß sie sich bei den übrigen Papieren befanden?»

«Nein, nein, Lord Mayfield! Ich habe sie gesehen! Ich habe sie zuoberst auf den Schreibtisch gelegt.»

«Und Sie sagen, daß niemand dieses Zimmer betreten hat? Haben Sie selbst den Raum zwischendurch verlassen?»

«Nein – das heißt . . . ja.»

«Aha!» rief Sir George. «Jetzt kommen wir der Sache schon näher!»

Lord Mayfield sagte in scharfem Ton: «Wie um alles in der Welt . . .»

Carlile fiel ihm ins Wort. «Unter normalen Umständen, Lord Mayfield, wäre mir natürlich nie eingefallen, das Zimmer zu verlassen, solange wichtige Dokumente hier herumliegen, aber als ich eine Frau schreien hörte . . .»

«Eine Frau schreien?» fragte Lord Mayfield verblüfft.

«Ja, Lord Mayfield. Ich bin furchtbar erschrocken. Ich war

gerade dabei, die Papiere auf den Schreibtisch zu legen, als ich den Schrei hörte, und rannte natürlich sofort hinaus in die Halle.»

«Wer hatte geschrien?»

«Es war Mrs. Vanderlyns französische Zofe. Sie stand blaß vor Schreck auf der Treppe und zitterte am ganzen Leib. Sie sagte, sie habe einen Geist gesehen.»

«Einen Geist gesehen?»

«Ja, eine große weißgekleidete Frau, die lautlos durch die Luft schwebte.»

«Was für ein idiotischer Unsinn!»

«Ja, Lord Mayfield, das habe ich auch zu ihr gesagt. Ich muß zugeben, sie schien sich deswegen auch etwas zu genieren. Sie ging nach oben, und ich ging wieder hinein.»

«Wann war das?»

«Etwa ein oder zwei Minuten bevor Sie und Sir George eintraten.»

«Und für wie lang haben Sie den Raum verlassen?»

Der Sekretär überlegte. «Zwei Minuten – drei im Höchstfall.»

«Lang genug», stöhnte Lord Mayfield. Plötzlich packte er seinen Freund am Arm.

«George, der Schatten, den ich gesehen habe – der sich da vom Fenster wegbewegte. Das war er! Sobald Carlile aus dem Zimmer ging, stürzte der Mann hinein, packte die Pläne und rannte davon.»

«Mist», brummte Sir George.

Dann legte er die Hand auf Lord Mayfields Arm.

«Hören Sie, Charles, das ist wirklich eine üble Geschichte. Was zum Teufel fangen wir jetzt bloß an?»

3

«Lassen Sie es wenigstens auf einen Versuch ankommen, Charles.»

Es war eine halbe Stunde später. Die beiden Männer saßen in Lord Mayfields Arbeitszimmer, und Sir George war im Begriff, seine ganze Überredungskunst aufzubieten, um den Freund zur Annahme eines gewissen Vorschlags zu bewegen.

Lord Mayfield, der sich zunächst mit Händen und Füßen gegen die Idee gesträubt hatte, schien ihr allmählich nicht mehr ganz so abgeneigt.

«Seien Sie doch nicht so verdammt dickköpfig, Charles», bohrte Sir George weiter.

«Weswegen sollen wir so einen albernen Ausländer einschalten, über den wir nicht das geringste wissen?» meinte Lord Mayfield zögernd.

«Zufällig weiß ich eine ganze Menge über ihn. Der Mann ist fabelhaft.»

«Hm!»

«Hören Sie, Charles, es wäre eine Chance! Diskretion ist in diesem Fall das oberste Gebot. Wenn etwas durchsickert ...»

«Wieso denn? Das kommt bestimmt heraus!»

«Nicht unbedingt. Dieser Mann, Hercule Poirot ...»

«... wird hier erscheinen und die Pläne hervorzaubern wie der Zauberer die Kaninchen aus dem Zylinder, was?»

«Er wird die Wahrheit herausfinden. Und auf die kommt es uns an! Hören Sie, Charles, ich übernehme persönlich die volle Verantwortung.»

Lord Mayfield seufzte. «Na schön, meinetwegen. Aber ich sehe wirklich nicht ein, was dieser Wunderknabe ausrichten kann ...»

Sir George griff zum Telefon.

«Ich rufe ihn an – jetzt, auf der Stelle.»

«Er wird längst im Bett sein.»

«Er kann aufstehen. Zum Donnerwetter, Charles, Sie müssen dieser Frau das Handwerk legen.»

«Mrs. Vanderlyn, meinen Sie?»

«Ja! Sie zweifeln doch nicht, daß sie hinter der ganzen Angelegenheit steckt, oder?»

«Nein. Sie hat den Spieß umgedreht und mich nach allen Regeln der Kunst ausmanövriert. Ich gebe ungern zu, George, daß uns eine Frau überlegen ist. Es geht einem gegen den Strich. Aber es stimmt. Wir können ihr nicht das geringste beweisen, und doch wissen wir beide, daß sie bei der ganzen Geschichte die Fäden in der Hand hat.»

«Frauen sind die Pest», erklärte Sir George mit Gefühl.

«Wir haben keine Handhabe gegen sie, verdammt noch mal! Wir müssen annehmen, daß sie ihr Mädchen zu der Schreierei angestiftet hat und daß der Mann, der draußen im Park lauerte, ihr Komplize war, aber gemeinerweise können wir es nicht beweisen.»

«Vielleicht schafft es Hercule Poirot.»

Lord Mayfield lachte plötzlich.

«Du meine Güte, George, ich habe Sie immer für einen viel zu eingefleischten alten Patrioten gehalten, als daß Sie einem Franzosen vertrauen würden, und wäre der auch noch so gerissen.»

«Er ist nicht einmal Franzose, er ist Belgier», antwortete Sir George ziemlich verlegen.

«Na, dann holen Sie Ihren Belgier her. Soll er sich die Zähne an der Sache ausbeißen. Ich wette, er wird auch nicht viel mehr erreichen als wir.»

Ohne etwas zu erwidern, streckte Sir George die Hand nach dem Telefonhörer aus.

4

Hercule Poirot blinzelte leicht, während er von einem der Männer zum andern sah, und unterdrückte diskret ein Gähnen.

Es war halb drei Uhr morgens. Man hatte ihn aus dem

Schlaf geklingelt und mit einem großen Rolls-Royce in höchster Eile durch die nächtliche Dunkelheit hierher befördert. Gerade hatte er sich die Erklärungen der beiden Männer zu Ende angehört.

«Das ist der Tatbestand, Monsieur Poirot», schloß Lord Mayfield.

Er lehnte sich in seinem Sessel zurück und klemmte bedächtig das Monokel ins Auge. Durch das Glas hindurch blitzte sein blaßblaues Auge Poirot abschätzend an. Der Ausdruck dieses Auges war nicht nur scharfsinnig, er war auch unverkennbar skeptisch. Poirot warf einen raschen Blick zu Sir George Carrington.

Dieser saß in vorgebeugter Haltung da und trug eine fast kindlich hoffnungsvolle Miene zur Schau.

«Ich kenne jetzt die Fakten, ja», sagte Poirot langsam. «Die Zofe schreit, der Sekretär geht hinaus, der namenlose Beobachter kommt herein, die Konstruktionspläne liegen auf dem Schreibtisch, er packt sie und verschwindet. Die Fakten – ja, sie passen sehr gut zusammen.»

Die Art, wie er den letzten Satz aussprach, schien Lord Mayfields Aufmerksamkeit zu erregen. Er setzte sich ein wenig gerader und ließ das Monokel fallen. Es war, als sei er mit einem Mal wieder hellwach. «Wie bitte, Monsieur Poirot?»

«Ich sagte, Lord Mayfield, daß die Fakten alle sehr gut zueinander passen – für den Dieb. Übrigens, sind Sie sicher, daß es ein Mann war, den Sie gesehen haben?»

Lord Mayfield schüttelte den Kopf.

«Das möchte ich nicht behaupten. Es war bloß ein – ein Schatten. Ich bin mir nicht einmal sicher, ob ich überhaupt jemand gesehen hatte.»

Poirot sah den Luftmarschall an.

«Und Sie, Sir George? Können Sie sagen, ob es ein Mann war oder eine Frau?»

«Ich habe überhaupt niemand gesehen.»

Poirot nickte nachdenklich. Dann sprang er plötzlich auf die Füße und ging hinüber zum Schreibtisch.

«Ich kann Ihnen versichern, die Pläne sind nicht da», rief Lord Mayfield. «Wir haben alle drei die Unterlagen mindestens ein halbes dutzendmal durchgesehen.»

«Alle drei? Sie meinen, auch Ihr Sekretär?»

«Carlile? Ja.»

Poirot drehte sich abrupt um. «Erklären Sie mir, Lord Mayfield, welche Papiere lagen zuoberst, als sie am Schreibtisch standen?»

Mayfield überlegte angestrengt, mit gerunzelter Stirn.

«Lassen Sie mich nachdenken – ja, es war der Entwurf für ein Memorandum über bestimmte Positionen unserer Luftverteidigung.»

Poirot fischte ein Blatt Papier heraus und brachte es Lord Mayfield.

«Ist es das?»

Lord Mayfield nahm es und warf einen flüchtigen Blick darauf.

«Ja.»

Poirot reichte den Bogen an Sir George weiter.

«Haben Sie dieses Papier auf dem Schreibtisch bemerkt?»

Sir George nahm es, hielt es auf Armlänge von sich und griff dann nach seinem Kneifer.

«Ja, das ist richtig. Ich habe zusammen mit Carlile und Mayfield die Papiere durchgesehen. Das hier lag obenauf.»

Poirot nickte und legte das Blatt wieder auf den Schreibtisch. Mayfield beobachtete ihn leicht verdutzt.

«Wenn Sie noch irgendwelche Fragen haben ...», begann er.

«Aber gewiß doch. Carlile. Carlile ist die Frage!»

Lord Mayfields Gesicht rötete sich ein wenig.

«Carlile ist über jeden Verdacht erhaben, Monsieur Poirot! Er ist seit neun Jahren bei mir, als mein Privatsekretär. Er hat Zugang zu allen meinen Privatpapieren, und ich möchte Sie darauf hinweisen, daß er jederzeit in der Lage gewesen wäre, eine Abschrift der Pläne anzufertigen, ohne daß es jemand gemerkt hätte.»

«Ich verstehe, worauf Sie hinauswollen», erwiderte Poirot. «Wäre er schuldig, so hätte er es nicht nötig gehabt, einen primitiven Diebstahl zu inszenieren.»

«Auf alle Fälle bin ich von Carliles Loyalität überzeugt», sagte Lord Mayfield. «Ich verbürge mich für ihn.»

«Carlile ist in Ordnung», bekräftigte Sir George knapp.

Poirot spreizte mit einer eleganten Gebärde die Hände. «Und diese Mrs. Vanderlyn – die ist nicht in Ordnung?»

«Das kann man wohl behaupten», rief Sir George.

Lord Mayfield fügte in gemäßigterem Ton hinzu: «Ich denke, Monsieur Poirot, über Mrs. Vanderlyns – äh – Aktivitäten kann es keinen Zweifel geben. Genauere Auskünfte können Sie beim Außenministerium einholen.»

«Und die Zofe, meinen Sie, steckt mit ihrer Herrin unter einer Decke?»

«Allerdings», antwortete Sir George.

«Diese Annahme scheint mir plausibel», ergänzte Lord Mayfield vorsichtig.

Poirot seufzte und rückte zerstreut ein paar Gegenstände auf einem Tisch neben sich zurecht. Dann sagte er:

«Die bewußten Papiere stellen also einen bestimmten Geldwert dar, ja? Das heißt, gestohlen wären sie fraglos eine große Summe wert.»

«Für eine gewisse Seite allerdings.»

«Nämlich?»

Sir George nannte die Namen von zwei europäischen Mächten.

Poirot nickte. «Und diese Tatsache wäre vermutlich jedermann bekannt?»

«Mrs. Vanderlyn bestimmt.»

«Ich sagte jedermann.»

«Doch ja, das nehme ich an.»

«Es wäre sich also jede Person mit einem Funken von Intelligenz über den Geldwert der Pläne im klaren?»

«Ja, aber Monsieur ...» Lord Mayfield machte ein ziemlich betretenes Gesicht.

Poirot hob die Hand. «Ich ziehe lediglich Erkundigungen nach allen Richtungen ein, wie man so schön sagt.»

Plötzlich stand er auf, trat flink durch die Terrassentür ins Freie und untersuchte mit einer Taschenlampe das Gras an der Stelle, wo die Terrasse an den Rasen grenzte.

Die beiden Männer beobachteten ihn.

Nach einer kleinen Weile kam er wieder herein, setzte sich und fragte: «Sagen Sie, Lord Mayfield, Sie haben den Täter, diesen nächtlichen Eindringling, nicht verfolgen lassen?»

Lord Mayfield zuckte die Achseln. «Er hätte unten vom Garten aus ohne Mühe auf die Hauptstraße gelangen können. Wenn er dort einen Wagen stehen hatte, wäre er bald außer Reichweite gewesen . . .»

«Aber da gibt es noch die Polizei.»

«Sie vergessen, Monsieur Poirot», unterbrach ihn Sir George, «wir können kein öffentliches Aufsehen riskieren. Wenn publik würde, daß diese Pläne gestohlen worden sind, wäre das außerordentlich schädlich für unsere Partei.»

«Ah ja», stimmte Poirot zu. «Man darf *la politique* nicht vergessen. Die Diskretion muß unter allen Umständen gewahrt bleiben. Statt dessen schicken Sie nach mir. Nun ja, vielleicht ist es einfacher so.»

«Sie rechnen mit einem Erfolg, Monsieur Poirot?» erkundigte sich Lord Mayfield eine Spur ungläubig.

Der kleine Mann zog die Schultern hoch.

«Warum nicht? Man muß nur logisch überlegen – die Dinge richtig durchdenken.» Er schwieg einen Augenblick und sagte dann: «Ich würde jetzt gern mit Mr. Carlile sprechen.»

«Gewiß.» Lord Mayfield erhob sich. «Ich bat ihn aufzubleiben. Er hält sich sicherlich irgendwo nebenan zu Ihrer Verfügung.»

Er verließ das Zimmer.

Poirot sah Sir George an. «*Eh bien*. Was ist mit diesem Mann auf der Terrasse?»

«Mein lieber Monsieur Poirot. Fragen Sie nicht mich! Ich

habe ihn nicht gesehen und kann ihn also auch nicht beschreiben.»

Poirot beugte sich vor. «Das sagten Sie schon. Aber in Wahrheit verhält es sich ein bißchen anders, nicht?»

«Was soll das heißen?» fragte Sir George schroff.

«Wie soll ich es formulieren? Ihr Unglaube geht tiefer.»

Sir George wollte etwas sagen, schwieg dann aber.

«Nur zu, sprechen Sie», sagte Poirot ermunternd. «Beide sind Sie am anderen Ende der Terrasse. Lord Mayfield sieht einen Schatten von der Terrassentür her über die Wiese huschen. Warum sehen Sie selbst diesen Schatten nicht?»

Sir George blickte ihn fest an.

«Sie haben den Nagel auf den Kopf getroffen, Monsieur Poirot. Genau das überlege ich mir auch die ganze Zeit. Sehen Sie, ich könnte nämlich schwören, daß niemand durch die Terrassentür herauskam. Ich dachte mir zuerst, Mayfield habe sich eben getäuscht – es sei wohl der Schatten eines Astes gewesen, der sich im Wind bewegte, oder so etwas. Als wir dann hereinkamen und den Diebstahl entdeckten, da schien es, als habe Mayfield recht gehabt und ich unrecht. Und trotzdem ...»

Poirot lächelte. «Und trotzdem glauben Sie insgeheim noch immer an das, was Sie mit eigenen Augen gesehen beziehungsweise nicht gesehen haben.»

«Es stimmt, Monsieur Poirot, das tue ich.»

«Wie klug Sie sind.»

«Es waren keine Fußspuren im Gras?» fragte Sir George scharf.

Poirot nickte. «So ist es. Lord Mayfield bildet sich ein, er sieht einen Schatten. Dann entdeckt er den Diebstahl, und nun ist er überzeugt, felsenfest überzeugt, daß er einen Mann gesehen hat. Es ist keine Einbildung mehr, es ist eine Tatsache. Aber es stimmt nicht. Ich für meine Person, ich beschäftige mich nicht viel mit Fußspuren und ähnlichen Dingen; hier jedoch liefern sie einen negativen Beweis. Es sind keine Fußspuren im Gras. Heute abend hat es stark geregnet. Wäre ein Mann heute abend von der Terrasse über den Rasen gelaufen, so müßte man seine Fußspuren im Gras sehen.»

Sir George starrte ihn betroffen an.

«Aber dann – aber dann ...»

«Ja, damit wären wir wieder bei den Bewohnern dieses Hauses ...»

Er unterbrach sich, weil Lord Mayfield mit Mr. Carlile ins Zimmer trat.

Carlile sah zwar noch immer sehr blaß und mitgenommen aus, hatte aber seine Fassung einigermaßen wiedererlangt. Seinen Kneifer zurechtrückend, setzte sich sich und blickte Poirot fragend an.

«Wie lange waren Sie hier im Zimmer, als Sie den Schrei hörten, Monsieur?»

Carlile überlegte. «Fünf bis zehn Minuten, würde ich sagen.»

«Und vorher hatte es keine Störungen irgendwelcher Art gegeben?»

«Nein.»

«Wenn ich recht verstehe, hatten sich die Hausbewohner am gestrigen Abend vornehmlich in einem Raum aufgehalten.»

«Ja, im Salon.»

Poirot konsultierte sein Notizbuch.

«Sir George und seine Frau. Mrs. Macatta. Mrs. Vanderlyn. Mr. Reggie Carrington. Lord Mayfield und Sie selbst. Ist das richtig?»

«Ich selbst war nicht im Salon. Ich habe den größten Teil des Abends hier gearbeitet.»

Poirot wandte sich zu Lord Mayfield.

«Wer ging zuerst ins Bett?»

«Lady Julia, glaube ich. Das heißt, die drei Damen gingen zusammen hinaus.»

«Und dann?»

«Mr. Carlile kam herein, und ich wies ihn an, die Papiere

bereitzulegen, da Sir George und ich gleich kommen würden.»

«Die Idee, auf einen Sprung auf die Terrasse zu gehen, die ist Ihnen erst in dem Moment gekommen?»

«Ja.»

«Wurde in Mrs. Vanderlyns Beisein die Tatsache erwähnt, daß Sie sich in dieses Zimmer zurückziehen wollten, um zu arbeiten?»

«Es wurde davon gesprochen, ja.»

«Aber sie befand sich nicht im Zimmer, als Sie Mr. Carlile Anweisung gaben, die Papiere herauszulegen?»

«Nein.»

«Verzeihen Sie, Lord Mayfield», warf Carlile ein, «aber unmittelbar nachdem Sie mir das gesagt hatten, stieß ich mit ihr in der Tür zusammen. Sie war zurückgekommen, weil sie ihr Buch vergessen hatte.»

«Sie meinen also, Mrs. Vanderlyn könnte die Worte gehört haben?»

«Ich halte das für durchaus möglich, ja.»

«Sie kehrte also zurück, weil sie ihr Buch vergessen hatte», wiederholte Poirot gedankenvoll. «Haben Sie ihr das Buch geholt, Lord Mayfield?»

«Reggie hat es ihr gegeben.»

«Ah ja, eine altbewährte Methode – man kommt noch einmal zurück, weil man ein Buch liegengelassen hat. Oft macht sich das bezahlt!»

«Sie meinen, es war Absicht?»

Poirot zuckte die Achseln.

«Und danach gingen Sie, meine Herren, hinaus auf die Terrasse. Und Mrs. Vanderlyn?»

«Die verschwand mit ihrem Buch nach oben.»

«Und der junge Mr. Reggie? Ging er ebenfalls zu Bett?»

«Ja.»

«Und Mr. Carlile kommt hier herein und hört fünf bis zehn Minuten später einen Schrei. Erzählen Sie weiter, Mr. Carlile. Sie hörten also einen Schrei und liefen hinaus in die

Halle. Ach, vielleicht wäre es am einfachsten, wenn Sie uns genau vorführten, was Sie taten.»

Mr. Carlile erhob sich ein wenig verlegen.

«Also, ich schreie», soufflierte Poirot. Er öffnete den Mund und stieß ein schrilles Blöken aus. Lord Mayfield wandte schnell den Kopf ab, um ein Lächeln zu verbergen, und Mr. Carlile machte ein über die Maßen betretenes Gesicht.

«*Allez!* Vorwärts marsch!» rief Poirot. «Das war Ihr Stichwort.»

Mr. Carlile schritt steif zur Tür, öffnete sie und ging hinaus. Poirot folgte ihm. Die anderen beiden kamen hinterher.

«Die Tür – haben Sie sie hinter sich geschlossen oder offengelassen?»

«Ich kann mich nicht genau erinnern. Ich glaube, ich muß sie offengelassen haben.»

«Es spielt keine Rolle. Machen Sie weiter.»

Steifbeinig wie vorher spazierte Mr. Carlile bis zum Fuß der Treppe, wo er stehenblieb und nach oben blickte.

«Die Zofe stand auf der Treppe, wie Sie sagen. Wo ungefähr?»

«Etwa auf halber Höhe!»

«Und sie war aufgeregt?»

«Allerdings.»

«*Eh bien,* ich bin jetzt die Zofe.» Poirot trippelte gewandt die Stufen hinauf. «Hier etwa?»

«Ein oder zwei Stufen höher.»

«So?» Poirot stellte sich in Positur.

«Äh – nicht ganz so.»

«Wie dann?»

«Nun ja, sie hielt die Hände an den Kopf.»

«Ah, die Hände an den Kopf. Das ist sehr interessant. Vielleicht so?» Poirot hob die Arme und legte die Hände über den Ohren an den Kopf.

«Ja, ganz genau so.»

«Aha! Sagen Sie mal, Mr. Carlile, ist sie ein hübsches Mädchen, ja?»

«Wirklich, darauf habe ich nicht geachtet.»

«So, Sie haben nicht darauf geachtet. Aber Sie sind ein junger Mann. Seit wann achtet ein junger Mann nicht darauf, ob ein Mädchen hübsch ist?»

«Wirklich, Monsieur Poirot, ich kann nur wiederholen, daß *ich* dies nicht getan habe.»

Carlile sandte seinem Arbeitgeber einen flehenden Blick zu. Sir George kicherte.

«Monsieur Poirot scheint entschlossen zu sein, Sie als Casanova hinzustellen», bemerkte er.

Mr. Carlile musterte ihn, ohne eine Miene zu verziehen.

«Ich für meine Person merke immer, ob ein Mädchen hübsch ist», verkündete Poirot, während er die Treppe herunterkam.

Mr. Carlile quittierte die Äußerung mit anzüglichem Schweigen.

«Und dann hat sie Ihnen das Märchen von dem Gespenst erzählt, das sie gesehen haben will?» fuhr Poirot fort.

«Ja.»

«Haben Sie die Geschichte geglaubt?»

«Wohl kaum, Monsieur Poirot.»

«Ich frage damit nicht, ob Sie persönlich an Gespenster glauben. Ich frage sie bloß, hatten Sie den Eindruck, daß das Mädchen selbst glaubte, etwas gesehen zu haben?»

«Oh, das kann ich nicht beurteilen. Auf jeden Fall atmete sie rasch und schien erregt.»

«Und Mrs. Vanderlyn ließ sich während dieser ganze Episode nicht hören oder sehen?»

«Doch. Sie kam aus ihrem Zimmer oben an der Galerie und rief: ‹Leonie.›»

«Und dann?»

«Das Mädchen eilte zu ihr hinauf, und ich begab mich wieder ins Arbeitszimmer.»

«Während Sie am Fuß der Treppe standen, hätte da irgend jemand das Arbeitszimmer durch die Tür, die Sie offengelassen hatten, betreten können?»

Carlile schüttelte den Kopf.

«Nicht ohne an mir vorbeizugehen. Die Tür zum Arbeitszimmer liegt, wie Sie sehen, am Ende des Korridors.»

Poirot nickte nachdenklich, und Mr. Carlile fuhr mit seiner gemessenen, korrekten Stimme fort:

«Wenn ich so sagen darf, bin ich überaus dankbar, daß Lord Mayfield persönlich den Dieb durch die Terrassentür entwischen sah. Andernfalls befände ich mich in einer sehr unangenehmen Situation.»

«Unsinn, mein lieber Carlile», platzte Lord Mayfield heraus. «Auf Sie würde unter gar keinen Umständen ein Verdacht fallen.»

«Das ist sehr freundlich von Ihnen, Lord Mayfield, aber an Tatsachen läßt sich nun einmal nicht rütteln, und ich begreife durchaus, daß es für mich schlecht aussieht. Ich kann nur hoffen, daß meine Sachen und meine Person einer Durchsuchung unterzogen werden.»

«Unsinn, mein lieber Junge», brummte Mayfield.

«Wünschen Sie das im Ernst?» erkundigte sich Poirot ruhig.

«Ich würde es außerordentlich begrüßen.»

Poirot betrachtete ihn eine Weile gedankenvoll und murmelte schließlich: «Ich verstehe.» Dann fragte er: «Wo liegt Mrs. Vanderlyns Zimmer, vom Arbeitszimmer aus betrachtet?»

«Direkt darüber.»

«Besitzt es ein Fenster auf die Terrasse hinaus?»

«Ja.»

Wieder nickte Poirot.

«Begeben wir uns in den Salon», schlug er dann vor.

Hier wanderte er gemächlich herum, inspizierte die Terrassentürverriegelung, betrachtete flüchtig die Schreibblöcke auf dem Bridgetisch und wandte sich schließlich an Lord Mayfield.

«Diese Angelegenheit ist komplizierter, als sie auf den ersten Blick erscheint. Eines jedoch ist völlig sicher. Die gestohlenen Pläne befinden sich noch im Haus.»

Lord Mayfield starrte ihn verblüfft an.

«Aber, mein lieber Monsieur Poirot, der Mann, den ich aus dem Arbeitszimmer laufen sah . . .»

«Es gab keinen solchen Mann.»

«Aber ich habe ihn gesehen . . .»

«Mit allem Respekt, Lord Mayfield, Sie bildeten es sich nur ein. Der Schatten eines Astes hat sie getäuscht. Die Tatsache, daß ein Diebstahl geschehen ist, erschien Ihnen natürlich ein Beweis dafür zu sein, daß Ihre Beobachtung der Wirklichkeit entsprach.»

«Also, Monsieur Poirot, ich habe mit eigenen Augen gesehen . . .»

«Meine Augen sind immerhin um Längen besser als Ihre, alter Freund», warf Sir George ein.

«Sie müssen mir gestatten, Lord Mayfield, daß ich auf meiner Feststellung beharre: Es ist niemand über die Terrasse auf die Wiese gelaufen.»

Mr. Carlile erbleichte. «In diesem Fall», sagte er steif, «fällt der Verdacht automatisch auf mich. Ich bin der einzige, der den Diebstahl begangen haben kann.»

Lord Mayfield sprang auf.

«Unsinn! Egal, wie Monsieur Poirot darüber denkt, ich schließe mich seiner Meinung nicht an. Ich bin überzeugt von Ihrer Unschuld, mein lieber Carlile. Ich bin sogar bereit, mich persönlich für Sie zu verbürgen.»

«Aber ich habe keineswegs behauptet, daß ich Mr. Carlile verdächtige», wandte Poirot mit sanfter Stimme ein.

«Nein», sagte Carlile, «doch aus Ihrer Feststellung geht klar hervor, daß nur ich als Täter in Frage komme.»

«Du tout! Du tout!»

«Aber ich habe Ihnen erklärt, daß niemand im Korridor an mir vorbei zur Tür des Arbeitszimmers gegangen ist.»

«Zugegeben. Es hätte jedoch jemand durch die Terrassentür ins Arbeitszimmer gelangen können.»

«Sie sagten doch gerade, das eben sei nicht geschehen!»

«Ich sagte, daß niemand von außerhalb hätte über die

Wiese kommen und gehen können, ohne Spuren zu hinterlassen. Aber man hätte es von innerhalb des Hauses aus bewerkstelligen können. Man hätte sich beispielsweise vom Salon hier auf die Terrasse, von dort ins Arbeitszimmer und wieder zurück schleichen können.»

«Aber Lord Mayfield und Sir George Carrington waren auf der Terrasse», wandte Mr. Carlile ein.

«Sie waren auf der Terrasse, gewiß, doch sie waren *en promenade.* Sir George Carringtons Augen mögen scharf sein wie die eines Adlers», Poirot vollführte eine kleine Verbeugung, «aber er hat sie nicht im Hinterkopf! Das Arbeitszimmer liegt ganz links außen, dann kommt der Salon hier, doch daran schließen sich noch zwei, drei, vielleicht sogar vier Räume an, die alle auf die Terrasse gehen.»

«Eßzimmer, Billardzimmer, Frühstückszimmer und Bibliothek», ergänzte Lord Mayfield.

«Und wie viele Male sind Sie die Terrasse auf und ab spaziert?»

«Mindestens fünf- oder sechsmal.»

«Sehen Sie, es ist ganz einfach, der Dieb brauchte nur den richtigen Moment abzupassen.»

«Sie meinen also», sagte Carlile langsam, «während ich in der Halle war und mit der Französin sprach, hat der Dieb inzwischen im Salon gewartet?»

«Das ist eine Vermutung. Es ist freilich nichts als eine Vermutung.»

«Das klingt mir nicht sehr wahrscheinlich», brummte Lord Mayfield. «Viel zu riskant.»

«Da bin ich anderer Meinung, Charles», widersprach der Luftmarschall. «Es ist absolut möglich. Wieso bin ich bloß nicht selbst auf diese Idee gekommen!»

«Sie verstehen also», fuhr Poirot fort, «warum ich glaube, daß sich die Pläne noch im Haus befinden. Das Problem besteht nunmehr darin, sie zu finden.»

«Einfache Sache», murmelte Sir George. «Jeden durchsuchen!»

Lord Mayfield machte eine abwehrende Geste und wollte etwas sagen, aber Poirot kam ihm zuvor.

«Nein, nein, so einfach ist das auch wieder nicht. Die Person, die die Pläne gestohlen hat, wird eine derartige Durchsuchung voraussehen und dafür sorgen, daß die Pläne nicht bei ihr – oder ihm – gefunden werden. Sie wurden zweifellos an einem neutralen Ort versteckt.»

«Schlagen Sie etwa vor, daß wir im ganzen Haus Ostereiersuchen spielen sollen?»

Poirot lächelte. «Nein, nein, so plump brauchen wir nicht zu verfahren. Wir können das Versteck – beziehungsweise die Identität der schuldigen Person – aufgrund logischer Schlußfolgerungen ermitteln. Das wird die Dinge vereinfachen. Heute vormittag würde ich mich gern mit jeder Person im Haus unterhalten. Es wäre meines Erachtens unklug, diese Befragungen zur jetzigen Stunde abzuhalten.»

Lord Mayfield nickte. «Erregt zuviel Aufsehen, wenn wir sie um drei Uhr morgens aus den Betten trommeln. Auf alle Fälle müssen Sie mit sehr viel Takt vorgehen. Die Sache darf unter keinen Umständen publik werden.»

«Überlassen Sie das Hercule Poirot. Die Lügen, die ich erfinde, sind stets höchst taktvoll und höchst überzeugend. Ich werde heute vormittag mit meinen Nachforschungen beginnen. Heute nacht jedoch würde ich gern noch Sie, Sir George, und Sie, Lord Mayfield, befragen.»

Er verbeugte sich vor ihnen.

«Sie meinen – unter vier Augen?»

«So meinte ich.»

Lord Mayfield richtete kurz den Blick zur Decke, dann seufzte er: «Selbstverständlich. Ich lasse sie mit Sir George allein. Wenn Sie mich brauchen, finden Sie mich im Arbeitszimmer. Kommen Sie, Carlile.»

Er und der Sekretär gingen hinaus und schlossen die Tür hinter sich.

Sir George nahm Platz und griff mechanisch nach einer Zigarette. Er blickte Poirot forschend an.

«Wissen Sie», sagte er langsam, «ich begreife das Ganze nicht.»

«Es läßt sich sehr leicht erklären», erwiderte Poirot mit einem Lächeln. «Genauer gesagt, mit zwei Worten: Mrs. Vanderlyn!»

«Oh! Ich verstehe! Mrs. Vanderlyn!»

«Genau. Sehen Sie, es wäre vielleicht nicht sehr taktvoll, wenn ich die Frage, die ich stellen möchte, an Lord Mayfield richtete. Warum Mrs. Vanderlyn? Die Dame gilt allgemein als suspekt. Aus welchem Grund ist sie dann hier? Ich sage mir, es gibt drei mögliche Erklärungen. Erstens, daß Lord Mayfield ein *penchant* für die Dame hat – und das ist der Grund, warum ich Sie unter vier Augen sprechen wollte; ich möchte ihn nicht in Verlegenheit bringen. Zweitens, daß Mrs. Vanderlyn vielleicht die verehrte Freundin eines anderen Hausgenossen ist?»

«Mich können Sie streichen.» Sir George lächelte ironisch.

«Nun, wenn keine dieser beiden Erklärungen zutrifft, so erhält die Frage doppeltes Gewicht: Warum Mrs. Vanderlyn? Und mir scheint, als sähe ich vage eine Antwort. Es gab einen Grund dafür. Ihre Anwesenheit war von Lord Mayfield aus einem ganz bestimmten Grund gewünscht worden. Habe ich recht?»

Sir George nickte.

«Sie haben vollkommen recht. Mayfield ist ein zu alter Hase, um auf ihre Verführungskünste hereinzufallen. Er hat sie aus einem ganz bestimmten Grund eingeladen. Es ging dabei um folgendes.»

Er wiederholte das Gespräch, das er nach dem Abendessen mit Lord Mayfield gehabt hatte. Poirot hörte aufmerksam zu.

«Aha», sagte er schließlich, «jetzt begreife ich. Trotzdem scheint mir, daß die Dame Sie beide sehr elegant ausmanövriert hat.»

Sir George ließ sich zu einigen unschönen Worten hinreißen.

Poirot betrachtete ihn mit einem Anflug von Belustigung, dann sagte er:

«Sie zweifeln also nicht daran, daß dieser Diebstahl ihr Werk ist – ich meine, daß sie dafür verantwortlich ist, gleichgültig, ob sie eine aktive Rolle dabei gespielt hat oder nicht?»

Sir George starrte ihn an. «Natürlich nicht! Darüber gibt es nicht den geringsten Zweifel! Und überhaupt, wer hätte sonst irgendein Interesse daran haben können, diese Pläne zu stehlen?»

«Ah!» rief Hercule Poirot und blickte zur Decke. «Bedenken Sie jedoch, Sir George, vor noch nicht einer Viertelstunde sind wir uns einig geworden, daß diese Pläne auch einen Wert in barem Geld darstellen. Nicht in einer konkreten Form wie Banknoten oder Gold oder Juwelen, trotzdem jedoch in Geld umsetzbar. Wenn es hier beispielsweise jemand gäbe, der finanzielle Sorgen hat ...»

Der andere unterbrach ihn mit einem verächtlichen Schnauben.

«Wer hätte die heutzutage nicht? Ich hoffe, ich darf das sagen, ohne den Verdacht gleich auf mich zu lenken.»

Er lächelte gezwungen. Poirot lächelte höflich zurück und murmelte: «*Mais oui,* Sie können sagen, was Sie wollen, denn Sie, Sir George, haben das einzige unerschütterliche Alibi in dieser ganzen Affäre.»

«Aber ich bin finanziell verdammt unter Druck!»

Poirot schüttelte betrübt den Kopf.

«Nun ja, ein Mann in Ihrer Position hat hohe Lebenshaltungskosten. Dazu ein Sohn im kostspieligsten Alter ...»

Sir George stöhnte. «Die Studienkosten sind schon hoch genug, und dann noch Schulden! Dabei ist der Junge kein schlechter Kerl, wissen Sie.»

Poirot lauschte teilnahmsvoll, während Sir George seinem angestauten Groll Luft machte: Der Mangel an Energie und Standvermögen bei der jüngeren Generation. Die Rücksichtslosigkeit der Mütter, die ihre Kinder verzogen und immer für sie Partei ergriffen. Der Fluch der Spielleidenschaft, vor allem bei Frauen. Die Verrücktheit, um höhere Einsätze zu spielen, als man es sich leisten konnte. Sir George sprach ganz allgemein und spielte nicht direkt auf seine Frau oder seinen Sohn an, aber er war ein so ehrlicher und offener Mensch, daß sich unschwer erraten ließ, auf wen seine Worte gemünzt waren.

Plötzlich unterbrach er sich.

»Entschuldigen Sie, ich sollte sie nicht behelligen mit Dingen, die weitab vom Thema liegen, schon gar nicht mitten in der Nacht – beziehungsweise frühmorgens.»

Er unterdrückte ein Gähnen.

«Ich schlage vor, Sir George, Sie begeben sich nun zur Ruhe. Haben Sie vielen Dank für Ihre überaus liebenswürdige Hilfe.»

«Gut, ich werde mich hinlegen. Meinen Sie wirklich, es besteht eine Chance, die Pläne wiederzubekommen?»

Poirot zuckte die Achseln. «Warum nicht? Ich will es jedenfalls versuchen.»

«Na ja, ich gehe jetzt. Gute Nacht.» Er verließ das Zimmer.

Poirot blieb in seinem Sessel sitzen und blickte nachdenklich an die Decke. Dann zog er ein kleines Notizbuch hervor, blätterte bis zu einer leeren Seite und begann zu schreiben.

Mrs. Vanderlyn?
Lady Julia Carrington?
Mrs. Macatta?
Reggie Carrington?
Mr. Carlile?
Darunter notierte er:

Mrs. Vanderlyn und Mr. Reggie Carrington?
Mrs. Vanderlyn und Lady Julia?
Mrs. Vanderlyn und Mr. Carlile?

Er schüttelte unzufrieden den Kopf und brummte: *«C'est plus simple que ça.»*

Dann fügte er noch ein paar Sätze an.

«Sah Lord Mayfield einen Schatten? Wenn nicht, warum hat

er es behauptet? Hat Sir George etwas gesehen? Er erklärte, nichts gesehen zu haben, *nachdem* ich den Rasen untersucht hatte. Anmerkung: Lord Mayfield ist kurzsichtig, liest ohne Brille, braucht aber ein Monokel, um Gegenstände am anderen Ende des Zimmers zu erkennen. Sir George ist weitsichtig. Deshalb sind seine Augen in diesem Fall verläßlicher als die von Lord Mayfield. Doch Lord Mayfield behauptet steif und fest, er habe etwas gesehen, und läßt sich durch seinen Freund nicht vom Gegenteil überzeugen!

Kann ein Mensch so über allen Verdacht erhaben sein, wie Mr. Carlile zu sein scheint? Lord Mayfield beteuert nachdrücklich seine Unschuld. Zu nachdrücklich. Warum? Weil er ihn insgeheim verdächtigt und sich wegen seines Verdachts schämt? Oder weil er einen Verdacht gegen eine andere Person hat? Das hieße, jemand anders als Mrs. Vanderlyn?»

Er steckte das Notizbuch ein, stand auf und ging hinüber ins Arbeitszimmer.

5

Lord Mayfield saß an seinem Schreibtisch, als Poirot ins Arbeitszimmer trat. Er drehte sich hastig herum, legte den Federhalter weg und blickte Poirot fragend entgegen.

«Nun, Monsieur Poirot, ist Ihr Interview mit Sir George beendet?»

Poirot lächelte und nahm Platz.

«Ja, Lord Mayfield. Er hat mich über einen Punkt aufgeklärt, der mir einiges Kopfzerbrechen bereitet hatte.»

«Und was war das?»

«Der Grund für Mrs. Vanderlyns Hiersein. Sie begreifen, ich hielt es für möglich ...»

Mayfield erkannte sofort die Ursache von Poirots etwas übertriebener Verlegenheit.

«Sie dachten, ich hätte eine Schwäche für die Dame? Keine

Spur! Weit davon entfernt. Komisch. George dachte das gleiche.»

«Ja, er erzählte mir von dem Gespräch, das Sie über dieses Thema hatten.»

Lord Mayfield machte ein ziemlich betretenes Gesicht.

«Mein kleiner Plan ging leider schief. Ärgerlich, zugeben zu müssen, daß eine Frau einen hereingelegt hat.»

«Ah, aber noch hat sie es nicht geschafft, Lord Mayfield.»

«Sie denken, wir haben noch eine Chance? Na, das freut mich zu hören. Ich möchte gern glauben, daß es stimmt.» Er seufzte. «Mir scheint, ich habe mich wie ein kompletter Esel benommen – vor lauter Freude über meinen hübschen Plan, die Dame in eine Falle zu locken.»

Hercule Poirot zündete sich eine seiner kleinen Zigaretten an.

«Wie war denn eigentlich Ihr Plan, Lord Mayfield?»

«Nun ...» Lord Mayfield zögerte. «Die genauen Einzelheiten hatte ich mir noch nicht überlegt.»

«Sie haben mit niemand darüber gesprochen?»

«Nein.»

«Auch nicht mit Mr. Carlile?»

«Nein.»

Poirot lächelte. «Sie handeln gern auf eigene Faust, Lord Mayfield?»

«Erfahrungsgemäß halte ich das für die beste Methode», sagte der andere etwas grimmig.

«Ja, Sie sind ein kluger Mann: *Traue niemand!* Aber mit Sir George Carrington haben Sie schließlich doch darüber gesprochen?»

«Einfach deshalb, weil ich merkte, daß der Gute sich ernstliche Sorgen um mich machte.»

Lord Mayfield lächelte bei der Erinnerung.

«Er ist ein Freund von Ihnen?»

«Ja, wir kennen uns seit über zwanzig Jahren.»

«Und seine Frau?»

«Ich kenne natürlich auch seine Frau sehr gut.»

«Aber – verzeihen Sie meine Aufdringlichkeit – Sie stehen nicht auf dem gleichen vertrauten Fuß mit ihr?»

«Ich sehe eigentlich nicht ein, was meine persönlichen Beziehungen zu anderen Leuten mit dem vorliegenden Fall zu tun haben, Monsieur Poirot.»

«Ich dagegen bin der Meinung, Lord Mayfield, daß sie eine ganze Menge damit zu tun haben könnten. Sie waren doch ebenfalls der Ansicht, daß meine Theorie, der Täter sei möglicherweise aus dem Salon gekommen, zutreffend sein könnte, nicht wahr?»

«Ja. Mehr noch, ich stimmte mit Ihnen überein, daß es sich so abgespielt haben muß.»

«Wir wollen nicht sagen ‹muß›. Es ist ein zu rigoroses Wort.

Wenn meine Vermutung also der Wahrheit entspricht – wer, glauben Sie, könnte die Person im Salon gewesen sein?»

«Mrs. Vanderlyn, das ist doch sonnenklar. Einmal kam sie ja bereits in den Salon zurück, um das vergessene Buch zu holen. Ebensogut könnte sie noch einmal zurückgekehrt sein, unter irgendeinem anderen Vorwand – eine vergessene Handtasche, ein liegengebliebener Schal, es gibt für eine Frau ein Dutzend Entschuldigungsgründe. Sie verabredet mit ihrer Zofe, daß diese im passenden Moment schreit und Carlile damit aus dem Arbeitszimmer lockt. Dann schlüpft sie ungesehen durch die Terrassentür und wieder zurück, wie sie vorhin gesagt haben.»

«Mrs. Vanderlyn kann es nicht gewesen sein. Sie vergessen eines: Mr. Carlile hörte sie von oben nach ihrer Zofe rufen, während er mit dem Mädchen sprach.»

Lord Mayfield biß sich auf die Lippen.

«Richtig. Das hatte ich vergessen.» Er sah sehr ärgerlich aus.

«Sehen Sie», sagte Poirot milde, «wir machen Fortschritte. Wir beginnen mit der simplen Erklärung, daß ein Dieb von außerhalb eingestiegen ist und sich mit der Beute davongemacht hat. Eine sehr bequeme Erklärung, wie ich gleich zu Anfang feststellte, zu bequem, als daß man sie unbesehen akzeptieren dürfte. Diese Möglichkeit haben wir inzwischen ausgeschlossen. Dann kommen wir zu der Theorie der ausländischen Agentin, Mrs. Vanderlyn, und wiederum scheinen alle Fakten wunderbar zusammenzupassen – bis zu einem bestimmten Punkt. Nun jedoch sieht es so aus, als sei auch diese Theorie zu einfach – zu bequem, als daß wir sie akzeptieren könnten.»

«Sie würden Mrs. Vanderlyn von jeder Schuld reinwaschen?»

«Die fragliche Person im Salon war jedenfalls nicht Mrs. Vanderlyn. Möglicherweise war es ihr Komplize, aber es wäre auch denkbar, daß der Diebstahl von einer ganz anderen Person verübt worden ist. In dem Fall müssen wir uns die Frage nach dem Motiv stellen.»

«Ist das nicht sehr an den Haaren herbeigezogen, Monsieur Poirot?»

«Das glaube ich nicht. Überlegen wir, welches Motiv hier in Frage kommen könnte. Ein finanzielles Motiv? Vielleicht wurden die Papiere einfach zu dem Zweck gestohlen, sie in Bargeld zu verwandeln. Dies wäre der einleuchtendste Grund. Hinter der Tat könnte jedoch auch ein völlig anderes Motiv stecken.»

«Nämlich?»

«Die Absicht, einer gewissen Person zu schaden, zum Beispiel», sagte Poirot langsam.

«Wem denn?»

«Möglicherweise Mr. Carlile. Gegen ihn würde sich logischerweise der Verdacht zuerst richten. Aber vielleicht steckt mehr dahinter. Männer, die die Geschicke eines Landes lenken, Lord Mayfield, sind durch die öffentliche Meinung besonders leicht verwundbar.»

«Wollen Sie damit sagen, der Diebstahl habe das Ziel gehabt, meinem Ruf in der Öffentlichkeit zu schaden?»

Poirot nickte.

«Ich glaube mich nicht zu irren, Lord Mayfield, wenn ich sage, daß Sie vor etwa fünf Jahren eine etwas schwierige

Phase durchgemacht haben. Man verdächtigte sie freundschaftlicher Beziehungen zu einer europäischen Macht, die damals bei der Wählerschaft dieses Landes äußerst unpopulär war.»

«Das ist absolut richtig, Monsieur Poirot.»

«Ein Politiker steht heutzutage vor einer schwierigen Aufgabe. Einerseits muß er eine Politik verfolgen, die seiner Überzeugung nach seinem Land zum Vorteil gereicht, gleichzeitig jedoch darf er die Macht der öffentlichen Meinung nicht außer acht lassen. Die öffentliche Meinung ist sehr oft sentimental, konfus und überaus unvernünftig, dennoch muß man auf sie Rücksicht nehmen.»

«Wie gut Sie das formulieren! Genau das ist das verwünschte Dilemma, in dem man heutzutage als Politiker steckt. Man muß sich der öffentlichen Meinung beugen, auch wenn man weiß, wie gefährlich und verrückt sie ist.»

«Darin bestand, glaube ich, damals auch Ihr Dilemma. Es gingen Gerüchte um, daß Sie mit dem betreffenden Land ein Abkommen geschlossen hätten. Das Land und die Presse liefen Sturm dagegen. Glücklicherweise hat der Premierminister die Geschichte entschieden bestritten, und auch Sie wiesen alle Anschuldigungen zurück, obwohl Sie kein Hehl daraus machten, wo Ihre Sympathien lagen.»

«Das ist alles völlig richtig, Monsieur Poirot, doch warum alte Geschichten wieder aufwärmen?»

«Weil ich es für möglich halte, daß einer Ihrer Gegner in seiner Enttäuschung über Ihren damaligen Sieg den Versuch unternehmen könnte, Sie wieder in Schwierigkeiten zu bringen. Sie haben seinerzeit das Vertrauen der Öffentlichkeit sehr bald wiedergewonnen: Die damalige Lage hat sich inzwischen geändert, Sie sind heute verdientermaßen eine der populärsten Gestalten im politischen Leben. Man spricht von Ihnen offen als dem kommenden Premierminister, sollte Mr. Humberly zurücktreten.»

«Sie halten das Ganze für einen Versuch, meinen Ruf als Politiker zu ruinieren? Unsinn!»

«*Tout de même,* Lord Mayfield, es sähe nicht gut aus, wenn bekannt würde, daß Ihnen die Konstruktionspläne für Englands neuen Bomber gestohlen wurden, und zwar ausgerechnet während einer Wochenendeinladung, auf der eine gewisse, überaus reizende Dame Ihr Gast war. Diskrete Anspielungen in der Presse über Ihre Beziehung zu der betreffenden Dame könnten leicht ein gewisses Mißtrauen hervorrufen.»

«So etwas würde kein Mensch ernst nehmen.»

«Mein lieber Lord Mayfield, Sie wissen ganz genau, daß das nicht stimmt! Oft braucht es nur eine Kleinigkeit, um das Vertrauen der Öffentlichkeit in einen Menschen zu untergraben.»

«Ja, das ist richtig.» Lord Mayfield sah plötzlich sehr besorgt aus. «Mein Gott! Diese elende Geschichte wird immer komplizierter. Glauben Sie wirklich – aber nein, das ist doch ausgeschlossen – ausgeschlossen!»

«Sie kennen niemand, der – eifersüchtig auf Sie ist?»

«Absurd!»

«Auf jeden Fall müssen Sie zugeben, daß meine Fragen über Ihre persönlichen Beziehungen zu den verschiedenen Gästen dieser Wochenendgesellschaft nicht völlig irrelevant sind.»

«Oh, mag sein – mag sein. Sie haben mich nach Julia Carrington gefragt. Da gibt's wirklich nicht viel zu sagen. Sie war mir nie besonders sympathisch, und ich glaube auch nicht, daß sie viel Sympathie für mich empfindet. Sie ist eine hektische, nervöse Person, von einer geradezu hemmungslosen Verschwendungssucht und dazu eine fanatische Kartenspielerin. Außerdem, glaube ich, ist sie noch dermaßen in ihren altmodischen Wertvorstellungen gefangen, daß sie mich verachtet, weil ich ein Selfmademan bin.»

«Ehe ich herkam, habe ich im *Who's who* nachgeschlagen. Sie waren Direktor einer berühmten Maschinenbaufirma und sind selbst ein vorzüglicher Ingenieur.»

«Allerdings, es gibt von der Praxis her wohl nichts, was

ich nicht kenne. Ich habe mich ganz von unten hochgearbeitet.»

Lord Mayfields Stimme klang bitter.

«Oh, là, là!» rief Poirot plötzlich. «Was für ein Narr bin ich gewesen – was für ein Narr!»

Der andere starrte ihn erstaunt an.

«Wie bitte?»

«Mir ist eben ein Teil des Rätsels klargeworden. Ich hatte etwas übersehen ... Aber es paßt alles zusammen. Ja, es fügt sich mit wundervoller Genauigkeit in das übrige Puzzlespiel ein!»

Lord Mayfield starrte ihn halb erstaunt, halb fragend an. Doch Poirot schüttelte leise lächelnd den Kopf.

«Nein, nein, nicht jetzt. Ich muß meine Gedanken erst noch ordnen.» Er erhob sich. «Gute Nacht, Lord Mayfield. Ich glaube, ich weiß jetzt, wo sich die Pläne befinden.»

«Sie wissen es?» rief Lord Mayfield. «Dann holen wir sie uns doch gleich!»

Poirot schüttelte abermals den Kopf.

«Nein, nein, das geht nicht. Übereiltes Handeln wäre fatal. Überlassen Sie ruhig alles Hercule Poirot.»

Damit ging er aus dem Zimmer. Lord Mayfield hob verächtlich die Schultern.

«Der Kerl ist ein Scharlatan», grollte er. Dann räumte er die Akten weg, machte das Licht aus und begab sich zu Bett.

6

«Wenn wirklich ein Einbruch stattgefunden hat, warum zum Teufel holt der alte Mayfield nicht die Polizei?» fragte Reggie Carrington, während er seinen Stuhl vom Frühstückstisch zurückschob.

Er war als letzter heruntergekommen. Sein Gastgeber, Mrs. Macatta und Sir George hatten schon fertig gegessen. Seine Mutter und Mrs. Vanderlyn frühstückten im Bett.

Sir George erzählte seine Geschichte so, wie es zwischen Lord Mayfield und Hercule Poirot besprochen worden war, doch er hatte dabei das deutliche Gefühl, daß er sich nicht so geschickt anstellte, wie er sollte.

«Statt dessen so einen komischen Ausländer kommen zu lassen, also, das finde ich reichlich merkwürdig», sagte Reggie. «Was ist denn gestohlen worden, Vater?»

«Das weiß ich nicht so genau, mein Junge.»

Reggie stand auf. Er sah an diesem Morgen ziemlich nervös und gereizt aus.

«Nichts Wichtiges? Keine – keine Papiere oder so was?»

«Ich kann dir die Frage nicht beantworten.»

«Geheimsache, was? Versteh schon.»

Reggie rannte die Trepe hinauf. Auf halber Höhe blieb er für einen Augenblick stehen und runzelte die Stirn, dann setzte er seinen Weg fort und klopfte an die Tür zum Zimmer seiner Mutter. Sie rief, er solle hereinkommen.

Lady Julia saß im Bett und war damit beschäftigt, Zahlen auf die Rückseite eines Briefkuverts zu kritzeln.

«Guten Morgen, Liebling.» Sie blickte auf und fügte in scharfem Ton hinzu: «Reggie, ist etwas passiert?»

«Nicht viel. Anscheinend ist letzte Nacht eingebrochen worden.»

«Eingebrochen? Was wurde gestohlen?»

«Ach, ich weiß nicht. Es ist alles sehr geheim. Da sitzt so ein komischer Typ von einem Privatdetektiv unten und stellt allen Leuten Fragen.»

«Wie merkwürdig!»

«Ziemlich unangenehm», sagte Reggie langsam, «in einem Haus zu Gast zu sein, wenn solche Sachen passieren.»

«Was ist denn nun eigentlich passiert?»

«Keine Ahnung. Das Ganze hat sich anscheinend abgespielt, nachdem wir alle zu Bett gegangen waren. Paß auf, Mutter, beinahe hättest du das Tablett hinuntergeworfen!»

Er brachte das Frühstückstablett in Sicherheit und trug es zu einem Tisch am Fenster.

«Ist Geld gestohlen worden?»

«Ich sag dir doch, ich weiß es nicht.»

«Ich nehme an, dieser Detektiv wird alle ausfragen wollen.»

«Vermutlich.»

«Wo man sich gestern abend aufgehalten hat und so?»

«Wahrscheinlich. Na, ich kann ihm nicht viel erzählen. Ich ging sofort zu Bett und war im Nu eingeschlafen.»

Lady Julia antwortete nicht.

«Sag mal, Mutter, du könntest mir nicht vielleicht ein bißchen Geld pumpen? Ich bin völlig pleite.»

«Nein, das könnte ich nicht», erwiderte Lady Julia entschieden. «Ich habe selbst mein Konto fürchterlich überzogen. Ich weiß nicht, was dein Vater sagen wird, wenn er es erfährt.»

Es klopfte, und Sir George trat ein.

«Ah, da bist du, Reggie. Würdest du bitte hinunter in die Bibliothek gehen. Monsieur Hercule Poirot möchte dich sprechen.»

Poirot hatte soeben seine Unterhaltung mit der gefürchteten Mrs. Macatta beendet.

Einige wenige Fragen hatten ergeben, daß Mrs. Macatta kurz vor elf zu Bett gegangen war und nichts Wichtiges gesehen oder gehört hatte.

Poirot lenkte das Gespräch vorsichtig vom Einbruch auf persönlichere Dinge. Er sei ein großer Bewunderer von Lord Mayfield und halte ihn für einen wahrhaft großen Mann. Freilich sei Mrs. Macatta als Fachfrau weit besser in der Lage, ein richtiges Urteil abzugeben.

«Lord Mayfield hat Verstand», räumte Mrs. Macatta ein. «Und er hat ohne fremde Hilfe Karriere gemacht. Er verdankt sie nicht irgendwelchen Familienbeziehungen. Vielleicht fehlt ihm ein wenig der Weitblick. Da sind bedauerlicherweise alle Männer gleich, finde ich. Es fehlt ihnen die Größe der weiblichen Phantasie. Die Frau, Monsieur Poirot, wird in zehn Jahren die bestimmende Kraft in der Regierung sein.»

Davon sei er überzeugt, erwiderte Poirot.

Er brachte das Gespräch auf Mrs. Vanderlyn. Treffe es zu, was er gerüchteweise gehört habe, daß nämlich sie und Lord Mayfield sehr eng befreundet seien?

«Keineswegs. Um die Wahrheit zu sagen, ich war sehr erstaunt, ihr hier zu begegnen. Wirklich sehr erstaunt!»

Poirot fragte Mrs. Macatta nach ihrer Meinung über Mrs. Vanderlyn – und bekam einiges zu hören.

«Eine von diesen völlig nutzlosen Frauen, Monsieur Poirot. Frauen, die einen am eigenen Geschlecht verzweifeln lassen! Eine Schmarotzerin, ja, eine Schmarotzerin durch und durch.»

«Die Männer bewundern sie?»

«Männer!» schnaubte Mrs. Macatta verachtungsvoll. «Männer lassen sich immer von solchen aufdringlichen körperlichen Vorzügen beeindrucken. Nehmen Sie nur den jungen Reggie Carrington; wie er jedesmal rot wird, wenn sie mit ihm spricht, wie lachhaft geschmeichelt er sich fühlt, daß sie überhaupt Notiz von ihm nimmt! Und diese albernen Komplimente, mit denen sie ihn überschüttete. Lobte sein Bridgespiel in den höchsten Tönen, obwohl er in Wirklichkeit keineswegs glänzend gewesen war.»

«Er ist kein guter Spieler?»

«Gestern abend hat er jedenfalls alle möglichen Fehler gemacht.»

«Lady Julia spielt gut, nicht wahr?»

«Viel zu gut, meiner Meinung nach. Es ist schon fast ihr Beruf. Sie spielt morgens, mittags und abends.»

«Um hohe Einsätze?»

«Allerdings. Um viel höhere, als ich je riskieren würde. Ich finde so was nicht richtig.»

«Sie gewinnt hohe Summen?»

Mrs. Macatta stieß ein lautes, tugendhaft entrüstetes Schnauben aus.

«Sie hofft, daß sie auf diese Weise ihre Schulden bezahlen kann. Aber in der letzten Zeit hatte sie eine Pechsträhne, wie ich höre. Gestern abend sah sie aus, als bedrücke sie etwas. Ja, Monsieur Poirot, die bösen Folgen des Glücksspiels sind nur wenig kleiner als die des Alkohols. Wenn ich zu bestimmen hätte, würde dieses Land gesäubert werden . . .»

Poirot war gezwungen, sich einen ziemlich ausführlichen Vortrag über Englands moralische Erneuerung anzuhören. Danach beendete er taktvoll das Gespräch und ließ Reggie Carrington holen.

Als der junge Mann ins Zimmer kam, musterte er ihn aufmerksam und zog seine Schlüsse. Der weiche Mund, der sich mit einem gewinnenden Lächeln tarnte, das schwache Kinn, die weit auseinanderstehenden Augen, die schmale Kopfform. Den Typ kannte er ziemlich gut.

«Mr. Reggie Carrington?»

«Ja. Kann ich etwas für Sie tun?»

«Erzählen Sie mir einfach, was gestern abend los war.»

«Na, wollen mal sehen – also, wir haben Bridge gespielt, im Salon, und danach bin ich hinauf ins Bett.»

«Um wieviel Uhr war das?»

«Kurz vor elf. Ich vermute, der Einbruch ist später passiert.»

«Ja, später. Sie haben nichts gesehen oder gehört?»

Reggie schüttelte bedauernd den Kopf.

«Leider nicht. Ich bin sofort zu Bett gegangen. Ich habe einen ziemlich gesunden Schlaf.»

«Sie sind also vom Salon direkt in Ihr Schlafzimmer gegangen und dort bis zum nächsten Morgen geblieben?»

«Stimmt.»

«Sonderbar», sagte Poirot.

«Was meinen Sie mit ‹sonderbar›», fragte Reggie scharf.

«Sie haben nicht zum Beispiel einen Schrei gehört?»

«Nein.»

«Ah, sehr sonderbar!»

«Hören Sie mal, was wollen Sie damit sagen?»

«Sind Sie vielleicht ein bißchen schwerhörig?»

«Ganz und gar nicht.»

Poirot bewegte die Lippen. Vielleicht wiederholte er zum drittenmal das Wort «sonderbar».

«Danke, Mr. Carrington», sagte er dann. «Das ist alles.»

Reggie erhob sich und blieb unentschlossen stehen.

«Wissen Sie», sagte er, «jetzt, wo Sie davon sprechen, ist mir, als hätte ich doch etwas gehört.»

«Ah, Sie haben doch etwas gehört?»

«Ja, aber sehen Sie, ich las gerade ein Buch – einen Kriminalroman übrigens, und da – na ja, da habe ich nicht weiter darauf geachtet.»

«Aha», sagte Poirot mit ausdrucksloser Miene. «Eine sehr einleuchtende Erklärung.»

Reggie zögerte noch einen Moment, dann drehte er sich um und ging zur Tür. Dort blieb er stehen.

«Was ist überhaupt gestohlen worden?» fragte er.

«Etwas sehr Wertvolles, Mr. Carrington. Das ist alles, was mir zu sagen gestattet ist.»

«Oh», murmelte Reggie verständnislos.

Er ging hinaus. Poirot nickte mehrmals mit dem Kopf.

«Es paßt», sagte er leise. «Es paßt alles sehr hübsch zusammen.»

Er drückte auf eine Klingel und erkundigte sich höflich, ob Mrs. Vanderlyn schon auf sei.

7

Mrs. Vanderlyn fegte ins Zimmer. Sie sah sehr hübsch aus. Sie trug ein raffiniert geschnittenes sportliches Kostüm von einem Rostrot, das die warmen Lichter in ihrem Haar betonte. Sie ließ sich in einen Sessel sinken und sah den kleinen Mann mit einem betörenden Lächeln an.

Für einen Augenblick blitzte hinter diesem Lächeln noch etwas anderes auf. Es mochte Triumph sein, vielleicht sogar Spott, und war fast sofort wieder verschwunden, aber Poirot hatte es bemerkt. Er fand es interessant.

«Einbrecher? Letzte Nacht? Wie furchtbar! O nein, ich habe nichts gesehen. Was ist mit der Polizei? Kann die nichts tun?»

Wieder blitzte für einen Moment Spott in ihren Augen auf. Es ist völlig klar, daß *Sie* keine Angst vor der Polizei haben, meine Liebe, dachte Poirot. Sie wissen sehr gut, daß man sie nicht rufen wird.

«Sie verstehen, Madame», sagte er laut, «es handelt sich um eine sehr delikate Affäre.»

«Aber gewiß doch, Monsieur – Poirot, nicht wahr? Es würde mir im Traum nicht einfallen, ein Wort darüber verlauten zu lassen. Ich bin eine viel zu große Bewunderin unseres lieben Lord Mayfield, um irgend etwas zu tun, was ihm auch nur den geringsten Kummer bereiten könnte.»

Sie schlug die Beine übereinander. An der Spitze ihres seidenbestrumpften Fußes baumelte ein auf Hochglanz polierter brauner Lederhalbschuh. Sie lächelte. Ein warmes, unwiderstehliches Lächeln, in dem sich Gesundheit und eine tiefe Zufriedenheit ausdrückten.

«Sagen Sir mir doch bitte, ob ich Ihnen irgendwie behilflich sein kann?»

«Ich danke Ihnen, Madame. Sie haben gestern abend im Salon Bridge gespielt?»

«Ja.»

«Wenn ich recht verstehe, sind die Damen danach alle zu Bett gegangen.»

«Das ist richtig.»

«Aber irgend jemand kam noch einmal zurück, um sich ein Buch zu holen. Das waren Sie, nicht wahr, Mrs. Vanderlyn?»

«Ich war die erste, ja.»

«Was heißt das, die erste?» fragte Poirot scharf.

«Ich kam sofort noch einmal zurück. Dann ging ich nach oben und klingelte meiner Zofe. Sie kam ewig nicht. Ich klingelte wieder. Dann ging ich hinaus auf die Galerie. Ich hörte ihre Stimme und rief sie herauf. Nachdem sie mir das

Haar gebürstet hatte, schickte ich sie weg; sie war so nervös und fahrig, daß sich die Bürste ein- oder zweimal in meinen Haaren verwickelte. Und da, in dem Moment, als ich sie wegschickte, sah ich Lady Julia die Treppe heraufkommen. Sie sagte mir, sie habe sich unten auch noch ein Buch geholt. Eigenartig, nicht wahr?»

Mrs. Vanderlyn lächelte wieder, diesmal ein breites, katzenhaftes Lächeln. Sie mochte Julia Carrington nicht, stellte Poirot bei sich fest.

«Sie sagen es, Madame. Noch eine Frage: Haben Sie Ihre Zofe schreien gehört?»

«O ja, ich habe so etwas gehört.»

«Haben Sie sie danach gefragt?»

«Ja. Sie behauptete, sie habe eine schwebende Gestalt in Weiß gesehen – so ein Unsinn!»

«Was hat Lady Julia gestern getragen?»

«Ach, Sie meinen, vielleicht – ja, ich verstehe! In der Tat, sie trug ein weißes Abendkleid. Natürlich, das erklärt alles. Das Mädchen muß sie in der Dunkelheit bloß als weiße Gestalt wahrgenommen haben. Diese jungen Dinger sind so abergläubisch.»

«Das Mädchen ist schon lange bei Ihnen, Madame?»

«O nein.» Mrs. Vanderlyn sah ihn mit großen Augen an. «Erst seit ungefähr fünf Monaten.»

«Ich würde nachher gern mit ihr sprechen, wenn Sie nichts dagegen haben, Madame.»

Mrs. Vanderlyn zog die Augenbrauen hoch.

«Gewiß», sagte sie kühl.

«Sie verstehen, ich möchte sie einem Verhör unterziehen.»

«Aber ja.»

Wieder jenes spöttische Aufblitzen.

Poirot stand auf und verbeugte sich.

«Madame», sagte er, «Sie haben meine ganze Bewunderung.»

Mrs. Vanderlyn schien ausnahmsweise eine Spur verblüfft.

«Oh, Monsieur Poirot, wie nett von Ihnen. Aber warum?»

«Sie sind, Madame, gegen alles so gewappnet, Sie sind so selbstsicher.»

Mrs. Vanderlyn lachte ein wenig betroffen.

«Ich frage mich, ob ich das als Kompliment auffassen soll.»

«Vielleicht ist es eher eine Warnung – vor einer überheblichen Haltung gegenüber dem Leben.»

Mrs. Vanderlyns Lachen klang wieder sicherer. Sie erhob sich und streckte die Hand aus.

«Lieber Monsieur Poirot, ich wünsche Ihnen viel Erfolg. Und ich danke Ihnen für all die reizenden Dinge, die Sie gesagt haben.»

Sie ging hinaus.

«So, so, Sie wünschen mir Erfolg», murmelte Poirot vor sich hin. «Aber Sie sind überzeugt, daß ich keinen Erfolg haben werde! O ja, Sie sind fest davon überzeugt. Und das ärgert mich sehr!»

Mit einer gewissen Gereiztheit betätigte er die Klingel und bat, Mademoiselle Leonie zu ihm zu schicken.

Während sie zögernd auf der Schwelle stehenblieb, glitt Poirots Blick abschätzend über ihr schwarzes Kleid, die sauber gescheitelten welligen schwarzen Haare und die bescheiden niedergeschlagenen Augen. Er nickte anerkennend.

«Kommen Sie nur herein, Mademoiselle Leonie», sagte er. «Haben Sie keine Angst!»

Sie kam näher und blieb ernst vor ihm stehen.

«Wissen Sie», sagte Poirot in plötzlich völlig verändertem Ton, »daß Ihr Anblick eine Freude ist?»

Leonie reagierte sofort. Sie warf ihm aus den Augenwinkeln einen raschen Blick zu und sagte mit leiser Stimme: «Monsieur sind sehr gütig.»

«Stellen Sie sich vor», fuhr Poirot fort, «da frage ich Mr. Carlile, ob Sie hübsch sind oder nicht, und er antwortet, er wisse es nicht!»

Leonie reckte verächtlich das Kinn.

«Dieser Ölgötze!»

«Das trifft es genau!»

«Ich glaube, er hat noch nie im Leben ein Mädchen auch nur angesehen.»

«Wahrscheinlich nicht. Schade. Er hat etwas versäumt. Aber es gibt andere Leute im Haus, die so was mehr zu schätzen wissen, nicht wahr?»

«Wirklich, ich verstehe nicht, was Monsieur meinen.»

«O doch, Mademoiselle Leonie, das verstehen Sie sehr gut. Eine hübsche Geschichte, die Sie da gestern abend über das Gespenst erzählten, das Sie angeblich gesehen haben. Sobald ich hörte, daß Sie dastanden und die Hände an den Kopf hielten, war mir klar, daß von einem Gespenst keine Rede sein konnte. Wenn eine Frau Angst hat, faßt sie sich ans Herz oder preßt die Hände vor den Mund, um einen Schrei zu ersticken, wenn sie jedoch mit den Händen an ihr Haar faßt, so bedeutet das etwas ganz anderes. Es bedeutet, daß ihre Frisur zerzaust ist und sie sie hastig wieder in Ordnung bringen will! Nun, Mademoiselle, die Wahrheit bitte! Warum haben Sie auf der Treppe geschrien?»

«Aber Monsieur, es ist wahr, ich habe eine Gestalt in Weiß gesehen ...»

«Mademoiselle, beleidigen Sie nicht meine Intelligenz! Ihre Geschichte mag für Mr. Carlile gut genug sein, aber sie ist nicht gut genug für Hercule Poirot. Die Wahrheit ist, daß Sie gerade einen Kuß bekommen hatten, nicht wahr? Und wenn ich es richtig errate, war es Mr. Reggie Carrington, der Sie geküßt hat.»

Leonie blinzelte ihm zu.

«Eh bien», sagte sie schnippisch, «was ist schließlich schon ein Kuß?»

«Eben», entgegnete Poirot ritterlich.

«Sehen Sie, der junge Herr stand plötzlich hinter mir und faßte mich um die Taille – natürlich hat er mich damit erschreckt, und ich schrie. Wenn ich gewußt hätte – na ja, klar, daß ich dann nicht geschrien hätte.»

«Klar», stimmte Poirot zu.

«Er schlich sich an wie eine Katze. Und dann ging die Tür

zum Arbeitszimmer auf, und heraus kam *monsieur le secrétaire*, und der junge Herr verschwand nach oben, und ich stand mit dummem Gesicht da. Natürlich mußte ich etwas sagen – vor allem, weil ...» Sie verfiel ins Französische. «*... un jeune homme comme ça, tellement comme il faut!*»

«Also erfanden Sie ein Gespenst.»

«Ja, Monsieur, etwas anderes ist mir nicht eingefallen. Eine große Gestalt in Weiß, die durch die Luft schwebte. Es ist lächerlich, aber was sollte ich machen?»

«Nichts. Damit ist jetzt alles erklärt. Ich hatte von Anfang an so meinen Verdacht.»

Leonie warf ihm einen herausfordernden Blick zu.

«Monsieur sind sehr klug und sehr wohlwollend.»

«Und da ich Ihnen in dieser Sache keine Schwierigkeiten bereiten werde, würden Sie mir wohl auch einen Gefallen tun?»

«Sehr gern, Monsieur.»

«Was wissen Sie über die Angelegenheiten Ihrer Herrin?»

Das Mädchen zuckte die Achseln.

«Nicht viel, Monsieur. Ich mache mir natürlich so meine Gedanken.»

«Und die wären?»

«Na, es fällt mir auf, daß Madames Freunde immer Offiziere sind, vom Heer oder von der Marine oder von der Luftwaffe. Und dann gibt es noch andere Freunde – ausländische Herren, die sie manchmal ganz unauffällig besuchen. Madame ist sehr hübsch, wenn auch nicht mehr lange, glaube ich. Die jungen Männer finden sie sehr attraktiv. Manchmal reden sie dann wohl zuviel. Aber das ist nur so eine Idee von mir. Madame zieht mich nicht ins Vertrauen.»

«Sie wollen damit zu verstehen geben, daß Madame sich nicht in die Karten schauen läßt?»

«Das ist richtig, Monsieur.»

«In anderen Worten, Sie können mir nicht weiterhelfen.»

«Ich fürchte, nein, Monsieur. Ich täte es, wenn ich könnte.»

«Sagen Sie mal, hat Ihre Herrin heute gute Laune?»

«Unbedingt, Monsieur.»

«Es ist etwas geschehen, was sie freut?»

«Sie ist schon so, seit wir herkamen.»

«Nun, Leonie, Sie sollten das beurteilen können.»

«Bestimmt, Monsieur», erwiderte das Mädchen nachdrücklich. «Ich täusche mich nicht. Ich kenne alle Stimmungen von Madame. Sie ist in bester Laune.»

«Richtiggehend triumphierend?»

«Das ist genau das Wort, Monsieur.»

Poirot nickte düster. «Ich finde das – etwas schwer erträglich. Dennoch scheint es mir leider unvermeidlich zu sein. Ich danke Ihnen, Mademoiselle. Das ist alles.»

«Ich danke Ihnen, Monsieur», entgegnete Leonie mit einem koketten Blick. «Sollte ich Monsieur auf der Treppe begegnen, seien Sie versichert, ich würde nicht schreien.»

«Mein Kind», erklärte Poirot mit Würde, «ich befinde mich in vorgerücktem Alter. Was habe ich mit solchen Frivolitäten noch zu schaffen?»

Leonie kicherte bloß und ging hinaus.

Poirot schritt langsam im Zimmer auf und ab. Seine Miene wurde ernst und besorgt.

«Und nun zu Lady Julia», sagte er schließlich. «Was sie mir wohl erzählen wird?»

Lady Julia war ruhig und selbstsicher. Sie nickte höflich, ließ sich auf dem Stuhl nieder, den Poirot ihr zuschob, und sprach mit leiser, kultivierter Stimme.

«Lord Mayfield sagt, daß Sie mir einige Fragen stellen möchten.»

«Ja, Madame. Es handelt sich um den gestrigen Abend.»

«Den gestrigen Abend, ach ja?»

«Was geschah, nachdem Sie Ihre Bridgepartie beendet hatten?»

«Mein Mann fand, es sei zu spät für ein weiteres Spiel. Ich ging hinauf ins Bett.»

«Und dann?»

«Dann schlief ich ein.»

«Das ist alles?»

«Ja. Ich fürchte, ich kann Ihnen nichts sagen, was irgendwie für Sie von Interesse wäre. Wann ist dieser –», sie zögerte, «dieser Einbruch passiert?»

«Bald nachdem Sie hinaufgegangen waren.»

«Ich verstehe. Und was wurde gestohlen?»

«Einige Privatpapiere, Madame.»

«Wichtige Papiere?»

«Sehr wichtige.»

Sie runzelte leicht die Stirn. «Waren sie – wertvoll?»

«Ja, Madame, sie waren eine ganze Menge Geld wert.»

«Ach.»

Es folgte eine Pause, dann sagte Poirot: «Wie war das mit Ihrem Buch, Madame?»

«Mit meinem Buch?» Sie richtete einen erstaunten Blick auf ihn.

«Ich hörte es von Mrs. Vanderlyn – einige Zeit nachdem die drei Damen sich zur Ruhe begeben hatten, seien Sie, Madame, noch einmal hinuntergegangen, um ein Buch zu holen.»

«Ja, das stimmt. Das hatte ich vergessen.»

«Während Sie im Salon waren, haben Sie da jemand schreien gehört?»

«Nein – doch – nein, ich glaube nicht.»

«Ich bitte Sie, Madame, Sie müssen den Schrei im Salon gehört haben.»

Lady Julia warf den Kopf zurück und erklärte mit fester Stimme: «Ich habe nichts gehört!»

Poirot zog die Augenbrauen hoch, gab aber keine Antwort.

Das Schweigen wurde peinlich. Lady Julia fragte abrupt: «Was wird denn unternommen?»

«Unternommen? Ich verstehe Sie nicht, Madame.»

«Ich meine, wegen des Diebstahls. Die Polizei muß doch etwas tun.»

Poirot schüttelte den Kopf.

«Die Polizei ist nicht hinzugezogen worden. Ich führe die Ermittlungen.»

Sie starrte ihn an. Ihr hageres, nervöses Gesicht erstarrte, und ihre dunklen Augen versuchten, seine gleichmütige Miene zu durchdringen.

Schließlich senkte sie resigniert den Blick.

«Sie können mir nicht sagen, welche Maßnahmen getroffen wurden?»

«Ich kann Ihnen nur versichern, Madame, daß ich nichts unversucht lassen werde.»

«Den Dieb zu fangen – oder – oder die Papiere wiederzufinden?»

«Die Papiere wiederzufinden ist die Hauptsache, Madame.»

Ihr Verhalten änderte sich. Sie wirkte jetzt gelangweilt und uninteressiert.

«Ja», murmelte sie gleichgültig. «Das glaube ich.»

Abermals trat eine Pause ein.

«Ist sonst noch etwas, Monsieur Poirot?»

«Nein, Madame. Ich möchte Sie nicht länger belästigen.»

«Danke.»

Er hielt ihr die Tür auf. Sie ging an ihm vorbei, ohne ihn eines Blickes zu würdigen.

Poirot trat wieder an den Kamin und stellte vorsichtig die Nippes auf dem Sims anders auf. Er war noch damit beschäftigt, als Lord Mayfield durch die Terrassentür ins Zimmer trat.

«Nun, wie geht's?»

«Ausgezeichnet, glaube ich. Die Dinge entwickeln sich wunschgemäß.»

Lord Mayfield starrte ihn betroffen an.

«Erfreulich?»

«Nein, erfreulich nicht. Aber zufriedenstellend.»

«Wirklich, Monsieur Poirot, ich verstehe Sie nicht.»

«Ich bin kein solcher Scharlatan, wie Sie glauben.»

«Ich habe nie gesagt . . .»

«Nein, aber gedacht! Es tut nichts zur Sache. Ich bin nicht gekränkt. Manchmal ist es notwendig für mich, eine bestimmte Rolle zu spielen.»

Lord Mayfield musterte ihn zweifelnd und mit einer gewissen Portion Mißtrauen. Hercule Poirot war ein Mann, aus dem er nicht schlau wurde. Er hätte ihn gern verachtet, aber etwas warnte ihn, daß dieser lächerliche kleine Mann nicht so harmlos war, wie er schien. Schon als Charles McLaughlin hatte er die Gabe besessen, verborgene Fähigkeiten in anderen Menschen zu erkennen.

«Nun ja, Sie tragen die Verantwortung. Was raten Sie uns als nächstes?»

«Können Sie Ihre Gäste irgendwie loswerden?»

«Ich denke, das läßt sich arrangieren ... Ich könnte erklären, daß ich wegen dieser Geschichte nach London muß. Dann werden sie wahrscheinlich von allein abreisen.»

«Ausgezeichnet. Versuchen Sie es auf diese Weise.»

Lord Mayfield zögerte. «Sie glauben nicht ...?»

«Ich bin überzeugt, daß es klug wäre, auf diese Weise zu verfahren.»

Lord Mayfield zuckte die Achseln.

«Na schön, wenn Sie meinen.»

Er ging hinaus.

8

Die Gäste reisten nach dem Mittagessen ab. Mrs. Vanderlyn und Mrs. Macatta fuhren mit dem Zug, die Carringtons hatten ihren Wagen da. Poirot stand in der Halle, während Mrs. Vanderlyn sich auf das liebenswürdigste von ihrem Gastgeber verabschiedete.

«Es tut mir so schrecklich leid, daß Sie jetzt alle diese lästigen Aufregungen haben. Hoffentlich geht die Sache gut für Sie aus. Ich werde jedenfalls bestimmt keinem Menschen ein Wort erzählen.»

Sie drückte ihm die Hand und trat vor das Haus, wo der Rolls wartete, der sie zum Bahnhof bringen sollte. Mrs. Macatta saß bereits im Wagen. Ihr Lebewohl war knapp und kühl ausgefallen.

Plötzlich kam Leonie, die neben dem Chauffeur Platz nehmen wollte, noch einmal in die Halle gestürzt.

«Madames Toilettenkoffer ist nicht im Wagen», rief sie.

Es wurde hastig gesucht. Endlich entdeckte Lord Mayfield den fehlenden Koffer in einer dunklen Ecke neben einer alten Eichentruhe, wo man ihn offenbar aus Versehen abgestellt hatte. Mit einem freudigen Aufschrei ergriff Leonie das elegante Köfferchen aus grünem Saffianleder und eilte hinaus.

Dann lehnte sich Mrs. Vanderlyn aus dem Wagen.

«Lord Mayfield! Lord Mayfield!» Sie reichte ihm einen Brief. «Würden Sie den bitte mit Ihrer Post aufgeben? Wenn ich ihn in die Stadt mitnehme, bleibt er bestimmt tagelang in meiner Handtasche stecken. Das passiert mir immer wieder.»

Sir George ließ nervös den Deckel seiner Taschenuhr auf- und zuschnappen. Er war ein Pünktlichkeitsfanatiker.

«Das wird knapp», brummte er. «Sehr knapp. Wenn sie nicht aufpassen, versäumen sie den Zug . . .»

«Ach, reg dich nicht auf, George», rief seine Frau gereizt. «Es ist schließlich ihr Zug, nicht unserer!»

Er sah sie vorwurfsvoll an.

Der Rolls fuhr davon.

Reggie kam mit dem familieneigenen Morris vorgefahren.

«Fertig zur Abfahrt, Vater», rief er.

Das Hauspersonal brachte das Gepäck der Carringtons und verstaute es im Wagen. Reggie überwachte die Prozedur.

Poirot trat vor die Haustür und beobachtete die Szene. Plötzlich spürte er eine Hand auf seinem Arm. Lady Julias erregte Stimme drang an sein Ohr.

«Monsieur Poirot», flüsterte sie, «ich muß Sie sprechen – jetzt gleich.»

Er ließ sich von ihr ins Haus ziehen. Sie führte ihn in ein kleines Frühstückszimmer, schloß die Tür und trat dicht vor ihn hin.

«Ist es wahr, was Sie gesagt haben – daß es Lord Mayfield in erster Linie auf die Wiederbeschaffung der Papiere ankommt?»

Poirot sah sie neugierig an.

«Das ist absolut richtig, Madame.»

«Wenn Sie diese Papiere zurückbekämen, würden Sie dann dafür sorgen, daß sie in Lord Mayfields Hände gelangen, ohne weitere Fragen zu stellen?»

«Ich weiß nicht, ob ich Sie richtig verstehe.»

«O doch! Bestimmt verstehen Sie mich! Ich wollte zum Ausdruck bringen, daß der – der Dieb anonym bleiben soll, falls die Papiere zurückgegeben werden.»

«Und wann würde das sein, Madame?»

«Auf jeden Fall innerhalb von zwölf Stunden.»

«Das können Sie mir versprechen?»

«Das kann ich Ihnen versprechen.»

Als er nicht antwortete, wiederholte sie drängend: «Garantieren Sie mir, daß es kein Aufsehen gibt?»

«Ja, Madame», antwortete er nun sehr ernst, «das garantiere ich Ihnen.»

«Dann kann die Angelegenheit geregelt werden.»

Sie verließ eilig das Frühstückszimmer. Einen Augenblick später hörte Poirot den Wagen abfahren.

Er durchquerte die Halle und ging den Korridor entlang zum Arbeitszimmer. Lord Mayfield blickte auf, als Poirot eintrat.

«Nun?» fragte er.

Poirot breitete die Hände aus.

«Der Fall ist abgeschlossen, Lord Mayfield.»

«Was?»

Poirot wiederholte Wort für Wort das Gespräch zwischen ihm und Lady Julia.

Lord Mayfield starrte ihn bestürzt an.

«Aber was bedeutet das? Ich verstehe es nicht.»

«Das ist doch klar, oder? Lady Julia weiß, wer die Pläne gestohlen hat.»

«Sie glauben doch nicht, sie hätte sie selbst gestohlen?»

«Gewiß nicht. Lady Julia mag eine Spielerin sein, eine Diebin ist sie nicht. Aber wenn sie uns anbietet, die Pläne zurückzubringen, so bedeutet das, daß diese entweder von ihrem Mann oder von ihrem Sohn gestohlen wurden. Ich glaube, ich kann die Ereignisse der vergangenen Nacht ziemlich genau rekonstruieren. Lady Julia ging gestern abend in das Zimmer ihres Sohnes. Es war leer. Sie ging nach unten, um ihn zu suchen, fand ihn aber nicht. Heute morgen hört sie von dem Diebstahl und hört auch, wie ihr Sohn erklärt, er sei sofort auf sein Zimmer gegangen und habe dieses nicht mehr verlassen. Sie weiß, das ist nicht wahr. Und sie weiß noch etwas anderes über ihren Sohn. Sie weiß, daß er labil ist und in einer verzweifelten finanziellen Situation. Sie hat seine Verliebtheit in Mrs. Vanderlyn beobachtet. Die Sache ist für sie sonnenklar. Mrs. Vanderlyn hat Reggie überredet, die Pläne für sie zu stehlen. Lady Julia faßt einen Entschluß: Sie will sich Reggie vorknöpfen, damit er die Pläne wieder beschafft und sie zurückgibt.»

«Aber das Ganze ist doch völlig unmöglich», rief Lord Mayfield.

«Ja, es ist unmöglich. Aber das weiß Lady Julia nicht. Sie weiß nicht, was ich, Hercule Poirot, weiß, daß nämlich unser junger Reggie Carrington in der vergangenen Nacht nicht damit beschäftigt war, Papiere zu stehlen, sondern sich mit Mrs. Vanderlyns französischer Zofe vergnügte.»

«An der Geschichte ist also kein wahres Wort!»

«Sehr richtig.»

«Und der Fall ist keineswegs abgeschlossen!»

«Doch. Ich, Hercule Poirot – ich kenne die Wahrheit. Sie glauben mir nicht? Sie haben mir auch gestern nicht geglaubt, als ich Ihnen sagte, ich wüßte, wo die Pläne seien. Aber ich wußte es. Sie befanden sich ganz in unserer Nähe.»

«Wo?»

«In Ihrer Tasche, Mylord.»

Nach einer kurzen Pause sagte Lord Mayfield: «Wissen Sie eigentlich, was Sie da behaupten, Monsieur Poirot?»

«Ja, das weiß ich. Ich weiß, daß ich mit einem sehr klugen Mann spreche. Von Anfang an zerbrach ich mir den Kopf, warum Sie, der Sie zugegebenermaßen kurzsichtig sind, so sehr darauf bestanden, eine Gestalt gesehen zu haben, die aus der Terrassentür kam. Sie wünschten, daß diese Erklärung, die bequemste Erklärung, von allen akzeptiert würde. Warum? Später strich ich eine verdächtige Person nach der anderen von meiner Liste. Mrs. Vanderlyn war oben. Sir George befand sich bei Ihnen auf der Terrasse. Reggie Carrington stand mit der französischen Zofe auf der Treppe. Mrs. Macatta lag ohne jeden Zweifel im Bett und schlief. (Ihr Schlafzimmer liegt neben dem der Haushälterin, und Mrs. Macatta schnarcht.) Lady Julia hielt ganz offensichtlich ihren Sohn für schuldig. Es blieben also nur noch zwei Möglichkeiten. Entweder hatte Carlile die Papiere nicht auf den Schreibtisch gelegt, sondern in seine eigene Tasche gesteckt, was unsinnig wäre, denn wie Sie selbst ganz richtig sagten, hätte er ja jederzeit eine Kopie anfertigen können. Oder aber die Pläne lagen noch da, als Sie zum Schreibtisch gingen, und der einzige Ort, wo sie hingeraten sein konnten, war Ihre Jackentasche. In dem Fall war alles klar. Ihre hartnäckigen Beteuerungen, Sie hätten draußen eine Gestalt gesehen, Ihr Bestehen auf Carliles Unschuld, Ihre Abneigung, mich rufen zu lassen.

Aber eines bereitete mir immer noch Kopfzerbrechen – das Motiv. Sie sind, davon bin ich überzeugt, ein ehrlicher, integrer Mann. Dies verriet sich in Ihrer Besorgtheit, daß ein Unschuldiger in Verdacht geraten könnte. Auch lag es auf der Hand, daß die Geschichte Ihrer Karriere schaden würde. Warum also dieser unverständliche Diebstahl? Und endlich kam ich auf die Lösung: jene Krise in Ihrer politischen Laufbahn vor einigen Jahren, die Versicherung des Premierministers in aller Öffentlichkeit, daß Sie mit dem bewußten Staat keine Verhandlungen geführt hätten. Angenommen, es entsprach nicht ganz der Wahrheit. Angenommen, es existieren Unterlagen – ein Brief vielleicht –, aus denen hervorging, daß Sie in Wirklichkeit eben doch getan hatten, was Sie offiziell bestritten. Ein solches Verhalten war im Interesse der Öffentlichkeit notwendig. Aber ich bezweifle, ob der Mann auf der Straße es so sehen würde. Das könnte bedeuten, daß in dem Augenblick, da das höchste Staatsamt in Ihre Hände gelegt werden soll, ein dummes Echo aus der Vergangenheit alles zunichte machen würde.

Ich vermute, daß sich die bewußten Dokumente in den Händen einer bestimmten Regierung befanden, daß besagte Regierung Ihnen ein Tauschgeschäft anbot – die Dokumente gegen die Konstruktionspläne des neuen Bombers. Mrs. Vanderlyn spielte die Vermittlerin. Sie hatten sie eingeladen, um den Tausch zu bewerkstelligen. Sie haben sich selbst verraten, als Sie zugaben, daß Sie Ihren Plan, wie Sie sie in die Falle locken könnten, noch nicht genauer überlegt hätten. Dieses Eingeständnis ließ den Grund für ihre Einladung sehr wenig überzeugend erscheinen.

Sie haben den Diebstahl selbst inszeniert. Sie behaupteten, den Dieb auf der Terrasse gesehen zu haben, damit Carlile nicht in Verdacht geriet. Selbst wenn er nicht zufällig aus dem Zimmer gegangen wäre, der Schreibtisch stand so nahe an der Terrassentür, daß ein Dieb die Pläne hätte an sich bringen können, während Carlile mit dem Rücken zum Raum am Safe beschäftigt war. Sie gingen zum Schreibtisch, steckten die Pläne ein und trugen sie mit sich herum bis zu dem Augenblick, als Sie sie, wie besprochen, unbemerkt in Mrs. Vanderlyns Toilettenköfferchen legten. Als Gegenleistung händigte sie Ihnen, getarnt als Brief, den Sie zur Post bringen sollten, die unglückseligen Dokumente aus.»

Poirot verstummte.

«Ihr Wissen ist absolut lückenlos, Monsieur Poirot»,

sagte Lord Mayfield. «Sie müssen mich für ein unglaubliches Stinktier halten.»

Poirot machte eine rasche abwehrende Geste.

«Nein, nein, Lord Mayfield, ich halte Sie, wie ich schon sagte, für einen sehr klugen Mann. Während unserer Unterhaltung gestern abend wurde mir plötzlich alles klar. Sie sind ein erstklassiger Ingenieur. Ich vermute, daß die Konstruktionspläne des Bombers einige unauffällige Veränderungen erfuhren, so geschickt gemacht, daß es schwierig sein dürfte festzustellen, warum das Flugzeug nicht so funktioniert, wie man gehofft hatte. Eine gewisse ausländische Macht wird feststellen, daß dieser Bombertyp ein Fehlschlag ist ... Man wird sehr enttäuscht sein, davon bin ich überzeugt.»

Wieder schwiegen sie lange, dann sagte Lord Mayfield:

«Sie sind viel zu clever, Monsieur Poirot. Ich möchte Sie bitten, mir nur eins zu glauben: Ich habe Vertrauen in mich. Ich glaube, daß ich der richtige Mann bin, um England in den kritischen Zeiten zu führen, die ich für unser Land kommen sehe. Wenn ich nicht aufrichtig überzeugt wäre, daß mein Land mich als Steuermann des Staatsschiffes braucht, hätte ich niemals das getan, was ich tat – zum Wohl zweier Welten zu handeln und durch einen kleinen Trick mich selbst vor einer Katastrophe zu bewahren.»

«Mylord», sagte Poirot, «wenn Sie das nicht könnten, wären Sie kein Politiker.»

Quellenvermerk

Der Prügelknabe (»The Under Dog«), Übersetzung aus dem Englischen von Maria Meinert, Copyright © 1926 by Agatha Christie.

Urlaub auf Rhodos (»Triangle at Rhodes«), Übersetzung aus dem Englischen von Adi Oes, Copyright © 1936 by Agatha Christie.

Poirot riecht den Braten (»Murder in the Mews«), Übersetzung aus dem Englischen von Hella von Brackel, Copyright © 1936 by Agatha Christie.

Der Traum (»The Dream«), Übersetzung aus dem Englischen von Maria Meinert und Renate Weigl, Copyright © 1937 by Agatha Christie.

Vierundzwanzig Schwarzdrosseln (»Four and Twenty Blackbirds«), Übersetzung aus dem Englischen von Maria Meinert, Marfa Berger und Ingrid Jacob, Copyright © 1924 by Agatha Christie.

Eine Tür fällt ins Schloß (»Problem at Sea«), Übersetzung aus dem Englischen von Adi Oes, Copyright © 1936 by Agatha Christie.

Eine Tür fällt ins Schloß (»Problem at Sea«), Übersetzung aus dem Englischen von Adi Oes, Copyright © 1936 by Agatha Christie.

Tot im dritten Stock (»The Third-floor Flat«), Übersetzung aus dem Englischen von Adi Oes, Copyright © 1929 by Agatha Christie.

Poirot und der Kidnapper (»The Adventure of Johnnie Waverly«), Übersetzung aus dem Englischen von Edith Walter, Copyright © 1923 by Agatha Christie.